증편 한국구비문학대계

8-25

경상남도 남해군 ③

이 저서는 2008년 정부(교육과학기술부)의 재원으로 한국학중앙연구원(한국학진흥사업단)의 지원을 받아 수행된 연구임.(AKS-2008-AIA-3101)

증편 한국구비문학대계
8-25
경상남도 남해군 ③

박경수 · 정규식 · 류경자 · 서정매 · 정혜란

한국학중앙연구원

역락

발간사

민간의 이야기와 백성들의 노래는 민족의 문화적 자산이다. 삶의 현장에서 이러한 이야기와 노래를 창작하고 음미해 온 것은, 어떠한 권력이나 제도도, 넉넉한 금전적 자원도, 확실한 유통 체계도 가지지 못한 평범한 사람들이었다. 이야기와 노래들은 각각의 삶의 현장에서 공동체의 경험에 부합하였으며, 사람들의 정신과 기억 속에 각인되었다. 문자라는 기록 매체를 사용하지 못하였지만, 그 이야기와 노래가 이처럼 면면히 전승될 수 있었던 것은 그것이 바로 우리 민족의 유전형질의 일부분이 되었기 때문이며, 결국 이러한 이야기와 노래가 우리 민족을 하나의 공동체로 묶어 주고 있는 것이다.

사회와 매체 환경의 급격한 변화 가운데서 이러한 민족 공동체의 DNA는 날로 희석되어 가고 있다. 사랑방의 이야기들은 대중매체의 내러티브로 대체되어 버렸고, 생활의 현장에서 구가되던 민요들은 기계화에 밀려 버리고 말았다. 기억에만 의존하여 구전되던 이야기와 노래는 점차 잊히고 있다. 한국학중앙연구원이 1970년대 말에 개원함과 동시에, 시급하고도 중요한 연구사업으로 한국구비문학대계의 편찬 사업을 채택한 것은 바로 이러한 시대적 상황에 대한 우려와 잊혀 가는 민족적 자산에 대한 안타까움 때문이었다.

당시 전국의 거의 모든 구비문학 연구자들이 참여하였는데, 어려운 조사 환경에서도 80여 권의 자료집과 3권의 분류집을 출판한 것은 그들의 헌신적 활동에 기인한다. 당초 10년을 계획하고 추진하였으나 여러 사정으로 5년간만 추진되었으며, 결과적으로 한반도 남쪽의 삼분의 일에 해당하는 부분만 조사하게 되었다. 그럼에도 불구하고 한국구비문학대계는 주관기관인 한국학중앙연구원의 대표 사업으로 각광 받았을 뿐 아니라, 해방 이후 한국의 국가적 문화 사업의 하나로 꼽히게 되었다.

21세기에 들어서면서 한국학중앙연구원에서는 미완성인 채로 남아 있는 구비문학대계의 마무리를 더 이상 미룰 수 없다는 생각으로 이를 증보하고 개정할 계획을 세웠다. 20년 전의 첫 조사 때보다 환경이 더 나빠졌고, 이야기와 노래를 기억하고 있는 제보자들이 점점 줄어들고 있었던 것이다. 때마침 한국학 진흥에 대한 한국 정부의 의지와 맞물려 구비문학대계의 개정·증보사업이 출범하게 되었다.

이번 조사사업에서도 전국의 구비문학 연구자들이 거의 다 참여하여 충분하지 않은 재정적 여건에서도 충실히 조사연구에 임해 주었다. 전국 각지의 제보자들은 우리의 취지에 동의하여 최선으로 조사에 응해 주었다. 그 결과로 조사사업의 결과물은 '구비누리'라는 이름의 데이터베이스에 탑재가 되었고, 또 조사 자료의 텍스트와 음성 및 동영상까지 탑재 즉시 온라인으로 접근할 수 있는 시스템을 갖추었다. 특히 조사 단계부터 모든 과정을 디지털화함으로써 외국의 관련 학자와 기관의 선망의 대상이 되고 있다.

이제 조사사업의 결과물을 이처럼 책으로도 출판하게 된다. 당연히 1980년대의 일차 조사사업을 이어받음으로써 한편으로는 선배 연구자들의 업적을 계승하고, 한편으로는 민족문화사적으로 지고 있던 빚을 갚게 된 것이다. 이 사업의 연구책임자로서 현장조사단의 수고와 제보자의 고귀한 뜻에 감사를 표하지 않을 수 없다. 아울러 출판 기획과 편집을 담당한 한국학중앙연구원의 디지털편찬팀과 출판을 기꺼이 맡아준 역락출판사에 감사를 드린다.

2013년 10월 4일
한국구비문학대계 개정·증보사업 연구책임자 김병선

책머리에

구비문학조사는 늦었다고 생각하는 지금이 가장 빠른 때이다. 왜냐하면 자료의 전승 환경이 나날이 달라지고 있기 때문이다. 전승 환경이 훨씬 좋은 시기에 구비문학 자료를 진작 조사하지 못한 것이 안타깝게 여겨질수록, 지금 바로 현지조사에 착수하는 것이 최상의 대안이자 최선의 실천이다. 실제로 30여 년 전 제1차 한국구비문학대계 사업을 하면서 더 이른 시기에 조사를 했더라면 하는 아쉬움이 컸는데, 이번에 개정·증보를 위한 2차 현장조사를 다시 시작하면서 아직도 늦지 않았다는 사실을 실감했다.

구비문학 자료는 구비문학 연구와 함께 간다. 자료의 양과 질이 연구의 수준을 결정하고 연구수준에 따라 자료조사의 과학성이 결정되기 때문이다. 실제로 1차 조사사업 결과로 구비문학 연구가 눈에 띠게 성장했고, 그에 따라 조사방법도 크게 발전되었다. 그러나 연구의 수명과 유용성은 서로 반비례 관계를 이룬다. 구비문학 연구의 수명은 짧고 갈수록 빛이 바래지만, 자료의 수명은 매우 길 뿐 아니라 갈수록 그 가치는 더 빛난다. 그러므로 연구 활동 못지않게 자료를 수집하고 보고하는 일이 긴요하다.

교육부에서 구비문학조사 2차 사업을 새로 시작한 것은 구비문학이 문학작품이자 전승지식으로서 귀중한 문화유산일 뿐 아니라, 미래의 문화산업 자원이라는 사실을 실감한 까닭이다. 따라서 학계뿐만 아니라 문화계의 폭넓은 구비문학 자료 활용을 위하여 조사와 보고 방법도 인터넷 체제와 디지털 방식에 맞게 전환하였다. 조사환경은 많이 나빠졌지만 조사보고는 더 바람직하게 체계화함으로써 누구든지 쉽게 접속하여 이용할 수 있는

데이터베이스를 구축했다. 그러느라 조사결과를 보고서로 간행하는 일은 상대적으로 늦어지게 되었다.

2차 조사는 1차 사업에서 조사되지 않은 시군지역과 교포들이 거주하는 외국지역까지 포함하는 중장기 계획(2008~2018년)으로 진행되고 있다. 한국학중앙연구원 어문생활연구소와 안동대학교 민속학연구소가 공동으로 조사사업을 추진하되, 현장조사 및 보고 작업은 민속학연구소에서 담당하고 데이터베이스 구축 작업은 한국학중앙연구원에서 담당한다. 가장 중요한 일은 현장에서 발품 팔며 땀내 나는 조사활동을 벌인 조사자들의 몫이다. 마을에서 주민들과 날밤을 새우면서 자료를 조사하고 채록하여 보고서를 작성한 조사위원들과 조사원 여러분들의 수고를 기리지 않을 수 없다. 조사의 중요성을 알아차리고 적극 협력해 준 이야기꾼과 소리꾼 여러분께도 고마운 말씀을 올린다.

구비문학 조사를 전국적으로 실시하여 체계적으로 갈무리하고 방대한 분량으로 보고서를 간행한 업적은 아시아에서 유일하며 세계적으로도 그 보기를 찾기 힘든 일이다. 특히 2차 사업결과는 '구비누리'로 채록한 자료와 함께 원음도 청취할 수 있는 데이터베이스를 구축해서 세계에서 처음으로 인터넷과 스마트폰으로 이용할 수 있는 디지털 체계를 마련했다. '구슬이 서 말이라도 꿰어야 보배'인 것처럼, 아무리 귀한 자료를 모아두어도 이용하지 않으면 소용이 없다. 그러므로 이 보고서가 새로운 상상력과 문화적 창조력을 발휘하는 문화자산으로 널리 활용되기를 바란다. 한류의 신바람을 부추기는 노래방이자, 문화창조의 발상을 제공하는 이야기 주머니가 바로 한국구비문학대계이다.

2013년 10월 4일
한국구비문학대계 개정·증보사업 현장조사단장 임재해

한국구비문학대계 개정·증보사업 참여자 (참여자 명단은 가나다 순)

연구책임자

김병선

공동연구원

강등학 강진옥 김익두 김헌선 나경수 박경수 박경신 송진한 신동흔
이건식 이경엽 이인경 이창식 임재해 임철호 임치균 조현설 천혜숙
허남춘 황인덕 황루시

전임연구원

이균옥 최원오

박사급연구원

강정식 권은영 김구한 김기옥 김영희 김월덕 김형근 노영근 류경자
서해숙 유명희 이영식 이윤선 장노현 정규식 조정현 최명환 최자운
한미옥

연구보조원

강아영 고호은 공유경 기미양 김미정 김보라 김영선 박은영 박혜영
백민정A 백민정B 서정매 송기태 신정아 오소현 윤슬기 이미라 이선호
이창현 이화영 임세경 장호순 정혜란 황영태 황은주 황진현

주관 연구기관 : 한국학중앙연구원 어문생활사연구소
공동 연구기관 : 안동대학교 민속학연구소

일러두기

- 『증편 한국구비문학대계』는 한국학중앙연구원과 안동대학교에서 3단계 10개년 계획으로 진행하는 "한국구비문학대계 개정·증보사업"의 조사 보고서이다.
- 『증편 한국구비문학대계』는 시군별 조사자료를 각각 별권으로 간행하는 것을 원칙으로 한다. 서울 및 경기는 1-, 강원은 2-, 충북은 3-, 충남은 4-, 전북은 5-, 전남은 6-, 경북은 7-, 경남은 8-, 제주는 9-으로 고유 번호를 정하고, -선 다음에는 1980년대 출판된 『한국구비문학대계』의 지역 번호를 이어서 일련번호를 붙인다. 이에 따라 『증편 한국구비문학 대계』는 서울 및 경기는 1-10, 강원은 2-10, 충북은 3-5, 충남은 4-6, 전북은 5-8, 전남은 6-13, 경북은 7-19, 경남은 8-15, 제주는 9-4권부 터 시작한다.
- 각 권 서두에는 시군 개관을 수록해서, 해당 시·군의 역사적 유래, 사회·문화적 상황, 민속 및 구비 문학상의 특징 등을 제시한다.
- 조사마을에 대한 설명은 읍면동 별로 모아서 가나다 순으로 수록한다. 행정상의 위치, 조사일시, 조사자 등을 밝힌 후, 마을의 역사적 유래, 사회·문화적 상황, 민속 및 구비문학상의 특징 등을 중심으로 설명하고, 마을 전경 사진을 첨부한다.
- 제보자에 관한 설명은 읍면동 단위로 모아서 가나다 순으로 수록한다. 각 제보자의 성별, 태어난 해, 주소지, 제보일시, 조사자 등을 밝힌 후, 생애와 직업, 성격, 태도 등을 중심으로 서술하고, 제공 자료 목록과 사진을 함께 제시한다.

- 조사 자료는 읍면동 단위로 모은 후 설화(FOT), 현대 구전설화(MPN), 민요(FOS), 근현대 구전민요(MFS), 무가(SRS), 기타(ETC) 순으로 수록한다. 각 조사 자료는 제목, 자료코드, 조사장소, 조사일시, 조사자, 제보자, 구연상황, 줄거리(설화일 경우) 등을 먼저 밝히고, 본문을 제시한다. 자료코드는 대지역 번호, 소지역 번호, 자료 종류, 조사 연월일, 조사자 영문 이니셜, 제보자 영문 이니셜, 일련번호 등을 '_'로 구분하여 순서대로 나열한다.

- 자료 본문은 방언을 그대로 표기하되, 어려운 어휘나 구절은 ( ) 안에 풀이말을 넣고 복잡한 설명이 필요할 경우는 각주로 처리한다. 한자 병기나 조사자와 청중의 말 등도 ( ) 안에 기록한다.

- 구연이 시작된 다음에 일어난 상황 변화, 제보자의 동작과 태도, 억양 변화, 웃음 등은 [ ] 안에 기록한다.

- 잘 알아들을 수 없는 내용이 있을 경우, 청취 불능 음절수만큼 '○○○'와 같이 표시한다. 제보자의 이름 일부를 밝힐 수 없는 경우도 '홍길○'과 같이 표시한다.

- 『증편 한국구비문학대계』에 수록된 모든 자료는 웹(gubi.aks.ac.kr/web)과 모바일(mgubi.aks.ac.kr)에서 텍스트와 동기화된 실제 구연 음성파일을 들을 수 있다.

차례

2. 삼동면

▌조사마을

▋제보자

● 설화

● 민요

● 근현대 구전민요

● 민요

남해군 개관

1. 지리적 위치와 역사

남해군은 한반도 남단에서 사천시와 여수시 사이에 위치한 섬이다. 제주도, 거제도, 진도, 강화도 다음으로 큰 섬으로 우리나라에서 다섯 번째이다. 세부적으로 남해도와 창선도에 조도, 호도, 노도 등 3개의 유인도와 73개의 무인도로 구성된 도서군을 형성하고 있다. 남해군은 1973년 6월에 노량해협을 잇는 남해대교의 개통으로 육지와 연결되었고, 1980년 6월 창선대교의 개통으로 본도와 연결되었다. 그리고 2003년 4월 남해 창선과 사천시를 잇는 3.4km의 창선·삼천포대교가 개통되어 남해로 드나들기 위한 교통이 훨씬 편해졌다.

남해군의 총 면적은 357.62km²로 전국 면적의 0.36%이고, 경상남도 면적의 3.40%에 해당된다. 남해군은 북쪽으로 하동군과 사천시에, 동쪽으로 통영시, 서쪽으로 전남 광양시와 여수시, 남쪽으로는 대한해협과 접하고 있는데, 남북 약 30km, 동서 약 26km의 길이를 가진 나비 모양의 섬이다. 남해군의 지세는 망운산(786m), 금산(681m), 원산(627m) 등 높은 산들이 있어 산악지형이 많고 평야지대는 협소한 편이다. 해안은 굴곡이 심하며, 해안선이 302km로 길게 섬을 둘러싸고 있다. 사방이 모두 바다와 접하고 있기 때문에 어족자원이 풍부하고 연근해 어업을 위한 전진기지로서 좋은 조건을 갖추고 있다.

남해의 역사를 살펴보자.

남해는 삼한시대에 남쪽 변한의 12개 부족 국가 중 군미국(軍彌國) 또는 낙노국(樂奴國)에 속하였다고 추측하고 있다. 가야연합시대에는 6가야 중 진주 관할인 고령가야(古寧伽倻)에 속한 것으로 추정한다.『삼국사기(三國史記)』의 기록에 의하면, 신문왕 7년(687년)에 남해군을 전야산군(轉也山郡)이라 칭했으며, 10년(690년)에는 청주(菁州, 현 진주) 관할의 11개 군에 속했음을 알 수 있다. 경덕왕 16년(757)에는 지방행정제도를 다시 개편하면서 청주를 강주(康州)로 개칭하고 그 아래에 11군과 27현을 두었는데, 강주에 속한 전야산군은 남해군으로 개칭되었다.『고려사(高麗史)』에 의하면, 남해군은 태조 10년(927년) 4월에 전이산향(轉伊山鄕, 구 전야산군)과 노포향(老浦鄕, 구 난포현), 평서산향(平西山鄕, 구 평산현)이라고 하였다. 성종 14년(995년)에는 진주·합주 관할에 있던 남해군을 남해현으로 개칭하고 현령을 두었다. 창선면은 창선현으로 진주에 속하였으며, 충선왕 때 흥선현(興善縣)으로 개명되었다. 그런데 왜구의 잦은 침탈로 고려 공민왕(1351~1353년) 때는 행정치소를 진주 관내의 대야천(大也川), 즉 선천(鐥川)으로 옮겨야 했던 때도 있었다. 정이오(鄭以吾, 1347~1434)는『교은문집(郊隱文集)』에「남해읍성(南海邑城)」이라는 제목으로 이러한 사실을 기록하고 있다. 그런데『고려사』지리지에서 창선도가 본래 고구려 유질부곡이었다는 기록으로 보아 고구려 유민으로 구성된 부곡이었음을 알 수 있다. 고려 말에 남해는 문헌과 향토사의 자료 등을 통해 팔만대장경 판각지였음이 밝혀지고 있고, 또한 몽고가 침입할 때 안전지대로서 국사(國史)가 소장되어 있었고 삼별초군이 주둔하기도 했던 곳이다.

진주 관내의 대야천으로 옮겼던 남해군의 행정치소는 고려시대에는 복원되지 못했고 46년 후인 조선 태종 4년(1404년)에야 복원되었다. 하지만 신라와 고려시대에 존재했던 속현 둘은 복원된 기록을 찾을 수 없고, 문헌상 폐현으로 기록되어 있다. 태종 14년(1414년)에는 군현의 행정구역 개편에 따라 하동현과 합하여 하남현으로 개칭되었다. 이듬해 하동현이 독립하면서 남해현과 진주 관할 금양부곡을 합하여 해양현이라 했다. 1417년 금양부곡이 진주에 다시 합병되어 남해현으로 독립되었다. 세종 1년(1419년)에는 진주에 속해 있던 곤명(昆明)을 남해현에 병합시켜 곤남군(昆南郡)으로 삼았지만, 세종 19년(1437년)에 다시 남해현으로 독립했다. 선조 25년(1592년)부터 남해도는 임진왜란, 정유재란의 전란지가 되어 거의 무인지경이 되었다. 고종 32년(1895년)에 남해현은 남해군으로 개칭되었고, 1906년에는 진주목에 속해 있었던 창선도가 남해군으로 편입되어 8면이 되었다.

근대 이후 남해군은 8면의 행정구역을 계속 유지해 오다가 1979년 남해면이 남해읍으로 승격되어 1읍 7개면이 되었다. 1986년 4월 1일에는 이동면 상주출장소가 상주면으로, 삼동면 미조출장소가 미조면으로 승격되어 남해군의 관할 행정구역은 현재와 같이 1읍 9면, 즉 남해읍, 고현면, 설천면, 서면, 남면, 이동면, 삼동면, 창선면, 상주면, 미조면으로 구분되었다.

2. 자연환경과 관광·산업

남해는 기후가 온난한 곳이다. 겨울철 극한이라 해도 영하 7°를 넘는 때가 별로 없어서 겨울철에도 지내기가 쉽다. 그리고 여름에도 35℃ 이상이 되는 날이 극히 드물어 사계절을 지내기가 좋은 지역이다.

그런데 남해는 임야면적이 68%, 농지는 23%에 불과하여 우리나라 섬중에서 산의 비율이 가장 많은 지역이다. 한때 13만 명이 넘는 인구가 살았던 남해는 이런 지형적 조건에서 생존을 위해 산을 개간하여 논밭을 만들었다. 그것이 남해에 들어서면서 보게 되는 계단식 논밭인데, 남해에서는 이를 '다랭이(다랑이)논'이라 한다. 남해인들은 이 논밭에 마늘, 쌀, 고구마, 시금치 등을 심어 생계를 유지했다. 특히 마늘은 오늘날 남해의 주

산지로 전국 생산량의 7%를 차지하고 있다. 그런데 농업은 남해의 주요 산업 중의 하나이지만 농지는 8,091ha, 농가 한 가구당 경지면적은 0.65ha에 불과하다. 남해 농민들은 경지면적이 협소함에도 불구하고 수입개방시대에 대비하기 위해 마늘, 쌀농사 위주의 농업에서 다양한 소득 작물을 개발하는 농업으로 변화를 시도하고 있다. 남해의 특산물인 유자는 향이 뛰어나 전국에서 인기를 끌고 있고, 유자술과 유자차 등 다양한 가공식품을 개발해 판매하고 있다.

남해는 15세기 이후 말을 기르는 유명한 목장지였다. 남해도의 금산목장, 흥선도 즉 창선도의 흥선목장은 유명한 말 목장지였다. 현재 남해는 말 대신 축산업으로 한우를 가장 많이 기르고 있고 젖소, 돼지, 염소, 닭을 기르는 주민들도 많다. 특히 남해의 화전한우는 육질이 뛰어나 농가소득 향상에 큰 도움이 되고 있다.

사면이 바다로 둘러싸인 남해는 수산자원이 풍부하여 연근해어업은 물론 수산양식의 최적지로 유명하다. 302km 해안선과 넓은 연안의 양식장은 우럭, 광어, 전복, 우렁쉥이, 피조개, 굴, 미역, 바지락, 보리새우 등을 양식하고 있으며, 연안 바다에는 감성돔, 삼치, 멸치, 도다리 등이 많이 잡히고 있다. 선박의 출어와 수산물 가공 등을 뒷받침하기 위해 1986년 미조항을 어업전진기지로 삼고 제빙공장, 수산물 판매장, 냉동설비 등을 갖추어 수산 남해의 소득 증대에 힘쓰고 있다. 또한 상주에는 국립수산진흥원에서 설치한 수산종묘배양장이 있어 종묘생산과 기술보급에 힘쓰고 있다.

남해는 천혜의 자연조건과 이순신 관련 역사유적 때문에 관광명소가 많다. 이른바 남해 12경은 대표적인 관광명소로 대부분 국가지정문화재이기도 하다. 1경 남해금산과 보리암, 2경 남해대교와 충렬사, 3경 상주은모래비치, 4경 창선교와 원시어업 죽방렴, 5경 이충무공전몰유허, 6경 가천암수바위와 남면해안, 7경 노도, 서포 김만중 선생 유허, 8경 송정솔바람해변, 9경 망운산과 화방사, 10경 물건방조어부림과 물미해안, 11경 경호구

산과 용문사, 12경 창선-삼천포대교가 바로 그것이다. 이중 특히 남해금산은 태조 이성계의 건국신화를 간직한 곳으로 이성계 관련 설화가 많이 전승되는 배경이 된다. 그리고 이순신의 최후 전투 현장이었던 노량해역 등 전적지와 유허지는 이순신 관련 설화를 생성한 역사의 현장이다. 「구운몽」, 「사씨남정기」를 쓴 서포 김만중의 유배지로 알려진 노도 역시 국문학사상 중요한 문학 현장이다.

3. 인구의 동태

남해군의 인구는 인구통계가 남아 있는 1900년대부터 1964년까지 계속 증가상태를 보여 137,914명으로 최고치를 기록하였다. 그러나 1965년 이후부터 현재까지 점차 감소 추세를 보였다. 도시 중심으로 산업화가 되면서 농촌 지역의 이농(離農)현상이 점차 가속화되는 한편 도시로의 청년층 이탈이 심화되었기 때문이다. 1985년 말 남해군의 총 인구수는 90,086명이었는데, 2005년 말 한때 50,000명 이하(46,791명)로 줄어들었다가 2009년 12월 말 기준 50,767명(남자 24,314명, 여자 25,453명)으로 최고치를 기록한 1964년 말 인구수 대비 36.81%가 되었다.

그런데 남해군은 장수의 고장으로 널리 알려져 있다. 65세 미만 인구는 감소하지만 65세 이상 노년층은 계속 증가 추세를 보였다. 2009년 말 현재 65세 이상의 노령 인구는 15,004명으로 전체 인구의 29.55%로 거의 30%나 되는데, 이런 현상은 앞으로도 계속될 전망이다. 장수하는 노령 인구가 증가하는 까닭은 청정지역에 건강에 좋은 마늘을 많이 먹기 때문이라고 한다. 하지만 인구의 노령화가 가속화됨으로써 빚어지는 문제는 점점 심각해진다고 말할 수 있다. 그런데 남해군에 65세 이상 노인들이 많다는 사실은 구비문학을 조사하는 데에는 유리한 조건이 될 수 있다.

남해군은 노령 인구의 증가와 함께 농가(農家) 가구 수의 감소도 커다란 고민거리이다. 1985년도에 총 가구 수가 21,732호에 농가가 15,215호, 비농가가 6,517호로 농가수와 비농가수의 비율이 70 : 30 정도였으나 2009년 말 기준으로 총가구수 22,223호에 농가수 8,736호, 비농가수 13,487호로 농가수와 비농가수의 비율은 39.3 : 60.7로 나타나고 있어 농가수의 비율이 급격하게 낮아지고 있는 실정이다.

4. 민속과 문화·교육

남해는 오랜 기간 내륙과 분리되어 있었기 때문에 남해 특유의 여러 민속이 전승되고 있다. 정월 대보름의 진대굿기나 더위팔기, 2월 초하룻날의 영등맞이 등 세시명절에 따른 풍속이 다양하다. 이뿐만 아니라 마을을 중심으로 동제와 풍어제를 지내 왔다.

동제의 경우 대체로 음력 10월 상순이나 보름에 행하는데, 마을의 안녕과 풍년을 기원하기 위해 동신(洞神)을 모신 곳이나 마을의 당산나무에서 지낸다. 그런데 남해는 어업을 하는 해안마을이 많기 때문에 풍어제나 용신제를 지내기도 한다. 특히 이동면 화계마을에서는 일제강점기 동안 전승이 중단되었던 '화계배선대'라 하는 풍어제를 1996년부터 화계배선대보존회를 결성하여 다시 복원하였다. 이 화계배선대는 정월 대보름에 지내왔던 이 마을의 풍어제인데, 솟대세우기 → 풍어제 → 배선대 → 대동놀이의 순서로 진행된다.

남면 선구마을에서는 해마다 음력 정월 대보름날에 아랫마을과 윗마을로 나뉘어 '줄끗기'란 민속놀이를 행한다. 이 '선구줄끗기'(남해군 무형문화재 제26호, 2003년 지정)는 일제강점기 동안 사라졌다가 해방 이후에 선구마을 김찬중씨의 노력으로 재현되었고, 이후 보존회가 결성되어 이 놀이를 계속 전승하고 있다. 이 선구줄끗기는 본래 풍농과 풍어를 빌고, 해난사고를 방지하며, 마을의 번영을 위해 놀았던 것인데, 당산제 → 어불림 →

필승고축 → 고싸움 → 줄꿎기 → 달집태우기의 순서로 진행된다. 당산제를 지낸 후 진행되는 줄꿎기놀이에서 암고가 이기면 풍농, 풍어가 된다고 믿는다. 줄꿎기가 끝나면 승부에 관계없이 달집태우기를 하면서 화합을 다짐한다.

남해에는 과거 화방사 중매구패란 놀이패가 있었다 한다. 하지만 현재 이들 놀이패의 놀이는 사라지고 그 실체에 대해서 밝혀진 바도 없다. 화방사 중매구패 이외에도 각 마을마다 매구패들이 있어 마을의 안녕과 풍농·풍어를 비는 매구를 치는 놀이가 있었다. 그렇지만 일제강점기에 민속놀이를 하지 못하게 하면서 매구패들도 차츰 사라졌다. 해방을 맞아 다시 마을에 매구패들이 살아났는데, 특히 서면 장항매구패가 크게 발전하여 남해의 대표농악으로 자리매김을 했다. 그리고 이들 매구패는 남해군의 별칭인 화전(花田)을 매구패의 공식 명칭으로 사용하여 '남해화전공악'이라 하여 오늘날까지 전승하고 있다.

한편, 남해는 제주도, 거제도, 진도 등과 함께 중요한 유배지였다. 남해로 유배를 온 사람들이 고려시대에 7명이고, 조선시대에는 182명이나 된다고 한다. 이중 백이정, 남구만, 김만중, 신위, 이달 등 유명 인물들도 많다. 그리고 이들이 유배 기간에 많은 저술을 남겼다는 점도 기억해둘 필요가 있다. 남해군은 이들 유배문인들이 남긴 문학을 기리기 위해 남해유배문학관을 2010년 11월에 개관하였다. 남해유배문학관은 향토역사실, 유배체험실, 유배문학관 등 전시실을 갖추고 있으면서 김만중문학상을 제정하여 매년 11월 1일 시, 소설, 평론 분야에서 시상한다. 남해는 이외 김홍우 교수가 개인적으로 모은 탈 등 공연예술 자료를 중심으로 '남해국제탈공연예술촌'을 2008년 5월 개관하여 전시하고 있으며, 삼동면에 폐교가 된 초등학교를 꾸며서 2003년 5월에 '남해해오름예술촌'을 개관하여 도자기 등 전통공예품들을 전시하고 있다. 이밖에 삼동면에 나비생태관 등을 갖춘 나비생태공원이 조성되어 있다.

남해군의 교육 환경은 섬지역의 특수성을 감안하여 유치원부터 대학까지 군 지역 내에 설치되어 있다. 중학교의 경우, 남해중과 창선중을 비롯하여 13개교가 있으며, 고등학교로는 남해종합고등학교(1932년 설립), 남해제일고등학교(1932년 설립), 남해해양과학고등학교(1938년 설립) 등 9개교가 있다. 대학으로는 도립남해대학(1992년 7월 설립)이 있다.

5. 구비문학의 전승과 조사

남해군의 구비문학은 오랫동안 제대로 조사되지 못했다. 남해군과 읍·면에서 군지나 읍·면지를 발간하면서 남해지역의 전설과 민요를 수록하고 있기는 하지만, 이들 자료는 군·읍·면에서 독자적으로 조사한 것들이 아닐 뿐만 아니라 구비전승의 현장성이 제대로 드러나지 않는 자료들이다. 가장 최근에 발간된『남해군지』(남해군청, 2009)에 지역 전설 50편과 민요 163편이 수록되어 있는데, 민요 163편 중 90여 편은 경상대학교 박성석, 박용식 교수가 군청의 지원을 받아 남해군 민요를 조사하여 자료집으로 엮은『금산 우에 뜬 구름아』(도서출판 열매, 2005)에 수록된 것을 재수록한 것이다. 남해군 민요가 두 교수의 노력에 의해 처음으로 전면 조사된 셈이나, 민요 구연의 현장성을 제대로 살리지 못하고 채록했다.

남해군의 구비문학은 물론 개인적으로도 여러 차례 조사된 바 있다. 설화보다는 민요 자료 조사가 많이 이루어졌다. 설화의 경우, 임석재의『한국구전설화-경상남도편 1』(평민사, 1993)에 남해의 설화가 일부 채록되어 수록된 바가 있다. 민요의 경우는 일찍부터 조사한 자료들이 있다. 김소운이 편찬한『언문조선구전민요집』(제일서방, 1929)에 남해 민요 3편이 수록되어 있으며, 임동권이 편찬한『한국민요집』에도 남해군에서 채록했다는 <징금이타령>, <목도꾼 노래> 등 여러 민요들이 올라 있다. 그리고 강남주는『남해의 민속문화』(도서출판 둥지, 1991)를 통해 남해 낙도의 어로요로 <쎄노야>를 조사하여 수록하면서 해당 민요의 특징을 논의했다. 남해군 민요를 악보 또는 별도로 음원을 제공하는 전문적인 조사 성과를 학계에 보고한 사례들도 있다. 이소라는 『한국의 농요』제3집(현암사, 1989)에서 남해의 <모찌는 소리>, <모심기 소리>, <논매는 소리> 등을 채록하여, 악보와 함께 제시하면서 남해 농요에 대한 간략한 해설을 덧붙였다. 『한국민요대전-경남편』(문화방송, 1994)과 『임석재 채록 한국구연민요자료집』(민속원, 2004) 등에도 남해의 민요가 여러 편 채록되어 있는데, 이들 자료는 음원자료를 함께 이용할 수 있도록 한 것이 특징이다. 남해군의 설화와 민요는 남해 출신의 류경자에 의해 폭넓게 조사되었다. 『한국구전설화집(18~20)-남해군편』(민속원, 2011)을 전설과 민담으로 구분하여 3권으로 출간했으며, 『현장에서 조사한 구비전승 민요-남해군편』(민속원, 2011)을 간행했다. 류경자의 조사를 통해 구연 현장성을 제대로 살린 남해군의 설화와 민요 자료를 풍부하게 살필 수 있게 되었다.

남해군의 설화와 민요에 대한 연구가 여러분에 의해 이루어졌다. 강남주의 『남해의 민속문화』(1991)에서 남해의 어로요에 대한 논의와 함께 「남해 설화의 원초적 세계인식」을 통해 남해 설화를 나름대로 분류하면서 설화에 나타난 세계인식을 논의했다. 이후 발표된 배도식의 「남해설화의 특성과 구조」와 류종목의 「남해군 민요의 현상과 특성」(이상 『석당논총』 제25집, 동아대 석당전통문화연구원, 1997)은 남해군의 설화와 민요 연구를 위한 디딤돌을 놓았다. 그리고 류경자가 「경남 남해군의 전승민요 연구-<모심기소리>를 중심으로」(부산대 석사논문, 2002), 「남해군의 장례의식요 연구」(『한국민요학』 제25집, 한국민요학회, 2009)에 이어 「남해군 전승민요의 현장론적 연구」(부산대 박사논문, 2010)를 발표하여 남해군 민요의 존재 양상과 특성을 파악하는 데 크게 기여했다.

한국학중앙연구원의 한국학진흥사업의 일환으로 진행된 『한국구비문학대계』 개정·증보사업(현장조사는 국립안동대학교의 민속학연구소가 주관

함)의 제1차 3차년도(2011년도) 현장조사 지역 중에 경상남도 남해군이 선정되었다. 경상남도 남해군 구비문학 현장조사단은 박경수(부산외대 교수)를 현장조사 책임자로 하여 정규식, 서정매, 류경자, 정혜란 등 조사연구원과 5명의 학부생 조사보조원을 포함하여 모두 10명으로 구성되었다. 특히 남해 출신으로 남해의 설화와 민요를 여러 차례 조사한 경험이 있는 류경자의 현장조사 참여는 남해군 조사에 큰 도움이 되었다. 조사단 일행은 3개의 조사팀으로 나뉘어 현장조사를 실시했다. 1개 읍과 9개면 중 남해읍은 공동조사 지역으로 정해서 조사하고, 나머지 9개면은 각 팀에서 3개면씩 분담하여 조사하기로 했다.

남해군 구비문학 현장조사는 2011년 1월 10일(월)부터 1월 26일(수)까지 집중적으로 이루어졌으며, 이후 보충조사를 2월 7일(월)~8일(화)과 2월 17일(목)~18일(금)에 실시했다. 먼저 조사단은 두 팀으로 나뉘어 남해읍을 3일간 공동조사를 했다. 남해읍 외의 9개면은 각 면별로 2일 또는 3일씩 일정을 할애하여 조사를 실시했다. 남해군의 읍·면별 조사마을과 각 마을별 조사자료를 차례로 보이면 다음과 같다.

[표 1] 남해읍 조사마을과 조사자료

조사마을	설화	민요	소계	조사마을	설화	민요	소계
선소리 선소마을	9편	18편	27편	차산리 동산마을	2편	6편	8편
서변리 서변마을	7편	0편	7편	차산리 중촌마을	1편	8편	9편
심천리 심천마을	0편	3편	3편	입현리 소입현마을	16편	12편	28편
아산리 아산마을	10편	37편	47편	입현리 토촌마을	3편	23편	26편
아산리 신기마을	1편	12편	13편	평현리 양지마을	7편	21편	28편
차산리 곡내마을	0편	14편	14편				
총계(11개 마을)				설화	56편	민요 154편	210편

[표 2] 고현면 조사마을과 조사자료

조사마을	설화	민요	소계	조사마을	설화	민요	소계
갈화리 화전마을	4편	18편	22편	오곡리 오곡마을	5편	10편	15편
남치리 북남치마을	0편	11편	11편	차면리 차면마을	1편	7편	8편
대사리 대사마을	13편	11편	24편	포상리 포상마을	7편	27편	34편
총계(6개 마을)				설화	30편	민요 84편	114편

[표 3] 설천면 조사마을과 조사자료

조사마을	설화	민요	소계	조사마을	설화	민요	소계
금음리 봉우마을	0편	2편	2편	문항리 모천마을	3편	0편	3편
남양리 남양마을	1편	0편	1편	비란리 정태마을	7편	12편	19편
문의리 왕지마을	3편	45편	48편	진목리 진목마을	10편	9편	19편
문항리 문항마을	4편	0편	4편				
총계(7개 마을)				설화	28편	민요 68편	96편

[표 4] 서면 조사마을과 조사자료

조사마을	설화	민요	소계	조사마을	설화	민요	소계
서상리 서상마을	1편	19편	20편	정포리 우물마을	1편	1편	2편
서호리 서호마을	2편	15편	17편	중현리 회룡마을	0편	11편	11편
연죽리 연죽마을	0편	1편	1편				
총계(5개 마을)				설화	4편	민요 47편	51편

[표 5] 남면 조사마을과 조사자료

조사마을	설화	민요	소계	조사마을	설화	민요	소계
덕월리 구미마을	2편	19편	21편	임포리 임포마을	2편	27편	29편
석교리 석교마을	3편	15편	18편	홍현리 가천마을	10편	38편	48편
선구리 선구마을	3편	20편	23편				
총계(5개 마을)				설화	20편	민요 119편	139편

[표 6] 창선면 조사마을과 조사자료

조사마을	설화	민요	소계	조사마을	설화	민요	소계
당저리 당저1마을	2편	23편	25편	오용리 오용마을	7편	17편	24편
동대리 동대마을	4편	28편	32편	진동리 장포마을	8편	25편	33편
서대리 서대마을	5편	20편	25편				
총계(5개 마을)				설화	26편	민요 113편	139편

[표 7] 이동면 조사마을과 조사자료

조사마을	설화	민요	소계	조사마을	설화	민요	소계
난음리 난양마을	2편	0편	2편	무림리 정거마을	1편	7편	8편
난음리 난음마을	0편	1편	1편	신전리 신전마을	0편	8편	8편
난음리 문현마을	3편	25편	28편	용소리 용소마을	4편	18편	22편
무림리 봉곡마을	2편	28편	30편	초음리 초양마을	0편	13편	13편
총계(8개 마을)				설화	12편	민요 100편	112편

[표 8] 삼동면 조사마을과 조사자료

조사마을	설화	민요	소계	조사마을	설화	민요	소계
동천리 내동천마을	0편	21편	21편	봉화리 내산마을	10편	19편	29편
물건리 물건마을	6편	14편	20편	봉화리 봉화마을	5편	7편	12편
총계(4개 마을)				설화	21편	민요 61편	82편

[표 9] 미조면 조사마을과 조사자료

조사마을	설화	민요	소계	조사마을	설화	민요	소계
미조리 미조마을	17편	7편	24편	송정리 설리마을	5편	9편	14편
미조리 사항마을	0편	22편	22편	송정리 항도마을	0편	21편	21편
송정리 노구마을	6편	0편	6편				
총계(5개 마을)				설화	28편	민요 59편	87편

[표 10] 상주면 조사마을과 조사자료

조사마을	설화	민요	소계	조사마을	설화	민요	소계
상주리 금전마을	1편	29편	30편	양아리 대량마을	0편	24편	24편
상주리 임촌마을	6편	26편	32편				
총계(3개 마을)				설화	7편	민요 79편	86편

　이상의 표에서 보듯이, 남해군의 10개 읍·면에서 구비문학을 현장조사한 마을은 모두 59개 마을이며, 이들 마을에서 설화 232편, 민요 884편으로 총 1,116편이 채록되었다. 이중 12개 마을을 조사한 남해읍에서 설화 56편과 민요 154편으로 총 210편을 조사하여 가장 많은 조사 성과를 보였다. 남해읍 다음으로는 남면, 창선면, 고현면의 순으로 많은 구비문학 자료가 조사되었다. 조사 성과가 가장 빈약한 곳은 서면이었다. 설화를 기준으로 보면 남해읍, 고현면, 설천면, 미조면의 순으로 설화가 많이 조사되었으며, 민요를 기준으로 보면 남해읍, 남면, 창선면, 이동면의 순으로 민요가 많이 조사되었다.

　설화로는 남해 금산을 배경으로 한 상사바위 설화, 이태조 등극설화 등 인물이나 지형지물에 관한 설화가 많았다. 민요의 경우 <모심기 노래>는 약간 채록하는 정도에 그쳤으며, <논매기 노래>는 거의 채록되지 않았다. 반면 <상여 소리>가 여러 지역에서 채록되었고, 여성 노인들을 중심으로 김쌈을 하며 불렀던 서사민요가 상당수 채록되었다. 남해읍 선소리 선소마을에서 채록한 <전어잡이 소리>는, 류경자에 의해 먼저 채록된 바 있으나, 어로요로 처음 채록된 귀중한 자료로 이번 구비문학 조사의 중요한 성과의 하나이다.

1. 미조면

▎조사마을

경상남도 남해군 미조면 미조리 미조마을

조사일시 : 2011.1.20
조 사 자 : 박경수, 서정매, 황영태, 윤슬기

　미조리(彌助里)는 옛날부터 미아산이라고 불리는 산 아래에 마을이 형성 되었다 하여 붙여진 명칭이다. 미조리의 미조마을은 옛날부터 사람들이 많 이 살고 있는 마을이라고 해서 보통 본촌(本村)이라 부른다. 1954년에 미 조1동(彌助一洞)이라 불렸다가 1979년 미조리로 개칭되었다. 남해 최남단 에 자리 잡은 미조마을의 미조항은 동백과 잣밤나무, 해송이 어우러진 미 조섬(일명 누에섬)이 눈앞에 펼쳐져 있어서 미항(美港)으로 이름나 있으며, "미륵이 도운 마을"이라는 설도 전한다.

　미조항 주변에는 유인도(有人島)인 호도(虎島), 조도(鳥島) 및 작은 섬 16 개가 남항과 북항 주변에 위치하고 있다. 미조항은 예전에는 군항(軍港)으 로 중요한 몫을 담당했던 군사적 요충지였으며, 미조마을 마을회관 앞바다 에 있는 돌무더기는 수군(水軍)이 왜구와 싸울 때 방호물로 이용한 것으로 알려져 있다.

　국도 19호선을 따라 구비길을 돌아가면 마을 입구에 수호신처럼 우뚝 선 무민사가 있다. 이곳은 고려 말에 왜구를 맞아 고군분투한 수군의 주둔 지로 최영장군의 영정을 모신 사당으로 남해군 보호문화재 제1호로 지정 되어 있다. 병풍처럼 마을을 감싸 안은 망산의 산자락에는 조선 성종시대 에 왜구의 침범을 경계하여 성곽을 축성하였으며, 임진왜란 때에는 이충무 공이 지휘하던 함선과 만호의 벼슬을 가진 부산 첨사 충정공 한백록 장군 휘하의 전함 및 전선, 병선, 하우선과 수백 명의 용병이 이곳 앞바다에서 왜군과 전투를 하다 장렬히 전사한 곳이다. 지금의 미조초등학교 뒤편에

축조된 약 700m의 성곽이 있고, 망산의 정상에는 노량과 하동, 사천 방향으로 국가의 위급사항을 연락하던 봉수대가 있다.

미조마을과 사항마을을 가르는 미조상록수림은 마을의 지형적인 결함을 보완하기 위하여 옛 선조들이 나무를 심어 만든 숲으로 전해온다. 현재에도 방풍림과 어부림으로서의 가치를 가질 뿐만 아니라 후박나무, 돈나무 등 희귀한 상록활엽수 수십 종이 자라고 있어서 식물백과사전의 표본실이 되고 있다. 미조상록수림은 숲이 우거지면 마을에 인재가 태어난다는 전설이 있어 지금도 주민들이 애정을 가지고 관리를 하고 있으며, 천연기념물 제29호로 지정되어 있다.

마을 앞 바다에는 가두리 양식장과 정치망을 이용 패류 수확이 전국에서 제일가는 수산물의 산지이다. 가두리 양식장에서는 참돔, 우럭, 감성돔, 농어, 볼락, 돌돔, 방어, 노래미, 넙치 등 많은 종류의 고급 어종을 양식하고 있으며, 마을의 주 소득원인 정치망에서는 감성돔, 방어, 쥐고기, 갈치, 한치, 갑오징어 등 풍성한 자연산 활어로 관광객의 발길과 미식가들의 입맛을 사로잡고, 여름을 거쳐 가을까지 어부의 손길에 잡혀 올라오는 은빛 찬란한 멸치는 수확하는 즉시 건조를 시켜 칼슘과 그 품질이 우수하여 인터넷이나 전화를 통해 전국으로 택배로 배송하고 있다. 또한 사시사철 낚시꾼들과 관광객들의 발길이 끊이지 않는 청정해역이다.

미조마을은 미조리에서도 큰 마을이다. 마을회관에 노인들이 항상 모여 있다는 제보를 받고 오후 2시 경에 마을회관에 도착하여 조사를 시작하였다. 오른쪽 방은 할아버지방, 왼쪽 방은 할머니방으로 구분되어 있었다. 할아버지들은 조사에 별로 관심을 두지 않고 오히려 냉정하기까지 했지만, 할머니들은 적극적으로 조사에 임하면서 화기애애한 분위기에서 조사자 잘 이루어졌다. 25명의 할머니들이 좁은 방안에 빼곡히 앉아 있는 상태에서 이야기를 구술할 때도 조용히 경청하였고, 노래를 부를 때는 박수를 치면서 호응해 주었다. 여러 분이 설화와 민요를 제공했는데, 특히 임풍운은 총 5편의 설화와 10편의 민요를 제공해 주었다. 민요 10편 중 5편은 쉽게 채록하기 힘든 서사민요였다. 미조마을에서의 조사 성과는 기대 이상이었다.

미조리 미조마을 미조마을회관

경상남도 남해군 미조면 미조리 사항마을

조사일시 : 2011.1.21
조 사 자 : 박경수, 서정매, 황영태, 윤슬기

사항마을은 모래땅을 옥토로 일군 마을이다. 즉 지금의 마을 위로는 원래 해수가 상통하는 바다였으나 차츰차츰 모래가 쌓이고 쌓여 점차 바닷물이 끊기게 되었고 바닷물 상통이 불가능해지면서 모래톱이 생기자 그 모래땅 위에 주민들이 집을 짓고 살기 시작해 마을을 이루었다. 그 일례로 사항 일대에 땅을 파 보면 모래만 나오는데 이것을 미루어 볼 때 모래톱이었음이 분명하다.

지금의 면사무소 자리나 목욕탕일대는 원래는 깊은 바다였으나 1982년경에 매립하여 지금은 현대식 양옥건물이 들어서 있다. 이후 수협 쪽은 '몰갯넘이'라고 부르고 (구)미조중학교 쪽은 '수장개', 북항을 '만개턱꿈이'라 부르고 있다.

남항에 위치한 수협활어위판장은 매일 아침 7시면 경매가 시작된다. 돔, 장어, 우럭, 도다리, 새우를 비롯해 수십 종의 생선들이 중매인을 거쳐 도시들의 횟집으로 팔려 나간다. 수협 위판장 쪽의 골목에는 곽재구 시인의 산문집에도 나오는 '갈치회'로 이름난 식당과 일간신문과 텔레비전을 통해 여러 차례 소개되기도 한 '회무침' 식당들이 제 각각이 보유한 기술로 발효시킨 초고추장으로 맛을 내어 시장끼를 느끼는 관광객과 맛을 음미하는 미식가들의 입을 즐겁게 하고 있어 발길이 끊어지지 않아 사항마을의 명물로 자리매김하고 있다.

사항마을은 전날 미리 전화를 드린 터였다. 회관에 도착하니 젊은 할머니들은 거실에서 이야기하고 있었고 나이 드신 분들은 대부분 방안에 누워 있었다. 조사자가 준비한 과자를 내어놓으며 조사를 시작하는데, 조사한 지 얼마 되지 않아 회관에서 <노래방 교실> 수업이 있다고 하였다. 이미 노래 강사가 도착하였고, 어르신들은 그 수업을 들으러 모두 거실로 나가는 상황이 벌어졌다. 어쩔 수 없이 몇 분 남은 제보자들에 의해 계속 조사가 이루어졌다. 거실에서는 음악을 크게 틀어 놓고 마이크로 노래를 부르기 시작한 터라 무척 시끄러운 상황이었지만, 남은 제보자들을 대상으로 조사는 계속 진행되었다.

제보자는 총 6명이며, 설화는 제보 받지 못하였고, 민요만 제보되었다. 제보자들은 대부분 창부타령을 공통적으로 구연해 주었는데, 특히 임금엽(여, 1929)은 <창부타령> 7곡을 구연하였고 이 외 <양산도>, <노랫가락 / 그네 노래> 등을 제공하였다. 그리고 박춘자(여, 1941)는 <다리 세기 노

래>, <사발가>, 정선애(여, 1927)는 <찔레꽃 노래>, <화투타령>, 정옥
점(여, 1934)은 <산아지타령>, <너냥 나냥>, 박소아(여, 1926)는 <잠자
리 잡는 노래>, 오숙자(여, 1936)는 <도라지타령> 등을 구연해 주어서 총
11곡의 민요가 제공되었다.

미조리 사항마을 전경

경상남도 남해군 미조면 송정리 노구마을

조사일시 : 2011.1.21

조 사 자 : 박경수, 서정매, 황영태, 윤슬기

　노구마을은 삼동면 물건에서 미조면 사항마을에 이르는 물미도로의 중
간 지점에 위치한 작은 골짜기 마을이다. 노구마을 가는 길에는 일출가든
까지 못 미쳐서 만나는 오르막길이 있는데, 여기에 바다를 향해 숨차게 내
달리던 산자락이 살짝 떨구어 놓은 옹달샘이 있다. 이 옹달샘은 해소 기침

까지 걸어갈 정도로 물맛이 좋다고 한다.

노구마을 앞에 위치한 마안도 어장은 일제강점기에 경남 최대의 어획고를 올렸다고 할 만큼 어획량이 대단하였고 멸치잡이로도 유명했다. 노구마을에서 북쪽으로 1Km지점에는 '중바우'라는 바위가 있는데, 그 설화의 내용은 이 바위에서 중이 앉아 있던 중 지나가던 아리따운 부인이 자태가 너무나 요염하고 아름다워 중이 이성을 잃고 구애를 하자, 부인은 유부녀였고 절개가 대단하여 중의 요구를 일언지하에 거절했고 부인의 미색에 취한 중은 아차 하는 순간 바위에서 떨어져 그만 죽음을 당하고 말았다고 한다. 이후 중이 떨어진 이 바위를 중바위라고 부른다. 이 중바위에서 노구 쪽을 바라보면 해안을 낀 절벽이 아홉 구비나 되고 갈대가 하얗게 피어오르는데, 그 갈대숲 속에서는 오리떼나 기러기가 둥지를 틀기도 한다. 이에 '갈대 노'와 '아홉 구'자를 써서 '노구'라고 부르며, 순수한 우리말로는 '갈구미' 또는 '갈기미'라고 한다.

노구마을은 남해읍 동쪽 해안가에 위치하고 있어서 해맞이 명소로도 유명하다. 해 맞는 자리에 위치한 일출가든 광장에는 해마다 12월 31일 자정 무렵에 군민과 관광객들이 새해를 맞기 위해 모여드는데, 이처럼 미조면 노구마을은 최근 새로운 해맞이 명소로 떠오르고 있다.

노구마을은 오후 3시 반쯤에 마을회관에 도착하였다. 마을회관에는 어르신들이 거의 모여 있지 않았는데 대부분 일을 하러 가기 때문인 것 같았다. 마을의 노인회장과 미리 통화가 되었고, 노인회장인 김병선(남, 79세)과 송백열(남, 86세)이 조사자들을 반갑게 맞아 주었다. 노구마을은 바다를 끼고 있는 곳이어서인지 섬에 대한 유래가 많았는데, 노인회장 김병선은 입담이 좋은 편이어서 마을에 관한 유래를 자세히 구술해 주었다. 이미 이전에도 이런 설화 조사를 한 적이 있었다며 솔선수범하게 응해 주었다. <바다에서 떠내려온 마안도>, <마안도 앞의 콩섬>, <용이 되기 전의 뱀>, <여인을 겁탈하려던 중이 떨어져 죽은 바위> 등의 4편의 설화를 구술해 주었으며 이 외에 송백열(남, 86세)은 <노구마을의 유래>, <마안섬의 유래> 등이 제공하여 총 6편의 설화가 구술되었고, 민요는 제공되지 않았다.

송정리 노구마을 전경

경상남도 남해군 미조면 송정리 설리마을

조사일시 : 2011.1.20
조 사 자 : 박경수, 서정매, 황영태, 윤슬기

설리마을은 마을 앞에 있는 백사장이 눈처럼 희다고 하여 붙여진 이름이다. 이 외에도 마을의 뒷산이 용이 서린 형국과 같다 하여 '설리' 또는 '반용촌(般龍村)'이라 한다. 마을 앞에 펼쳐진 백사장은 그야말로 은빛 비단을 연상하게 한다. 밤같이 생겼다는 밤섬과 띠섬이 파도를 가려 주는 형국이어서 천연의 한적한 도원처럼 한적하다. 송정에서 불과 1km 남쪽 등

너머에 위치하고 있어서 해수욕객이 즐겨 찾는 곳이다.

1940년대에는 남해에서도 기와집 많기로 유명했고 멸치어장의 성황을 이뤄 백사장에 발 디딜 틈이 없을 정도로 붐비었다고 한다. 조류의 흐름이 좋아 해초류가 잘 자라 패류의 먹이가 많았으므로 어업소득을 높이는 데에도 좋은 조건을 갖고 있다.

설리마을은 방문하기 전날 미리 전화를 드린 터였다. 작은 바닷가 마을이었는데, 마을회관은 규모가 크고 잘 지어진 최신식 건물이었다. 마당에는 운동기구도 설치되어 있고, 회관 앞에는 바로 설리해수욕장이어서 한눈에 백사장이 펼쳐져 있어서 경치가 좋다. 설리마을은 작은 마을이어서 수퍼나 장을 보러 갈 때면 옆 마을인 미조마을을 찾아간다고 한다.

마을회관에는 할아버지보다는 할머니들이 많이 모이는 편이었다. 이곳 마을에서는 <멸치 후리는 소리>가 유명했었던 터라 조사자들은 기대를 하고 있었는데, 할아버지 제보자가 없는 터여서 대신 김수엽 할머니가 구연해 주었다.

구연해 준 제보자는 강덕심(여, 1925), 김봉덕(여, 1926), 김수엽(여, 1938), 최천운(남, 1947)의 4명이며, 이 중 김수엽 할머니가 <상사병 걸린 사람을 잡아먹는 상사바위 뱀>, <세종대왕이 던진 지팡이에서 열린 배>, <일본에서 서귀포로 정착한 이성계> 등 총 3편의 설화를 구술해 주었고, 김봉덕은 <강피 훑는 팔자의 부인>, 최천운은 <나무섬의 유래> 등 설화 한 편씩을 구술해서 총 5편의 설화가 제공되었다. 이 외 민요로는 강덕심은 <본조아리랑>, <진도아리랑>, <파랑새 노래>, 김봉덕은 <물레 노래>, <진도아리랑>, <풀국새 노래>, 김수엽은 <멸치 후리 소리>, <다리 세기 노래>, <아기 재우는 노래 / 자장가> 등 총 9편의 민요가 구연되었다.

송정리 설리마을복지회관

송정리 설리마을의 백사장

경상남도 남해군 미조면 송정리 항도마을

조사일시 : 2011.1.21

조 사 자 : 박경수, 서정매, 황영태, 윤슬기

　항도마을은 작은 포구로 갯바위 낚시도 즐길수 있는 마을이다. 때로는 감질 나는 파도에 섬이 되기도 하는 일명 '목섬(項島)'마을로 불리기도 한다. 가인포 마을에서 미조소재지 방향으로 2.5km 떨어진 이곳은 남해군을 나비형태의 섬으로 칭한다면 오른쪽 뒷날개 부분쯤 되는 마을이다. 이름만 으로는 마치 섬인 듯 여겨지지만 사실은 바다에 비밀이 있다. 그 비밀이란 다름 아닌 항도마을 앞바다에 작은 섬이 있는데 그 섬에 물이 들면 마을과 떨어졌다가 물이 나면 바닷길이 드러나 마을과 이어지므로 목항(項)을 써서 항도라 불리게 되었다. 항도마을 앞쪽에는 물이 들고 나면서 씻기고 깎인 각양각색의 갯바위가 해안을 장식하고 있는데다 한쪽에는 수중동굴도 있어 작은 어촌치고는 볼거리가 많은 곳이다. 또 마을 뒤편에 우뚝 선 산에서 흘러나오는 계곡물이 동네 안으로 흐르며, 발 아래까지 파도가 오락가락하여 낚시꾼들이 항도마을을 찾아오는데 볼락. 망상어. 열기 등 어종도 다양하다.

　항도마을회관은 미리 연락을 하지 않고 찾아간 곳이었다. 항도마을에는 나이가 드신 어르신들도 모두 조개를 캐러 가기 때문에 회관에는 사람들이 별로 없는 편이었다. 마을에서는 노래를 잘 한다는 명창할머니가 있다는 얘기를 듣는 중에, 마침 그 할머니가 조개를 캐고 돌아오는 중이었다. 할머니께 조사를 요청하자 집에서 옷을 갈아입고 오겠다고 했고, 회관에는 총 5명의 할머니가 모였다. 그러나 할머니들은 조사에는 별 관심이 없는 듯 바로 화투판을 꺼내었고 화투에서 손을 뗄 줄을 몰랐다. 명창으로 소문 난 김갑선 할머니가 단독으로 민요를 불러 주었는데, 노래를 부르는 중에도 화투에 손을 떼지 않았다. 구연 민요는 총 21곡이다. <창부타령>, <시

집살이 노래 / 밭매기 노래>, <진도아리랑>, <베틀 노래>, <임 그리는 노래>, <쌍가락지 노래>, <노랫가락 / 그네 노래>, <화투타령>, <산아지타령>, <너냥 나냥>, <도라지타령> 등이 가창되었다.

송정리 항도마을 전경

▌제보자

강덕심, 여, 1925년생

주 소 지 : 경상남도 남해군 미조면 송정리 설리마을
제보일시 : 2011.1.20
조 사 자 : 박경수, 서정매, 황영태, 윤슬기

강덕심 제보자는 1925년생으로 소띠이며 올해 86세이다. 본관은 진양이며, 18세에 결혼하여 슬하에 2남 2녀를 두었는데 자녀들은 모두 부산에 거주하고 있다. 과거에는 농사를 짓고 살았고, 야학을 다닌 바 있다.

부끄러움이 많은 편이어서, 노래를 부르는 중간에 조사자가 녹음기를 가까이 대면 노래를 부르다가도 가사가 잘 생각이 안 난다고 하면서 노래를 멈추기도 하였다. 하지만 분위기가 무르익자 스스로 박수를 치면서 노래를 구연하는 등 즐겁게 제보에 응해 주었다. 구연해 준 노래는 대부분 어렸을 때 어른들이 부르는 것을 듣고 배운 것이라고 했다.

제공 자료 목록
04_04_FOS_20110120_PKS_KDS_0001 본조아리랑
04_04_FOS_20110120_PKS_KDS_0002 진도아리랑
04_04_FOS_20110120_PKS_KDS_0003 파랑새 노래

김갑선, 여, 1927년생

주 소 지 : 경상남도 남해군 미조면 송정리 항도마을
제보일시 : 2011.1.21

조 사 자 : 박경수, 서정매, 황영태, 윤슬기

김갑선은 1927년생으로 토끼띠이며 올해 84세이다. 본관은 김녕이며, 경상남도 남해군 미조면 항도리 항도마을에서 5남 6녀 중 막내로 태어나 초등학교를 졸업하였다. 17살 때 남편을 만나 결혼하여 1남 2녀를 두고 있는데 남편은 55년 전에 먼저 세상을 떠났다. 아들도 일본에 갔다가 먼저 세상을 떠났다. 지금은 혼자 지내고 있다. 옛날에는 주로 밭농사를 지었지만 지금은 나이가 많아서 일은 하지 않는다고 했다.

제보자는 긴 노래의 가사를 빠짐없이 기억할 만큼 기억력이 좋았다. 지금은 목이 많이 좋지 않아서 기침을 가끔씩 하고 목소리도 약간 거칠게 느껴졌다.

구연해 준 민요는 총 21편으로 가장 많은 자료를 제공해 주었다. 특히 긴 가사의 <베틀 노래>와 서사민요인 <시집살이 노래>를 잘 기억해서 가창했는데, 이들 노래를 구연할 때 청중들이 눈물을 자아내기도 했다. 모두 젊었을 때 일하면서 배웠던 민요라고 했다.

제공 자료 목록
04_04_FOS_20110121_PKS_KGS_0001 창부타령 (1)
04_04_FOS_20110121_PKS_KGS_0002 창부타령 (2)
04_04_FOS_20110121_PKS_KGS_0003 창부타령 (3)
04_04_FOS_20110121_PKS_KGS_0004 창부타령 (4)
04_04_FOS_20110121_PKS_KGS_0005 시집살이 노래 (1) / 밭매기 노래
04_04_FOS_20110121_PKS_KGS_0006 진도아리랑
04_04_FOS_20110121_PKS_KGS_0008 창부타령 (5)
04_04_FOS_20110121_PKS_KGS_0009 임 그리는 노래
04_04_FOS_20110121_PKS_KGS_0010 쌍가락지 노래

04_04_FOS_20110121_PKS_KGS_0011 노랫가락 / 그네 노래

04_04_FOS_20110121_PKS_KGS_0012 화투타령

04_04_FOS_20110121_PKS_KGS_0013 산아지타령 (1)

04_04_FOS_20110121_PKS_KGS_0014 산아지타령 (2)

04_04_FOS_20110121_PKS_KGS_0015 창부타령 (6)

04_04_FOS_20110121_PKS_KGS_0016 창부타령 (7)

04_04_FOS_20110121_PKS_KGS_0017 창부타령 (8)

04_04_FOS_20110121_PKS_KGS_0018 시집살이 노래 (2) / 밭매기 노래

04_04_FOS_20110121_PKS_KGS_0019 산아지타령 (3)

04_04_FOS_20110121_PKS_KGS_0020 너냥 나냥

04_04_FOS_20110121_PKS_KGS_0021 도라지타령

04_04_MFS_20110121_PKS_KGS_0007 베틀 노래

김병선, 남, 1932년생

주 소 지 : 경상남도 남해군 미조면 송정리 노구마을
제보일시 : 2011.1.21
조 사 자 : 박경수, 서정매, 황영태, 윤슬기

김병선은 1932년 임신생이고 원숭이띠로 올해 79세이다. 본관은 김녕이며, 경상남도 남해군 미조면 노구리 노구마을에서 3남 4녀 중 다섯째로 태어났다. 26살 때 아내 이정애와 결혼하여 슬하에 2남 3녀를 두었으나 지금은 혼자 거주하고 있다. 두 딸 중 하나는 노구마을에 살면서 사회복지도우미로 일하고 있다. 옛날에는 벼, 보리, 고구마, 마늘 등 농사를 지었지만 지금은 나이가 많아서 하지 않는다.

제보자는 현재 마을의 노인회회장을 맡고 있으며, 이전에는 마을의 이장을 맡았다고 한다. 성품이 쾌활하고 적극적이어서 조사에도 흔쾌히 참여해

주었다. 주로 마을의 유래와 관련된 설화를 구술해 주었는데, 모두 옛날에 마을의 어른들에게 들었던 이야기라고 했다.

제공 자료 목록
04_04_FOT_20110121_PKS_KBS_0001 바다에서 떠내려 온 마안도
04_04_FOT_20110121_PKS_KBS_0002 마안도 앞의 콩섬
04_04_FOT_20110121_PKS_KBS_0003 용이 되기 전의 뱀
04_04_FOT_20110121_PKS_KBS_0004 여인을 겁탈하려던 중이 떨어져 죽은 바위

김봉덕, 여, 1926년생

주 소 지 : 경상남도 남해군 미조면 송정리 설리마을
제보일시 : 2011.1.20
조 사 자 : 박경수, 서정매, 황영태, 윤슬기

김봉덕은 1926년 병인생이고 범띠로 올해 86세이다. 16세에 남편을 만나 결혼했으나 남편은 이미 작고하여 지금은 홀로 설리마을에서 거주하고 있다. 검은색으로 염색을 한 파마머리를 하고 있었으며, 화사한 노란색 조끼와 꽃무늬 티를 입고 있었다.

성격은 조용한 편이어서 이야기를 하거나 노래할 때에 낮은 소리로 조용하게 구연해 주었다. 다른 제보자의 노래나 이야기를 경청하다가 생각나는 이야기나 노래가 있으면 구연해 주었다. 제공한 설화와 민요는 어렸을 때 귀동냥으로 들은 것이라고 했다.

제공 자료 목록
04_04_FOT_20110120_PKS_KBD_0001 강피 훑는 팔자의 부인
04_04_FOS_20110120_PKS_KBD_0001 물레 노래

04_04_FOS_20110120_PKS_KBD_0002 진도아리랑

04_04_FOS_20110120_PKS_KBD_0003 풀꾹새 노래

김수엽, 여, 1938년생

주 소 지 : 경상남도 남해군 미조면 송정리 설리마을

제보일시 : 2011.1.20

조 사 자 : 박경수, 서정매, 황영태, 윤슬기

　　김수엽은 1938년 무인생이고 범띠로 올해 73세이다. 본관은 김해이며, 26세에 남편을 만나 결혼하여 슬하에 1남 2녀를 두었다. 당시의 시절로는 조금 늦은 결혼이었다. 현재 딸은 천안과 부산에 거주하고 있고, 본인은 아들집에서 손자와 함께 살고 있다.

　　파마머리를 하고 있는 제보자는 얼굴의 희고 입 꼬리는 내려가 있었다. 다른 청중들을 챙기는 모습을 자주 보였고, 다른 제보자가 구연을 할 때 설명을 곁들이는 등 자료 제보에 매우 적극적으로 임해 주었다. 마을에 전해 오는 설화 세 편과 민요를 구연해 주었는데, 모두 귀동냥으로 듣고 배운 것이라고 했다.

제공 자료 목록

04_04_FOT_20110120_PKS_KSY_0001 상사병 걸린 사람을 잡아먹는 상사바위 뱀

04_04_FOT_20110120_PKS_KSY_0002 세종대왕이 던진 지팡이에서 열린 배

04_04_FOT_20110120_PKS_KSY_0003 일본에서 서귀포로 정착한 이성계

04_04_FOS_20110120_PKS_KSY_0001 멸치 후리 소리

04_04_FOS_20110120_PKS_KSY_0002 다리 세기 노래

04_04_FOS_20110120_PKS_KSY_0003 아기 재우는 노래 / 자장가

김월매, 여, 1924년생

주 소 지 : 경상남도 남해군 미조면 미조리 사항마을
제보일시 : 2011.1.21
조 사 자 : 박경수, 서정매, 황영태, 윤슬기

김월매는 1924년 갑자생이고 쥐띠로 올해 87세이다. 본관은 김해로 18세에 결혼하여 슬하에 6남 1녀를 두고 있다. 현재 자녀들은 서울과 부산 등지에서 모두 따로 살고 있다. 학교는 다니지 않았지만 규모가 작은 강습소에서 공부를 조금 배운 적이 있다고 했다.

노래를 구연하던 중에 마을회관에서 노래 교실 수업이 겹쳐져서 회관에서 노래방 기기를 틀고 수업을 하게 되어 매우 시끄러운 상황이 되었는데, 그럼에도 최선을 다해 노래를 구연해 주었다.

노래할 때는 얼굴을 살짝 떨기도 하였다. 창부타령 한 곡을 구연해 주었는데, 젊었을 때 귀동냥으로 듣고 배운 것이라고 했다.

제공 자료 목록
04_04_FOS_20110121_PKS_KWM_0001 창부타령

박소아, 여, 1926년생

주 소 지 : 경상남도 남해군 미조면 미조리 미조마을
제보일시 : 2011.1.20
조 사 자 : 박경수, 서정매, 황영태, 윤슬기

박소아는 1926년생 병인생이고 범띠로 경상남도 냄해군 남해읍 입현리 섬호마을에서 태어났다. 본관은 밀양이며, 동네에서는 종루어매라고 불린

다. 20살에 결혼하였으나 6년 전에 남편이 세상을 떠나서 현재 혼자 지내고 있다. 슬하에는 2남 6녀가 있는데 큰아들은 판사이고, 작은 아들은 경상대 박사이다.

제보자는 조용한 성품에 경상도 사투리가 심한 편이다. 종교는 천주교이며, 현재 골다공증이 심해 약을 먹고 있다고 했다. 조사자가 어렸을 때 잠자리를 잡으며 불렀던 노래를 불러달라고 하자 동요 1편을 불러 주었다. 어릴 때 친구들과 함께 놀면서 부르던 노래라고 했다.

제공 자료 목록
04_04_FOS_20110120_PKS_BSA_0001 잠자리 잡는 노래

박춘자, 여, 1941년생

주 소 지 : 경상남도 남해군 미조면 미조리 사항마을
제보일시 : 2011.1.21
조 사 자 : 박경수, 서정매, 황영태, 윤슬기

박춘자는 1941년 신사생이고 뱀띠로 올해 70세이다. 본관은 밀양이며 남해읍 녹우마을에서 태어나 17세에 남편을 만나 결혼하여 그 이후로 지금까지 사항마을에서 살고 있다. 그러나 남편은 4년 전에 작고하여 지금은 홀로 살고 있다. 슬하에 2남 6녀의 자녀가 있으며 현재에는 모두 외지에 거주하고 있다.

초등학교를 졸업하였고, 과거에는 농사일을 주로 하였는데 뱃일을 한 경험도 있다고 했다. 얼굴이 곱고 희며 나이에 비해 동안이다. 노래를 구연할 때 방을 이리저리 왔다 갔다 하면서 부르기도 하고, 다른 제보자가 구연할 때는 자리를 뜨기도 하는 등 차분한 편이 아니었다. 성격은 쾌활한 편으로 목소리가 크고 시원시원했다. 세 편의 민요를 구연해 주었는데, 주로 일하면서 귀동냥으로 듣고 배운 것이라고 했다.

제공 자료 목록

04_04_FOS_20110121_PKS_PCJ_0001 다리 세기 노래
04_04_FOS_20110121_PKS_PCJ_0002 창부타령
04_04_FOS_20110121_PKS_PCJ_0003 사발가

송백열, 남, 1925년생

주 소 지 : 경상남도 남해군 미조면 송정리 노구마을
제보일시 : 2011.1.21
조 사 자 : 박경수, 서정매, 황영태, 윤슬기

송백열은 1925년 을축생이고 소띠로 올해 86세이다. 본관은 인진이며, 경상남도 남해군 미조면 송정리 노구마을에서 2남 1녀 중 첫째로 태어났다. 20살 때 부인 정복심(82세)과 결혼하여 슬하에 6남 2녀를 두었다. 간이학교를 졸업한 바 있으며, 옛날에 밭농사와 고기잡이를 병행해서 했으나 지금은 쉬고 있다. 자녀들은 모두 노구마을에서 살고 있는데, 모두 고기 잡는 일을 하고 있다. 다만 아들 한 명은 예전에 고기잡이를 하다가 먼저 세상을 떠났다고 했다.

제보자는 성격이 쾌활하고 설명도 잘해 주는 편이었다. 민요 조사는 예

전에도 마을에서 한 번 있었는데 그때에도 본인이 제보한 적이 있었다며 조사에 흔쾌히 응해 주었다. 노구마을과 마안섬의 유래를 구술해 주었는데, 모두 옛날에 어른들로부터 들었던 것이라고 했다.

제공 자료 목록
04_04_FOT_20110121_PKS_SBR_0001 노구마을의 유래
04_04_FOT_20110121_PKS_SBR_0002 마안섬의 유래

오숙자, 여, 1936년생

주 소 지 : 경상남도 남해군 미조면 미조리 사항마을
제보일시 : 2011.1.21
조 사 자 : 박경수, 서정매, 황영태, 윤슬기

오숙자는 1936년 병자생이고 쥐띠로 올해 나이 75세이다. 본관은 해주이며, 미조마을에서 태어났는데 21세에 남편과 결혼하여 지금까지 사항마을에서 살고 있다. 슬하에 2남 3녀를 두었으며 모두 따로 거주하고 있다. 남편은 55년 전에 작고하여 오랫동안 홀로 살아왔다.

초등학교를 졸업했으며 주로 농사를 지었다고 했다. 웃음이 많은 편으로 미소를 지으며 조사에 임해 주었다. 두 편의 민요를 구연해 주었는데, 어렸을 때 놀면서 자연스럽게 듣고 알게 된 노래라고 했다.

제공 자료 목록
04_04_FOS_20110121_PKS_OSJ_0001 다리 세기 노래
04_04_FOS_20110121_PKS_OSJ_0002 도라지타령

이막심, 여, 1932년생

주 소 지 : 경상남도 남해군 미조면 미조리 미조마을
제보일시 : 2011.1.20
조 사 자 : 박경수, 서정매, 황영태, 윤슬기

이막심은 1932년 임신생으로 원숭이띠이
다. 경상남도 남해군 미조면 미조리 미조마
을에서 5남 5녀 중 셋째 딸로 태어난 토박
이이다. 18살 때 남편과 결혼하였으나 남편
은 50세가 되기 전에 먼저 세상을 떠났다.
슬하에는 1남 1녀가 있는데 두 자녀 모두
부산에 살고 있어서 현재 혼자 거주하고 있
다. 옛날에 젊었을 때는 서울, 경기도, 부산
등지를 돌아다니며 꽈배기나 과일 장사를 하였으며, 고향에 돌아온 후로는
농사를 지었으나 지금은 나이가 많아서 일은 하지 않는다.

종교는 불교이다. 얼굴은 붉은 편인 제보자는 발음이 좋아서 다른 사람
들이 노래를 부르도록 유도하기도 하고, 다른 제보자가 노래를 부르는 중
에도 끼어들어 가사를 설명하기도 하면서 자료 조사에 적극적으로 임해
주었다. 설화 1편과 민요 3곡을 제공해 주었는데, 특히 민요는 어렸을 때
친구들과 놀면서 배워서 불렀던 것이라고 했다.

제공 자료 목록
04_04_FOT_20110120_PKS_IMS_0001 단칸방에서 나누는 사랑 / 아빠가 엄마 배 위
에서 자요
04_04_FOS_20110120_PKS_IMS_0001 파랑새 노래
04_04_FOS_20110120_PKS_IMS_0002 도라지타령
04_04_FOS_20110120_PKS_IMS_0003 시집살이 노래 / 밭매기 노래

이백순, 여, 1933년생

주 소 지 : 경상남도 남해군 미조면 미조리 미조마을
제보일시 : 2011.1.20
조 사 자 : 박경수, 서정매, 황영태, 윤슬기

이백순은 1932년 임신생이고 원숭이띠로
경상남도 남해군 미조면 송정리 천하마을에
서 3남 3녀 중 둘째로 태어났다. 본관은 장
순이며, 초등학교를 졸업하였다. 18살 때 남
편 김준섭을 만나 결혼하여 슬하에 5남 1녀
가 있다. 그러나 남편은 20년 전에 먼저 세
상을 떠나서 지금은 혼자 지내고 있다.

제보자는 이마가 넓고 귀가 어두운 편이
다. 목소리는 좋았으나 발음이 좋지 않아서 노래를 알아듣기가 약간 힘들
었다. 민요 한 편을 불러 주었는데, 젊었을 때 일하면서 불렀던 노래라고
했다.

제공 자료 목록
04_04_FOS_20110120_PKS_LBS_0001 창부타령

임금엽, 여, 1929년생

주 소 지 : 경상남도 남해군 미조면 미조리 사항마을
제보일시 : 2011.1.21
조 사 자 : 박경수, 서정매, 황영태, 윤슬기

임금엽은 1929년 기사생이고 뱀띠로 올해 82세이다. 남해군 서면 연조
리에서 태어나 17세에 남편을 만나 사항마을에서 지금까지 살고 있다. 본
관은 나주이다. 슬하에 자녀는 2남 3녀를 두고 있으며, 각기 외지에 나가

살고 있다. 남편이 58세 때에 먼저 작고하여
지금은 홀로 살고 있다. 초등학교는 다닌 바
가 없지만 강습소에서 4년을 공부하였다.

사항마을에서 조사를 할 때에는 어르신들
이 거의 대부분 머플러를 목에 감고 있었는
데, 제보자는 분홍색 머플러를 하고 있었다.

임금엽은 사항마을에서 노래를 가장 많이
불러 주었다. 스스로 목소리가 좋지도 않고
가사를 많이 잊어버렸다고 하면서도 많은 노래를 구연해 주었다. 때로는
청중들에게 불러 보라고 권유하기도 했다. 노래를 부르다가 지쳤는지, 바
닥에 누워서 노래를 불러 주는 등 적극적으로 조사에 임해 주었다.

제공 자료 목록
04_04_FOS_20110121_PKS_IGY_0001 창부타령 (1)
04_04_FOS_20110121_PKS_IGY_0002 양산도 (1)
04_04_FOS_20110121_PKS_IGY_0003 노랫가락 / 그네 노래
04_04_FOS_20110121_PKS_IGY_0004 창부타령 (2)
04_04_FOS_20110121_PKS_IGY_0005 창부타령 (3)
04_04_FOS_20110121_PKS_IGY_0006 창부타령 (4)
04_04_FOS_20110121_PKS_IGY_0007 창부타령 (5)
04_04_MFS_20110121_PKS_IGY_0008 창부타령 (6)
04_04_MFS_20110121_PKS_IGY_0009 양산도 (2)
04_04_FOS_20110121_PKS_IGY_0010 창부타령 (7)

임풍운, 여, 1928년생

주 소 지 : 경상남도 남해군 미조면 미조리 미조마을
제보일시 : 2011.1.20
조 사 자 : 박경수, 서정매, 황영태, 윤슬기

임풍운은 1928년 무진생이고 용띠로 올해
83세이다. 본관은 나주이며 경상남도 남해군
서면 유포리 녹개마을에서 2남 2녀 중 둘째
딸로 태어났다. 마을에서는 선자엄마로 불린
다. 야학을 조금 다녔고, 24살 때 결혼하여
슬하에 2남 3녀를 두고 있다. 8년 전에 남편
이 세상을 떠난 뒤 지금은 미조초등학교에
다니는 손자와 함께 생활하고 있다.

제보자는 시력이 좋지 않지만, 기억력이 좋아서 평소에도 자주 이야기를
하는 편이라고 했다. 발음이 좋지는 않았지만 웃으면서 이야기를 계속 이
어가면서 분위기를 살리려고 애를 썼다. 주변 할머니들이 계속 제보자에게
노래와 이야기를 요청하면 망설이지 않고 바로 응해 주었다. 5편의 설화와
10편의 민요를 제공해 주었는데, 모두 옛날에 주변 어른들로부터 듣고 배
운 것이라고 했다.

제공 자료 목록

04_04_FOT_20110120_PKS_LPW_0001 동생이 더 생기지 않도록 부모를 감시한 열 형제
04_04_FOT_20110120_PKS_LPW_0002 처갓집에서 속옷과 두루마기를 얻어 입은 사위
04_04_FOT_20110120_PKS_LPW_0003 서방 좆을 쥐고 잔 각시
04_04_FOT_20110120_PKS_LPW_0004 죽은 처자를 살려내어 결혼한 막내아들
04_04_FOT_20110120_PKS_LPW_0005 죽었다 살아난 할머니와 아들로 열 번 환생한 여우
04_04_MFS_20110120_PKS_LPW_0001 장모타령
04_04_FOS_20110120_PKS_LPW_0002 시집살이 노래 (1) / 중 노래
04_04_FOS_20110120_PKS_LPW_0003 못 갈 장가 노래
04_04_FOS_20110120_PKS_LPW_0004 시집살이 노래 (2) / 밭매기 노래
04_04_FOS_20110120_PKS_LPW_0005 노랫가락 / 그네 노래
04_04_FOS_20110120_PKS_LPW_0006 성주풀이
04_04_FOS_20110120_PKS_LPW_0007 시집살이 노래 (3) / 밭매기 노래
04_04_FOS_20110120_PKS_LPW_0008 방귀타령
04_04_FOS_20110120_PKS_LPW_0009 풀국새 노래

정선애, 여, 1927년생

주 소 지 : 경상남도 남해군 미조면 미조리 사항마을
제보일시 : 2011.1.21
조 사 자 : 박경수, 서정매, 황영태, 윤슬기

정선애는 1927년 정묘생이고 토끼띠로 올
해 8세이다. 본관은 진양이며 남해군 미조리
사항마을에서 태어났다. 17세에 남편과 결혼
하여 지금까지도 사항마을에 살고 있는 토
박이이다. 슬하에 자녀가 없으며, 남편은 오
래전에 작고한 터라 오랫동안 홀로 살고 있
다. 신상에 대한 정보를 알려주는 것을 조금
꺼리는 편이었다.

학교는 다닌 바가 없지만, 기억력이 좋고 발음이 좋아서 노래를 잘 듣고
따라 부르는 편이라고 했다. 활발한 성격이어서 아는 노래가 있으면 마다
하지 않고 적극적으로 구연해 주었다. 총 세 편의 민요를 구연해 주었는데,
모두 어릴 때 귀동냥으로 듣고 알게된 것이라고 했다.

제공 자료 목록
04_04_FOS_20110121_PKS_JSE_0001 찔레꽃 노래
04_04_FOS_20110121_PKS_JSE_0002 창부타령
04_04_FOS_20110121_PKS_JSE_0003 화투타령

정옥점, 여, 1934년생

주 소 지 : 경상남도 남해군 미조면 미조리 사항마을

제보일시 : 2011.1.21
조 사 자 : 박경수, 서정매, 황영태, 윤슬기

정옥점은 1934년 갑술생이고 개띠로 올해
77세이다. 본관은 진양이며, 미조리 사항마
을에서 5남 5녀 중에서 태어나 18세에 결혼
하여 지금까지도 사항마을에 살고 있는 토
박이이다. 슬하에 1남 1녀를 두었으나 아들
은 죽고 딸은 부산에 살고 있다. 남편은 12
년 전에 작고하여 지금은 홀로 살고 있다.
학교는 다닌 바가 없으며 종교는 없다.

중풍을 치료한 적이 있어서 현재에도 계속 약을 지어 먹고 있다고 했다.
자신의 정보를 알려주기를 많이 꺼려하는 눈치였다. 다른 청중들과 함께
같이 있는 것을 좋아하는 편이며, 예전에 일할 때나 다른 친구들과 놀 때
불렀던 노래라며 3편의 민요를 제공해 주었다.

제공 자료 목록
04_04_FOS_20110121_PKS_JOJ_0001 산아지타령
04_04_FOS_20110121_PKS_JOJ_0002 창부타령
04_04_FOS_20110121_PKS_JOJ_0003 너냥 나냥

최천운, 남, 1947년생

주 소 지 : 경상남도 남해군 미조면 송정리 설리마을
제보일시 : 2011.1.20
조 사 자 : 박경수, 서정매, 황영태, 윤슬기

최천운(崔千云)은 1947년 정해생이고 돼지띠로 올해 64세이다. 30세에 7
살 연하의 부인(김애봉)을 만나 결혼하여 지금 함께 살고 있다. 슬하에 아
들 2명이 있는데 모두 부산에 살고 있다. 현재 설리마을의 이장이다.

성격이 쾌활하고 적극적이어서 조사팀이 오기 전에 할머니들에게 미리 연락해서 회관에 모이게 도와주었다. 조사를 하는 도중에도 다른 제보자가 구연한 내용의 뜻을 미리 물어봐 주거나 제보를 할 수 있도록 유도를 하는 등 조사가 잘 될 수 있도록 적극적으로 도와주었다. 조사가 끝난 뒤에 조사자들을 잘 대접하지 못한 게 아쉽다면서 여름

에 놀러 오면 먹을거리를 꼭 제공하겠다고 거듭 말하는 등 정이 많은 편이었다.

침착하고 큰 목소리로 조리 있게 말하는 편이며, 처음 조사를 시작할 때 먼저 이야기를 시작하는 등 조사 분위기를 잘 이끌어 주었다. 어릴 때 어른들로부터 듣고 알게 된 마을의 유래에 대해 구술해 주었다.

제공 자료 목록

04_04_FOT_20110120_PKS_CCW_0001 나무섬의 유래

하말례, 여, 1934년생

주 소 지 : 경상남도 남해군 미조면 미조리 미조마을
제보일시 : 2011.1.20
조 사 자 : 박경수, 서정매, 황영태, 윤슬기

하말례는 1934년 갑술생이고 개띠로 올해 77세이다. 본관은 성주이며 경상남도 남해군 이동면 석평리 청룡부락에서 1남 2녀 중 둘째로 태어났다. 주변에서 우개할매로 불리는데, 이는 가요를 좋아해서 그렇다고 한다. 20살 때

남편 권대형(79세)과 결혼하여 부산에서 23년간 살다가 미조마을로 이사를
왔다. 슬하에 1남 4녀를 두고 있다. 옛날에는 농사를 지었지만 지금은 나
이가 많아서 쉬고 있다.

제보자는 소녀처럼 부끄럼이 많았으며 발음이 좋은 편이었다. 민요를 2
편 가창해 주었는데, 모두 어릴 때 친구들과 놀면서 불렀던 노래라고 했다.

제공 자료 목록

04_04_FOS_20110120_PKS_HMR_0001 진도아리랑
04_04_FOS_20110120_PKS_HMR_0002 다리 세기 노래

허두선, 여, 1932년생

주 소 지 : 경상남도 남해군 미조면 미조리 미조마을
제보일시 : 2011.1.20
조 사 자 : 박경수, 서정매, 황영태, 윤슬기

허두선은 1932년 임신년생이고 원숭이띠
로 올해 79세이다. 본관은 김해이며, 경상남
도 남해군 미조면 미조리 미조마을에서 2남
4녀 중 둘째딸로 태어났다. 주위에서 설아할
매로 불린다. 초등학교를 다녔으나 해방으로
인해 졸업을 못하고 5학년까지 다녔다. 21살
때 남편 김호열(80세)과 결혼해 슬하에 2남
2녀를 두고 있다. 큰아들은 지금 미조마을
이장이다. 옛날에는 고기잡이를 했지만 지금은 나이가 많아서 쉬고 있다.

제보자는 경상 사투리를 쓰고 있으며 목소리가 굵은 편이다. 조용한 성
품이며 종교는 불교이다. 예전에 위암수술과 담석 제거수술을 두 번 받았
으나 지금은 정상적으로 생활하고 있다. 제보자는 이야기를 수수께끼로 만

들어서 청중과 조사자들에게 풀게 하였다. 구술해 준 이야기는 친정아버지에게 들었던 것이라고 했다.

제공 자료 목록
04_04_FOT_20110120_PKS_HDS_0001 묘의 주인

바다에서 떠내려 온 마안도

자료코드 : 04_04_FOT_20110121_PKS_KBS_0001
조사장소 : 경상남도 남해군 미조면 송정리 노구마을 노구마을회관
조사일시 : 2011.1.21
조 사 자 : 박경수, 서정매, 황영태, 윤슬기
제 보 자 : 김병선, 남, 79세
구연상황 : 조사자가 제보자의 방에 들어서자 제보자는 굉장히 반갑게 맞아 주었다. 옛날
　　　　　에 이 마을에서 이런 조사를 한 적이 있다면서 조사에 흔쾌히 응해 주었다.
줄 거 리 : 옛날에 바다에서 말안장처럼 생긴 섬 하나가 마을 쪽으로 떠내려왔다. 이를
　　　　　목격한 부잣집 며느리와 동네 사람들은 모두 놀래서 고함을 질렀는데, 그 소
　　　　　리를 들은 섬이 그 자리에서 멈추었다. 이후 마을 사람들은 이 섬이 생긴 모
　　　　　양을 따서 마안도라고 부른다.

　거 앞에 섬이 하나 있재. 거 섬이 이름이 마안돈데. '말 마'자 하고 '안
장 안자. 말에 안장이 있제. 그래 마안도라 그러는데.

　옛날에 우리 조상 때에 나도 들은 얘긴데, 옛날에 저 섬이 저 바다에 떠
들어오더라네, 마을로 보고. 떠들어오니깐 그 옛날 부엌에서 불을 때던 며
느리가 저 섬이 떠들어온다고 부잣집에 작디기가 있어. 부뚜막을 두드리면
서 섬이 떠들어온다고 시아버님보고 아버님 나와 보라고 그랬어.

　그래, 시아버님이 나와 보니까 역시 그 섬이 떠들어왔어. 그래 막 동네
사람들이 아이, 저 섬이 떠들어 온다고 고함을 질렀더라네. 그랬더니 그때
섬이 멈추더라네, 안 들어오고.

　그래서 요새 우리들이 하는 후손들이 하는 얘기가, 그때 그 떠들어오는
것을 고함을 지르지 안 했더라면 조금만 더 떠돌아왔더라면 우리 마을에
항만이 들어왔을 기고. 우리 마을 후손들도 도움 봤을 건데, 아이, 그 떠

온다고 고함을 지른 것이 잘못된 게 아니냐. 요새 어른들이 그런 얘길 하
시지.

마안도 앞의 콩섬

자료코드 : 04_04_FOT_20110121_PKS_KBS_0002
조사장소 : 경상남도 남해군 미조면 송정리 노구마을 노구마을회관
조사일시 : 2011.1.21
조 사 자 : 박경수, 서정매, 황영태, 윤슬기
제 보 자 : 김병선, 남, 79세
구연상황 : 제보자는 앞의 이야기가 끝나자마자 이어서 다른 섬의 유래에 대해서 구술해
　　　　　주었다.
줄 거 리 : 말이 안장을 끼고 있는 모양의 마안도 앞에 조그마한 섬이 있다. 이 섬은 말
　　　　　이 좋아하는 콩을 닮은 형상이어서 콩섬이라고 부른다.

　그래 인자 마안도 섬인데 그 앞에 콩섬이랬어. 말은 콩을 잘 먹재.

　그래서 그 앞에 콩섬이라고 조그마한 섬이 있고 뒤에 있는 거는 말이
안장을 끼고 있는 마안도 그 밑 앞 조그맣게, 앞에 말 입이 가까이 있는기
콩. 그 조그만 섬이.

용이 되기 전의 뱀

자료코드 : 04_04_FOT_20110121_PKS_KBS_0003
조사장소 : 경상남도 남해군 미조면 송정리 노구마을 노구마을회관
조사일시 : 2011.1.21
조 사 자 : 박경수, 서정매, 황영태, 윤슬기
제 보 자 : 김병선, 남, 79세
구연상황 : 제보자는 이야기를 잘 하는 편이어서, 하나를 구술하고 나면 바로 이어서 다
　　　　　른 이야기를 구술해 주었다.

줄 거 리 : 한 무인도에 용이 될 뱀이 살았다. 그 뱀은 매우 커서 또아리를 틀면 방석 크
　　　　　기만 했고, 머리에도 귀가 달려 있어서 매우 무서운 형상이었다. 그래서인지
　　　　　그 뱀을 본 사람은 병에 걸려서 죽게 된다.

　그리고 그 섬에는 무인돈데. 물은 조금 있어예. 물은 조금 있는데. 한 바
리 오면은 물이 없고, 비가 자주 오면 물이 고이는 이런 웅덩이가 하나 있
는데.

　거기에 옛날에 용이, 인자 배미가 귀가 나고 이래가 용이 되서 하늘로
올라간다 그랬는데. 거기에 용이 될 배미가 새리가¹⁾ 있으면은 큰 옛날 우
리 농촌에 짚으로 만든 방석이 그런 거 하나 펴 놓은 것만치로 쳐 새리가
있드란다, 뱀이. 근데 그 뱀을 본 사람은 아는데 귀가 나가 있드라 캐.

　그런데 그 뱀을 보면은 못살아, 사람이. 왜 그런가 하면 공포증이 느끼
가 나선지 몰라도 그 걸 보고 온 사람은 병이 나 돌아가삤어.

　그런 배미가 살았는데. 요사이는 한참 배미 잡으러 다니던 사람들이 그
섬에도 뱀 잡으러 가고 그랬거든. 그래서 그것도 잡으러 갔는지는 몰라도,
요새는 그 본 바가 없는데. 그리 큰 배미가 있어. 그걸 보신 분은 오래 못
산다 캐.

여인을 겁탈하려던 중이 떨어져 죽은 바위

자료코드 : 04_04_FOT_20110121_PKS_KBS_0004
조사장소 : 경상남도 남해군 미조면 송정리 노구마을 노구마을회관
조사일시 : 2011.1.21
조 사 자 : 박경수, 서정매, 황영태, 윤슬기
제 보 자 : 김병선, 남, 79세
구연상황 : 제보자는 여러 가지 얘기들을 많이 알고 있었다. 구술이 하나 끝나자마자 곧
　　　　　바로 이어서 구술해 주었다. 제보자에게 조금 상스러운 얘기도 해도 되는지

---

1) 또아리를 틀고 앉아.

물어본 후 구술을 시작하였다.

줄 거 리 : 마을의 도로 끝에 사람들이 오고 가다가 쉴 수 있는 바위가 있었다. 옛날에
그 바위에서 쉬고 있던 한 여성이 중에게 성폭행 당할 뻔하였다. 그때 그 여
인은 중을 끌어안고 바위 밑으로 떨어져서 자살하였다. 이후 이 바위를 중바
위라고 부른다.

너 아홉 살 얘기 해 봤습니까?

우리 마을 이짝에 가면은 (삼동면) 물근리 대지포라는 데가 있거든. 대
지포 마을이란 데가 있고. 그 중간 지점에 중바위라고 있어. 중의 바위라
이래가 중바위. 옛날에 그 소로길이 그 바위를 지나서 저짝 마을이나 이짝
마을이나 통행을 하는 도로라, 그게. 도로에 딱 그 도로가 요깄으면 도로
딱 밑에 바위가 있어. 그 바위 끝으로 나가면 절벽이라. 떨어지면 죽게 돼
있어. 우리들도 다닐 때에 다리가 아프면 쉬어 가고 이라는 구만. 전망이
좋고 하니까는. 요 도로로 왔겠네? 물미도로? (조사자 : 네.)

이 도로 보면 전망이 안 좋던가. 바다로 보는. 그 도로가 개설된 도로
그 밑에서 그 도로가 있는데. 요게 우리들도 쉬어 다니고 어른들이 다리가
아프니까 많이 쉬어 다니고 이런데.

옛날에 어떤 유부녀진지는 몰라도 어떤 인자 여성이 가다가 쉬어 갔네.

쉬어 다니고 있는데, 그래, 요새 불교 신자들이 들으면 안 좋지만은. 절
에 중이 오다가 그 여성이 쉬어가 있으니까 그 여성을 성폭행 할라고 그랬
어, 중이. 그러니깐 이 여성이, 말하자면 반발을 해서 이렇게 돼가 중을 보
듬고 밑에 그 중 끄트머리 바위, 그 가가 둘이 마 떨어져 죽어 삣어.

둘이다 떨어져 죽었는데, 그래서 바위 이름이 중바위라.

(청중 : 중이 떨어진 바위네.)

강피 훑는 팔자의 부인

자료코드 : 04_04_FOT_20110120_PKS_KBD_0001
조사장소 : 경상남도 남해군 미조면 송정리 설리마을 설리마을복지회관
조사일시 : 2011.1.20
조 사 자 : 박경수, 서정매, 황영태, 윤슬기
제 보 자 : 김봉덕, 여, 85세
구연상황 : 조사자가 제보자에게 경피 훑는 아낙네 이야기를 아는지 물어보자, 제보자가
　　　　　 그런 이야기가 있다고 하면서 이야기를 구술해 주었다.
줄 거 리 : 신랑이 과거를 보러 간 사이 그의 처는 너무 가난해서 집을 떠났다. 그러던
　　　　　 어느 날 신랑이 과거를 보고 집으로 돌아오는데, 우연히 도망간 아내가 예전
　　　　　 과 마찬가지로 여전히 강피를 훑고 있는 것을 목격하게 되었다. 신랑을 그 처
　　　　　 를 보며 팔자가 그것밖에 안 된다고 비웃으며 가버렸다.

　과거 보러 신랑이 갔는데, 저거 집에 살 때도 경피를 훑어가 못 산께나
훑어 갖고 죽을 써가 묵고 그래 했는데, 과거를 보러 가서 여러 해가 돼서
온께네, 오데 저거 마느래가 가서, 질로 오는 지초에, 시집을 갔는가 그냥
갔는가 그거는 몰라도 또 갱피를 훑고 있더라네. 긍께나 이제 그 신랑이
옴서로(오면서),

　"저게 저게 저 처이는 간데 마다 갱피로다."

　갱피로 훑는다고.

　(조사자 : 팔자가 그것밖에 안 되네요.) 그것뺀이(밖에) 팔자가 아니구나
그 말이지, 의미가.

상사병 걸린 사람을 잡아먹은 상사바위 뱀

자료코드 : 04_04_FOT_20110120_PKS_KSY_0001
조사장소 : 경상남도 남해군 미조면 송정리 설리마을 설리마을복지회관
조사일시 : 2011.1.20
조 사 자 : 박경수, 서정매, 황영태, 윤슬기

제 보 자 : 김수엽, 여, 73세

구연상황 : 제보자는 이야기를 간단하게 구술했다. 사투리를 많이 쓰는 편이었고, 강조하
는 표현에는 목소리를 크게 하는 등 재미나게 구술해 주었다.

줄 거 리 : 스님이 상사병으로 죽어 실뱀이 되어 사랑하던 처녀의 몸을 감았다. 상사바위
에서 상사를 푸니까 뱀이 떨어졌다. 그 뱀을 독수리가 차고 갔다.

　남자가 죽었는데, 그건 이리 실배미[2]가 되어 가지고. 죽어 가지고 근
데 탁 요 턱 밑에다가 탁 입을 대고, 몸은 요 밑에가 탁 꼽히고. 우짤 수
가 없어. 그걸로. 어쩔 수가 없는데 거 상사바위라 카는 데가 억수로 높
습니다.

　인자 그 앉히 놓고 인자 상사를 푼다, 중이. 푼께나 안 풀리면 밀어서
그만 죽이, 죽어야 돼, 같이 죽어야 되는데. 상사를 푼께나 그 인자 뱀이가
나와 가지고 그 곁에 앉더랍니다. 앉은께 수월(독서리)이 가서 싹 차고 가
더래.

세종대왕이 던진 지팡이에서 열린 배

자료코드 : 04_04_FOT_20110120_PKS_KSY_0002

조사장소 : 경상남도 남해군 미조면 송정리 설리마을 설리마을복지회관

조사일시 : 2011.1.20

조 사 자 : 박경수, 서정매, 황영태, 윤슬기

제 보 자 : 김수엽, 여, 73세

구연상황 : 제보자는 금산에 얽힌 이야기를 구연하던 도중 문득 생각나는 이야기가 있었
는지 곧바로 세종대왕과 관련된 이야기를 구술해 주었다.

줄 거 리 : 세종대왕이 공부를 하다 지팡이를 던졌는데, 그 지팡이가 바위 사이에 자라서
배가 열렸다.

　세종대왕이 공부를 하면서 그게 오데 인자 지팡이를 쓰다가 내리 던져

---

2) 실뱀.

버렸는데, 이런 바위 사이에 지펑이가 나와 가지고 배가 연다 커대. 우리는 보지는 안 했어예.

(청중 : 세종대왕이 글을 쓰다가.) 저 바위 위에 떨짰는데, 그 바위에 틔워 가지고 배를 열었다. 그런 전설이 있데요.

일본에서 서귀포로 정착한 이성계

자료코드 : 04_04_FOT_20110120_PKS_KSY_0003
조사장소 : 경상남도 남해군 미조면 송정리 설리마을 설리마을복지회관
조사일시 : 2011.1.20
조 사 자 : 박경수, 서정매, 황영태, 윤슬기
제 보 자 : 김수엽, 여, 73세
구연상황 : 조사자가 이성계 이야기를 아느냐고 묻자 제보자가 기억을 더듬으면서 구술
　　　　　해 주었다.
줄 거 리 : 이성계가 일본에서 배에 선녀를 싣고 금산 등 여러 곳을 거쳐 서귀포로 정착
　　　　　했다. 이후 정착한 그곳을 서귀포라 불렀다.

이성계가 그 일본서 선녀를 싣고 나왔다 커더나? 선녀들로? 고 나와 가지고 노를 저어서 저 오다가 저 이 글 쓴 데. 거 가서 인자 글을 쓰고, 물이 인자 그럴 때는 차 버렸는 기라. 우리 요게가 전부 바다라. 그런데 거서 금산을 간 기라.

금산 가면 꿀 붙은 바위가 있어요, 금산 가면. 거 갔다가 거게서 또 남해 오이도로 해서 여수로 해 갖고 그래 갖고 또 오도로(어디로) 해 가지고 제주도 서귀포 가 갖고 거기 가서 정착이 돼뺏다 커대. 서귀포서 정착이.

그래서 서귀포라 그렀는갑더라.

노구마을의 유래

자료코드 : 04_04_FOT_20110121_PKS_SBR_0001
조사장소 : 경상남도 남해군 미조면 송정리 노구마을 노구마을회관
조사일시 : 2011.1.21
조 사 자 : 박경수, 서정매, 황영태, 윤슬기
제 보 자 : 송백열, 남, 86세
구연상황 : 제보자는 예전에 마을에서 이런 조사할 때가 있었는데, 그때도 이렇게 조사를
　　　　　참여해 본 적이 있다면서 마을이름에 관한 유래를 자세히 설명해 주었다.
줄 거 리 : 원래는 갈금이라 불리던 마을이었는데, 차씨, 정씨, 김씨 세 파가 여기 들어올
　　　　　때 갈대가 마을에 많이 피어 있어서 '갈대 노'자를 써서 '노구'라고 마을 이
　　　　　름을 바꿔서 등록했다.

　이런 분들이 얘기하기로 이곳은 옛날에 '갈개미'이라고 있었거든. 결국
말하지면, 부락 마을 이름을 '갈금'이라고 했는데. 옛날 늙은이에게 얘기들
들어볼 때기. 여게가 처음에 즉 말하자면 차씨·정씨·김씨 세 파가 여게
살 때기 들어왔는데. 들어올 때기 깔대(갈대)가 여기 꽉 찼더라케. 깔대가,
이 마을에 갈대가 꽉 차 가지고.

　옛날에는 갈금이라고 불렀는데. 그 분들이 들어와가 여게 살면서 명의를
변경을 시킨 기 한글로 '노구'라고 지었어. 노구, 노구라고 이름을. 한글로
노구라고 지었는데, 한자로 봐서는 '갈대 노'자하고 '아홉 구'자라. 노구라
고. 그리 이름을 지었다는 전설애기가 그리 들었제.

마안섬의 유래

자료코드 : 04_04_FOT_20110121_PKS_SBR_0002
조사장소 : 경상남도 남해군 미조면 송정리 노구마을 노구마을회관
조사일시 : 2011.1.21
조 사 자 : 박경수, 서정매, 황영태, 윤슬기
제 보 자 : 송백열, 남, 86세

구연상황 : 제보자는 생각난 전설이 있다며, 혹시나 필요할까 싶어서 이야기해 준다고 하시면서 이야기를 구술하였다.

줄거리 : 마을에 콩같이 생긴 작은 섬이 있다. 그 뒤에도 섬이 있는데 말 모양을 하고 있다. 그래서 마치 말이 그 콩을 먹으려고 마을에 들어온 형상을 하고 있어서 마안섬이라고 부른다.

앞에 여게 섬이 하나 있거든. 우리 마을 앞에. 봤는가 몰라도 그 섬이 마안, 마안섬이라 캤어(했어). 마안섬. '말 마'자, '안장 안'자, '섬 도'자라. 마안섬.

그 옛날에 늙은이들이 그 말이 앞에 보면은 조그만한 사이로 그 안으로 해서 배가 많이 대넜는데(다녔는데), 그게 콩같이 되가 있는 섬이 지금 찾아보면 있구만. 있는데, 말이 안장을 해 가지고서, 결국 그 말하자면 그 콩을 묵으러 마을로 들어오는 내용이다. 이렇키(이렇게) 인자 옛날 전설이 되가 있지.

단칸방에서 나누는 사랑 / 아빠가 엄마 배 위에서 자요

자료코드 : 04_04_FOT_20110120_PKS_IMS_0001
조사장소 : 경상남도 남해군 미조면 미조리 미조마을 미조마을회관
조사일시 : 2011.1.20
조 사 자 : 박경수, 서정매, 황영태, 윤슬기
제 보 자 : 이막심, 여, 80세
구연상황 : 이와 비슷한 이야기가 있는지 넌지시 조사자가 물어보자 할머니께서 생각나신 듯 비슷하다면서 간단하게 이야기해 주셨다.

줄거리 : 아이가 아침 먹다가 말고 할아버지 할머니께 방을 키우자고 했다. 그러자 왜 그러냐고 묻자, 아이는 "방이 비좁아서 매일 우리 아빠는 우리 엄마 위에서 자는데 어떡해요"라고 했다.

(조사자 : 여서는 어찌 이야기 하는가예.) 여서도 잠을 저저, 뭐 뒷날 아침에 밥 묵으면서로 식구대로 밥 무믄서로.

"할아버지, 할머니, 우리 방이 너무 비좁아서 키울 수가 없느냐?"

캐 놓고.

"와 그러냐?"

칸게나,

"방이 비잡아서 만날 우리 아빠는 우리 엄마 우에서 잔다."

고 우짜노 그 소리라.

동생이 더 생기지 않도록 부모를 감시한 열 형제

자료코드 : 04_04_FOT_20110120_PKS_LPW_0001
조사장소 : 경상남도 남해군 미조면 미조리 미조마을 미조마을회관
조사일시 : 2011.1.20
조 사 자 : 박경수, 서정매, 황영태, 윤슬기
제 보 자 : 임풍운, 여, 83세
구연상황 : 제보자가 늦게 도착한 터라 구연상황을 잘 몰랐지만, 주위 분들이 권유하자
          재미만 이야기가 있다며 이야기를 구술하였다. 이야기가 매우 재미있어서 청
          중들의 웃음을 자아내었다.
줄 거 리 : 옛날에 형제 10명이 있었다. 마침 집의 재산이 소 10마리에 논이 열 마지기
          여서 재산 분할이 딱 맞는 상황이었다. 그런데 만약 동생이 생기면 재산이 줄
          어들까 봐 더 이상 동생이 생기지 않게 하기 위해 부모님을 서로 못 만나게
          했다. 이것을 눈치 챈 아버지는 어느 날 10형제에게 아내와 단 둘만 있기 위
          해 일부러 소에게 풀 먹이러 가라고 시켰다. 그런데 10형제는 소를 밖에 묶
          어 두고는 다시 집으로 와서 아버지와 어머니를 감시하였고, 동생이 생기기
          직전에 들어가서 막았다. 그래서 결국 동생은 생기지 않았다.

(조사자 : 안 잡혀 갑니다. 상 줍니다 상.) 아 그럼 나로 박수치라, 박수.
옛날에 한 집에 아들이 열이고, 논이 열 마지기, 소가 열 마리라. 큰 아
들이 딱 계산을 해봉게, 논 한 해에 한 마지기썩, 소 한 마리썩, 열이서 딱
맞거든. 한 마리쑥. 지금 저거 아배가 동생을 한 개 더 나으몬 한 마지기쑥

몬 돌아가는 기라, 모자래. 그래서 그 중 새이가(형이),

"우리가 어머니랑 아버지가 못 만나그로 징키야 헌다. 동생이 나오면 우리 목아치가 모자라서 안 된다."

인자 아홉 놈을 딱 운동을 해 가지고서 아홉 놈은 즈그 어매 즈그 아배 못 만나그로 자꾸 감시를 해요. 아무리 생각을 해도 영감 할매가 만날 시간이 있는가. 하리는 아들로 큰아들을 부르면서,

"아가, 예. 느그 소 미이러 가라."

그러거든. 열 놈이서 소를 한 마리쓱 몰고 쭉 몰고 다 나가 삣다. 나가고 났는데 영감이 뭐 쪼께 우찌 해 볼라고. 요리 더듬응게,

"젖팅이 이거는 머이고?"

한께는,

"백두-산."

그러그든. 요 밑에 내려가,

"요거는 머고?"

헌게,

"운동-장."

허고. 그 밑에 내려강게,

"이거는 머고?"

하니까,

"잔솔밭."

그러그든. 그리 저거끼리 방에서 그리 하는데.

열 놈이 전부 다 소를 갖다 매 놓고 축담 밑에, 청 밑에 와서 망을 보고 있는 거라, 열 놈이 다. 그리 인자 그 밑에 내려가면,

"요기 모고?"

하고,

"옹달-샘이."

할라 쿤게,

"들어가자."

열 놈이 문을 열고 싹 들어와삣네. 고마 못 만냈어. 그래가 동생이 한 개도 못 낳았어.

처갓집에서 속옷과 두루마기를 얻어 입은 사위

자료코드 : 04_04_FOT_20110120_PKS_LPW_0002
조사장소 : 경상남도 남해군 미조면 미조리 미조마을 미조마을회관
조사일시 : 2011.1.20
조 사 자 : 박경수, 서정매, 황영태, 윤슬기
제 보 자 : 임풍운, 여, 83세
구연상황 : 제보자는 입담이 매우 좋은 편이었다. 한번 이야기를 하기 시작하자 재미를 느끼며 적극적으로 이야기를 구술하였다.
줄 거 리 : 홀딱 벗고 처갓집을 간 사위가 처갓집에서 며칠 밥도 얻어먹고 속옷부터 두루마리까지 얻어 입게 되었다. 옷을 차려입고 길을 가니 기분이 너무 좋아서 언덕 밑에서 이 모든 덕을 내 거시기 덕분이라며 혼자 노래를 불렀는데, 그 모습을 행인에게 들켜 버렸다.

옛날에는 베를 짜면 삼베 거기 허깨비가 나오거든. 그거를 연장에다 찌으니까 딱 맞는 거라. 고치다가 찌아 가꼬 처갓집으로 보냈어. 그리 보내 놓고 가만히 생각을 해 보니까 아무래도 안 되겠는 거라. 그래가 인제 뒤를 살살 밟아감서르, 사람을 만나,

"여보 여보, 삼베 주 적삼 입고 가는 사람 봤소?"

하니까,

"삼베 주 적삼 입고 가는 사람 안 봐도, 고치꾸리에 엎디 짜 가는 사람은 봤소."

하거든. 베를 짜면 실 껍데기가 있거든. 실 껍디기만 찌아야 그런 사람

만 봤다 쿠거든. 아 인제 가기는 갔는 갑다 하고 즈그 어매가 야단법석을 치는 거라, 딸로.

그래 가지고 사위를 보냈다고 근데 처갓집에서는 몇 일 믹이 가꼬 옷감 떠 갖고 중우적삼하고 바리 조끼하고, 옷을 일절 싹 두루마리까지 입혀서 해서 저거 집에 다부 보내는 기라.

할딱 벗고 간 놈이 옷을 죄 다 입고 오니까 얼매나 좋았던지. 오다가 이기 인자 길이며, 언덕 밑에 여 내리 앉아서 요리 야를 탁 내 갖고,

"옥당목, 중우적삼도 내덕이다."

"잔디밭에 옥당목 두루마리도 내 덕이다."

하도 좋아가,

"하모 마, 요곳도 내 덕이다."

그래 인자 길에 가다가, 사람이 가다가 가만 뭐 들은 게, 언놈이 밑에서 뭐 구절구절해서 가만히 앉아서 내리다 본게,

"중우적삼도 내 덕이다."

"옥당목 두루매기도 내 덕이다."

"진담밭에도 내 덕."

실컷 쳐다보고 기침을 '컹' 해 논 게, 뭘 싹. 히타처럼 여 잡고 야를 마 요곳도 쌌고.

서방 좆을 쥐고 잔 각시

자료코드 : 04_04_FOT_20110120_PKS_LPW_0003
조사장소 : 경상남도 남해군 미조면 미조리 미조마을 미조마을회관
조사일시 : 2011.1.20
조 사 자 : 박경수, 서정매, 황영태, 윤슬기
제 보 자 : 임풍운, 여, 83세

구연상황 : 조사자가 제보자에게 노래는 이제 되었으니 이야기를 해 달라고 요청하였다.
　　　　　 제보자는 아는 이야기가 있었는지 곧바로 구술해 주셨다.
줄 거 리 : 모를 심다가 비가 오자 할머니가 장난으로 어제 서방 좆 쥐고 잔 사람 손들
　　　　　 어 보라고 했다. 손을 안 들면 벼락 맞는다고 위협을 하자 한 각시가 손을 들
　　　　　 어 버렸다.

크다큰 논베미서 사람이 스물아홉씩 모를 숨구는데, 비가 억수로 오는
기라. 비가 막 억수로 오는 기라. 그런기 어떤 할매가 딱 서더만은,

"너거 밤에 서방 좆 쥐고 잔 사람 손들어 들으면 나서라. 그러면 우리가
벼락 맞아서 이 사람들 다 죽는다."

그랬거든. 그런께 어떤 각시가 손을 들면서,

"자꾸 쥐라고 해서 쥐었다고."

죽은 처자를 살려내어 결혼한 막내아들

자료코드 : 04_04_FOT_20110120_PKS_LPW_0004
조사장소 : 경상남도 남해군 미조면 미조리 미조마을 미조마을회관
조사일시 : 2011.1.20
조 사 자 : 박경수, 서정매, 황영태, 윤슬기
제 보 자 : 임풍운, 여, 83세
구연상황 : 제보자는 이야기를 하고 난 후에 또 무언가가 생각이 났는지 긴 이야기를 구
　　　　　 술하였다. 이야기가 긴 편이어서 중간에 쉬어가기도 하면서 천천히 끝까지 구
　　　　　 술해 주었다.
줄 거 리 : 풍수 일을 하던 아버지에게 아들이 셋이 있었다. 아버지가 죽고 나서 묘를 쓸
　　　　　 때 어떤 남자가 말을 타고 나타나서는 칼을 들이밀면서 술을 권하자 첫째와
　　　　　 둘째는 마시고 셋째는 거절했다. 한 달이 지난 후 첫째가 죽고 또 한 달이 지
　　　　　 난 후 둘째가 죽자 셋째는 여행을 떠난다. 한참을 가다가 한밤중에 산에서 어
　　　　　 떤 총각을 만나 초당에 들어섰는데 예쁜 처자가 있었다. 다음날 일어나니 감
　　　　　 쪽같이 사라졌고 밤이 되니 또 나타났다. 그날 밤 함께 놀다가 그 처자가 주
　　　　　 는 그릇을 받아서 서울로 올라와 그걸 팔려 했다. 그런데 어떤 중년부인이 그

룻을 유심히 살펴보더니 자기와 함께 가자고 하는 것이었다. 그 부인은 바로 죽은 처녀의 어머니였다. 그는 한 달을 그 어머니의 집에서 머물며 밤마다 그녀와 함께 놀았다. 어느 날 처자가 산에 올라가서 무엇인가를 해 달라고 부탁을 했다. 바위 위에 밥상을 차려 놓으면 세 도사가 지나갈 것인데 꼭 밥을 먹이라는 것이었다. 그는 그녀의 부탁대로 산을 올라가서 한 바위에 상을 차려 놓고 세 사람을 붙잡았으나 한 사람에게만 겨우 밥을 먹였다. 밥을 먹은 도사는 뭔가를 일러 주었는데, 그 도사가 일러 준대로 가니 큰 황소도 볼 수 있었고 큰 뱀도 볼 수 있었다. 나중에는 부모님도 뵐 수 있었는데 앞에 본 황소와 뱀은 바로 자신의 형들이었다. 도사가 일러 준 이곳은 바로 저승길이었다. 거기서 거는 아버지가 준 꽃 세 송이를 들고 집으로 돌아와 그 꽃으로 처녀를 살렸다. 남은 꽃 세 송이로는 죽은 처자의 남동생도 살렸다. 이리하여 막내는 처녀와 결혼을 하고 잘 살았다.

옛날에 아버지가 십대 째 풍수를 했어. 십대 째. 아들이 세 명이 있는데. 즈그 아배가 죽을라 쿠거든. 큰 아들이,

"아버지는 넘으 자리는 이렇게 봐줬는데 아버지 자리는 봐 났십니까?"
한께,

"봐 났는데 너거가 그따가 가따가 씨긋나?"

"아무 산에 아무 들로 자로 무슨 자로 해서 어느 사람이 무슨 말을 해도 듣지 말고 묘를 써라."

그라 커고 저거 아배가 딱 죽어 삣네.

죽고 난게 인자 아들 세 명이서 그때는 산을 해 갖고 어데꺼지 끌고 가는 기라. 가서 묘를 파 갖고 묻어 갖고 군상을 반치나 저은게 말로 타고 뭐가 한 개가 턱 내리서더만은,

"여 와 묘를 썼나?"

쿠는 기라. 그리하고 이리이리 해서 쓴다 쿠먼서로 한게. 술을 한 잔씩 주네. 큰아들을 준게 큰아들이 안 받아 묵고, 둘째를 주니 안 받아 묵어. 그런게 세이(형) 둘이 안 받아 문게, 셋째가 받아 물 낀가. 그니까 칼을 목에다 탁 들이대면서 술을 딱 주는 기라. 칼을 딱 대 갖고. 둘째를 주니까

홀랑 마시고. 셋째를 주면서로 또 그니까 (셋째가) 가슴을 탁 드밀면서 찔러라 이기라. ○○○○○, 칼을 탁 꼽으면서로,

"니는 남으 자슥 노릇하긋다."

하면서 말로 타고 가삐. 그래 인자 즈그 집에 와서 한 달로 딱 지냉게나 큰 세이가(형이) 덜렁 죽어 삐네. 또 한 달 지냉게 둘째 세이가 덜렁 죽어 삐네. 한 달에 한 번 씩 장구를 서이 죽었웅게 지 혼자 남았는디 기가 차는 기라.

우짤 줄을 몰랐끼네, 어디가 어딘지도 모르고 간다코 간기, 산에 어디만치 올라간게 어덥어졌삐네. 오도가도 몬 해. 점도록(하루 종일) 내가 걸어 올라왔는데 여기와서 어드받는데(어두워졌는데) 이 너머로 올라갈라 쿠니 어느 점도록(얼만큼 가야) 동네를 만날지를 모르고. 그대로 요리 다부(다시) 드가자니 몬 드가긋고.

거서 그만, 둘레둘레 쳐다본게 뭐이 불이 춤초롬이하더니,

"매부 매부."

저기 들리거든. 고마 대답을 하고 반가바서 마 쫓아가서 자도(자기도),

"매부, 매부."

하는데 부르고, 야도 간께, 초당 안에 이쁜 처니가(처녀가) 딱 앉아 가지고 책을 딱 보고 앉아 있거든. 거기 인자 서이서 앉아서 놀다가 한참을 놀다가 총각은 감서로 매구는 여자라 이기라. 밤을 새고 난게 매구가 덜렁 앉아 있네.

뒷날 또 이리저리 그만 해도 지고 밤이 된께 또 엊저녁겉이,

"매부, 매부."

하고 부르는 기라. 그래가 또 만내서 밤을 보내고 낭게. 그날 저녁에 허는 말이 처녀가 밥그릇을 하나 주면서로 서울 가가서 팔라 쿠더라네. 밥그릇을 주면서 서울 가서 팔라 캐.

그래 주는 밥그릇 받아 갖고 서울 가서 종우를 삼지를 한 장 펴 놓고 밥

그릇 한 개. 좋은 물건 꽉 찼는데 누가 그걸 살기라케. 저녁 때 해걸음이나 된께 중첩이나 되는 부인이 와서 자꾸 그 그릇을 모사보고 또 쳐다보고 또 쳐다보고 또 와서 모사보고 하더만. 그래 갖고,

"내를 따라 오라."

커더라네. 따라갈 빼기 더 있나. 올 데 갈 데가 없는데. 따라강게 인자 그 집에다 놔두고 방을 한 개, 옛날에는 사랑방이 다 있었제. 방을 주고 그 집에서 믹이 주고 있는 기라. 그러머 그 집에서 며칠 있다 있응게나,

"그래, 이 밥그릇이 어디서 났느냐?"

그런께, 거짓말 할 것도 없고 도둑질을 한 것도 아니고.,

"내 실지로 우리 아버지가 이리이리 해 가 돌아가시고, 우리 형이 죽고 이리이리 해서 이 밥그릇을 아무 별당에서 아가씨랑 이틀 밤을 보냈는데 그 아가씨가 준 건데."

이러거든. 처녀 저거 어매라. 탄복을 하는 기라.

"이 밥그릇을 우리 딸이 죽은 지가 석 달인데, 밥그릇을 무덤에다 여 줬 는데 어떻게 해서 니가 가지고 왔느냐?"

그러거든. 그리고 딸을 치아 삐고 그 집에 놔두고 밥을 주고 마. 밤이 되면 즈그매가 들어보면 딸이랑 둘이서 도론도론 도론도론 이야기를 하는 기라. 딸 이야구 소리랑 말소리가 나는 기라. 자꾸마 순례를 도는 기라.

하루저녁에는 얼매나 딸이 보고 싶은지 아무케나 문을 팔딱 연게로 총 각만 혼자 앉아 있네. 그라자 한 달이 딱 되고 난게 처녀가,

"이쪽에 몽텡이, 산 몽텡이 어떤 몽텡이를 돌아가몬 큰 바위가 돌이 있 응게나 밥을 석상을 체리 놓고 세 도사가 지나가거든 무슨 수를 써서라도 밥을 믹이(먹여서) 보내시오. 그로몬 당신하고 나하고 일평생 살 수 있어."

오늘이 지나면 다시는 만날 날짜가 없다 쿠고. 인자 시키는 대로 강게, 그런 바우가 있어. 산 몬뎅이를 돌아간께, 밥을 석 상을 체리 놓고 기다리 고 있어도 가는 사람들이 없다가 저녁때가 되니까 도포를 입고 갓을 쓰고

남자가 서이서 지나가면서 도론도론 이야기를 하거든.

가서 그마 절을 하고 애원을 허고 아무리 사정을 해도 두 사람은 가삐고 한 사람은 밥을 한 상 먹고 가요. 먹고 감서로, 뭐라 쿠는 거로 어디로 돌아가면 이산 몽텡이 어디를 돌아가몬 윤허리가 셋이 섰을깅게. 윤허리, 나무. 옛날에는 그 윤러리나무 도리깨 여랬다. 우리 클 때 보리타작 하는 도리깨 여랬거든.

그런 나무 샛가지가 서있응게 끊어 가꼬 어디 만치 가몬 큰 집채 같은 바위가 있응게나 그 나무가 바위를 다 뿔라지도록 바위로 복판을 치라 카네. 가가서 간께로 참 치리가 갔지 뭐, 끊어 갖고 들고 간게 집채 같은 바우가 있더란다. 한 개로 때려도 나무가 다 뽈라져. 바위가 동개져. 두 개째 된게 바위가 딱 벌어진 게 신작로가 마 쪽 나가 있어. 바위가 벌어징게. 고마 뒤도 안 돌아보고 갔다. 순 거짓말이재. 순 거짓말이라.

어디 만치 간게나 질가에 큰 부룩가지가 메이 가고 눈물을 그렁그렁 흘리고 있드라네. 소가. 부룩때기 소. 황소, 남자 소를 부룩가지재. 그걸 보고 서 또 얼마 만치 간게, 크다큰 배매이가 마 이만치 차리갖고 대가리를 복판에 오리 두고 쎄를(혀를) 너불너불 요라고 있거든. 그걸 보고서 또 갔다. 어느 만치 간게 저거매랑(자기 어머니랑) 저가배가(자기 아버지가) 정승 안에 발을 대가 앉아 있거든. 그게 저승길이라.

"그래 니가 올줄 알았다."

"아버지, 큰 형은 어 있습니까?"

"니 오는데, 큰 황우가 안 있드나, 그게 느그 큰 형이다."

"둘째 형은 어있습니까?"

항게,

"오는데 큰 구랭이가 안 있드나, 그게 둘째 형이다."

큰 형이나 작은 형이나 그런데 다리가 떨어졌다 카더라네. 칼로 딱 꽂는데, 저거 아배 다리가 떨어졌는 기라.

"내 다리가 떨어졌다."

그러면서 저거 아배가 꽃을 세 송이를 줌서로,

"뛰 가라."

카더란다.

"뒤도 돌아보지 말고 어서 가라."

커더라. 그걸 들고 어데로 갈끼고. 잠시 있던 그 집으로 갔재. 그 집이 죽은 사람 있던 집이 지금으로 따지면 대통령 집이라. 죽은 사람이 대통령 딸이라, 시방 가트몬.

그래 인제, 그 집으로 가 갖고 그 꽃이 뭐 하나는 피가 돋고, 하나는 살이 돋고, 뭐 그런 꽃이라. 세 송이가. 그래 인제 딸을 파다가 뭐를 먼저 문댄게 뼈가 살아나고 세 개째를 문댄 게 기지개 북 켜면서,

"아이고 내가 많이 잤다."

하면서 살아나더란다. 그러고 본게나 꽃이 하나 살릴 만큼 남아 있어. 또 세 송이가. 아까 '매부 매부' 하던 사람이 그 사랑 동생이라, 아까 그 여자 동생이라.

그 인자 아들도 죽었응게로 사람 욕심 안 있나. 하나 살렸응게 또 하나 살리고 싶거든. 그걸 파가 와서 또 아까겉이 또 요래 하고 요래 헌께 아들도 살아나제. 딸 살고 아들 살고. 그런데 그 집 사우가 우찌 안 될 낀고. 그 사람 지는 그만 잘 살았어. 술을 안 받아 묵은 덕에 지는 잘 살았어.

죽었다 살아난 할머니와 아들로 열 번 환생한 여우

자료코드 : 04_04_FOT_20110120_PKS_LPW_0005
조사장소 : 경상남도 남해군 미조면 미조리 미조마을 미조마을회관
조사일시 : 2011.1.20
조 사 자 : 박경수, 서정매, 황영태, 윤슬기

제 보 자 : 임풍운, 여, 83세
구연상황 : 조사자가 제보자에게 도깨비에 대한 이야기를 묻자 실제로 있었던 일이라면
　　　　　서 이야기 두 편을 이어서 구술해 주었다..
줄 거 리 : 할머니가 밭을 매던 중에 청년 셋이 할머니를 데리고 가자는 말을 듣게 되었
　　　　　다. 할머니는 이 이야기를 듣고는 집으로 와서 깨끗이 씻고 옷도 예쁘게 입고
　　　　　며느리에게는 손님이 세 명이 올 테니 점심상을 준비하라고 이르고는 바로
　　　　　잠을 잤다. 할머니는 꿈속에서 저승으로 가게 되었는데, 청년들이 다른 사람
　　　　　을 데리고 왔다며 할머니를 다시 가라고 했다. 돌아가기 전에 같은 마을에 살
　　　　　았던 할아버지와 아이의 부탁을 받고 다시 이승으로 떠났다. 아침에 눈을 뜬
　　　　　할머니는 저승에서 만난 할아버지와 아이의 부탁을 해결해 주었다. 이 외에
　　　　　어떤 여인이 아들을 낳을 때마다 계속 아들이 죽는 것이었다. 딱 열 명째 아
　　　　　들까지 죽자 어머니는 한이 되어서 열째 아이의 묘에서 울고 있자 갑자기 여
　　　　　우가 튀어나와서 자기가 열 번이나 엄마 배에 들어갔다가 나왔다고 하였다.
　　　　　알고 보니 나쁜 여우가 일부러 그 어머니의 뱃속에 들어갔다 나오기를 반복
　　　　　하며 고통을 준 것이다.

　할매가 밭을 맸는데 청년들이 서이 지나감서로 저 할매를 들꼬(데리고)
가자 커더란다. 할매가 듣는데. 그래 인자 할매가 집에 와 가꼬 목욕을 하
고 옷을 딱 갈아입고, 딱 드러눕서로 며느리를 보고,

　"아그네, 저, 손님이 세 분 오네. 점심 허게."

　그러거든. 며느리 눈에는 아무도 안 보이는데 할매 눈에는 그 사람들이
따라왔던 모양이지.

　"내가 이래 가꼬, 내일 자든지, 내일 아무 시간까지는 내를 건들이지 말
고 가만 놔두게."

　그래 커고는 할미가 자삐는 기라. 무조건 자삐. 그래서 인자 저승을, 서
이 와서 가자 칸게 따라강게,

　"아이고, 와 이 할매를. 아무도 없는 아무 할마이를 데꼬오라 카니 너거
이 할매를 데꼬 왔네."

　그래. 이웃 사람이 인제 죽은 사람이 있는데, 아무가 온께 그 사람들이
아무거나.

"아지매, 우리 집에 가거든 아무 집에 돈을 빌리 쓰고 돈은 갚았는데 계약을 안 찾았는데. 내가 어찌기 날 때가 없고, 이자밖에 내가 못 얻었응게 그 집에 가서 계약을 좀 찾으라 커소(하소)."

그러더라네. 저거 이웃에 아무 아지매한테 가서 저거 마누라지 그러니까 그 할배는. 그리쿠고 또 아가(아이가),

"할매 할매. 울 엄마한테 가서 그만 울으라 커소. 너무너무 울어산게 내가 물 떠서 꽃나무 물을 주니 손이 시려서 못 하겠다."

고 쿠더라네. 울 어매가 너무 울어사서.

"그리 좀 울 어매를 울지 말라코 할무니가 가거든 울 엄마한테 좀 그리 쿠이소."

그리 쿠고. 인자 할매가 눠둔데 눠뒀더니, 풀풀 자고 일어난께 깨어나는 기라. 깨어 나갖고 배짜 시키는 대로 그 집에 가서 아무개 아지매를 오라 쿤게, 마무개집에 계약을 안 찾았다고 계약을 찾아가꼬 사라 커대. 그 집을 찾응게 계약이 나오더라네. 그래 인자, 아는 보고,

"아무개 아지매야 앤가이 울라 크더라. 느그 아가 너무너무 니가 울어싸서 꽃밭에 물을 준게 손이 시려서 못 하겠다더라. 고마 울어라."

허더란다. 저거 어매가 또 울더라네. 그기 진실이네. 하모 대티고개서 하모. 그런 사람도 있고. 모르겠다.

또 한사람은, 아가여 타박 타박 크몬 머스마가 낳아 갖고 또 내삐리나노면 죽고 내삐리 나 노면 죽고. 열이 딱 죽은 기라. 얼매나 한이 되는지. 열째 죽고 아들 묘에 가서 운게나. 여시가 쓱 나와 갖고,

"엄마, 나가 엄마 뱃속에 열 번을 댕기 나왔는데 그래도 한이 되는가."

그거는 원수라. 그런 사람도 있더라네.

(조사자 : 여우가예?) 하모, 태어나서 또 죽고 또 죽고. 또 죽어서 태어나고. 원수라 캐.

나무섬의 유래

자료코드 : 04_04_FOT_20110120_PKS_CCW_0001
조사장소 : 경상남도 남해군 미조면 송정리 설리마을 설리마을복지회관
조사일시 : 2011.1.20
조 사 자 : 박경수, 서정매, 황영태, 윤슬기
제 보 자 : 최천운, 남, 64세
구연상황 : 제보자는 마을에 나무가 많다고 나무섬이라 불리는 섬이 있다며, 그 섬에 관한 전설에 대해 간략하게 설명해 주었다.
줄 거 리 : 어떤 섬이 마을로 떠내려왔다. 그것을 목격한 어떤 부인이 소리를 치자 그 섬이 그 자리에 멈추어 버렸다.

그 섬이, 떠들어오고 있는데. 인자 부인네가, 어떤 부인네가 그걸 보고
"저기 나무 섬이 하나 떠들어온다."
그러니까 뭐 그 자리 가라앉아서 그 현 위치가 되었다.
(조사자 : 아! 그 멈춰버렸다.) 예. 그렇게 된 겁니다.

묘의 주인

자료코드 : 04_04_FOT_20110120_PKS_HDS_0001
조사장소 : 경상남도 남해군 미조면 미조리 미조마을 미조마을회관
조사일시 : 2011.1.20
조 사 자 : 박경수, 서정매, 황영태, 윤슬기
제 보 자 : 허두선, 여, 80세
구연상황 : 제보자는 주변의 권유로 이야기를 시작하였는데 수수께끼로 이야기를 바꾸어 문제를 풀게 하였다. 모두 다 같이 생각해 보았지만 맞추지 못하자 이내 답을 가르쳐 주었다.
줄 거 리 : 한 선비가 길을 가다가 한 무덤 앞에서 구슬프게 울고 있는 총각을 보고 왜 그렇게 슬피 우냐고 물었다. 그러자 그 총각이 "우리 아버지 장인이 이 무덤의 주인 아버지고, 이 무덤의 주인 아버지가 우리 아버지 장인입니다,"라고 했다. 선비는 아무리 생각해도 모르겠다고 가르쳐 달라고 하니, 바로 자신의

어머니 묘였다.

옛날에 한 선비가 옛날에는 고속도로도 없고 질도 좁잖아요 소리질로 소나무 막 있는 질로 가니라니까, 웬 선비가 길을 가니라니까 모(묘)가 한 상구 있는데, 거기서 열댓 살 먹는 이만한 총각이 그리 슬피 울고 있는 기라, 그 모 앞에서. 그래서 그 선비가 지내가다가 거 쉬 가지고,

"아가야 그 모가 누구 모느냐(묘이냐)? 누구 묘근데(묘인데) 그리 설게 (서럽게) 우느냐?"

이란케나, 그 아 허는 말이,

"울 아버지 재인이(장인이) 이 무덤 저거 아배요, 이 무덤 저거 아배가 울 아버지 재인이요."

이 아가 이리 말을 턱 하는 기라. 그리 이 선비가 그걸 해석을 올키 몬 하겠는 기라. 누 무덤인가 알아야 되겠는데,

"이 무덤 저거 아배가 울 아버지 재인이요, 울 아버지 재인이 이 무덤 즈그 아배요."

이라는 기라. 선비가 가마 생각을 해 보는 기라.

"아무리 생각을 해봐도 모르겠다. 니가 해석을 좀 해 도라."

허니까. 그 아 허는 말이,

"누 모겄습니까?"

"누구 묘겄습니까? 그 묘가?"

(조사자 : 우리 아버지. 이 무덤 아버지가.)

"이 무덤 즈그 아배가 울 아브지 재인이요, 울 아브지 재인이 이 무덤 즈그 아배요."

선생님 풀어 보면 알겠는데. 그걸 풀이해 봅시다. 요 있는 사람 다 풀어 보이소. 다 풀어 보라고. 이 무덤 저거 아배가 울 아브지 재인이요,

(조사자 : 응, 장인이고). 울 아브지 재인이 이 무덤 저거 아배요 (조사

자 : 이 무시 그렇노). 그걸 풀이해 봅시다. 누구 무덤인고. 이 방에 있는 사람 다 풀어 보이소. (조사자 : 이 무덤 아버지가 울 아버지 장인이라.) 이 무덤 저거 아배가 울 아버지 재인이요, 울 아버지 재인이 이 무덤 저거 아배요. 그 생각을 하면 압니다. 생각을 하면 알아요. 아는데. 그래서 내가 겔차 줄게요. 저거 엄마 묘라. 저거 엄마 묘니까 생각을 해 보시오.

"이 무덤 저거 아배가 울 아버지 재인이요, 울 아버지 재인이 이 무덤 즈그 아배요."

긍게노 저거 엄마 묘잖아요. 그지요. 그래, 그 선비가 지니가다가 그리했다고. 친정 아배가 참 유식한 사람입니다. 그래, 우리 클 때 이야기를 해 주더라고.

본조아리랑

자료코드 : 04_04_FOS_20110120_PKS_KDS_0001
조사장소 : 경상남도 남해군 미조면 송정리 설리마을 설리마을복지회관
조사일시 : 2011.1.20
조 사 자 : 박경수, 서정매, 황영태, 윤슬기
제 보 자 : 강덕심, 여, 86세
구연상황 : 조사자가 제보자에게 아리랑을 알고 있는지 물어보자 제보자는 부끄러워서
　　　　　 못 하겠다며 수줍게 웃었다. 조사자가 괜찮다고 다독이자 조용하게 구연해 주
　　　　　 었다.

　　아리랑 아리랑 아라리요
　　아리랑 고개로 넘어간다
　　아리랑 대롱을 그누가냈네
　　건방진 큰애기가 냈 다네

진도아리랑

자료코드 : 04_04_FOS_20110120_PKS_KDS_0002
조사장소 : 경상남도 남해군 미조면 송정리 설리마을 설리마을복지회관
조사일시 : 2011.1.20
조 사 자 : 박경수, 서정매, 황영태, 윤슬기
제 보 자 : 강덕심, 여, 86세
구연상황 : 조사자가 진도아리랑을 아냐고 먼저 첫 소절을 띄워 흥을 돋웠다. 그러자 제
　　　　　 보자가 바로 따라 하면서 구연을 시작했다. 다른 청중들도 같이 손뼉을 치며
　　　　　 박자를 맞추면서 함께 따라 불렀다.

아리랑 쓰리쓰리랑 아리리가 났네

아리랑 끙끙응 아라리가 났네

올배는 피어서 지곡에 지고

열무야 배추는 사리살타 온다

아라리가 났네

아리랑 끙끙응 아라리가 났네

올배는 피어서 지곡에 지고

열모야 배추는 사리살타 온다

아리아리랑 쓰리쓰리랑 아라리가 났네

아리랑 끙끙응 아라리가 났네

청춘에 헐일이 그리나없어

이노무 종사로 헌단말가

아리아리랑 쓰리쓰리랑 아라리가 났네

아리랑 끙끙응 아라리가 났네

파랑새 노래

자료코드 : 04_04_FOS_20110120_PKS_KDS_0003

조사장소 : 경상남도 남해군 미조면 송정리 설리마을 설리마을복지회관

조사일시 : 2011.1.20

조 사 자 : 박경수, 서정매, 황영태, 윤슬기

제 보 자 : 강덕심, 여, 86세

구연상황 : 다른 청중이 부른 노래가 별로라며, 자기가 다시 불러보겠다며 녹음기를 가져
오라고 하는 등 적극적으로 제보에 임해 주었다.

새야새야 파랑 새야

녹디나뫼에 앉지마라

녹디꽃이 떨어지믄

청포장시가 울고간다

창부타령 (1)

자료코드 : 04_04_FOS_20110121_PKS_KGS_0001
조사장소 : 경상남도 남해군 미조면 송정리 항도마을 항도마을회관
조사일시 : 2011.1.21
조 사 자 : 박경수, 서정매, 황영태, 윤슬기
제 보 자 : 김갑선, 여, 84세
구연상황 : 제보자는 평소에도 노래를 즐겨 부르는 편이라고 했다. 그래서인지 많은 노래
의 구연이 이루어졌다. 숨이 가프다면서도 노래를 부르는 동안에는 아주 경쾌
하게 불러 주었다.

높은산중 고드름은

치우3)봄바람에 풀어내고

이내심중에 맺힌수심은

어떤잡놈이 풀어내리

얼씨구 좋다 절씨구나 좋다

아니야 노지를 못하리라

창부타령 (2)

자료코드 : 04_04_FOS_20110121_PKS_KGS_0002
조사장소 : 경상남도 남해군 미조면 송정리 항도마을 항도마을회관

---

3) 추운.

조사일시 : 2011.1.21
조 사 자 : 박경수, 서정매, 황영태, 윤슬기
제 보 자 : 김갑선, 여, 84세
구연상황 : 제보자는 노래를 구연하고 난 뒤 이 노래가 너무 좋지 않으냐면서 스스로 만
　　　　　족해하며 즐거워하였다. 청중들도 제보자의 구연에 박수를 치며 호응하였다.

　　　남해금산 뜬구름아

　　　눈실었나 비실었나

　　　눈도비도 내아니실고

　　　노래명창 내실었네

　　　얼씨구나 지화자 좋네

　　　아니아니 노지를 못하리라

창부타령 (3)

자료코드 : 04_04_FOS_20110121_PKS_KGS_0003
조사장소 : 경상남도 남해군 미조면 송정리 항도마을 항도마을회관
조사일시 : 2011.1.21
조 사 자 : 박경수, 서정매, 황영태, 윤슬기
제 보 자 : 김갑선, 여, 84세
구연상황 : 제보자는 창부타령을 한 곡 부르기 시작하자 연이어 다른 가사로 계속 이어
　　　　　서 구연해 주었다.

　　　진주 한림사 부는바람

　　　쌍기야 합석을 디리불어

　　　거-봐-라- 말을 헌더매

　　　우리님의 소서를 부소하니

　　　얼씨구나 지화자 좋네

　　　아니노지를 못하리라

창부타령 (4)

자료코드 : 04_04_FOS_20110121_PKS_KGS_0004
조사장소 : 경상남도 남해군 미조면 송정리 항도마을 항도마을회관
조사일시 : 2011.1.21
조 사 자 : 박경수, 서정매, 황영태, 윤슬기
제 보 자 : 김갑선, 여, 84세
구연상황 : 제보자는 창부타령을 한번 부르기 시작하자 가사가 계속 생각이 났는지 연이
어서 불러 주었다.

꽃이피고 잎이 피는

봄-은-또- 왔건마는

시들어지는 우리의 청춘은

어느시절에 또올란가

얼씨구 좋아 지화자 좋다

아니노지를 못하리라

시집살이 노래 (1) / 밭매기 노래

자료코드 : 04_04_FOS_20110121_PKS_KGS_0005
조사장소 : 경상남도 남해군 미조면 송정리 항도마을 항도마을회관
조사일시 : 2011.1.21
조 사 자 : 박경수, 서정매, 황영태, 윤슬기
제 보 자 : 김갑선, 여, 84세
구연상황 : 마을회관에 들어갔을 때 어르신들이 이미 둥글게 앉아 놀고 있었다. 제보자는
이들 중 나이가 가장 많은 편이지만, 노래를 잘 부르는 편이어서 모두가 제보
자에게 노래를 권하는 분위기였다. 제보자는 노래에 자신 있게 흔쾌히 노래를
구연하였다.

시집가던 삼일 만에

참깨닷말 들깨닷말

깨열말을 내어놓고

이깨열말을 다볶아라

한솥볶고 두솥을볶고

달달세솥을 볶고나니

벌어진다 벌어진다

양가매 양주개가 벌어진다

시어마니가 쑥나섬서

에라요년아 요망헌년

너거집 어서가서

세간전지를 다폴아서

내양가매 양주개를 물어주라

며느리가 허는말이

어무니도 요앉으소

하늘겉은 집에아들

용매겉은 갓을지고

우러집에 건대헐때

동네불러서 잔치하고

요내몸값 물어주면은

양가매 양주개도 물어주지

진도아리랑

자료코드 : 04_04_FOS_20110121_PKS_KGS_0006
조사장소 : 경상남도 남해군 미조면 송정리 항도마을 항도마을회관
조사일시 : 2011.1.21
조 사 자 : 박경수, 서정매, 황영태, 윤슬기

제 보 자 : 김갑선, 여, 84세
구연상황 : 제보자는 몇 곡 부르고 나자 서서히 흥이 났는지 손으로 무릎을 치기도 하는
등 더욱 흥겹게 구연하였다.

세월아 내월아 오고가지마라

아까분 내청춘이 다늙어간다

세월이 가시며는 니혼체가재

아까븐 내청춘을 데리고가나

베틀 노래

자료코드 : 04_04_MFS_20110121_PKS_KGS_0007
조사장소 : 경상남도 남해군 미조면 송정리 항도마을 항도마을회관
조사일시 : 2011.1.21
조 사 자 : 박경수, 서정매, 황영태, 윤슬기
제 보 자 : 김갑선, 여, 84세
구연상황 : 조사자가 제보자에게 베틀 노래를 기억하느냐고 묻자 기억나는 데까지만 해
보겠다며 구연을 시작하였다. 처음에는 진도아리랑으로 부르다가 중간 부분
부터는 4. 4조의 가사체로 불러 주었다.

베짜는 아가씨

베틀노래 불러라

오늘일기가 심심허다

베틀다리를 사형제요

이내다리는 선지로다

잉에때는 삼형제요

눌리대는 독지기요

비기미라 허는것은

대하한일을 닦아주고

남은소는 성지라요
용두마리라 허는것은
이거렁 저거렁 소리를 맡아
보투마리라 허는것은
삼천군사를 거느리고
군마절사 넘어가고
철거선이라 허는것은
호불애비죽어 넋이란가
요내다리를 안고돌고
책바리라 허는것은
오색가지 무지긴가
이짝저짝에다가 뿌리를박고
실실짜지개라 허는것은
앙구루죽어 갯날인가
지우살살 뿌리주고
북이라고 허는것은
앙구루죽은 넋이던가
이쪽저쪽에다가 뿌리를치고
몰케라고 허는것은
울으님죽어 넋이던가
요내가심을 안고돌고
물토라고 허는것은
우리님죽어 넋던가
요내허리를 안고돌고
앉을게라 허는것은
삼팔선 너그매가 앉았고나

창부타령 (5)

자료코드 : 04_04_FOS_20110121_PKS_KGS_0008
조사장소 : 경상남도 남해군 미조면 송정리 항도마을 항도마을회관
조사일시 : 2011.1.21
조 사 자 : 박경수, 서정매, 황영태, 윤슬기
제 보 자 : 김갑선, 여, 84세
구연상황 : 제보자는 노래를 구연하던 중에 갑자기 울먹거리면서 노래를 멈추었다. 그러
나 이내 마음을 가다듬고 다시 노래를 구연해 주었다.

애는작에4) 글몬배아
농사철을 돌아져서
백사전 너린들에
쟁기꽂고 잠을자고
지화자 잡놈이 술잔을들고
헌다는 소리가 양산도라
들고나니 술잔이오
내고나니 사장고라
장고장고 사장고를
이승에 손지래가 녹아내고
잔디잔디 금잔디는
한량의 발지래가 녹아낸다
얼씨고 좋아 지화자 좋아
요렇기 좋은줄 나는 몰라

---

4) 어릴 적에.

임 그리는 노래

자료코드 : 04_04_FOS_20110121_PKS_KGS_0009
조사장소 : 경상남도 남해군 미조면 송정리 항도마을 항도마을회관
조사일시 : 2011.1.21
조 사 자 : 박경수, 서정매, 황영태, 윤슬기
제 보 자 : 김갑선, 여, 84세
구연상황 : 제보자는 기억력이 무척 좋은 편이어서 주로 긴 가사의 노래를 구연해 주었
다. 숨이 차서 중간에 멈추기도 하였지만 차분하게 다시 구연을 하였고, 청중
들도 모두 귀를 기울이며 경청하였다.

시집가던 삼일만에

서방님이 병이나서

서방님이 돌아갈때

임아임아 울어님아

님보는줄을 내는몰라

임이나를 생각허이면은

나를두고 갈수있나

몬가니라 몬가니라

나를두고서 몬가니라

쌍가락지 노래

자료코드 : 04_04_FOS_20110121_PKS_KGS_0010
조사장소 : 경상남도 남해군 미조면 송정리 항도마을 항도마을회관
조사일시 : 2011.1.21
조 사 자 : 박경수, 서정매, 황영태, 윤슬기
제 보 자 : 김갑선, 여, 84세
구연상황 : 조사자가 제보자에게 쌍가락지 노래를 아는지 물어보자, 대답 대신 바로 노래
를 구연해 주었다.

쌍금쌍금 쌍가락지

옆에보면 처자라도

먼데보면 달이로다

처자한사 자는방에

숨소리가 둘이로다

천돌복숭 저오랍시

거짓말씀 말하주소

꾀꼬리가 기리던방에

매매새끼 누턴방에

참새거치도 내는없소

　얼씨고 좋아 지화자 좋네

　아니 노지를 못하리라

노랫가락 / 그네 노래

자료코드 : 04_04_FOS_20110121_PKS_KGS_0011
조사장소 : 경상남도 남해군 미조면 송정리 항도마을 항도마을회관
조사일시 : 2011.1.21
조 사 자 : 박경수, 서정매, 황영태, 윤슬기
제 보 자 : 김갑선, 여, 84세
구연상황 : 조사자가 제보자에게 그네 노래의 앞 소절을 불러 주며 기억나는지를 묻자,
　　　　　제보자는 생각이 났는지 바로 노래로 구연해 주었다.

중천당 세모지남기 가지가지다 그네를매자

임이타면 내가나밀고 내가타매는 임이밀고

임아좋다 줄매지마라 줄떨어지며는 정떨어진다

화투타령

자료코드 : 04_04_FOS_20110121_PKS_KGS_0012
조사장소 : 경상남도 남해군 미조면 송정리 항도마을 항도마을회관
조사일시 : 2011.1.21
조 사 자 : 박경수, 서정매, 황영태, 윤슬기
제 보 자 : 김갑선, 여, 84세
구연상황 : 조사자가 주변에서 화투치는 할머니들을 보고 화투타령을 아는지 물으니 제
　　　　　 보자는 생각이 났는지 바로 불러 주셨다. 원래 잘 불렀는데 갑자기 부르니까
　　　　　 가사가 헷갈린다면서 끝부분을 잘 기억하지 못했다.

　　　정월솔가지 속속히누워

　　　이월맷대 맺아놓고

　　　삼월사쿠라 산란한맘을

　　　사월흑사리가 허송허네

　　　오월난초 날았던나비가

　　　유월목단에 떨어지고

　　　가을공산에 달떠온다

　　　구월국화 굳었던마음

　　　요내마음이 악장허네

　　　시월단풍이 떨어진다

산아지타령 (1)

자료코드 : 04_04_FOS_20110121_PKS_KGS_0013
조사장소 : 경상남도 남해군 미조면 송정리 항도마을 항도마을회관
조사일시 : 2011.1.21
조 사 자 : 박경수, 서정매, 황영태, 윤슬기
제 보 자 : 김갑선, 여, 84세

노다가 가는사람은 베게를주고

자다가 가는님은 통박을준다

에이야 디이야 에헤 에이야

에에야 디여라 산아지로 구나

우리가 살더나 몇만년사나

사계장철을 놀아나보세

산아지타령 (2)

자료코드 : 04_04_FOS_20110121_PKS_KGS_0014
조사장소 : 경상남도 남해군 미조면 송정리 항도마을 항도마을회관
조사일시 : 2011.1.21
조 사 자 : 박경수, 서정매, 황영태, 윤슬기
제 보 자 : 김갑선, 여, 84세
구연상황 : 조사자가 제보자에게 노래의 앞 소절의 가사를 읊어주자, 제보자는 가사를 듣는 순간 바로 구연해 주었다.

영감아 탱감아 죽지를 마라

봄보리 개떡에 코볼라 주고

니죽고 내살아 씰모가 있나

한강수 깊은물에다 풍빠져죽자

에헤야 디야 에헤 에이야

에헤야 디여라 산아지로 고나

우리가 이러다가 죽어디맨

저건네 저산이 내길이된다

어이야 디야 에헤 에이야

에헤야 디여라 산아지로 고나

창부타령 (6)

자료코드 : 04_04_FOS_20110121_PKS_KGS_0015
조사장소 : 경상남도 남해군 미조면 송정리 항도마을 항도마을회관
조사일시 : 2011.1.21
조 사 자 : 박경수, 서정매, 황영태, 윤슬기
제 보 자 : 김갑선, 여, 84세
구연상황 : 제보자는 기억력이 좋은 편이었다. 조사자가 제보자에게 노래의 앞 운을 띄워
주자 곧바로 구연해 주었다.

높은산에 눈날리고

낮은산에는 비날리고

녹수야 깊어부나

대천한바닥에 녹수로다

니가잘나 일색이던나

내눈이 어두바 환장이다

창부타령 (7)

자료코드 : 04_04_FOS_20110121_PKS_KGS_0016
조사장소 : 경상남도 남해군 미조면 송정리 항도마을 항도마을회관
조사일시 : 2011.1.21
조 사 자 : 박경수, 서정매, 황영태, 윤슬기
제 보 자 : 김갑선, 여, 84세
구연상황 : 조사자가 거의 홀로 계속 노래를 구연해 주는 상황이었다. 노래가 끝나고 혹

시 이런 노래 아는지 가사의 앞 운을 조금만 읊어도 비슷하게 기억하는 노래를 바로 구연해 주었다.

니정내정 좋고보면 도토리밥도 단물나고
니정내정 묵고보니 미아리쌀밥도 신물난다
얼씨고 얼씨고 지화자 좋네
아니 노지를 못하리라

창부타령 (8)

자료코드 : 04_04_MFS_20110121_PKS_KGS_0017
조사장소 : 경상남도 남해군 미조면 송정리 항도마을 항도마을회관
조사일시 : 2011.1.21
조 사 자 : 박경수, 서정매, 황영태, 윤슬기
제 보 자 : 김갑선, 여, 84세
구연상황 : 제보자는 기억력이 매우 좋은 편이었다. 노래가 한 번 구연되고 나서도 바로 이어서 새로운 노래를 구연해 주었다.

처녀묵던 청실배는
맛만봐도 반허것고
총각묵던 시끼시마는
내만맡아도 반허것네
얼씨고 얼씨고 얼씨고
아니노지를 못하겠네

시집살이 노래 (2) / 밭매기 노래

자료코드 : 04_04_MFS_20110121_PKS_KGS_0018

조사장소 : 경상남도 남해군 미조면 송정리 항도마을 항도마을회관

조사일시 : 2011.1.21

조 사 자 : 박경수, 서정매, 황영태, 윤슬기

제 보 자 : 김갑선, 여, 84세

구연상황 : 제보자는 기억력이 무척 좋은 편이었다. 노래의 구연이 하나 끝나고 조사자가
제보자에게 노래의 앞 구절을 읊어 주면 바로 노래를 구연해 주었다.

성아성아 사춘성아

내왔다고 기님마라

사람떠버 데렸시믄

니도묵고 내도묵고

쟁이끝에 사래기받아

니닭주재 내닭주나

챙이끝에 딩기받아

니새이(형)주재 내새이주나

마소마소 그리 마소

내왔다고 그리마소

성네딸은 하야부라

핑양감사를 사우삼고

우리딸은 하구저서

정상감사를 사우삼고

얼씨구 얼씨구 절씨구

산아지타령 (3)

자료코드 : 04_04_FOS_20110121_PKS_KGS_0019

조사장소 : 경상남도 남해군 미조면 송정리 항도마을 항도마을회관

조사일시 : 2011.1.21

조 사 자 : 박경수, 서정매, 황영태, 윤슬기
제 보 자 : 김갑선, 여, 84세
구연상황 : 제보자는 노래를 많이 불렀지만, 쉬지 않고 생각이 나는 대로 곧바로 연이어
　　　　　 구연해 주었다.

　　　각시야 자자 옥강사야 자자
　　　밤중아 새별이 넘어간다

　　　물레야 뱅뱅 니돌아라
　　　저달 넘어가면 내도간다

너냥 나냥

자료코드 : 04_04_FOS_20110121_PKS_KGS_0020
조사장소 : 경상남도 남해군 미조면 송정리 항도마을 항도마을회관
조사일시 : 2011.1.21
조 사 자 : 박경수, 서정매, 황영태, 윤슬기
제 보 자 : 김갑선, 여, 84세
구연상황 : 조사자가 제보자에게 넌지시 이런 노래를 아시냐고 물으면 그때마다 가사를
　　　　　 듣고는 바로 불러 주었다. 부르는 게 힘들기도 해서 안 하려고도 하면서도 조
　　　　　 사자가 가사의 운을 읊으면 곧바로 구연해 주었다.

　　　너냥나냥 디리둥실 놀아라
　　　낮에낮에나 밤에밤에나 상사랭이로구나
　　　내가잘나 일색이냐 내눈이 어두바 환장이냐
　　　노자놀아라 젊어서 놀아라
　　　너냥나냥 비리둥실 놀아라
　　　낮에낮에나 밤에밤에나 상사랭이로구나

　　　아침에 우는새는 배가고파 울고요

저녁에 우는새는 임이그리바 운다

너냥나냥 두리둥실 놀고요

낮에낮에나 밤에밤에나 참사랑이로 구나

우리댁 서방님은 명태잡이를 갔는데

바람아 강풍아 설들여흘만 불어라

너냥니냥 두리둥실 놀아라

낮에낮에나 밤에밤에나 상사랭이로구나

호박은 늙으면 지맛이 있고

사람은 늙으면 쓸곳이 없다

도라지타령

자료코드 : 04_04_FOS_20110121_PKS_KGS_0021

조사장소 : 경상남도 남해군 미조면 송정리 항도마을 항도마을회관

조사일시 : 2011.1.21

조 사 자 : 박경수, 서정매, 황영태, 윤슬기

제 보 자 : 김갑선, 여, 84세

구연상황 : 조사자가 제보자에게 넌지시 이런 노래를 아느냐고 가사의 앞 운을 띄우면 그
때마다 가사를 듣고 바로 구연해 주었다. 주변에서 화투를 치고 있어서 조금
시끄러워서 노래에 집중하기가 조금 어려웠지만 최선을 다해 구연해 주었다.

도라지 도라지 도라지

심심산천에 백도라지

한두뿌리만 캐어도

바구니 반섬만 되노라

에헤요 에헤요 에헤에요

호이야라 난다 지화자가 좋다

니가내간장을 시리살살 다녹힌다

물레 노래

자료코드 : 04_04_FOS_20110120_PKS_KBD_0001

조사장소 : 경상남도 남해군 미조면 송정리 설리마을 설리마을복지회관

조사일시 : 2011.1.20

조 사 자 : 박경수, 서정매, 황영태, 윤슬기

제 보 자 : 김봉덕, 여, 85세

구연상황 : 다른 청중이 제보자에게 노래를 해 보라고 권하자 제보자는 처음에는 노래를
부르지 않고 가사로 읊어 주었다. 조사자가 다시 노래로 불러 달라고 요청하
자 진도아리랑의 선율에 가사를 얹어 불러 주었다.

물레야 자세야 니가뱅뱅 잘돌아라

새벽달 뒷달이 산넘어진다

진도아리랑

자료코드 : 04_04_FOS_20110120_PKS_KBD_0002

조사장소 : 경상남도 남해군 미조면 송정리 설리마을 설리마을복지회관

조사일시 : 2011.1.20

조 사 자 : 박경수, 서정매, 황영태, 윤슬기

제 보 자 : 김봉덕, 여, 85세

구연상황 : 조사자가 노래를 아는 청중이 없냐고 묻자 청중들이 모두 제보자에게 노래를
해 보라고 권유했다. 제보자는 웃으면서 구연했다. 진도아리랑의 선율에 가사
를 얹어 불러 주었다.

잠아잠아 오지를 말아라

시어마니 눈에나면 임의눈에도 절로난다

풀꾹새 노래

자료코드 : 04_04_FOS_20110120_PKS_KBD_0003
조사장소 : 경상남도 남해군 미조면 송정리 설리마을 설리마을복지회관
조사일시 : 2011.1.20
조 사 자 : 박경수, 서정매, 황영태, 윤슬기
제 보 자 : 김봉덕, 여, 85세
구연상황 : 조사자가 운을 떼우면서 제보자에게 노래를 아냐고 묻자 제보자는 곧바로 노
래를 구연하였다. 옛날에 많이 불렀는데 지금은 조금만 기억난다며 4. 4조의
가사체로 읊어 주었다.

풀꾹풀꾹
기집죽고 자석죽고
서답빨래 누가허꼬

멸치 후리 소리

자료코드 : 04_04_FOS_20110120_PKS_KSY_0001
조사장소 : 경상남도 남해군 미조면 송정리 설리마을 설리마을복지회관
조사일시 : 2011.1.20
조 사 자 : 박경수, 서정매, 황영태, 윤슬기
제 보 자 : 김수엽, 여, 73세
구연상황 : 제보자는 아버지가 멸치 어업을 해서 매일 저녁마다 그 소리를 들었다면서
흔쾌히 구연했다. 노래 중간에 노래하는 상황이 어떻고, 어떤 노래인지를 부
연 설명하면서 구연해 주었다.

자! 땡기라 요쪽에 땡기라 자

인제 올라온다 말입니다. 올라오면, 며르치(멸치)가 보이면 이 헛디로 끌러 때닐삐러비는 기라(때버린다). 그러면,

[멸치 끌어당기는 노래]
　　　후리로 보듬아라 막 보듬아라
　　　어서 보듬아라 쎄게 땡기라 어서 땡기라
　　　자 자 자 자
　　　으쌰! 자 자 자 자

그러면 인자, 그럴때에는 빨리 땡기저야 되거든. 빨리! 자 자 하면서러 으쌰!으쌰! 하면서 빨리 땡겨 줘야 되는데, 그래 안자 가에 딱 들어오면 남자들이, 남자들이 딱 들어서서 이리이리 챈다 말입니다.
　(조사자 : 아! 고기 털 때는 어떻게 합니까?)

[멸치 터는 노래]
　　　여으쌰! 여의쌰! 여의쌰! 여의쌰!
　　　여의쌰! 여의쌰! 여의쌰!
그래 가지고 인자 들어가믄, 그래 인자 쪽가지로 뜯어내거든.
　(조사자 : 가래소리, 가래소리 끌 때 어떻게 합니까)

[가래소리]
　　　어능창 가래로구나
　　　이가래가 누가랜고
　　　오늘저녁에 고기도 많이들었네
　　　어 능창 가래야

다리 세기 노래

자료코드 : 04_04_FOS_20110120_PKS_KSY_0002
조사장소 : 경상남도 남해군 미조면 송정리 설리마을 설리마을복지회관
조사일시 : 2011.1.20
조 사 자 : 박경수, 서정매, 황영태, 윤슬기
제 보 자 : 김수엽, 여, 73세
구연상황 : 제보자는 옛날에 노래를 하면서 놀이했던 장면을 설명하며 구연했다. 조사자
와 함께 다리를 엇갈려 놓으며 직접 시범을 보이면서 구연해 주었다.

이거리 저거리 각거리
진주망구 조방구
짝바리 히양근
육다육다 전라도
장구네집을 쫄따몰아
장두칼

아기 재우는 노래 / 자장가

자료코드 : 04_04_FOS_20110120_PKS_KSY_0003
조사장소 : 경상남도 남해군 미조면 송정리 설리마을 설리마을복지회관
조사일시 : 2011.1.20
조 사 자 : 박경수, 서정매, 황영태, 윤슬기
제 보 자 : 김수엽, 여, 73세
구연상황 : 조사자가 노래의 운을 띄우자 제보자가 바로 구연했다. 가사가 많은데 지금은
다 잊었다면서 노래를 짧게 구연해 주었다.

자장자장 우리아가
꼬꼬닭아 우지마라
멍멍개야 짓지마라

우리아기 잘도잔다

창부타령

자료코드 : 04_04_FOS_20110121_PKS_KWM_0001
조사장소 : 경상남도 남해군 미조면 미조리 사항마을 사항마을주민센터
조사일시 : 2011.1.21
조 사 자 : 박경수, 서정매, 황영태, 윤슬기
제 보 자 : 김월매, 여, 87세
구연상황 : 조용히 조사를 지켜보던 제보자가 노래를 구연했는데 들어보지 못한 가사였다. 제보자를 녹음할 때는 노래교실 수업이 진행되는 바람에 녹음 상태가 좋지 못하였다.

　　　바람불어 쓰러진나무 눈비온다고 일어서나

　　　송곳같이도 굳은절개 내비린다고 내비려지나

　　　얼씨구나 좋네 절씨구나 좋네

　　　요렇기 좋다가는 딸놓겠네

잠자리 잡는 노래

자료코드 : 04_04_FOS_20110120_PKS_BSA_0001
조사장소 : 경상남도 남해군 미조면 미조리 미조마을 미조마을회관
조사일시 : 2011.1.20
조 사 자 : 박경수, 서정매, 황영태, 윤슬기
제 보 자 : 박소아, 여, 86세
구연상황 : 조사자가 잠자리 노래에 대해 여쭈었더니 혼자서 웅얼거리듯 하시다가 옆에 분이 도와주자 짧게 구연해 주었다.

　　　현재 이제 잠자리가 오래 앉아 있습니다.

잠자라 잠자라

붙은자리 딱붙어라

니멀리가면 니죽는다

네멀리가면 네죽는다

붙은자리 딱붙어라

다리 세기 노래

자료코드 : 04_04_FOS_20110121_PKS_PCJ_0001

조사장소 : 경상남도 남해군 미조면 미조리 사항마을 사항마을주민센터

조사일시 : 2011.1.21

조 사 자 : 박경수, 서정매, 황영태, 윤슬기

제 보 자 : 박춘자, 여, 70세

구연상황 : 다른 제보자의 노래가 끝나자, 제보자는 자신이 어릴 때는 이렇게 부르지 않
고 다르게 불렀다면서 구연해 주었다.

이거리 저거리 갓거리

진주맹근 도맹근

짝바리 해양근

도래줌치 갓끈

창부타령

자료코드 : 04_04_FOS_20110121_PKS_PCJ_0002

조사장소 : 경상남도 남해군 미조면 미조리 사항마을 사항마을주민센터

조사일시 : 2011.1.21

조 사 자 : 박경수, 서정매, 황영태, 윤슬기

제 보 자 : 박춘자, 여, 70세

구연상황 : 제보자는 신민요나 가요를 좋아하는 편이어서 자꾸 가요를 부르려고 했지만 조사자의 유도에 따라 민요 한 구절을 구연하였다. 스스로 박수를 치며 즐겁게 구연해 주었다.

남해금산 뜬구름아 비실었나 눈실었나
비도눈도 아니신고 노래명창만 실었구나
얼씨구나 좋네 지화자 좋네
아니놀지는 못하리라

저비알밑에 미나리깡에 미나리캐는 저처녀야
눈을주자니 니모리고 손을치자니 넘이보고
보라고 진돌이 발등에가서 맞았던가
훌쩍훌쩍 우는소리 대장부간장 다녹는다 좋다

논두렁에 깨보리는 애미간장을 녹이는데
하물면 처녀몸되어 대장부간장을 못녹이리
얼씨구 좋다 지화자 좋네
아니 놀지는 못하리라

사발가

자료코드 : 04_04_FOS_20110121_PKS_PCJ_0003
조사장소 : 경상남도 남해군 미조면 미조리 사항마을 사항마을주민센터
조사일시 : 2011.1.21
조 사 자 : 박경수, 서정매, 황영태, 윤슬기
제 보 자 : 박춘자, 여, 70세
구연상황 : 조사자가 제보자에게 노래 가사의 머리말을 불러 주자 청중들이 그런 노래가 있었다면서 기억이 나는 듯 얘기하였다. 그러자 제보자가 자연스럽게 노래를 구연했다. 청중들도 모두 아는 노래여서인지 박수를 치며 함께 불러 주었다.

석탄백탄 타는데는 연기만풍풍 나고요

이내가슴 타는데는 연기도짐도 안난다

에헤이용 에헤이용 에헤이요

니가내간장 쓰리살살 다녹인다

다리 세기 노래

자료코드 : 04_04_FOS_20110121_PKS_OSJ_0001

조사장소 : 경상남도 남해군 미조면 미조리 사항마을 사항마을주민센터

조사일시 : 2011.1.21

조 사 자 : 박경수, 서정매, 황영태, 윤슬기

제 보 자 : 오숙자, 여, 75세

구연상황 : 조사자의 유도에 따라 제보자는 다른 청중과 직접 다리를 엇갈리게 해서 놀
면서 노래 부르는 시범을 보였다. 놀이를 직접 하면서 구연해 주었다.

이거리 저거리 갓거리

진주망구 도망구

짝바리 히양구

아래줌치 다래야

[다리를 바꾸어서]

이거리 저거리 갓거리

진주망구 또망구

짝바리 히양구

도래줌치 싸래야

도라지타령

자료코드 : 04_04_FOS_20110121_PKS_OSJ_0002
조사장소 : 경상남도 남해군 미조면 미조리 사항마을 사항마을주민센터
조사일시 : 2011.1.21
조 사 자 : 박경수, 서정매, 황영태, 윤슬기
제 보 자 : 오숙자, 여, 75세
구연상황 : 조사자가 제보자에게 노래가사의 운을 떠우자 제보자가 노래가 생각이 난 듯
　　　　　바로 구연해 주었다. 청중들도 모두 아는 노래여서인지 함께 불러 주었다.

　　　도라지 캐러간다고 요핑계 조핑계 대면서

　　　한뿌리 캐어도 대바구니 반실만 되노라

　　　에여라 난다 지화자자 좋다

　　　니가내간장을 쓰리살살 다녹힌다

파랑새 노래

자료코드 : 04_04_FOS_20110120_PKS_IMS_0001
조사장소 : 경상남도 남해군 미조면 미조리 미조마을 미조마을회관
조사일시 : 2011.1.20
조 사 자 : 박경수, 서정매, 황영태, 윤슬기
제 보 자 : 이막심, 여, 80세
구연상황 : 여러 청중들이 돌아가면서 노래를 부르자 제보자도 은근히 부르고 싶었는지
　　　　　용기를 내어 파랑새 노래를 구연해 주었다.

　　　새야새야 파랑새야

　　　녹두밭에 앉지마라

　　　녹두꽃이 떨어지면

　　　청포장사 울고 간다

　　　얼씨구 절씨구 지화자 좋네

아니아니 놀지는 못허리라

도라지타령

자료코드 : 04_04_FOS_20110120_PKS_IMS_0002
조사장소 : 경상남도 남해군 미조면 미조리 미조마을 미조마을회관
조사일시 : 2011.1.20
조 사 자 : 박경수, 서정매, 황영태, 윤슬기
제 보 자 : 이막심, 여, 80세
구연상황 : 제보자가 조사자에게 도라지 타령도 괜찮은지 물어보더니 그제야 노래를 구
연해 주었다. 다른 청중도 함께 불러 주었다.

도라지 도라지 도라지 심심산천에 백도라지

한두뿌리만 캐어도 바구니 반찬만 되노라

에헤이용 에헤이용 에헤이용

어여라 난다 지화자가 좋다

니가내간장 스리살살 다녹인다

도라지 캐러간다고 요리핑계 조리핑계 하더니

총각낭군 무덤에 삼오제 지내로 가노라

에헤여 에헤여 에헤여

어여라 난다 지화자가 좋다

니가 내간장 스리살살 다 녹인다

시집살이 노래 / 밭매기 노래

자료코드 : 04_04_FOS_20110120_PKS_IMS_0003
조사장소 : 경상남도 남해군 미조면 미조리 미조마을 미조마을회관

조사일시 : 2011.1.20
조 사 자 : 박경수, 서정매, 황영태, 윤슬기
제 보 자 : 이막심, 여, 80세
구연상황 : 제보자는 기억력이 매우 좋은 편이었다. 긴 노래임에도 가사를 모두 기억하여
　　　　　 불러 주었다.

시집가던 삼일만에 시어마니 거동보소

참깨닷말 두리깨닷말 깨도닷말을 내어줌서

아가아가 며늘이아가 헛지말고 다볶아라

한솥볶고 두솥볶고 삼세세솥 볶고나니

바라졌네 바라졌네 양가매 양주개가 바라졌네

시아버니 쓱나옴서 니요년 요망한년

느그집에 어서가서 새비쟁기를 폴더라도

양가매 양주개 물어주라

시어마니 쓱나옴서 니요년 요망한년

느그집에 어서가서 새비쟁기를 폴더라도

양가매 양주개 물어주라

하건만 하설벗어 울어집에 돌아가서

아부지 어나오소 어무니도 어나오소

오빠올케도 어나오소 오던길로 바삐가서

시아버니 여앉으소 시어무니 여앉으소

당신단몸도 여앉지소 친정아배도 여앉지소

친정어매도 여앉지소 오빠올케도 여앉지소

하늘겉은 당신아들 구름겉은 말로타고

동네동네 다지내고 골목골목 다지내서

새랍새라 다지내고 울어집에 들어올댁에

누더불러 왔십디까

삼단겉던 요내몸을 네단겉이 풀었으니

이내몸은 돈아니요 돈천냥만 물어주몬

양가매 양주개 물어주재

아가아가 며늘이아가 니속에도 그말있나

울어매라 말나간다 담너매라 말나간다

좋기살자 좋기살자 이후엘랑 좋기살자

창부타령

자료코드 : 04_04_FOS_20110120_PKS_LBS_0001
조사장소 : 경상남도 남해군 미조면 미조리 미조마을 미조마을회관
조사일시 : 2011.1.20
조 사 자 : 박경수, 서정매, 황영태, 윤슬기
제 보 자 : 이백순, 여, 78세
구연상황 : 다른 제보자가 창부타령을 부르고 나자 제보자가 이어서 창부타령을 불러 주
었다. 청중들도 모두 박수를 치며 장단을 맞추었다.

높은산천 고드름은

십오야 봄바람 불어내고

요내가심 쌓인수심은

아절이와도 몬풀더라

언제나 임을만나

쌓인수심을 풀어볼꼬

창부타령 (1)

자료코드 : 04_04_FOS_20110121_PKS_IGY_0001

조사장소 : 경상남도 남해군 미조면 미조리 사항마을 사항마을주민센터
조사일시 : 2011.1.21
조 사 자 : 박경수, 서정매, 황영태, 윤슬기
제 보 자 : 임금엽, 여, 82세
구연상황 : 다른 청중들이 제보자에게 분위기를 띄우며 박수를 치자 제보자가 박수 소리
에 맞추어 구연을 시작했다. 발음은 좋지 않았지만 기억력이 좋은 편이어서 3
절까지 불러 주었다.

생이때라 소년들아 백발을보고 관절마라
백발로 내앉는꽃은 어느름에 늙었네
얼씨구 절씨구 지화자 좋네
아니놀지를 못하리라

이아래라 나룻강에 나루야 비는도 저처자야
너거모친 어데가고 니혼체라 나루비네
울어집에 우리모친 어디혼자 건디모아
산중으로 기원가소

그때되 언제되면 온다더나 거죽생애 안대되어
안대끝때 용이앉아 용우에라 학이앉아
설달대모 놀아드라
얼씨구동동 내사랑아 호리장창동동 내사랑아

양산도 (1)

자료코드 : 04_04_FOS_20110121_PKS_IGY_0002
조사장소 : 경상남도 남해군 미조면 미조리 사항마을 사항마을주민센터
조사일시 : 2011.1.21
조 사 자 : 박경수, 서정매, 황영태, 윤슬기

제 보 자 : 임금엽, 여, 82세
구연상황 : 조사자가 운을 띄우자 제보자가 아는 눈치를 보였다. 그러자 다른 청중들도
불러 보라고 권유했다. 제보자가 노래를 시작하자 청중들은 장단에 맞춰 박수
를 치며 흥을 돋우었다.

영감아 탱감아 죽지를마라
봄보리 개떡에 코볼라주게
에이야 딴딴딴 웅가디여라
세까래 장노에나 돈도많아
생사람 죽는줄 니가내 모를까

노랫가락 / 그네 노래

자료코드 : 04_04_FOS_20110121_PKS_IGY_0003
조사장소 : 경상남도 남해군 미조면 미조리 사항마을 사항마을주민센터
조사일시 : 2011.1.21
조 사 자 : 박경수, 서정매, 황영태, 윤슬기
제 보 자 : 임금엽, 여, 82세
구연상황 : 제보자는 녹음 환경이 무척 시끄러웠지만 아랑곳 않고 침착하게 가사를 기억
해 내며 구연해 주었다.

주천당 세모진남개 그네줄을 밀어매어
임이뛰면은 내가밀고 내가뛰면 임이민다
임아임아 줄밀지마라 줄떨어지면은 정떨어진다

태산같이도 높은사람 하늘같이도 깊은사람
대관천령 강물중에 빗발같이도 깊은사람
일년열두달 삼백에육십날 한밤없어도 못살래라
얼씨구씨구 지화자좋네 아니놀지를 못하리라

창부타령 (2)

자료코드 : 04_04_FOS_20110121_PKS_IGY_0004
조사장소 : 경상남도 남해군 미조면 미조리 사항마을 사항마을주민센터
조사일시 : 2011.1.21
조 사 자 : 박경수, 서정매, 황영태, 윤슬기
제 보 자 : 임금엽, 여, 82세
구연상황 : 제보자가 기억나는 노래가 있다며 곧바로 구연해 주었다.

해다지고 저문날에 처녀둘이서 도망가네
뒷밟는다 뒷밟는다 총각둘이서 뒷밟는다
맞았구나 맞았구나 소리지르고 맞았구나
한주막에 들어가서 웃토리 뜯었고
새별겉은 저요강을 발길마다 들이놓고
애통배개 둘이배고 공단이불을 둘이덮고
이불에 떠들썩 갈라없다
얼씨구 절씨구 지화자좋네 아니놀지를 못하리라

창부타령 (3)

자료코드 : 04_04_FOS_20110121_PKS_IGY_0005
조사장소 : 경상남도 남해군 미조면 미조리 사항마을 사항마을주민센터
조사일시 : 2011.1.21
조 사 자 : 박경수, 서정매, 황영태, 윤슬기
제 보 자 : 임금엽, 여, 82세
구연상황 : 제보자가 옛날에 모심기 노래를 많이 알았는데 잊어버렸다면서 기억이 안 난
다고 했다. 조사자가 가사를 읊어 주자 곰곰이 생각하더니 노래를 구연했다.

처니녀묵던 청실배는 맛만봐도 복을래요
총각묵던 애기새났네 맛만맡아도 반할래라

얼씨구 절씨구 지화자좋네 아니놀고 무엇하리

성아성아 사촌성아 내왔다고 곁눈마라
쌀한되만 챙기시면 성도먹고 내도묵게

이팔청춘 소년들아 백발보고 간줄마라
백발로 내아니늙고서 소년으로 내늙었다

창부타령 (4)

자료코드 : 04_04_FOS_20110121_PKS_IGY_0006
조사장소 : 경상남도 남해군 미조면 미조리 사항마을 사항마을주민센터
조사일시 : 2011.1.21
조 사 자 : 박경수, 서정매, 황영태, 윤슬기
제 보 자 : 임금엽, 여, 82세
구연상황 : 제보자가 노래를 끝내고 생각하다가 문득 흥얼거리며 연이어 구연해 주었다.

남해금산 박달나무 온돌땔감으로 다나가고
대한민국 알뜰한청년 살판큰애기로 다나간다
얼씨구좋네 지화자좋네 아니놀지를 못하리라

창부타령 (5)

자료코드 : 04_04_FOS_20110121_PKS_IGY_0007
조사장소 : 경상남도 남해군 미조면 미조리 사항마을 사항마을주민센터
조사일시 : 2011.1.21
조 사 자 : 박경수, 서정매, 황영태, 윤슬기
제 보 자 : 임금엽, 여, 82세
구연상황 : 조사자가 제보자에게 가사의 운을 띄우자 일단 가사로 한 번 읊고 난 뒤에

노래로 구연해 주었다.

싸들싸들 봄배추는 봄비가오기만 기다리고
옥에갇힌 춘향이는 이도령오기만 기다린다
얼씨구좋네 지화자 좋네 아니놀지를 못하리라

창부타령 (6)

자료코드 : 04_04_MFS_20110121_PKS_IGY_0008
조사장소 : 경상남도 남해군 미조면 미조리 사항마을 사항마을주민센터
조사일시 : 2011.1.21
조 사 자 : 박경수, 서정매, 황영태, 윤슬기
제 보 자 : 임금엽, 여, 82세
구연상황 : 조사자가 모심기 노래를 아느냐고 묻자 제보자가 생각을 하더니 노래를 구연
해 주었다. 시끄러운 주위 환경이었지만 정성껏 노래를 불러 주었다.

시집가던 삼년만에 서방님이 병이들어
두달석달 드러누워 원수놈의 잼이들어
들어놓고 병이들어 임가신줄 내몰랐네
얼씨구 절씨구 지화자좋네 아니놀지를 못하리라

뒷동산에 사꾸라남구(벚꽃) 너본다고 너울너울
우러집에 울언님은 날맨보면 싱글벙글
얼씨구 절씨구 지화자좋네 아니놀지를 못하리라

양산도 (2)

자료코드 : 04_04_MFS_20110121_PKS_IGY_0009

조사장소 : 경상남도 남해군 미조면 미조리 사항마을 사항마을주민센터

조사일시 : 2011.1.21

조 사 자 : 박경수, 서정매, 황영태, 윤슬기

제 보 자 : 임금엽, 여, 82세

구연상황 : 제보자는 가사를 다 잊어버리고 목소리가 잘 안 나온다고 하면서도 노래를
잘 구연해 주었다.

오동동 추야동동 저다리동동 빨간

임의동동 생각에 아주잠잘잔다

어제살살 단풍에 궂은비 잘잘오고

봄보리 안에는 임소식 온다

이어라 난난다 둥가디여라 시마리 잡놈에나 돈도많아

생사람 죽는줄을 니가 내모르나

창부타령 (7)

자료코드 : 04_04_FOS_20110121_PKS_IGY_0010

조사장소 : 경상남도 남해군 미조면 미조리 사항마을 사항마을주민센터

조사일시 : 2011.1.21

조 사 자 : 박경수, 서정매, 황영태, 윤슬기

제 보 자 : 임금엽, 여, 82세

구연상황 : 제보자가 노래를 한번 부르기 시작하자 계속 생각이 난 듯 이어서 불러 주었
다. 주변 환경이 시끄러운데도 개의치 않고 불러 주었다.

창밖에 개짖는소리 임오신줄 알았더니

오신님은 아니오고 모진강풍이 날속인다

꿈아꿈아 무정한꿈아 오신님은 보내지말고

깊이야든잠을 깨워주게

꿈가운데 임을만나 만담말을 다녹힌데

얼씨구절씨구 지화자 좋네 아니놀지를 못하리로다

장모타령

자료코드 : 04_04_MFS_20110120_PKS_LPW_0001
조사장소 : 경상남도 남해군 미조면 미조리 미조마을 미조마을회관
조사일시 : 2011.1.20
조 사 자 : 박경수, 서정매, 황영태, 윤슬기
제 보 자 : 임풍운, 여, 83세
구연상황 : 주변 어르신들이 이런 노래 들어본 적이 있냐며 제보자에게 요청하였다. 제보
자는 곧바로 노래를 불러 주었고 가사 내용이 좋아서 분위기가 매우 고조되
었다.

첫날저녁 처녀주고 훗날저녁에 각시주고
이틀저녁 홀어머니 백년의 각초를 만냈고나
어이허리 어이헐꼬 장모님의 은혜를 어이허리

머리를 빼어 체뿔전에다가 팔아도
장모님의 은혜를 못허겄네
눈썹을 빼어 붓에전에다가 팔아도
장모님의 은혜를 못허겄네
눈알을 빼어 전기다마공장에다가 팔아도
장모님의 은혜를 못허겄네
코로 떼어 개뚝전에다가 팔아도
장모님의 은혜를 못허겄네
입을 떼어 방송국에다가 팔아도
장모님의 은혜를 못허겄네
귀를 떼어 무전통에다가 팔아도

장모님의 은혜를 못허리라

머리를 떼어 장구막에전에다가 팔아도

장모님의 은혜를 못허리라

손을 떼어 꺼꾸리전에다가 팔아도

장모님의 은혜를 못허겄네

젖을 떼어 우유공장에다가 팔아도

장모님의 은혜를 못허겄네

혀로 떼어 쇠구지전에다가 팔아도

장모님의 은혜를 못허겄네

다리를 떼어 전봇대전에다가 팔아도

장모님의 은혜를 못허겄네

(조사자 : 고거 남았네요. 고거는 어디로 파는가예.)

좃을 떼어 북태전에다가 팔아도

장모님의 은혜를 못허겄네

붕알을 떼어 밤전에다가 팔아도

장모님의 은혜를 못허겄네

이내전신을 다 팔아 기차불통에다가 넣어도

장모님의 은혜를 못허겄네

시집살이 노래 (1) / 중 노래

자료코드 : 04_04_FOS_20110120_PKS_LPW_0002
조사장소 : 경상남도 남해군 미조면 미조리 미조마을 미조마을회관
조사일시 : 2011.1.20
조 사 자 : 박경수, 서정매, 황영태, 윤슬기

제 보 자 : 임풍운, 여, 83세

구연상황 : 제보자는 먼저 한 곡을 부르고 난 뒤여서인지 노래를 좀 더 편안하게 구연하였다. 긴 노래인데도 기억력이 좋아서 끊어지지 않고 끝까지 완창되었다. 청중들도 모두 귀를 기울이며 경청하였다.

나무선반 끝에 반만치라도 멸시돋네
뒷집이 할무니가 불얻으러 들어와서
아가아가 며늘아가 내밥이가 개밥이가
내밥이제 개밥이요
그밥먹고 그일허고 내살굿나
머리나깎고 중놀이가거라
그말을인제 깊이듣고 아랫방에 내리가서
열두폭 치매뜯어 전대짓고 바랑짓고
치매한폭 남는거는 두고가면 무엇하리
수건이나 허고가세
뒷동산 큰절가서 깎아주소 깎아주소
요내머리를 깎아주소
깎기는 에렵지않으나 근본이나 알고깎세
이런꼴로 깎는머리 근본알아 무엇하요
한쪽머리 깎고나니 오슬앞이 다젖는다
두쪽머리 깎고나니 치매앞이 다젖는다
아홉성절을 거느리고 남산을 너린들에
중후절로 가니라니 임이오네 임이오네
과게갔던 임이온다
마루에라 오던님이 버선발로 뛰어내려
이내홀몸 금치잡고 오던길로 돌아가세
귀하지라 깍은머리 십년공부만 허고오요

아홉성절은 다저래도 중한아이 절하느네
중후절이 흔타헌들 님도보고 저러련가
집으로 내리오니 즈그모친 성나옴서
천금겉은 내자슥아 만금겉은 내자슥아
어제그제 못오더나 우리집에 요망한그년
어제그제 도망갔다 어무니속도 내가아요
즈그부친 성나옴서
천금겉은 내자슥아 만금겉은 내자슥아
어제그제 못오더나 우리집에 요망한그년
어제그제 도망갔다 시아부지속도 내가아요
아릿방에 내리가니 비단공단 저체이불
덥을듯이나 듯이놓고 우리자네는 가고없네
저둘이누운 새별겉은 질료막은 문듯이나 들시두고
우리자네는 가고없네
문고리같은 은가락지 시아부지 고름에다 반만물려
질듯이나 듯이두고 우리자네는 가고없네
아부지가 이운(의원)인들 이내병사를 곤치주요
어무니가 약국인들 이내병사를 곤치주요
편지허소 편지허소 명치절로 편지허소

못 갈 장가 노래

자료코드 : 04_04_FOS_20110120_PKS_LPW_0003
조사장소 : 경상남도 남해군 미조면 미조리 미조마을 미조마을회관
조사일시 : 2011.1.20
조 사 자 : 박경수, 서정매, 황영태, 윤슬기

제 보 자 : 임풍운, 여, 83세
구연상황 : 제보자는 가사가 아주 적절한 노래라며 가사를 먼저 읊어 주었고, 이내 다시
노래로 구연하였다.

~에
한선무가 밀양땅에
박씨집안의 중신들아
중진그 석삼년만에
앞집에가 고아보니
궁합에도 몬갈장개
뒷집에가 책력본게
책력에도 몬갈장개
그러나따나 또가본다고
마루에도 서른이요
말밑에도 서른이요
장개길로 가니라니
깐치새끼가 째작째작
아부지 저것보소
저것도 마즉이오
산짐승이 어디로안가
또한모리 돌아가니
뱀이새끼가 질끈는다
아부지 저것보소
저것도 마즉이오
신부살방 들어서니
신랑만이 넘어간다
단장허는 처녀야

단장헐랑 제치두고
신랑허리나 짚어보게
버선발로 뛰어나와
한박쪽박 물박허게
선방 끝에 큰칼내게
머리나 한번 냉기보자
한번을 냉기보니
허리우에 숨이없네
두번자락 냉기보니
허리아래 숨이 없네
삼세번을 냉기보니
영우가 고마죽갓네
밤하늘의 구경꾼들
담밖의 구경꾼들
마당청에 앉은 시숙님들
저소녀 과부도 짖지를말고
중년의 과부도 짖지를말고
처녀과부로 지어주소
님을잃어 풀어주몬
처녀과부로 지어주마
제가언제 날봤다고
삼단겉은 요내머리
구름발겉이도 혜칠손가
이바지술 해논거는
상두꾼으로 돌리시고
신랑줄라고 지은밥은

사자밥으로 돌려시오

시집살이 노래 (2) / 밭매기 노래

자료코드 : 04_04_FOS_20110120_PKS_LPW_0004
조사장소 : 경상남도 남해군 미조면 미조리 미조마을 미조마을회관
조사일시 : 2011.1.20
조 사 자 : 박경수, 서정매, 황영태, 윤슬기
제 보 자 : 임풍운, 여, 83세
구연상황 : 조사자가 먼저 '부고왔네 부고왔네' 하면서 부르는 노래를 아는지 물어보자
　　　　　제보자는 생각이 난 듯 바로 구연해 주었다.

주옥같은 호망(호미)으로

냇가같은 지신밭을

저무나새나 메고오니

부고왔네 부고왔네

친정어마니가 죽었다고

비네빼어 폼에꽂고

신은벗어 손에들고

어서바삐 가니라니

한모리를 돌아가니

곡소리가 나는구나

또한모리 돌아가니

은장구는 소리가 나는구나

아홉친정 살밖들어서서

아홉성제 울오랍시

죽어씨나 따나

방문조금 열어주소

애미얼굴 내볼라요

애뿔사 이동성아

애미얼굴 네볼라몬

어제그지 못오더나

까마구 짐승도

사흘나흘 댕기는곳에

꿀을놔서 오늘왔소

울압시는 딸을나야

이웃집에 여으시오

노랫가락 / 그네 노래

자료코드 : 04_04_FOS_20110120_PKS_LPW_0005
조사장소 : 경상남도 남해군 미조면 미조리 미조마을 미조마을회관
조사일시 : 2011.1.20
조 사 자 : 박경수, 서정매, 황영태, 윤슬기
제 보 자 : 임풍운, 여, 83세
구연상황 : 제보자가 노래할 때 다른 청중이 같이 불러서 약간 주춤하기도 하였지만 끝
까지 계속 불러 주었다.

수천당 세모진남개 둘이타자고 그네를매어

임이타면 내가밀고 내가타면은 임이밀고

임아임아 줄살살 밀어라 줄떨어지면은 정떨어진다

성주풀이

자료코드 : 04_04_FOS_20110120_PKS_LPW_0006
조사장소 : 경상남도 남해군 미조면 미조리 미조마을 미조마을회관
조사일시 : 2011.1.20
조 사 자 : 박경수, 서정매, 황영태, 윤슬기
제 보 자 : 임풍운, 여, 83세
구연상황 : 조사자가 제보자에게 노래가락을 요청하자 흔쾌히 구연을 시작하였다. 청중
들도 모두 아는 노래여서인지 모두가 박수를 치며 함께 불러 주었다. 김세레
나가 부른 신민요 유행가인데, 제보자들이 민요로 인식하고 있어서 채록했다.

　　낙영선 십리하야 높고낮은 저무덤은
　　영웅호걸이 누몇이냐 절대가인이 그누구냐
　　우리네인생 한번가면 저기저모냥 되노시로다
　　에야만수 어라대신이야

시집살이 노래 (3) / 밭매기 노래

자료코드 : 04_04_FOS_20110120_PKS_LPW_0007
조사장소 : 경상남도 남해군 미조면 미조리 미조마을 미조마을회관
조사일시 : 2011.1.20
조 사 자 : 박경수, 서정매, 황영태, 윤슬기
제 보 자 : 임풍운, 여, 83세
구연상황 : 다른 노래를 먼저 하고나서 하나씩 생각하면서 천천히 노래를 구연했다. 기억
력이 좋은 제보자여서 긴 가사를 모두 기억하여 불러 주었다. 청중들도 가사
를 음미하며 모두 귀를 기울이며 경청하였다.

　　울어무니 살아서는
　　오만동군이 매던논을
　　울어무니가 죽고나니
　　우리행재 매라허네

물개물개 돋아놓고
굵은지심을 묻어놓고
잔지심은 띠아놓고
어서빨리 내어놓게
점심물때가 일척에서
들가운데 정자밑에
잠든듯이 누웠으니
거동보소 거동보소
재어무니 거동보소
어제그제 묵던밥은
치키누만 덮어이고
어제그제 묵던반찬
중발로만 덮어이고
가만가만 나오더니
오던길로 돌아간다
집으로 돌아오니
즈그부친 거둥보소
은장도라 드는칼을
댓니겉이 갈아들고
날직일라고 작두헌다
행님목을 몬저비면(먼저 베면)
동성마음이 어떻컷소
동성목을 먼제비몬
행이(형)맘은 어떻컷소
한칼로 목을 비어
괘짝안에 대반해여

이아래라 대동강에

고기밥으로 띄아놓고

논에가서 돌아보니

어허둥둥 내자슥아

물개물개 돋아놓고

굵은지심은 묻어놓고

잔지심은 띄아놓고

어허둥둥 내자슥아

여보게 칭구들아

전처의 자슥두고

후실장갤랑 들질말게

방귀타령

자료코드 : 04_04_FOS_20110120_PKS_LPW_0008
조사장소 : 경상남도 남해군 미조면 미조리 미조마을 미조마을회관
조사일시 : 2011.1.20
조 사 자 : 박경수, 서정매, 황영태, 윤슬기
제 보 자 : 임풍운, 여, 83세
구연상황 : 제보자가 먼저 이런 노래가 없는지 묻자 웃으면서 자신 있게 구연하였다.

아들방구 꼬신방구

딸방구 여시방구

며느리방구 도둑방구

시어매방구 앙살방구

시아배방구 호록방구

술방방구 유둑방구

지아배방구 이죽방구

며느리방구 도둑방구

이우지방구 티눈방구

동네방구 나가시방구

풀국새 노래

자료코드 : 04_04_FOS_20110120_PKS_LPW_0009

조사장소 : 경상남도 남해군 미조면 미조리 미조마을 미조마을회관

조사일시 : 2011.1.20

조 사 자 : 박경수, 서정매, 황영태, 윤슬기

제 보 자 : 임풍운, 여, 83세

구연상황 : 제보자가 조사자에게 풀국새 노래를 아는지 넌지시 물어보자 짧게 한 소절해 주었다. 이런 것도 노래가 되는 것이냐며 의아해하며 되묻기도 하였다.

기집죽고 자슥죽고

풀국풀국

나혼자서 우찌살꼬

(청중 : 딴데가니까네 기저기 뚱기저기 누가 빨꼬)

내혼자서 어찌 살꼬 하는데 내는 모른다 이자.

(청중 : 그기 본디 산비둘기라)

사발가

자료코드 : 04_04_FOS_20110120_PKS_LPW_0010

조사장소 : 경상남도 남해군 미조면 미조리 미조마을 미조마을회관

조사일시 : 2011.1.20

조 사 자 : 박경수, 서정매, 황영태, 윤슬기

제 보 자 : 임풍운, 여, 83세
구연상황 : 제보자는 흥에 겨워 노래를 부르다가 가사가 잘 생각이 나지 않았는지 도중
에 멈추었다가 다시 이어서 구연해 주었다.

석탄백탄 타는데 연기는 몽탕 나고요

요내가슴 타는데는 한품에 든님도 모른다

에헤이요 에헤이요

어야라난다 지화자가좋다

니가내간장 스리살살 다녹인다

찔레꽃 노래

자료코드 : 04_04_FOS_20110121_PKS_JSE_0001
조사장소 : 경상남도 남해군 미조면 미조리 사항마을 사항주민센터
조사일시 : 2011.1.21
조 사 자 : 박경수, 서정매, 황영태, 윤슬기
제 보 자 : 정선애, 여, 84세
구연상황 : 제보자가 노래를 시작하기 전에 주민센터 거실 쪽에 복지팀에서 나와 할머니
들에게 노래 교실을 열어 강습했다. 그래서 녹음이 다른 노래 소리와 약간 혼
음되었다. 제보자는 목소리가 잘 안 나온다고 했지만 열심히 구연했다.

찔꺼리가는 찔꺼리에 찔레꽃이 하고바서

우선은 공가리 꺾어지고 임의보선에 잔볼걸어

임을보고 보선보니 임주기는 아까운데

아제아제 서당아제 이보선 신고서 서당가소

임아임아 울언님아 내버릇 나빠서 쓰지마소

노래끝이 온그렀네

창부타령

자료코드 : 04_04_FOS_20110121_PKS_JSE_0002
조사장소 : 경상남도 남해군 미조면 미조리 사항마을 사항주민센터
조사일시 : 2011.1.21
조 사 자 : 박경수, 서정매, 황영태, 윤슬기
제 보 자 : 정선애, 여, 84세
구연상황 : 제보자는 박수를 치며 적극적으로 구연했다. 노래를 할 때는 목소리를 최대한
크게 내려고 노력하는 모습이 보였다.

이산저산 소를비어 남해금산에 절을짓고
그 절간에 피는꽃은 반만피어도 화초란다
얼씨구나 좋네 절씨구 좋네 아니놀지는 못하리라

이산저산 소를비어 남해금산에 절을짓고
그절안에 피는꽃은 반만피어도 화초란다
논드름에 꾀꼬리도 뱀이간장을 녹이는데
하물며 여자몸되고 대장부 간장을 못녹히리
얼씨구

화투타령

자료코드 : 04_04_FOS_20110121_PKS_JSE_0003
조사장소 : 경상남도 남해군 미조면 미조리 사항마을 사항주민센터
조사일시 : 2011.1.21
조 사 자 : 박경수, 서정매, 황영태, 윤슬기
제 보 자 : 정선애, 여, 84세
구연상황 : 조사자의 유도에 따라 제보자가 구연했다. 다른 청중들과 먼저 가사를 조금
말해 보고 나서 기억을 더듬으면서 불렀다.

정월솔가지 속속히앉아

이월맷대에 다름가자

삼월사쿠라 산란한마음

사월흑사리 허사로다

오월난초 나는나비

유월목단에 날아앉아

칠월홍돼지 홀로 누워

팔월홍산에 달도붉다5)

구월국화 굳었던잎이

시월단풍에 다떨어지고

동지오동 오싰던님은

섣달비바람에 닫혔구나

산아지타령

자료코드 : 04_04_FOS_20110121_PKS_JOJ_0001

조사장소 : 경상남도 남해군 미조면 미조리 사항마을 사항주민센터

조사일시 : 2011.1.21

조 사 자 : 박경수, 서정매, 황영태, 윤슬기

제 보 자 : 정옥점, 여, 78세

구연상황 : 청중들끼리 얘기하던 중에 제보자가 노래 한 구절이 생각난 듯 구연했다. 제
보자가 노래를 시작하자 청중들은 모두 박수를 치며 즐거워하며 장단을 맞추
었다.

자다가 가는님은 내폴로주고

노다가 가는님은 진배개로든다

에이야디야 에헤에 에이야

---

5) 밝다.

에이야디여라 산아지로구나

호박은 늙으면 집으로오고
우리청춘 늙어지면 북망산천간다
에이야디야 에헤에 에이야
어야디여라 산아지로구나

창부타령

자료코드 : 04_04_FOS_20110121_PKS_JOJ_0002
조사장소 : 경상남도 남해군 미조면 미조리 사항마을 사항주민센터
조사일시 : 2011.1.21
조 사 자 : 박경수, 서정매, 황영태, 윤슬기
제 보 자 : 정옥점, 여, 78세
구연상황 : 제보자가 먼저 노래를 구연하겠다고 나섰다. 한 소절 노래가 끝날 때마다 숨
이 찬다고 하면서도 계속 구연해 주었다.

우리딸 줬던정은 사우놈이 앗아가고
우리아들 줬던정은 며느리년이 앗아가고
우리영감 줬던정은 북망산천이 앗아가네
얼씨구나좋다 지화자좋네
아니나노지는 못하리라

흑까마귀는 어디로가고 울던는줄은 모리던가
뱃사공은 어디로 가고 울던는줄을 모르던가
우런님은 어데로 가고 날찾아올줄을 모르던가
얼씨구나좋다 지화자 좋다
아니노지를 못하겠네

니정내정 좋고보면 도투리밥도 나몰라고

니정내정 놓고보면 시아배쌀밥도 내몰랐네

너냥 나냥

자료코드 : 04_04_FOS_20110121_PKS_JOJ_0003

조사장소 : 경상남도 남해군 미조면 미조리 사항마을 사항주민센터

조사일시 : 2011.1.21

조 사 자 : 박경수, 서정매, 황영태, 윤슬기

제 보 자 : 정옥점, 여, 78세

구연상황 : 제보자가 구연해 주겠다고 하였으나 막상 잘 기억을 하지 못하였다. 조사자가
앞 운을 띄워 주자 그제야 기억이 났는지 구연해 주었다.

니냥나냥 두리둥실 놀고나

낮에낮에나 밤에밤이나 참사랑이로구나

아침에 우는새는 배가고파 울고요

저녁에 우는새는 임기러바 운다

너냥나냥 두리둥실 놀아라

낮에밤이나 밤에낮이나 참사랑이로구나

진도아리랑

자료코드 : 04_04_FOS_20110120_PKS_HMR_0001

조사장소 : 경상남도 남해군 미조면 미조리 미조마을 미조마을회관

조사일시 : 2011.1.20

조 사 자 : 박경수, 서정매, 황영태, 윤슬기

제 보 자 : 하말례, 여, 77세

구연상황 : 조사자가 제보자에게 아리랑을 불러 달라고 요청하자 먼저 진도아리랑을 불

러주었고, 이어서 본조아리랑으로도 불러 주었다.

아리아리랑 쓰리쓰리랑 아라리가 났네
아리랑 응응응 아라리가 났네
저산 저멀리 점점 멀어지고
우리네 가슴속에 수심도 많다
아리아리랑 쓰리쓰리랑 아리리가 났네
아리랑 응응응응 아라리가 났네

아리랑 아리랑 아라아리오
아리랑 고개로 넘어간다
아리랑고개다 주막집을짓고
정든님 오기만 기다린다

아리랑 아리랑 아라아리오
아리랑 고개로 넘어간다
청천하늘에 잔별도많고
요내가슴에 수심도많다

아리랑 아리랑 아라아리오
아리랑 고개로 넘어간다

다리 세기 노래

자료코드 : 04_04_FOS_20110120_PKS_HMR_0002
조사장소 : 경상남도 남해군 미조면 미조리 미조마을 미조마을회관
조사일시 : 2011.1.20
조 사 자 : 박경수, 서정매, 황영태, 윤슬기

제 보 자 : 하말례, 여, 77세
구연상황 : 조사자가 다리 세기 노래를 요청하자 어릴 때 서로 마주 보고 앉아서 다리를
엇갈리게 놓고 놀면서 불렀다며 직접 재현을 하며 노래를 구연해 주었다.

이거리 저거리 각거리
진주남강 또남강
짝발로 해아서
육도육도 전라도
하늘강산 제비콩
똘똘몰아 장두칼

또 뻗어 가꼬 또 한다 아이가

이거리 저거리 각거리
진주망근 또망근
짝발로 해아서
육도육도 전라도
남강에 해아서

끝엔 잘 안 된다.

2. 삼동면

경상남도 남해군 삼동면 동천리 내동천마을

조사일시 : 2011.1.20
조 사 자 : 박경수, 류경자, 정혜란, 강아영

동천리 내동천마을 내동천회관

　동천리(洞天里)는 화천(花川)·동천(洞天)·금천(錦川)·양화금(楊花錦)·내동천(內洞天) 5개 마을의 법정리 명칭으로, 해방 이후까지 행정구역으로 이어 왔다. 1954년 도가머리, 도림, 죽메 등 3개 자연부락을 합하여 동천2리로 분할되었다가 1979년 동천으로 개칭되어 오늘날에 이르고 있다. 지금의 동천리는 술도가가 있어 '도가머리'라 부르던 곳으로, 상가가 형성되면서 중심지로 변모하자 동천리로 개칭되었다고 한다.

동천(洞天)이라는 뜻은 다른 마을보다 지대가 높아 하늘과 맞닿아 하늘을 이고 있는 마을이라는 뜻과 함께, 가히 하늘에 제를 올릴 수 있는 기운을 가진 신성한 곳이라는 뜻이 포함되어 있다. 명나라 때 천신제(天神祭)를 지내던 '동천(洞天)'이라는 지형과 닮았다 하여 '동천'이라 불렸다는 이야기도 있지만, 문헌에서는 발견되지 않고 있다.

조사자 일행은 물건리 물건마을에서 조사를 마치고 나오는 길에 동천리 내동천마을의 마을회관을 찾았다.

내동천(內洞天)마을은 행정구역상 경남 남해군 삼동면 동천리의 자연마을이다. 동천마을 안쪽에 있다 하여 내동천이라 부르는데, 마을 사람들의 생각은 좀 다르다. 내동천의 인근 마을은 도림, 중뫼, 도가머리, 동사거리, 고내, 노루목, 양화금 등 고유의 지명을 갖고 있지만 내동천은 '동천'이라는 지명만 있다. 그래서 마을 사람들은 5개 마을의 통칭인 동천이라는 지명이 원래 내동천마을에서 나온 것이라고 여기고 있다.

조선 19대 숙종 때, 어떤 사건에 연루된 정종(定宗)의 후손인 전주 이씨(全州李氏)가 아들을 데리고 피신 은거하면서 처음 마을을 이루었다. 2006년 12월 현재 마을의 성씨 현황을 살펴보면 46세대 중 이씨가 21세대이다. 내동천 고개마을 산자락에는 이씨 입남시조 묘지가 있는데, 옛날 말을 타고 마을에 들어오는 사람들이 이 묘지 앞을 지날 때는 말에서 내려 길옆의 하마석(下馬石)에 말을 메어 두고 의관을 제대로 갖추고 걸어서 통과하여 왕손에 대한 예를 갖추었다고 한다. 하마석은 1970년대 새마을사업 당시 도로 개설로 파손 유실되었다.

'산제산'이라 불리는 마을 뒷산을 성황당으로 여겨 마을의 평안을 비는 천신제를 올렸지만 지금은 생략하고 있다. 마을에서는 동구 앞에 있는 당산나무를 마을의 수호신으로 여기고, 매년 음력 정월 보름에 당산제를 동제로 대신하게 되었다. 둘레가 8m나 되는 이 거대한 당산나무에는 신이한 이야기가 전하고 있는데, 왜놈들이 총 개머리판을 만들려고 가지를 베어 말에 메달아 끌고 가다가 갑자기 피를 토하고 쓰러져 죽었다고 한다.

2008년 12월에 조사한 통계에 따르면, 이 마을은 현재 각성바지 56세대에 주민이 120명으로 남자가 55명, 여자가 65명이다. 마늘 농사와 논농사를 지으며 터전을 이어 가고 있는 이 마을은 인구수나 세대수로 볼 때 삼동면에서 그리 크지 않은 마을에 해당한다. 마을회관에는 할머니들만 7,8명 모여 있었는데 조사자 일행을 기꺼이 맞아 주었다.

마을의 주요 제보자와 제공한 자료의 특징을 보면 다음과 같다.

김딸막(여, 91세)이 모심기 노래 2편과 <시집살이 노래> 1편, 유희요 1편을 불러 주었다. 하은아(여, 83세)는 <모심기 노래> 1편과 유희요 중 <임 노래> 2편을 불러 주었다. 이순아(여, 86세)는 가장 많은 노래를 불러 주었다. <모심기 노래>인 '모시적삼 속적삼', '강진바다 갈파래' 등과 <삼삼기 노래>인 '버선 노래' 그리고 유희요 등을 불러 주었는데, 특히 '산아지타령' 가락을 많이 불렀다. 그리고 <장타령>과 서사민요인 <남매 노래>도 불렀는데, 그다지 길게 부른 편은 아니다. 노래는 일하면서 많이 불렀다 한다. 그러나 설화는 별로 들은 것이 없다고 하면서 이야기가 될 만한 것이 없다고 했다.

경상남도 남해군 삼동면 물건리 물건마을

조사일시 : 2011.1.20
조 사 자 : 박경수, 류경자, 정혜란, 강아영

물건리(勿巾里)는 물건(勿巾)·은점(銀店)·대지포(大池浦) 3개 마을의 법정리 명칭이다. 조사자 일행이 찾은 물건마을은 도로의 아래쪽에 위치해 한 폭의 그림처럼 마을을 형성하고 있는데, 병풍으로 해안을 감싸듯 반원형을 이루고 있다.

도로에서 바라본 물건마을의 정경

　마을 이름에 따른 유래를 보면, '마을의 생김새가 선비들이 바둑을 두며 놀고 있는 형태이기 때문에 여자가 수건을 쓸 수 없다'고 해서 붙여진 이름이라고 한다. 그런가 하면 또 다른 유래로는 마을 뒷산의 모양이 말 물(勿)자 형이며, 산을 크게 보면 병풍처럼 둘러싸인 가운데로 내[川]가 흐르고 있어 그 모양이 수건 건(巾)자와 같다고 하여 칭하게 되었다는 설도 있다.

　삼동면 물건리는 서면 정포리, 이동면 석평리와 함께 예로부터 남해에서 살기 좋은 곳으로 소문난 곳이다. 처녀들이 이곳으로 시집을 오려면 용꿈을 세 번 꾸어야 올 수 있다고 할 정도이다. 그래서 이 마을 사람들은 물건리를 '경성(京城) 물건리'라고 부르며 자부심이 대단하다. 1913년 2월 물건마을에 면사무소가 위치하였다가 1917년 12월 삼화마을로 옮겨갈 때까지 물건마을은 면 행정의 중심지였을 만큼 번창했었다.

　물건마을에는 천연기념물 제150호(1962. 12. 3.)인 '물건방조어부림'이 있다. 방조어부림은 해안 몽돌밭을 따라 느티나무, 팽나무, 이팝나무, 포구나무 등 수령이 350년 이상 된 고목(古木) 1만 여 그루가 반원형을 이루며 해안을 둘러싸고 있어 대경관을 이룬다. 숲을 조성하게 된 계기는 1차적으로 바닷바람이나 해일 등의 피해를 막고, 거기에 숲 그늘이 지면 고기들이 모여들기 때문이다.

전해오는 이야기에 의하면, 이 숲은 전주 이씨 무림군의 후손들이 이곳에 정착하면서 방풍림으로 조성하였다고 한다. 200년 전에 흉년이 들어 국가 공용전을 납부할 능력이 없자 수림을 벌채 매각하여 공용전에 충당한 일이 있었다. 그러자 불의의 천연재해와 폭풍우가 닥쳐 많은 마을 사람들이 목숨을 잃게 되었다. 그 일이 있은 후, 숲을 헤치면 마을이 망한다는 이야기가 생겨 이후 숲을 헤치는 일이 없었다고 한다.

물건리에서는 물건방조어부림에 있는 가장 큰 이팝나무를 당산목으로 지정하고, 음력 10월 15일 마을의 평안을 비는 동제를 지낸다. 제관은 그동안 2개 반에서 선정하였지만, 2005년부터 경로회에서 주관하게 됨으로써 경로회장이 제관이 되며, 경비 부담 및 제물 준비는 마을 부녀회가 맡아서 하고 있다.

2008년 12월에 조사한 통계에 따르면, 이 마을은 현재 232세대에 주민이 536명으로, 남자가 265명, 여자가 271명이다. 이는 삼동면에서 두 번째로 세대수와 인구수가 많은 마을에 해당한다.

조사자 일행은 물건마을에 민요와 설화를 잘하는 제보자(최경례, 여, 81세)가 있다는 이야기를 듣고 오전 11시 경에 마을회관을 찾았다. 물건(勿巾)마을은 행정구역상 경남 남해군 삼동면 물건리의 법정마을이자 자연마을이다. 마을회관에서 점심 식사를 제공하기 때문에 그곳에는 많은 마을 어른들이 모여 있었다. 그러나 민요와 설화를 잘한다는 제보자가 제삿집에 가는 바람에 안 나왔다고 했다. 그래서 마을회관에 모여 있는 할아버지 할머니들을 대상으로 일단 판을 벌였다. 먼저 할아버지들이 모인 방으로 가서 설화 몇 편을 녹음하고, 할머니들이 모인 방으로 자리를 옮겼다. 그런데 그때 막 점심 식사가 들어오고 있었다. 할머니들이 조사자 일행에게 점심을 권해 같이 점심을 먹고 할머니들을 대상으로 한 녹음을 마쳤다.

녹음이 끝나자 한 할머니가 최경례 씨에게 전화를 해 주었다. 몸이 불편해서 걸음 걷기가 힘들다고 해서 차를 가지고 모시러 갔다. 마침 유모차를 지팡이 삼아 집에서 나서고 있는 최경례 씨를 만나 마을회관으로 모시고 와서 따로 자리를 마련해 녹음에 들어갔다. 제보자는 듣던 대로 아주 맛깔나게 민요와 설화를 구연해 주었다. 조사자 일행은 조사를 무사히 마치고 흡족한 마음으로 마을을 나섰다.

마을의 주요 제보자와 제공한 자료의 특징을 보면 다음과 같다.

남자 제보자로는 이효명(남, 81세)이 유희요 1편과 함께, <이성계와 세존도(世尊島)의 구멍>, <왜구가 혈(穴)을 끊어 죽은 당깨몬당의 장군>, <물건리의 지명과 어부림(漁夫林)의 유래>, <문자(文字) 쓰다가 혼난 사람>, <효자를 구한 사립 밖의 미륵> 등 여러 편의 설화를 들려주었다. 대체로 이야기의 구성이 탄탄한 편이며, 입담 있게 이야기도 잘했다.

여자 제보자로는 먼저 박준이(여, 83세)가 <매미가 된 강피 훑는 부인>, <입 작은 아내> 등 2편의 설화를 구연해 주었다. 장순덕(여, 84세)이 '뱀서방' 설화와 모찌기 노래, 유희요 등을 들려주었다. 최봉순(여, 85세)이 <모심기 노래> 1편과 유희요 1편을 불러 주었다. 조중례(여, 83세)가 삼삼기 노래인 <양동가마 노래>를 불러 주었는데, <양동가마 노래>는 완결편이 못 된다. 최경례(여, 81세)는 몸이 불편한 가운데도 <대례상(大禮床)에 비상(砒霜) 넣는 계모>라는 서사민요를 배경설화와 함께 들려주었고, <장타령>, <장모타령> 등의 노래도 신명나게 불러 주었다. 그리고 해방을 맞이해서 나온 노래인 <보국대 노래>도 구성지게 불러 주었는데, 목청도 좋고 기억력도 좋아 노래를 아주 잘했다.

경상남도 남해군 삼동면 봉화리 내산마을, 봉화마을

조사일시 : 2011.1.21
조 사 자 : 박경수, 류경자, 정혜란, 강아영

봉화리(鳳花里)는 삼화(三花)·봉화(鳳花)·화암(花岩)·내산(內山) 4개 마을의 법정리 명칭이다. '봉화리'라는 명칭은 마을 내에 있는 봉촌(鳳村)마을의 봉(鳳)자와, 삼화(三花)마을의 화(花)자를 따서 이름 붙여졌다고 한다. 구전에 의하면 삼화마을은 옛날에 어느 도사가 산세를 보고 꽃이 세 개가 있다고 하여 삼화동이라고 불렀다고 한다. 그러다가 일제강점기에 봉화리로 개칭되었다고 하지만, 개칭에 대한 다른 이설도 있어 확실한 연대는 알 수 없다.

봉화리에서는 매년 음력 10월 첫 정(丁)일을 택하여 오후 3시에 정자나무 아래에서 동제를 지낸다. 제주는 동제 한 달 전 주민총회에서 정하는데, 삼화, 봉화, 화암 3개 마을에서 가장 깨끗하고 유고(有故)가 없는 사람으로 결정한다. 동제 하루 전날 밤 12시에 산신제를 지내고, 동제날 오후 석양 녘에는 마을 앞 정자나무 아래의 삼층석탑 앞에 마을 성씨의 숫자와 같은 11개의 상을 차려 거리제를 지낸다. 그리고 거리상은 별도로 한상 올린다. 제사를 모시고 나면 밥무덤에 밥을 한 그릇씩 묻는데, 제물을 차리는 경비는 세대별로 부담한다.

봉화리에서는 먼저 내산(內山)마을을 조사했다. 내산마을의 조사를 끝낸 조사자 일행은 조사지역의 분포를 넓히고자 하여 비교적 먼 곳에 위치한 영지리(靈芝里) 부근을 돌았다. 그러나 찾아가는 마을회관마다 사람들이 없어 제보자를 찾아 헤매다가 결국 3시 경이 되어 다시 봉화리로 되돌아오고 말았다. 오는 길에 가까운 거리에 있는 삼화마을회관을 찾았다. 삼화마을회관에는 비교적 젊은 마을여자들이 모여 있었다. 조사자 일행이 찾아온 취지를 밝혔더니, 여기에는 그런 것을 할 사람이 없으니 할머니들이 많은 봉화마을로 가보라고 했다. 그래서 할 수 없이 봉화리에서는 내산마을과 함께 봉화마을도 조사하게 되었다.

마을회관에 모여 앉은 봉화리 내산마을 사람들

먼저 찾은 내산(內山)마을은 행정구역상 경남 남해군 삼동면 봉화리의 자연마을이다. 서당터 북쪽에 있는 마을로 옛날에는 봉촌(鳳村)이라고 하였다. 금산(錦山)자락 바로 아래의 깊은 안쪽에 위치한 마을이라 하여 '내산(內山)'이라 하였다. 즉 산이 높고 골도 깊은 안쪽에 마을이 있다 하여 붙여진 이름이다. 본담, 복곡담, 서당터, 구바위, 손속의 5개 자연부락으로 이루어져 있다.

이러한 내산마을의 지리적 여건으로 인해 조사자 일행도 차를 운전해 마을로 가던 도중 멈춰서야 했다. 산을 끼고 한참을 달렸는데도 인가(人家)라고는 그림자도 비치지 않았기 때문이다. 삼화천을 거슬러 사방이 산으로 둘러싸인 기나긴 도로를 따라가 보면 동네를 지켜주는 큰 정자나무와 함께 내산마을이 보인다. 예전에 내산마을의 총각이 결혼 승낙을 얻으려고 처녀를 데리고 처음 마을에 인사를 올 때면 처녀들이 아주 두려워했다고 한다. 산을 넘어 끊임없이 깊숙한 곳으로 데리고 들어가는 바람에 행여나 해라도 당하지 않을까 염려했기 때문이었다.

또한 내산마을은 국회의원 최치환을 배출한 곳으로도 유명하다. 최치환은 민요에도 등장할 정도로 남해에서는 유명한 인물이다. 마을 사람들은 최치환이 금산의 정기를 받아 태어난 인물이라고 생각한다. 그런데 금산이 개발되면서 산등성이를 잘랐기 때문에 낙선하여 정치 일선에서 물러나게 됐다고 여기고 있다.

마을문화재로는 '최효부 연안차씨 사행기실비[崔孝婦事行紀實碑]'가 있는데, 금암 최치환의 어머니 차막달(車莫達) 여사의 효부비이다.

당산제는 당산나무인 마을입구의 느티나무 아래 돌무덤을 만들어 놓은 곳에서 음력 10월 15일에 지낸다.

2008년 12월에 조사한 통계에 따르면, 이 마을은 현재 86세대에 주민이 197명으로, 남자가 87명, 여자가 110명이다. 마을에는 삼동초등학교 내산분교가 자리 잡고 있었으나 학생 수가 계속 줄어 지금은 폐교가 되었다.

조사자 일행은 산 속에 있다는 내산마을을 조사하기 위해 전날 노인회 총무와 연락을 취했다. 오전 10시 경에 마을을 찾았는데, 마을의 경로당에는 노인회 회장과 총무, 그리고 구연을 위해 마을 어른들이 모여 있었다. 먼저 설화로 이야기판을 열었으나 그다지 수확을 거두지 못했다. 그래서 민요로 화제를 돌리자 서사민요와 여러 노래들이 나왔다. 민요를 부르던 중 서사민요와 연관하여 다시 설화들이 구연되기도 했다. 그래서 1시쯤에 채록을 마치고 인사를 한 뒤, 마을 밖으로 일보러 나가는 마을 할머니를 차에 태우고 내산마을에서 나왔다.

마을의 주요 제보자와 제공한 자료의 특징을 보면 다음과 같다.

김용심(여, 73세)이 이야기를 시작했는데, 마을의 총무를 맡고 있다. 어떻게든 조사를 도우려고 노력하는 빛이 역력했다. <가천의 지형과 관련한 이야기>, <남해 금산 상사바위>, <국회의원 최치환 관련 이야기> 등 전설을 몇 편 들려주었다. 그리고 민요로는 <버선 노래>, <첩 노래>, <금비둘기 노래>, <꽃 노래>, <베틀 노래> 등을 불러 주었는데, <베틀 노래>는 제대로 가창하지 못했다. 이야기 도중 최치환과 관련된 <남해대교 노래>가 있다고 하면서 조금 있다가 불러 주겠노라고 했다. 그러나 최분순(여, 81세)이 노래와 이야기를 많이 하는 사이에 모두가 잊어버리고 그냥 마을을 나왔다. 그래서 며칠 후 다시 제보자를 만나 <남해대교 노래>를 채록했다.

이위락(여, 78세)은 <양동가마 노래>, <음식 노래>, <꽃 노래>, <본처 노래>, <배추 씻는 처녀 노래>, <화투타령>, <처녀총각 노래> 등 민요 여러 편 불러 주었다. 그런데 남해 지역에서 서사민요로 많이 불리는 '나 하나를 남이라고' 형의 노래는 아주 짤막하게 끝을 냈다.

최분순(여, 81세)은 설화와 서사민요 여러 편을 들려주었다. 처음에는 조용히 듣고만 있고 노래는 할 생각을 하지 않았다. 조사자가 한번 불러 보라고 강권하자 노래를 시작했다. 사연이 있는 긴 노래들은 없냐고 묻자 서사민요들을 서슴없이 내놓았다. 서사민요는 구성도 탄탄하고 가창도 잘하는 편이었다. 그리고 몇 편의 서사민요들은 설화로 풀어서 구연해 주기도 했다. 시집의 부당한 대우에 집을 나가는 며느리 노래인 <중 노래>, 공부하는 남편을 버리고 집을 나간 아내 노래인 <강피 훑는 부인> 등이 그것이다. 이외에도 <친정 재산 노리는 딸과 아버지의 거짓 죽음>, <밖에서 얻은 아들로 대를 잇다>, <사돈 이마에 꿀단지 내리친 사람>, <대구와 뱅어의 입>, <손 검은 총각과 이 검은 처녀> 등 여러 편의 설화를 들려주었다. 그리고 <남매 노래>, <부모부고 노래>, <범벅 노래> 등의 민요도 들려주었다.

봉화리 봉화마을회관

　다음으로 찾은 봉화(鳳花)마을은 행정구역상 경남 남해군 삼동면 봉화리의 법정마을이자 자연마을이다. 먼 옛날에는 이곳에 내산(內山)마을로 올라가는 길이 있어 봉화마을을 '삼거리'라고 불렀다고 한다. 봉화마을에는 '문헌지고지'라 하여 유교사회 때 군내 문사들이 모여 글을 배우던 서당이 있었다고 한다. 또한 마을 뒷산에는 일본인들이 캐 간 수은광산이 있으며, 군내에서 제일 먼저 전기가 들어왔던 마을이기도 하다.

　현재 마을 정자나무 북쪽 도로변에는 삼층석탑이 서 있는데, 1981년에 원래의 석탑이 도난당하자 1982년에 동민이 힘을 모아 다시 세운 것이다. 도난당한 탑을 찾기 위해 주민들이 백방으로 노력했지만 찾지 못했다. 도난당한 삼층석탑은 높이 2m의 석조 삼층탑으로, 크지는 않으나 건립 연대를 밝혀내지 못한 오래된 탑이라 남해의 고탑(古塔)으로 불리었다.

　2008년 12월에 조사한 통계에 따르면, 이 마을은 현재 83세대에 주민이

147명으로, 남자가 62명, 여자가 85명이다.

봉화마을회관을 찾아갔는데 마을회관에는 아무도 없었다. 그래서 마을 사람을 찾아 물었더니 노인회에서 노인들을 모두 모시고 뷔페에 갔다고 했다. 하는 수없이 발길을 돌려 다른 마을을 찾아 나서려고 하는데 관광버스가 마을회관 앞에 멈춰 섰다. 식사를 마치고 돌아온 노인들에게 찾아온 의도를 밝혔더니 김모아 할머니가 노래와 이야기를 잘 한다면서 흔쾌히 승낙을 해 주었다.

김모아 할머니를 따라 마을회관에 들어가 자리를 펴자 마을 할머니들이 하나 둘씩 모여들더니 자리를 메웠다. 김모아 할머니의 끊임없는 이야기와 노래에 마을 할머니들도 흥겨워하며 찬사를 보냈다. 그러나 김모아 할머니가 너무 구연을 잘 하는 바람에 다른 사람들은 아예 김모아 할머니에게 미루고 구연할 생각을 하지 않았다. 그 바람에 구연은 비록 한 사람에 그쳤지만, 내용면에 있어서는 어느 때보다 큰 수확을 얻었다. 조사자 일행은 마을 할머니들에게 고맙다는 인사를 한 뒤 가벼운 마음으로 마을을 나서 숙소로 돌아왔다.

마을의 주요 제보자는 김모아(여, 90세)인데, 설화 5편을 구연하고 민요도 7편을 구성지게 가창해 구비문학 제보자로서 탁월한 능력을 보였다. 목청도 크고 힘이 담겨 있으며, 자신 있고 재미나게 구연해 좌중을 끌어들였다.

설화로는 <개똥의 보리쌀로 시아버지를 봉양한 며느리>, <개미를 구해 주고 복 받은 효자> 등 효와 관련된 이야기를 비롯해, <상객 갔다가 실수한 친정아버지의 재치>, <친정 재산 노리는 딸과 아버지의 거짓 죽음>, <동생을 제치고 올케를 구한 오빠> 등을 재미나게 구연해 주었다.

민요로는 배경설화를 가진 <남매 노래>, <혼례날 남편 죽는 노래> 등과 <베틀 노래>, <임 노래>, <쾌지나 칭칭나네> 등 다양한 노래들을 불러 주었다. 그리고 <투전 뒤풀이>와 <늙은 돌 노래>라는 다소 특이한 노래들도 불러 주었다.

■ 제보자

김딸막, 여, 1921년생

주 소 지 : 경상남도 남해군 삼동면 동천리 내동천마을
제보일시 : 2011.1.20
조 사 자 : 박경수, 류경자, 정혜란, 강아영

김딸막은 1921년생이고 닭띠로 남해군 창
선면 지족리 신흥마을에서 3남 3녀 중 둘째
로 태어났다. 제보자는 18살에 결혼을 하여
72년간 내동천마을에서 살고 있다고 한다.
남편은 16년 전에 돌아가셨다고 한다. 4남 3
녀의 자녀를 두고 있는데, 그 중 두 아들이
남해에 살고 있다. 아들 한 명이 이장이라고
한다. 일손을 놓기 전까지는 농사일을 했다
고 한다.

제보자는 큰 목소리로 민요 4편을 불러 주었다.

제공 자료 목록
04_04_FOS_20110120_PKS_KDM_0001 시집살이 노래 / 사촌형 노래
04_04_FOS_20110120_PKS_KDM_0002 모심기 노래 (1)
04_04_FOS_20110120_PKS_KDM_0003 옷 노래
04_04_FOS_20110120_PKS_KDM_0004 모심기 노래 (2)

김모아, 여, 1922년생

주 소 지 : 경상남도 남해군 삼동면 봉화리 봉화마을
제보일시 : 2011.1.21
조 사 자 : 박경수, 류경자, 정혜란, 강아영

김모아는 1922년생이고 개띠로 남해군 창선면 동대리 동대마을에서 3남 3녀 중 셋째로 태어났다. 본은 김해이다. 제보자는 18살에 결혼을 하여 71년간 봉화마을에서 생활하고 있다고 한다. 남편은 14년 전에 돌아가셨다고 한다. 4남 1녀의 자녀를 두고 있는데, 막내아들과 함께 살고 있다. 일손을 놓기 전까지는 농사일을 했다고 한다. 학력은 강의소 1년이 전부이다.

제보자는 욕을 섞어 가면서 이야기를 구연하기도 하고, 동작으로 실감나게 표현하기도 하는 등 적극적인 자세로 구연을 해 주었다. 그리하여 청중들이 모두 이야기판에 몰입할 수 있도록 이끌었으며, 채록 현장 분위기도 한층 고조시켰다.

제공 자료 목록

04_04_FOT_20110121_PKS_KMA_0001 개똥의 보리쌀로 시아버지를 봉양한 며느리
04_04_FOT_20110121_PKS_KMA_0002 개미를 구해 주고 복 받은 효자
04_04_FOT_20110121_PKS_KMA_0003 동생을 제치고 올케를 구한 오빠
04_04_FOT_20110121_PKS_KMA_0004 상객 갔다가 실수한 친정아버지
04_04_FOT_20110121_PKS_KMA_0005 친정 재산 노리는 딸과 아버지의 거짓 죽음
04_04_FOS_20110121_PKS_KMA_0001 남매 노래
04_04_FOS_20110121_PKS_KMA_0002 못갈 시집 노래
04_04_FOS_20110121_PKS_KMA_0003 베틀 노래
04_04_FOS_20110121_PKS_KMA_0004 늙은 돌 노래
04_04_FOS_20110121_PKS_KMA_0005 투전 뒤풀이
04_04_FOS_20110121_PKS_KMA_0006 쾌지나 칭칭나네
04_04_FOS_20110121_PKS_KMA_0007 임 노래

김용심, 여, 1939년생

주 소 지 : 경상남도 남해군 삼동면 봉화리 내산마을
제보일시 : 2011.1.21
조 사 자 : 박경수, 류경자, 정혜란, 강아영

김용심은 1939년생이고 토끼띠로 남해군
이동면 화계리 화계마을에서 1남 3녀 중 막
내로 태어났다. 본관은 김해이다. 23살 되던
해 4살 연상의 최렴 씨와 결혼하여 삼동면
봉화리 내산마을로 이주하였다. 슬하에 1남
6녀를 두었다. 자식들은 모두 객지에서 거주
하며 남편과 둘이서 생활하고 있다. 일손을
놓기 전까지는 농사를 지으며 생활을 했으
며, 현재는 마을에서 노인회 총무를 맡고 있다. 고등학교를 중퇴했다.

제보자는 6편의 민요와 3편의 설화를 들려주었다. 처음에는 조사자의
유도에 따르다가 뒤에는 스스로 구연하기도 했다. 목소리가 크고 말이 좀
빠른 편이며 적극적이다. 채록이 제대로 이루어지지 못을 때는 조사팀에게
마을의 이야기를 들려주기도 하는 등 어떻게든 조사팀을 도우려고 노력하
는 빛이 역력했다. 설화를 구연하는 중에는 몸짓으로 적극 표현을 했다.
들려준 설화와 민요는 모두 어릴 때 주변 어른들에게 들어서 알게 된 것이
라고 한다.

제공 자료 목록
04_04_FOT_20110121_PKS_KYS_0001 가천 다랑이마을의 지형
04_04_FOT_20110121_PKS_KYS_0002 남해 금산 상사바위
04_04_FOT_20110121_PKS_KYS_0003 남해 금산과 국회의원 최치환
04_04_FOS_20110121_PKS_KYS_0001 버선 노래
04_04_FOS_20110121_PKS_KYS_0002 베틀 노래
04_04_FOS_20110121_PKS_KYS_0003 첩 노래

04_04_FOS_20110121_PKS_KYS_0004 금비둘기 노래
04_04_FOS_20110121_PKS_KYS_0005 꽃 노래
04_04_MFS_20110126_PKS_KYS_0001 남해대교 노래

박준이, 여, 1929년생

주 소 지 : 경상남도 남해군 삼동면 물건리 물건마을
제보일시 : 2011.1.20
조 사 자 : 박경수, 류경자, 정혜란, 강아영

박준이는 1929년생이고 뱀띠로 남해군 이
동면 다정리 다천마을에서 5남 2녀 중 셋째
로 태어났다. 본은 밀양이다. 제보자는 18살
에 결혼을 하여 64년간 물건마을에서 생활
하고 있다고 한다. 남편은 15년 전에 돌아가
셨다고 한다. 2남 4녀의 자녀를 두고 있는
데, 자녀들은 모두 객지에 살고 있다. 일손
을 놓기 전까지는 농사일을 했고, 지금은 별

달리 하고 있는 일이 없다. 학력은 초등학교를 졸업했다.
제보자는 작은 빠른 목소리로 손을 사용하면서 설화를 구술해 주었다.

제공 자료 목록
04_04_FOT_20110120_PKS_PJI_0001 매미가 된 강피 훑는 부인
04_04_FOT_20110120_PKS_PJI_0002 입 작은 아내

이순아, 여, 1926년생

주 소 지 : 경상남도 남해군 삼동면 동천리 내동천마을
제보일시 : 2011.1.20
조 사 자 : 박경수, 류경자, 정혜란, 강아영

이순아는 1926년생이고 범띠로 남해군 삼동면 봉화리에서 1남 3녀 중 첫째로 태어났다. 본은 전주이다. 제보자는 19살에 결혼을 하여 66년간 내동천마을에서 생활하고 있다고 한다. 남편은 20년 전에 돌아가셨다고 한다. 3남 3녀의 자녀를 두고 있다. 아들 둘이 남해에 살고 있는데, 제보자는 큰아들과 같이 살고 있다. 일손을 놓기 전까지는 농사일을 했다고 한다.

제보자는 큰 목소리로 박수를 치면서 노래를 불러 주었다.

제공 자료 목록

04_04_FOS_20110120_PKS_LSA_0001 산아지타령 (1) / 임 노래
04_04_FOS_20110120_PKS_LSA_0002 산아지타령 (2) / 인생 노래
04_04_FOS_20110120_PKS_LSA_0003 시집살이 노래 / 사촌형 노래
04_04_FOS_20110120_PKS_LSA_0004 갈파래 노래
04_04_FOS_20110120_PKS_LSA_0005 아리랑
04_04_FOS_20110120_PKS_LSA_0006 장타령
04_04_FOS_20110120_PKS_LSA_0007 첩 노래 (1)
04_04_FOS_20110120_PKS_LSA_0008 처녀총각 노래
04_04_FOS_20110120_PKS_LSA_0009 유자 노래
04_04_FOS_20110120_PKS_LSA_0010 첩 노래 (2)
04_04_FOS_20110120_PKS_LSA_0011 정 노래
04_04_FOS_20110120_PKS_LSA_0012 모심기 노래
04_04_FOS_20110120_PKS_LSA_0013 남매 노래
04_04_FOS_20110120_PKS_LSA_0014 약 파는 노래

이위락, 여, 1934년생

주 소 지 : 경상남도 남해군 삼동면 봉화리 내산마을

제보일시 : 2011.1.21
조 사 자 : 박경수, 류경자, 정혜란, 강아영

　이위락은 1934년생이고 개띠로 남해군 상주면 양아리 백련마을에서 1남 2녀 중 셋째로 태어났다. 본관은 성주이다. 21살 되던 해 삼동면 내산마을로 시집을 온 후 이 마을에서 지금까지 살고 있다. 3년 전 작고한 남편과의 사이에는 2남 3녀를 두었는데, 모두 결혼하여 객지에 거주하고 있다. 그래서 현재 마을에는 혼자 거주하고 있다. 일손을 놓기 전까지는 농사를 지었으나 지금은 별달리 하는 일이 없다. 학력은 초등학교 졸업이다.

　제보자는 목소리가 조금 낮은 편이다. 예전에는 제법 활달한 성격이었으나, 3년 전 남편이 작고한 이후 우울증이 찾아와 조용한 성격으로 변했다고 한다. 주변의 요청과 분위기에 못 이겨 민요를 가창했는데 내내 바다만 보고 가창했다. 9편의 민요를 가창했는데 처녀 때 마을 할머니에게 들어서 알게 된 것이라고 한다.

제공 자료 목록
04_04_FOS_20110121_PKS_LWR_0001 시집살이 노래 (1) / 양동가마 노래
04_04_FOS_20110121_PKS_LWR_0002 음식 노래
04_04_FOS_20110121_PKS_LWR_0003 꽃 노래
04_04_FOS_20110121_PKS_LWR_0004 본처 노래
04_04_FOS_20110121_PKS_LWR_0005 배추 씻는 처녀
04_04_FOS_20110121_PKS_LWR_0006 시집살이 노래 (2) / 나 하나를 남이라고
04_04_FOS_20110121_PKS_LWR_0007 남해 금산 잔솔밭에
04_04_FOS_20110121_PKS_LWR_0008 화투타령
04_04_FOS_20110121_PKS_LWR_0009 처녀총각 노래

이효명, 남, 1931년생

주 소 지 : 경상남도 남해군 삼동면 물건리 물건마을
제보일시 : 2011.1.20
조 사 자 : 박경수, 류경자, 정혜란, 강아영

이효명은 1931년생이고 양띠로 남해군 삼
동면 물건리 물건마을에서 4남 6녀 중 일곱
째로 태어났다. 본은 전주이다. 제보자는 21
살에 결혼을 했고, 4남 2녀의 자녀를 두고
있다. 지금은 부인, 큰아들, 큰며느리와 함께
살고 있다. 과거에는 전라남도 완도에서 고
등학교 영어교사를 했고, 전 노인회 회장이
다. 학력은 고등학교를 졸업했다.

제보자는 교직에 몸담고 있었던 때문인지 조사자들에게 질문도 해 가면
서 이야기에 대한 신빙성을 확보하고자 노력했다.

제공 자료 목록
04_04_FOT_20110120_PKS_LHM_0001 이성계와 세존도(世尊島)의 구멍
04_04_FOT_20110120_PKS_LHM_0002 왜구가 혈(穴)을 끊어 죽은 당깨몬당의 장군
04_04_FOT_20110120_PKS_LHM_0003 물건리의 지명과 어부림(漁夫林)의 유래
04_04_FOT_20110120_PKS_LHM_0004 대례(大禮)를 하지 않는 물건(勿巾)마을
04_04_FOT_20110120_PKS_LHM_0005 문자(文字) 쓰다가 혼난 사람
04_04_FOT_20110120_PKS_LHM_0006 효자를 구한 사립 밖의 미륵
04_04_FOS_20110120_PKS_LHM_0001 상사요(相思謠)

장순덕, 여, 1928년생

주 소 지 : 경상남도 남해군 삼동면 물건리 물건마을
제보일시 : 2011.1.20
조 사 자 : 박경수, 류경자, 정혜란, 강아영

장순덕은 1928년생이고 용띠로 남해군 설천면 문의리에서 외동딸로 태어났다. 본은 인동이다. 제보자는 17살에 남편과 결혼을 하여 40년간 물건마을에서 생활하고 있다고 한다. 남편은 작고하고, 슬하에 2남 2녀의 자녀를 두고 있는데 모두 객지에 살고 있다. 일손을 놓기 전까지는 농사일을 했다고 한다.

제보자는 말이 조금 빠른 편이며, 몸을 앞뒤로 움직이면서 말을 했다.

제공 자료 목록

04_04_FOT_20110120_PKS_JSD_0001 뱀서방과 결혼한 셋째 딸
04_04_FOS_20110120_PKS_JSD_0001 모찌기 노래
04_04_FOS_20110120_PKS_JSD_0002 시어머니 노래 (1)
04_04_FOS_20110120_PKS_JSD_0003 시어머니 노래 (2)

조중례, 여, 1929년생

주 소 지 : 경상남도 남해군 삼동면 물건리 물건마을
제보일시 : 2011.1.20
조 사 자 : 박경수, 류경자, 정혜란, 강아영

조중례는 1929년생 뱀띠로 남해군 삼동면 물건리 물건마을에서 3남 2녀 중 셋째로 태어났다. 본은 함안이다. 제보자는 19살에 남편과 결혼을 했다. 남편은 1년 전에 돌아가셨다고 한다. 자녀는 3남 3녀를 두고 있는데, 모두 객지에 살고 있다. 일평생 농사일을 해 왔고, 지금도 농사일을 조금씩 하고

있다고 한다. 학력은 초등학교 중퇴이다.

제보자는 조용하고 별로 말이 없는 편이었다.

제공 자료 목록

04_04_FOS_20110120_PKS_JJR_0001 시집살이 노래 / 양동가마 노래

최경례, 여, 1931년생

주 소 지 : 경상남도 남해군 삼동면 물건리 물건마을
제보일시 : 2011.1.20
조 사 자 : 박경수, 류경자, 정혜란, 강아영

최경례는 1931년생이고 양띠로 남해군 삼
동면 금천리 둔촌마을에서 3남 5녀 중 넷째
로 태어났다. 제보자는 19살에 남편과 결혼
을 하여 61년간 물건마을에서 생활하고 있
다고 한다. 남편은 34년 전에 돌아가셨다고
한다. 4남 1녀의 자녀를 두고 있는데, 자녀
들은 모두 객지에 살고 있다. 일손을 놓기
전까지는 농사일을 했고, 지금은 딱히 하는
일이 없다고 한다.

제보자는 말이 빠른 편이고, 목청이 좋으며 노래를 아주 잘 불렀다.

제공 자료 목록

04_04_FOT_20110120_PKS_CKR_0001 계모의 간계로 파탄 난 본처 탈 혼례
04_04_FOS_20110120_PKS_CKR_0001 각설이타령
04_04_FOS_20110120_PKS_CKR_0002 장모타령
04_04_MFS_20110120_PKS_CKR_0001 보국대 노래

최봉순, 여, 1927년생

주 소 지 : 경상남도 남해군 삼동면 물건리 물건마을
제보일시 : 2011.1.20
조 사 자 : 박경수, 류경자, 정혜란, 강아영

최봉순은 1927년생이고 토끼띠로 남해군 이동면 난음리에서 2남 3녀 중 셋째로 태어났다. 본은 경주이다. 제보자는 18살에 남편과 결혼을 하여 66년간 물건마을에서 생활하고 있다고 한다. 남편은 17년 전에 돌아가셨다고 한다. 2남 2녀의 자녀를 두고 있는데, 모두 객지에 살고 있다. 과거에는 학교 앞에서 문구점을 했다고 한다. 학력은 초등학교를 졸업했다.

제보자는 목소리가 조금 작은 편이지만, 적극적으로 잘 가창해 주었다.

제공 자료 목록
04_04_FOS_20110120_PKS_CBS_0001 금산 위에 뜬 구름아
04_04_FOS_20110120_PKS_CBS_0002 녹수청산 노래

최분순, 여, 1931년생

주 소 지 : 경상남도 남해군 삼동면 봉화리 내산마을
제보일시 : 2011.1.21
조 사 자 : 박경수, 류경자, 정혜란, 강아영

최분순은 1931년생이고 양띠로 남해군 삼동면 물건리 은점마을에서 2남 5녀 중 셋째로 태어났다. 본관은 경주이다. 18살 되던 해 4살 연상의 유재인 씨와 결혼하여 삼동면 봉화리 내산마을로 오게 되었다. 슬하에 2남

5녀를 두었는데, 모두 결혼하여 객지에 거주
하고 있다. 마을에는 남편과 둘만이 거주하
고 있다. 일손을 놓기 전까지는 농사를 지으
며 생활을 했고, 현재 특별히 하는 일은 없
다. 학력은 무학이다. 부모님이 오빠만 학교
에 보내 주고 자신은 보내 주지 않아 배우지
못했노라고 하면서, 배움에 대한 열망과 아
쉬운 마음을 드러냈다.

 조사 초반에는 청중으로서 듣고만 있었으나, 조사 후반에 접어들면서 구
연을 부탁하자 적극적으로 구연해 주었다. 특별히 손동작을 한다든지 하는
움직임은 거의 없었으며, 주로 바닥을 보며 구연을 했다. 5편의 민요를 가
창했고, 6편의 설화를 구연했다. 민요는 어린 시절 친구들과 모여 같이 불
렀던 노래들이며, 설화는 어린 시절 아버지가 자주 들려준 이야기들이라고
한다.

제공 자료 목록
04_04_FOT_20110121_PKS_CBS_0001 시어머니 박대로 중이 된 며느리
04_04_FOT_20110121_PKS_CBS_0002 매미가 된 강피 훑는 부인
04_04_FOT_20110121_PKS_CBS_0003 친정 재산 노리는 딸과 아버지의 거짓 죽음
04_04_FOT_20110121_PKS_CBS_0004 밖에서 얻은 아들로 대를 잇다
04_04_FOT_20110121_PKS_CBS_0005 사돈 이마에 꿀단지 내리친 사람
04_04_FOT_20110121_PKS_CBS_0006 뱅어와 대구의 입
04_04_FOT_20110121_PKS_CBS_0007 손 검은 총각과 이 검은 처녀
04_04_FOS_20110121_PKS_CBS_0001 남매 노래
04_04_FOS_20110121_PKS_CBS_0002 베틀 노래 / 부모부고(父母訃告)
04_04_FOS_20110121_PKS_CBS_0003 시집살이 노래 / 중 노래
04_04_FOS_20110121_PKS_CBS_0004 강피 훑는 부인 노래
04_04_FOS_20110121_PKS_CBS_0005 범벅 노래

하은아, 여, 1929년생

주 소 지 : 경상남도 남해군 삼동면 동천리 내동천마을
제보일시 : 2011.1.20
조 사 자 : 박경수, 류경자, 정혜란, 강아영

하은아는 1929년생이고 뱀띠로 남해군 이
동면 난음리에서 1남 4녀 중 셋째로 태어났
다. 본은 성주이다. 제보자는 16살에 결혼을
하여 66년간 내동천마을에서 남편과 함께
생활하고 있다고 한다. 2남 2녀의 자녀를 두
고 있는데, 모두 객지에 살고 있다. 일손을
놓기 전까지는 농사를 지었고, 지금도 조금
씩 농사를 짓고 있다고 한다.

제보자는 잘 모르겠다고 하면서도 큰 목소리로 민요를 잘 불러 주었다.

제공 자료 목록
04_04_FOS_20110120_PKS_HEA_0001 진도아리랑 (1) / 임 노래 (1)
04_04_FOS_20110120_PKS_HEA_0002 진도아리랑 (2) / 임 노래 (2)
04_04_FOS_20110120_PKS_HEA_0003 모심기 노래

개똥의 보리쌀로 시아버지를 봉양한 며느리

자료코드 : 04_04_FOT_20110121_PKS_KMA_0001
조사장소 : 경상남도 남해군 삼동면 봉화리 봉화마을 봉화마을회관
조사일시 : 2011.1.21
조 사 자 : 박경수, 류경자, 정혜란, 강아영
제 보 자 : 김모아, 여, 90세
구연상황 : 제보자는 마을에서 가장 이름난 이야기꾼이며 노래꾼이다. 봉화마을을 찾았는
데 마을회관이 텅 비어 있었다. 그냥 나오려고 하는데, 마을 노인들이 관광버
스를 대절해 단체 식사를 하고 돌아왔다. 차에서 내리는 할아버지 할머니들을
붙잡고 조사자 일행이 찾아온 취지를 밝히자 모두 뒤로 물러났다. 그런데 김
모아 할머니가 선뜻 해 주겠노라고 하면서 들어오라고 했다. 그리고는 설화부
터 시작해 민요까지 도맡아 해 주었는데, 입담 있고 구성지게 구연을 해 주었
다. 설화를 구연할 때는 이야기에 심취해 일어서서 몸짓까지 곁들여 가며 실
감나게 이야기하는 바람에 모두가 웃었다. 마을회관에는 방이 비좁도록 마을
할머니들이 모여서 김모아 할머니의 이야기와 노래를 들으며 박수를 보냈다.
줄 거 리 : 옛날에 한 며느리가 부자에게 재산을 모두 빼앗겼다. 먹을 것이 없자 개똥의
보리쌀을 씻어 시아버지를 봉양했다. 하루는 비가 퍼붓는데 하늘에서 소리가
나기를, '죄를 가장 많이 지은 사람은 언덕 밑으로 가라'고 했다. 아무도 가지
않았다. 며느리는 시아버지에게 개똥의 보리쌀로 밥을 지어 올린 것을 생각하
고 언덕 밑으로 갔다. 그랬더니 효성에 감동하여 하늘에서 궤를 내려 주었다.
그 속에는 잃어버린 재산이 모두 들어 있었다. 재산을 뺏은 부자는 벼락을 맞
고 죽었다.

옛날에 한 사램이, 어느 며느리가 너무 잘살아 갖고, 허다가 또 살림이
망해 갖고, 한 사램이 그만 망해 삤어. 젙에(곁에) 인자 니가 말허자몬 참
잘 살았어. 내가 너거 집에 품 폴로(품 팔러) 날마다 갔어. 품 폴로 날마당,

(청중 : 참 옛날얘기다.)

하아(응). 그기 참 옛날얘기다. 품 폴로 가서 날마다 밭 매고 이런 거 해

준께, 그놈우 집구석에서 내로 또 욕심도 좀 내고, 그놈우 나그네가……. 뭘 쪼깨썩 쪼깨썩 줘 갖고, 살-살 돈 좀 치이 주라(빌려 달라) 캐 갖고. 또 내가 돈이 없거덩. 돈을 좀 치이 주라꼬. 돈을 좀 치이 갖고 뭘 쪼깨 사다 묵고, 아-(아이)들도 뭐 좀 사다 믹이고, 나그네도(남편도)[6] 병이 나가 있인께 좀 믹이고 이러는디, 아이! 난중에는 그만 제이다(모두) 그놈우 자슥이 다 걷아 뺐어.

씨아배 허고(하고) 사는디, 망개(도대체) 서방 죽어 삐제. 씨아배 허고 사는디 묵고 살기 없단 말이라. 저녁거리가 암 것도 없네. 없어 갖고, '아이구~ 우리 씨아배를 뭐를 해가(해서) 우쪄꼬?' 세고(생각하고) 있는디, 뒷날 아즉에(아침에), 그날 저녁에 비가 만수로 왔삤어.

비가 왔는데, (청중 : 참 옛날얘기다.) 하아. 참 오래 됐다. 비가 만날 왔는데, 뒷날 넘우 일허로 가낀데, 비가 와서 품 폴로 못 간단 말이세. '우리 아부지로 뭘 해가 주꼬?……' 허고, 아침에 일찍이 나간께 개가 넘우 집에, 전에 보리쌀 내이가 널어놨는디, 밤에 그걸 묵고서 똑 똥을 억수로 노놨더란네. 똥을 노 놔 놓은께 며느리가, '아이구이~ 우리 씨아배로, 내가 이기라도 씰어다가 씻거 갖고……' 쌂어서 물 퍼내 비리고, 또 밥을 해 갖고, 지가 몬양(먼저) 묵어 보고, 적 아부지로 줬어. 조 놓은께,

"아이구 야야 아가, 아무것도 없는데, 니가 오이서(어디서) 이런 밥을 했네?"

그리 묻더란느마는.

"아부지, 이만코 저만코 내가……."

사실대로 이약을 했어. 허고 넘우(남의) 일허로 그날 갔어. 며느리로 오라 캐서. '아! 인자 오늘 가몬 쌀 고대로 오늘 저녁에 우리 아부지로 해 디

6) 남해지역에서는 불특정 기혼 남성을 일컬을 때 일반적으로 '나그네'라고 한다. 대체로 자기남편을 남에게 말할 때는 '우리 나그네'라고 하고, 남의 남편을 일컬을 때는 '그 집 나그네' 또는 '그 나그네'라고 한다.

리겠다.' 그만 또 노성벽락을 허고 비가 씨발 오네. 저거 몬제(먼저) 보따리는 니가 다 가 뻬리고, 니가 내 돈 좀 치이(빌려)줘 갖고, 싹 우리 살림살이로 뺏들아 가삐고 그 집 또 일허로 가뻤어. 씨발 몬제 보따리 다 가이(가져) 가뻬리고, 그 집에 가서 점도록(하루 종일) 종살 헌다 아이가(아니가). 비가 쎄가 빠지기 오고 퍼붓고 노성을(뇌성을) 허는디, 하늘에서 뭐라 쿠는 기 아이라,

"제일 최고 죄 많이 지은 사람, 언덕 밑을 가시오."

그러더란네. 노성벽락을 해산께. 그 옛날이야기다. 죄 제일 많이 지은 사람, 내가 죄 지었다꼬 누가, 내가 거기 가 언덕 밑에 가 엎짔있기고? 아무도 안 가제. 다 죄가 있지마는, '내는 죄 암 것도 없다.' 꼬 그런다. 며느리가 가마이 생각헌께, '오늘 아침에 내가 개똥에 뉘 놓은 보리쌀을 우리 아부지로 갖다가 해 줬는데, 내가 그것뿐이 죄가 없다. 내가 가서 앉았자.' 에이 씨발, 언덕 밑에 가서 서 가 있었어.

"내는 그것뿐이 죄가 없십니다. 하늘님 내로 벼락 때리시다."

이리 쿠고 헌께, 하늘님이 딱 내려다보고, '니는 너무너무 고맙고, 너무 소자구나(효자구나).' 싶어서, 니한테 인자 우리 살림보따리 문세(문서) 다 가이간 걸 싹- 다 뺏들아다가, 요 앞에 딱 갖다 놓고,

"이거는 네 기다. 가 가라."

새씹도 없고, 뺏들아진 그놈은 벼락을 요리 탁- 때리 갖고,

"니는 자빠져라 이놈아! 니가 그 집 살림살이로 전부 뺏들아 묵었나. 이런 부인은 너무 없어 가지고 니한테 뺏기 삐고, 개똥을 주워다가 씨아배로 해 줬으니, 올매나 소자고? 니는 복 받고 이거 가지고 가서 잘 살아라."

궤 그걸 차라본께, 궤로 하늘님네가 제로 보듬아 줘서 본께, 저거 문세가 싹 있어. 저거 이름도 있고 거(거기). 저거 문세가 다 들었어 거. 그 인자 열어 갖고 차라본께, 다 저거 이름 다 있고, 저거 서방 이름, 적 어매 이름, 적 아배 이름 싹- 다 있어. 그래 가지고 그걸 보고,

"전부 네 긴께, 네가 가지고 가서 해라."

그놈우 자슥은 쌔리 벼락을 내라 가지고 요기로 막 탁- 갈라 가지고 직이(죽여) 삐리고, 그 사람은 참 잘 살아. 그런께 그리 복을 받아여. 그리 개똥을 해 갖고 씨아배로 믹이도, 그런 부인은 그리 복을 받아.

개미를 구해 주고 복 받은 효자

자료코드 : 04_04_FOT_20110121_PKS_KMA_0002
조사장소 : 경상남도 남해군 삼동면 봉화리 봉화마을 봉화마을회관
조사일시 : 2011.1.21
조 사 자 : 박경수, 류경자, 정혜란, 강아영
제 보 자 : 김모아, 여, 90세
구연상황 : 앞의 효부 이야기에 이어 다시 효자에 관한 이야기를 해 주었다.
줄 거 리 : 옛날에 장가도 못 간 노총각이 나무를 해다가 팔아서 홀어머니를 모시고 살고 있었다. 눈이 많이 내려 나무를 할 수 없게 되자 걱정을 하면서 산으로 올라갔다. 그러자 나무 덤불 속에서 남생이가 나무가 있는 장소를 알려 주었다. 나무를 해서 지고 내려오는데, 갑자기 비가 쏟아져 나뭇짐과 함께 떠내려갔다. 떠내려가고 있던 중 개미들이 물에 휩쓸려 떠내려가고 있는 것을 보고는 나무토막을 걸쳐 살려 주었다. 그랬더니 개미들이 부잣집 처녀를 숨겨 놓은 방을 알려 주었다. 결국 그 처녀를 찾아내 결혼하고 부자로 살았다.

전에 적 어매가 혼채 사는데, 적 아배가 죽어 삐리고. 아들이, 눈이 만수로 오는데, 이 고개로 넘어가면 호랭이가 있어. 호랭이가…… 자아묵어요(잡아먹어요) 내로. 나무로 해가(해서) 날마당 폴아(팔아) 갖고 저녁에 적 어매 오면 쌀 한 옹쿰 폴고, 개기(물고기) 한 마리 사 가지고 이러는데…… 아! 씨발, 눈이 와삐 놓은께 뭐이 묵고 살 끼 있나? 적 어매도 해 줄 끼 없고. 눈은 와 샀제, 설은 딱 앞에 닿아, 대목에 닿았제.

'아이구! 울어매로 우쩌꼬?……' 싶어서, 요새는 그런 효자 없다. 아! 곰곰 생각헌께, '눈은 태산겉이 와서 산을 덮어삤제. 오이(어디) 가서 내가

나무를 헤비 갖고 폴아 울어매로 뭘 해가(해서) 주고 설로 세우꼬?' 싶어 가만히 생각헌께 기가 차더란데. 그리도 산에 총각이 나무허로 갔어. 가서 헷기비리 본께 몽대(몽둥이) 그런 기 있어서, 한 짐 해 짊어지고 내려왔어. 호랭이가 고개 딱 앉아 가지고 있더란네. 잘못허몬 잡아묵어여. 호랭이가 내로. 그리서 인자 지고 쎄가 빠지기 눈밭에 이리 내리온께, 인자 오늘저녁에 폴아야 내일 아즉(아침)에 적 어매로 인자 믹이고, 설이 닿았어. 목발도 없제, 아무 다 뿌사진 지게로 지고,

"내일은~ 닥치 오는데, 울어매로~ 우쩌겄네?"

이리 노래로 부리면서 올라갔어. 나무신이가(남생이가) '요리 오라' 쿠더란네. 나무신이가, 텀불 밑에 있던 나무신이가,

"아이구! 총각, 총각 이리 오라고."

'아이구, 뜻밖에 뭐이 내로 오라 쿠네?' 싶어서 간께,

"요게 나무가 있인게, 짊어지고 가서 폴아 가지고 애미로 거천허고(봉양하고), 개기 한 마리 가 갖고 그믐을 내일 세우라."

꼬 그리 쿠더란다. 어띠기 고맙네? 나무 퉁거리로(토막을) 해 가지고 태산 겉이 짊어지고 인자 온다. 그만 비가 와 뻐리네 또, 태산 겉이⋯⋯. 그만 내가 떠내리갔었어. 나무 퉁거리 한 개를 갖고 인자, 생판 장개도(장가도) 못 가고, 늙어 갖고 적 어매 허고 있는데, 장개도 못 가보고 적 어매 혼채 거천을 허고 있는데, 물에 그만 둥둥 떠내리가 뻐고, 비가 태산 겉이 와 뺀께 나무아부래(나무마저) 떠내리가 뻐고, 나무 퉁거리 그걸 타고 내리가는데, 깨미가(개미가) 억수로 물에 떠내리가다가 냇물에 이리 뻬놓은께, 그만 할 수 없어. 그 사람 아니면 죽을 끼라 깨미가. 그만 이리 그 퉁거리로 기어 올라갔어. 다리고 뭐 이런 데고 막 올라왔어. 그리도 그걸 안 믭고,

"아이구~ 니도 살 끼라꼬 내랑 같이 있나? 오냐 가자."

총각이 이리 막 우다갖고(받들어서) 가는데, 그 깨미가 뭐라 쿠냐 하몬,

총각 귀에다 대고, 장개도 생전 못 가고, 적 어매 거천허고 돈도 한 닢도 없는 기, 그 총각 이름이 뭐인가 허몬 경절이라 경절이. 경절인데 귓구녕에다 대고 깨미가, 큰 왕깨미 그기,

"경절아 갓방,[7] 경절아 갓방. 아무개 갓방, 아무개 갓방."

그래. '아이구, 갓방이 뭐이고야?' 가만히……. 또 '아무개 갓방, 아무개 갓방' 그런다. 요게로 치몬 저 훈이네 곁이 부자 사는 집 이름이라 그기. 저저 창고 이름이라. 그 집에 딸이 참 야문 기 있어여. 야문 기 있는데, 아무도 그 총각이 안 가고 처니로 못 찾은께 시집을 못 가여. 그 처녀가. 장(항상) 그 못방[8]에 그 처니가 혼자 딱 있는데, 싱키 났다(숨겨 났다). 오이든지(어디든지) 인자 옳은 사람 오몬 인자 줄라꼬 딱 싱키 났다.

"경절아 갓방, 경절아 갓방."

허는디, '경절아 갓방' 해도 첨문제는(처음에는) 뭐인고 몰라 갖고……. 아이! 하루는 잔치로 허더란네. 그 집에 잔치로, 오늘 잔치로 허는데,

"누든지 우리, 오는(어느) 방에 있든지, 우리 처니만 찾으몬 찾는 그 사람이 임자다."

요리 했어. 내가 깨미한테 들었거덩. 그리 딱 요 있단 말이라. '아! 경절아 갓방, 경절아 갓방.' 요거 인자 암 것도 없는데, 누가 지로(자기를) 사람으로 여깄기고? 암 것도 없는 동나치가(동냥아치를). 거러지맨이로 해가(해서) 있다가, 할 수 없제. 하도 잔치헌다 산께나 얻어묵으리라꼬 갔단 말이라. 쪼깨 뭐 다문(다만) 비빔이라도 한 그릇 얻어 묵으끼라꼬 간께, 뭐 이 '경절아 갓방, 경절아 갓방.' 자꾸 이 깨미가 와서 그리 사여. 몬제도 듣던 소리고. 아이! 간께너 그 마당에서, 그 집에 지인이(주인이),

---

7) '갓방'은 집 본채의 가장자리에 위치한 작은 방을 말한다.
8) '못방'은 '모방'으로, 안방의 한 모퉁이에 붙어있는 작은 방을 말한다. 그러나 남해지역 민들은 '못방'을 본채와 별도로 허드레로 쓰기 위해 만들어 놓은 작은 '별당'이라고 말했다.

"누든지 우리 처니로 오늘 찾는 사람이 임자다. 우리 처니로 오늘 찾는 사람이 임재다."

다 못 찾아. 조 뒤안에[9] 오이때(어디에다) 갖다 싱키 났는데 우찌 찾으끼고? 아, 곰곰 생각헌께, '아! 깨미가 내로 경절아 갓방, 경절아 갓방 허더라. 경절아 갓방 허는 이걸 내가 오늘 찾아가야 되겠다.' 싶어 가지고 인자 그 자리에서 캣치를 했어.

'요가 오늘 긴가? 그러나자나 헛걸음이라고 보고 한번 가 본다.' 오만 사람 다 찾아도 못 찾아. 전부다 해가 다 져도 못 찾아. 다 그만 해가(해서) 시마이고(끝이고) 마, 지는 누가 그 들어오라 쿠나? 그 가에 인자 한상 갖고 와서 주몬 얻어 묵고, 가만히 쭈글터리 가지고 있인께,

"경절아 갓방, 경절아 갓방."

그러네. '아! 깨미가 내로 이러는고나……. 에이 씨발! 경절아 갓방을 내가 인자 깨미 시키는 대로 한번 가 본다.' 이건 뭐 다른 데 찾을 것도 없고, 저- 뒤안에 오데 훔지(후미진 곳) 그런 데 간께 대문을 해서 달아서, 못방에다가 처니로 딱 갇아 났더란네. 그리 문을 열어본께 처니가 딱 앉아 가지고 있는디,

"아이구! 반갑다꼬. 얼른 오라고."

(청중 : 그러고 내- 살았는갑다.) 아이구 그만, 그래 가지고 저거 각시로 맨들았어. 그래 가지고 인자 손잡고, 적 아배한테로 갔어. 대통령 적 아배한테로.

"아부지, 허든지 말든지 이거는 내 정 부부인께, 아무도 못 찾고, 해가 져도 못 찾고, 몇날 며칠을 못 찾는데, 내는 오늘 이 사람과 정 부분께 내랑 같이 살낍니다."

딸이 그리 쿠는데 뭐라 쿠끼고?

---

9) '뒤안'은 집의 뒤쪽으로 돌아가는 좁다란 통로를 말한다.

"좋다! 오케이! 니 해라."

[청중 일동 웃음]

그리 갖고 그 살림 다 허고, 각시 좋은 거 얻고, 그 경절이가 깨미한테 그만치, 짐승을 구제로 허몬 전부 이 복을 받는 기라. 그리 가지고 깨미한 테 그런 올매나 혼동을 받았어. 그 깨미 그기 뵈기는 그리 봐도 참 공을 해여. 그 지로 여러 뭇을 몽딩이다 해 갖고, 몽딩이로 가에 내놓은께 낱낱 이 다 기어 올라갔단 말이다. 그런게 왕깨미 그기 딱,

"전부 너거가 이 경절이 때미 우리가 오늘 다 살았은께, 경절이한테 공 을 해야 된다."

왕깨미가 크닥 안허나? 이가 이-리 갖고. 그리 갖고 그 이약을 해놓은 께, 왕깨미 그기 명을 내리놓은께 전부 막, '경절아 갓방, 경절아 갓방.' 해여. 그 이름이 경절이거덩. 총각 이름이. 그리 가지고 인자 그 처니로 얻었어.

(청중들 : [박수를 치면서] 잘 들었십니다.) 그리 가지고 참 부자로 살아. 아! 그기 진짜라. 거짓말이 아이라(아니라). 이약이라 이약.

동생을 제치고 올케를 구한 오빠

자료코드 : 04_04_FOT_20110121_PKS_KMA_0003
조사장소 : 경상남도 남해군 삼동면 봉화리 봉화마을 봉화마을회관
조사일시 : 2011.1.21
조 사 자 : 박경수, 류경자, 정혜란, 강아영
제 보 자 : 김모아, 여, 90세
구연상황 : 제보자가 앞서 효부 · 효자 이야기를 들려주었다. 그래서 효자 이야기 외에 다 른 이야기는 없냐고 했더니 이 이야기를 꺼냈다.
줄 거 리 : 옛날에 시누이와 올케가 박을 따러 갔다가 굴러 떨어져서 물에 빠졌다. 오빠 가 낚시를 하다가 달려오더니 가까이 있는 동생은 밀쳐버리고 먼 곳에 있는

올케를 건졌다. 그러자 동생이 물에 떠내려가면서 오빠를 원망하는 노래를 불렀다.

전에 옛날에, 씨누 올케 적 어매 적 아배랑 사는데, 씨누 올케 전라도다 박을 숭거 갖고, 씨누 올케 박 따러 갔단 말이다. 박 따로, 씨누 올케······. 저거 오빠는 인자 낚수, 개기(물고기) 낚으로 가고 그러는데, 아이! 씨발, 전라도다 박을 숭거 갖고, 박이 열어 갖고 씨누 올케 박을 따러 갔다 말이네. 씨누 올케, 씨누는 시집 안 가고.

아이! 씨발, 박을 따다가 그만 툴— 굼부라져 가지고 물에 빠져 빘단 말이네. 그만 둥둥 떠내려가 삐네. 씨누 올케······. 저거 오빠가 개기로 탁 낚고 앉았다가 차라본께, 둥둥 떠내려가 삐리거덩.

씨발, 저 때는, 내는 요 좀 가직이(가까이) 있었는데, 저거 각시는 저 있었어. 아이! 씨발, 이놈을 밀어버리고 저기 있는 요걸 잡았어. 저거 각시로······. 가만히 차라본께 올매나 씨누가 괘씸네? 아! 괘씸치, 괘씸코 말고. 그래서 인자 씨누가 물에 떠내려감성 뭐라고 허냐 허몬,

"분칠 겉은 내 얼굴은 고기밥이 되어 가요. 삼단 겉이 좋은 머리 대동강을 덮어 가요. 짚동 겉은 이내 몸은 고기밥이 되어간다. 이내 내도 죽어갖고 강남에 제비가 돼서, 너거 춘새(추녀) 끝에 걸어 놓고, 듬성(들어오면서) 보고 남성(나가면서) 보고 얼마나 잘 사는고 보자."

오직해야 씨누가 그런 말을 허겄는고? 너무 너무 올케한테 잘 허고, 지한테 씨누한테 너무 괘씸해 갖고. 그런 기 너무 너무 불쌍해여. 그런께 참 불쌍치 그런 거는 모두······. 그런께 요새는 각시가 제일이제. 씨누 그런 거 아무 필요 없어. 형제간도 필요 없고, 각시가 최고라 최고

상객 갔다가 실수한 친정아버지

자료코드 : 04_04_FOT_20110121_PKS_KMA_0004
조사장소 : 경상남도 남해군 삼동면 봉화리 봉화마을 봉화마을회관
조사일시 : 2011.1.21
조 사 자 : 박경수, 류경자, 정혜란, 강아영
제 보 자 : 김모아, 여, 90세
구연상황 : 제보자로부터 효자 이야기 등 설화 몇 편을 듣고 난 후, 조사자가 상객 가서
실수한 이야기를 아느냐고 물었다. 그랬더니 재미있는 이야기를 알고 있다
고 하면서 이 이야기를 해 주었다. 이야기 도중 제보자가 실제상황처럼 재연
을 해 가면서 실감나게 이야기를 해주어 모두가 웃으며 재미있게 이야기를
들었다.
줄 거 리 : 옛날에 한 아버지가 딸을 시집보내면서 상객(上客)을 갔다. 그런데 음식을 먹
으면서 나온 놋그릇 식기와 대접이 마음에 들어 훔쳐가려고 갓 속에 집어넣
었다. 그리고 집으로 돌아가려고 일어서면서 인사를 하다가 그릇들이 쏟아져
망신을 했다. 시부모가 며느리에게 그 사실을 이야기하자 친정에 가서 이야기
를 했다. 그랬더니 아버지가 도리어 화를 내면서 딸을 위해 일부러 망신을 한
것이라고 큰 소리를 쳤다.

딸이 시집을 가 낀데, 문디(문둥이) 자슥이 어띠기 행사가, 적 아배가 궂
은지 할뭄이 알고,

"아이구, 가지 말고 저거 삼촌을 보내소. 상각[上客]을."

전에 딸 시집가몬 상각을 안 갔나?

"그만 상각을 임재(임자)가 가지 말고, 저거 삼촌을 보내소"

헌께,

"허어! 내 딸이야 내가 가제. 와 안가! 뭣 때미 응? 제가 낳았건데, 내가
낳았제." [청중 웃음]

아이구 씨발, 가끼라꼬 자꾸 그래 산께, 이거는 그만 막도 못 허고 할
수 없어.

"함부래(절대) 가서 실수허지 말고, 술 많이 묵지 말고, 좋고로 해 갖고
딸 망신허는데 쌀 갖다 내비고(던져두고) 그날 그날 오소"

"아이! 그걸 내가 모릴까니(모를까봐) 그러나! 니 언간이(어지간히) 잔소리해라!" 그리 쿠더란네. 그래서,

'아이구, 인자 좀 곤칬는가? 인자 좀 곤칬나?' 싶었어. 장개로 가고, 제는 상각을 갔어. 아이구 문디, 딸 보내놓고 상각 간다고 막, 이 갓 씨고, 두루막 입고 그 질로(길로) 가더니, 문디 자슥이 뭘 채리조 놓은께 실컨 쎄가 빠지기 쳐묵고, 많이 채리 놓은께 묵고, 아이! 그만 올 거 아니가? 내드리(줄곧) 주 묵고서, 늘 잔소리 허고 앉아 가지고 있더니, 그 집에 인자, 전에 인자 놋식기 안 있나? 놋식기 이런 거, 것다 인자 상객이라꼬 밥을 막 이리 담아줬던 모양이제. 대접을. 이걸 차라본께, '아! 이걸 우쭈(어찌) 돌리 가이(훔쳐서) 갖고?……' 마음에, '우찌 이거만 내가 돌리가이 가몬 참 좋겄다.' 넘은(남은) 제이다(모두) 떠났는디 가도 안 허고 그만, 한잔 더 주라 캐서 묵고, '아! 저 식기 저기……' 아! 종국에는 죽겄해여. '아! 이녀러 식기 저기 아이구, 쌀 한 되 들겄는데, 키도 크고 저기 밥을 담으몬 많겄고, 내가 저걸 가서 담아주라 쿠몬 내가 많이 묵고 배가 이리.' 영 그만 죽겄해여. 아이구 얼른 안 가고 앉았더란네. 그러더니 아이! 곰곰이 생각헌께, 에이 씨발! 얼쭈 다 나가 비고 없어. 사람이. 다 나가 삐고 지 혼채 인자 남았는데,

"아직 안 가껍니다. 남은 거 내가 막 마시고 간다."

꼬. 그 사람들이 하모,

"그러몬 많이 잡수시다."

막 내가 따라 묵고 일어서제.

"내가 가 껍니다. 가 껍니다."

해는 인자 다 져 가는데, 차라본께 또 그 앉아 갖고 처묵고 자꾸, 배가 이만해 갖고. 씨발, 식기 이걸로 그만 앉았다가 듬성(들면서) 갓 요걸로 딱, [청중 웃음] 아! 둘러씨고 그만 간다꼬 일어나 섰어. 그만 언간이 이리 절로 했이몬 안 들릴(들킬) 거 아인가? 그만 이리 갖고, (청중 : 절로 매이(심

하게) 했다.) 나옴성 인자 사돈 허고,

"아이구! 안녕하십니까? 안녕하십니까? 아이, 인자 그만 편히 계이소."

그만 이리 허더가 이기 그만 널쩌 삤어(떨어져 버렸어). 식기 다 널쩌 삐고, 대접허고, 하모(그럼) 포개가 이리 탈각탈각 허더가, 갓을 썼는데 하모, 오직이 절을 헌께 하모 널쩌비제. 소리도 난께 놀래 가지고 안사돈, 바깥 사돈 뭐이 방구석에서 소리가 나는고 싶어서 쫓아 들어온께, 이런 기 두 개가 툴툴 구부라(굴러) 샀는다 말이네. 그리 망신을 해 갖고…… 그리도 꾀가 참 많아 그 사람이. 그리서 인자, (청중 : 꾀가 많은께 그 속에다 옇었네.) 그리서 인자 딸이 가고 난 뒤, 첫날 저녁을 지나고 인자 뒷날, 어른들이 좋다 쿠겄는가 하모? (조사자 : 아!)

"넉 아배가 이만코 저만코…… 넉 아배가 와 술로 묵었이몬 그만 가는 기제. 넘우(남의) 식기 대접을 돌리가이 갈라꼬, 머리에다 썼다가 절로 험성 엇다 쏟아 삐리고, 그런 일이 오있네(어디 있느냐)? 함부래(절대) 우리집에는 와도 괜찮는데, 다른 집에는 가걸랑 함부래 그리 허지 마라 캐라. 넉 아배로……"

인자 첫걸음, 이틀 만에 하릿저녁을 자고 인자 저거 집에 올 거 아이가? 딸로 보고 시기더란네. 딸이 뭘 아나? 그걸로. '우찌 우리 아부지 행사로 그리 못 고치고, 오늘 또 그런 행사로 했나?' 싶은께 죽겄더란네. 그리서 집에 갔어. 친정을. 가도 마 골이 나서, 똑 기분이 나뿌고 죽겄더란네. 그리 뭐 저거 집에 가서 이약을 안 헌께, 할뭄은 뭐, 그날 갔다 왔는가 좋아서 그랬다. 딸이,

"엄마, 아빠가 또 와서 망신허고 갔네."

"뭘로?"

"뭘라꼬 우리 씨아배 식기 대접을 욧다 썼다가, 갓이 마 이리 버어져가지고, 그만 절도 언간이 허고 가긴디, 이리 매이 해 놓은께나, 제지 이기 널쩌서 낱낱이 쏟아 버리고 안 갔나?"

"야이! 가수나야! 니가 뭐라 쿠네?!"

그만 적 아배가 있다가,

"니놈우 가수나 잘 사라꼬 내가 그랬다."

(청중 : 참 말 되네.) 그래서, 꼼짝도 못허고,

"아이구! 그리 아부지 와 그랬십니까?"

"아이! 시끄럽다. 내가 간다. 씨발, 내가 사돈네 집에 가 갖고 내가 이약을(이야기를) 허제(하지)."

[제보자가 마이크를 단 채로 일어서서 실연(實演)을 했다.]

(청중 : 오이(어디) 가는고? 그걸 달고? 저걸 달고 오이로 가여?) 씨이! 이리가이(이렇게 해서) 갔어.

"타라! 내가."

씨어매제이. 말허자몬 이기 씨어매제이.

"씨아배, 보소! 우리 딸이 시집을 보낼라 쿤께, 올해가 삼재(三災)가 돼 갖고 너무 그런 망신을 내가 안 시키몬 딸이 못 살아 당신 아들 허고 그런께 내가 그런 망신."

(청중 : 재치 있다야.)

"그런 망신시키기 위해서 내가 와서 그런 갓을 씨고, 식기 대접도, 내가 그리 가 갔소 집에? 가 가도 안 허고 널짜 놓고 갔는데 뭘 잔소리로 허고 우리 딸한테 일러 갖고 응, 내로 그런 야단을 허고, 그리 내가 우리 딸 잘 사라꼬, 너거 며느리허고 잘 사라꼬 그랬제. 뭘 우쩌라꼬!"

그만 그리,

"아이구! 그렇십니까? 그렇십니까? 아이구! 우리가 참 미안십니다."

오나(오히려) 사죽을 못 쓰고, 대접 받고 왔다고 안 허나? 도둑질 해 갖고. 그런 일이 있어여. 다 그리 했어 전에.

친정 재산 노리는 딸과 아버지의 거짓 죽음

자료코드 : 04_04_FOT_20110121_PKS_KMA_0005

조사장소 : 경상남도 남해군 삼동면 봉화리 봉화마을 봉화마을회관

조사일시 : 2011.1.21

조 사 자 : 박경수, 류경자, 정혜란, 강아영

제 보 자 : 김모아, 여, 90세

구연상황 : 상객 가서 실수한 아버지 이야기를 마친 후, 조사자가 혹시 욕심 많은 딸 이 야기는 모르냐고 물었다. 그러자 주위에서 '울 아배 죽음이 정 죽음인가' 하 는 이야기를 하라고 했다. 제보자가 그러면 해 보자고 하면서 이 이야기를 해 주었다.

줄 거 리 : 옛날에 한 딸이 늘 친정집 개똥논을 탐냈다. 하루는 아버지가 거짓 죽음을 하 고는 딸에게 부고를 보냈다. 딸이 곡(哭)을 하면서 오더니, 아버지가 생전에 자신에게 개똥논을 준다고 했기 때문에 그 논은 자신의 논이라고 했다. 딸의 말을 들은 아버지가 벌떡 일어나면서 어떻게 그것이 네 논이냐고 따졌다. 그 러자 딸이 "우리 아버지 죽음이 진짜 죽음인가, 내 울음이 진짜 울음인가" 하 면서 웃었다.

울 밑에 논이 서마지기 개똥논이, 개가 그 절에 키아 가지고, 장(항상) 개똥을 것다가, 줘 놓은께 참 나락이(벼가) 잘 되여. 물도 안 모리고(마르 고), 뒤에 그 도구[10]가 있인께 물이 장 나와. 나락이 참 좋았어. 이 딸이 오몬 만날 그 논이 욕심이 나 갖고,

'아이고 이걸⋯⋯.'

지(자기) 마음에, 적 아배한테 주란 말은 안 허고.

'이걸 내만 주몬, 내가 올매나 이걸 좋겠는데⋯⋯.'

이리 마음을 묵고 있었어. 그랬는데, 아! 적 아배가 쫌 있다가 인자 그 논도 안 주고, 내드리(줄곧) 부치 묵다가, 욕심이 많은 그 딸이 적 아배 죽 었다 캤어. 적 아배 죽도 안 했어. 안 죽었는데, 적 아배가 죽었다고 거짓

---

10) '도구'란 논에 물이 흘러 들어오도록 뺑 둘러 도랑을 쳐놓은 것을 말한다. 주로 '도굿 고랑'이라고 한다. '도'는 장음으로 발음한다.

말을 했어. 죽었다고 인자 비임을[11] 해 놓은께,

"아이고, 아이고, 아이고! 울 밑에 개똥논 서마지기~ 줄라~ 쿠던 울아 배야~. 불쌍헌~ 왜 죽었소?"

이리 와서 넋에를(넋을) 빼 갖고 울음을 울었어. 가만 죽도 안 허고, 가 만- 있다가, 적 아배가 올매나 골이 나낀고? '아! 저 년이 수작을 부리 갖 고 내드리 욕심을 내더니, 내가 죽었다 쿤게 요리 공갈로 헌다.' 싶어서, 내- 앉아 갖고 넋에로 빼고 울고 한-참을 운다.

"아이고~, 아이고~, 극락세계~ 잘 가소.~ 시양세계~ 잘 가소. 울아 배~ 불쌍허다.~ 이 논은~ 내 논이다."

아이! 그러더란네. 곰곰 생각헌게 올매나 안 괘씸나? 팔딱 일어나,

"야, 이년아! 오데 그기 니 논이고? 네 년이 에릴(어릴) 때부터 욕심내더 니 내가 죽기는……"

"울아배 죽음이~ 정(진짜) 죽음가?~ 내 울음이~ 정 울음가?"

[웃음] 그러더란다. 그래여.

가천 다랑이마을의 지형

자료코드 : 04_04_FOT_20110121_PKS_KYS_0001
조사장소 : 경상남도 남해군 삼동면 봉화리 내산마을 내산경로당
조사일시 : 2011.1.21
조 사 자 : 박경수, 류경자, 정혜란, 강아영
제 보 자 : 김용심, 여, 73세
구연상황 : 제보자는 마을의 노인회 총무이다. 조사자가 전날 미리 연락을 취하고 마을을 찾았다. 조사팀이 마을에 도착하니 제보자와 마을 어른들이 경로당에 모여 있 었다. 조사팀이 들어서자 제보자가 조사팀을 대신하여 청중들에게 조사의 취

---

11) '비임'이란 죽었다고 소식을 알리는 '부고(訃告)'의 남해지역 말이다. '비'는 장음으로 발음한다.

지에 대해 자세하게 설명해 주었다. 인사가 끝난 뒤 구연을 부탁하자 제보자가 먼저 이야기를 하나 해 보겠다고 하면서 이 이야기를 꺼냈다. 최선을 다해 조사를 도우려고 애쓰는 빛이 역력했다.

줄 거 리 : 남면 가천의 다랑이마을은 지형이 매우 가파르다. 때문에 여자들의 속곳 고쟁이도 다른 지역보다 반 자[尺]는 더 넓다. 일을 하면서 다리를 더 많이 벌려야 하기 때문이다. 한번은 시아버지가 오줌장군을 놓다가 떨어뜨렸는데, 굴러서 그대로 바다에 빠져 버렸다. 그러자 며느리가 굴러 떨어지는 오줌장군을 보면서 노래를 불렀다.

우리 남해에, 옛날에 저- 남면, 지금 다랑이마을이라고 있지? 그 다랑이마을이라 쿠면 전국에 다 알거든요. 그 마을에는 너무 비탈져 가지고 밑이 바로 바다고.

그래 밭을 매면은 한군자리에서(한자리에서) 많이 안, 요리 떼죽을(발자국을) 떼면 밑에 바다에 떨어지기 때문에 여자들 속곳, 고쟁이 밑이 석자 가웃이라[12] 쿠는(하는) 기라. 그래 가지고 앉아 가지고, 한군데 앉아서 요- 만큼 이렇게 가서, 팔이 가서 인자 매고 매고 이리 하는데……

시아부지가 오줌장군을 지고서 인자 밭에 오줌 지고 왔는디, 그래 며느리가 밭을 매고 있는데, 그런께 시아부지가 오줌장군을 놓는디, 까딱허몬 그만 굼부라(굴러) 가지고 바다에 바로 널차지겠는(떨어지겠는) 기라. 그런께 며느리가,

"굼바라간다(굴러간다) 저 장군, 굼바라간다 저 장군, 바다에 떨어졌다 저 장군."

그러더라꼬. 그리 그만치 다랑이마을에 그런 전설이 있어. 이리 비탈진 곳이 돼 놓은께……

---

12) '가웃'이란 되·말·자의 수를 셀 때 '절반 정도'의 뜻을 나타내는 말이다. 즉 지형이 가팔라 일을 할 때 다리를 많이 벌려야 하기 때문에 여자들의 속곳 고쟁이 밑에 드는 천이 석 자 하고도 절반 정도는 더 있어야 한다는 말이다.

남해 금산 상사바위

자료코드 : 04_04_FOT_20110121_PKS_KYS_0002
조사장소 : 경상남도 남해군 삼동면 봉화리 내산마을 내산경로당
조사일시 : 2011.1.21
조 사 자 : 박경수, 류경자, 정혜란, 강아영
제 보 자 : 김용심, 여, 73세
구연상황 : 제보자가 가전 다랑이마을 이야기를 하고 난 뒤, 조사자가 금산이 가까우니
　　　　　금산 관련 전설을 하나 해 달라고 했다. 그러자 제보자가 상사바위 이야기를
　　　　　꺼냈다.
줄 거 리 : 남해 금산에는 상사바위가 있다. 옛날에 한 처녀를 사모한 총각이 있었다. 뜻
　　　　　을 이루지 못하고 상사병에 걸려 죽은 총각은 뱀이 되었다. 뱀이 된 총각은
　　　　　그 아가씨를 찾아가 몸을 칭칭 감고는 턱 밑에 대가리를 내밀었다. 그 바람에
　　　　　아가씨는 결혼도 못 하고 있었다. 그러다가 뱀을 떼어내기 위해 남해 금산 상
　　　　　사바위 위에서 굿을 했다. 굿을 하는 동안 뱀이 잠시 떨어져 옆에 사리고 앉
　　　　　아 있었다. 때마침 독수리가 날아와 뱀을 물고 가 아가씨는 뱀을 떼어 내고
　　　　　온전한 몸으로 살게 되었다.

　　남해 금산 가면 상사바위라고 있거든요. 그 바위에 옛날에, 요즘은 뭐
시대가 좋아져서 서로가 정을 나눌라 쿠몬 서로 맘을 통해 가지고, 맘이
통허몬 통헐 수도 있는 기고 그렇지만, 옛날에는 그리 못하니까……

　　저 아가씨가 너무너무, 큰애기지. 그 당시에는. 내 맘에 드는디, 이리 서
로 이리 애정 표시도 몬 허고 이리 갖고 인자, 그 여자 때미 상사가 걸리,
상사병이 걸리 죽었어. 그 남자가 상사병이 걸리 죽어 가지고 뱀이가 돼
갖고, 그리 뱀이 돼 가지고 그 여자 몸에 딱 감고, 머리로 싹 요서(여기서),
택(턱) 밑에 탁 머리를 이리 내 가지고 아가씨 입 허고 날름날름허이 이리
마주 보고 있는 기라.

　　그래 갖고 인자 거게 가서 인자, 상사바위 끝에 가서, 이 여자가 앉아
머리만 빗을라 쿠면은, 이 뱀이가 항상 예쁘기 하는 기 쟝(항상) 좋으니까,
머리 빗을라 쿠면 이 뱀이 싹 풀리가이 옆에 앉아 삐. 머리 빗고 얼굴에

화장헐 때는 절대로 같이 안 있고 딱 떨어져서, 얼굴 손 볼 때는 딱 떨어져 않고. 그래 안 할 때는 꼭 그 여자한테 그리 붙어가 있는 기라. 그리 여자는 시집을 못 가고……

그래 가지고 있는데 인자, 그 인자 옛날에는 굿도 허고 허잖아. 막 점바치들(점쟁이들) 불러다가 굿도 허고 헌께, 그래 상사방우 가서 굿을 허래. 인자 그 해원풀이 허래. 그래서 인자 무당들 덧고(데리고) 가서 굿을 허는데, 그래 이 여자가 살 것 겉으면 뱀이 떨어져서 이게 딱 떨어지는 옆에 앉은 동시에 독수리가 한 대여섯 마리 그, 거는 독수리가 많거덩. 산도 높고

독수리가 돌아다니다가 날아다니다가 그 뱀을 딱 물고 가서 그거 하는데, 안 그러면 죽는다. 이 그 형태로 영원히 간다. 그래 해놓은께서 인자 이 집에서 굿을 허기도 그렇고 안 허기도 그렇는 기라.

그 돈을 많이 딜여서, 옛날에는 돈이나 오이(어디) 있는가? 많이 딜여서 인자 굿을 허몬 막상 좋아져서 뱀이 독수리를 물고 가서 좋으면 되는데, 그래 안 허면은 돈만 낭비되고 자식도 장 그 모냥이 되고, 그리 망설이다가 해 갖고서 인자 굿을 허기로 했어. 저거 부모가 인자 달내라 갖고,

"하여튼 한번 해 보자. 우리."

그래 갖고 해 갖고 그거는 하나는 이뤘대. 그런 전설이 있어. 그래 가지고 그래 머리를 빗고 상사바우 끝에 그리 헌께, 뱀이가 딱 떨어져 앉아 있는데, 때마침 그 독수리가 날다가 그 물고 갔대. 뱀을 물었대. 그래 가지고 그 처녀는 고쳤어.

남해 금산과 국회의원 최치환

자료코드 : 04_04_FOT_20110121_PKS_KYS_0003

조사장소 : 경상남도 남해군 삼동면 봉화리 내산마을 내산경로당
조사일시 : 2011.1.21
조 사 자 : 박경수, 류경자, 정혜란, 강아영
제 보 자 : 김용심, 여, 73세
구연상황 : 잠시 조사를 쉬고 있던 중에 제보자가 남해의 유명한 국회의원이 집안 어른
        이라고 하면서 관련 일화를 이야기를 했다. 조사자가 그 이야기를 자세하게
        좀 해 달라고 요청했더니 이 이야기를 했다.
줄 거 리 : 남해에서 유명한 국회의원 최치환은 금산의 정기를 받아 태어났다고 한다. 그
        런데 금산이 개발되면서 산허리를 잘라 길을 내게 되었다. 그러자 한 무녀(巫
        女)가 최치환 의원의 정치생활도 끝났다고 했다. 금산에 길을 내고 나자 최치
        환 의원도 공직에서 물러났다.

내가 인자 들은 대로⋯⋯. 우리 내산에 국회의원이 탄생해 가지고 인자
5선(五選)까지 하셨는데, 그 분이 우리나라에서도 큰 어른이었었는데, 우리
남해에서는 물론이고 나라에서도 그리 했는데, 그 분이 더 많이 클 수도
있었는데, 우리나라에서 큰 자리꺼장(자리까지)⋯⋯.

(조사자 : 그 분 성함이?) 최치환 의원. 우리 씨숙님이거덩. 큰 자리까지
갈 수가 있었는데, 그리 인자 금산에 요 길로 낸다꼬 막, 그 바위들을 다
깨고 차 올라간다꼬 그리 했거덩. 그리 해놓은께서 인자 무녀(巫女) 비슷헌
땡중이 한 사람 있었어. 여자가. 그런 사람이 뭐라 쿠냐 하면은,

"아!~ 이제는 인자 최의원의 정치 생활은 끝났다."

그러는 기라. 그런께, 그런 소리 섣불리 못하거덩. 큰일나거덩. 그랬는디,
그리 허는디,

"인자는 끝났다. 이 금산 올라가는 동네가 전부 줄로 짤라서 인자는 이
상태로 못 간다."

허더니 그 말이 사실이 되자 그 사람은 그만 자취를 감촤 삐고 없어여.
그 말로 헌 그 여자, 그 무녀 겸해 땡중은 마, 자취를 감촤 삐고 없어 갖
고, 그 있었으면 찾아 갖고, 좀 다시,

"어떠어떠해서 이리 이렇게 할 수 있느냐? 우찌 그리 알았냐?"

이런 것도 묻고 우리가 했이낀데, 그거로서 끝나삣어. (조사자 : 그래서 최치환 의원도 그 때문에?) 하모(응). 인자 공직에서 그만, 그리 우리 아주 버님은 진짜 국제 속에 노는 사람이라. 국회의원이라 쿠몬 나라 국회의원이 아니고 국제 속에서 노셌거든. 그래 놓은께 얼마나 세계적으로도 유명하고, 다 세계적 각국 갔다 오면은, 이 제사 모시러 요리 오면은 제수(弟嫂)들 다 앉은 자리에서, 그 갔다 온 이야기 다 허고, 어느 나라에는 가몬 손으로 밥을 묵고, 어느 나라에는 가몬 이 화장실에 대소변을 보고 나면 손으로 딲고, 천을 갖고 옷을 안 해 입고 천을 갖고 몸을 가루고 댕기고, 풀어 삐면 천이고 이래 두르면 옷이고, 몸에 두르면 옷이고 이런 이약도 다 해 주고, 참 말쏨도 너무너무 잘 하시고 큰 어른이었거덩.

(조사자 : 제사, 청에 올라서면 뭐라고 말씀을 하신다고?) 그 분이 요(여기) 노량 딱 오시면은, 노량 딱 오시면은, 노량서부터 아-(아이) 어른 없이 한 사람도 안 빠지고 인사를 다 하거덩. 하고 와서 딱허니 우리 청에 올라 섬시로,

"아이고-, 인자 내 다 깄다(기었다). 오늘 밤은 다 깄다."[13]

그러는 기라. 그럼서 또 올라서는데, 그 말이 첫 때는 무슨 말인가 못 알아들었는디, 나중 딱 그 말로 자꾸 되새기서,

'오늘 밤은 다 깄다, 다 깄다.'

되새기 본께, 그 말이 우찌 들으몬 너무너무 안시럽고, 너무너무 감사하고, 그리 큰 어른이었는데, 진짜 참 사람은 큰 사람 아닙니까? 그런데 우리 형님도[14] 참- 큰 분이라.

---

13) '기었다'는 말은 최치환이 국회의원으로서, 만나는 군민들마다 마다하지 않고 인사하느라 하루 종일 정중히 고개를 숙였다는 말이다.
14) '우리 형님'은 제보자의 동서(同壻)로, 최치환 의원의 부인을 이르는 말이다.

매미가 된 강피 훑는 부인

자료코드 : 04_04_FOT_20110120_PKS_PJI_0001
조사장소 : 경상남도 남해군 삼동면 물건리 물건마을 물건마을회관
조사일시 : 2011.1.20
조 사 자 : 박경수, 류경자, 정혜란, 강아영
제 보 자 : 박준이, 여, 83세

구연상황 : 마을회관을 찾은 조사자들은 마을 할머니들의 권유로 함께 점심 식사를 한 후 채록에 들어갔다. 찾아온 연유를 밝히자, 이야기를 잘 하는 사람이 제삿집에 가고 없다고 하면서 모두가 안타까워했다. 조사자가 웃으면서 다른 분들도 아는 이야기가 많지 않느냐고 했다. 그랬더니 할머니들이 무슨 이야기가 있겠느냐고 하면서 서로 얼굴을 마주보며 난감해 했다. 조사자가 갱피 훑는 마누라 이야기를 아느냐고 묻자 박준이 할머니가 그거는 안다고 하면서 이야기를 시작했다.

줄 거 리 : 옛날에 가난하게 사는 부부가 있었다. 남편이 과거 준비를 하고 있었기 때문에 아내가 갱피를 훑어다가 먹고 살았다. 어느 날 아내가 멍석에 강피를 널어두고 들에 나갔다 돌아왔다. 비가 와서 강피 멍석이 다 떠내려가는데도 남편이 거들떠보지도 않고 공부만 하고 있었다. 아내는 화가 나서 집을 나가 버렸다. 남편은 열심히 공부하여 과거에 급제했다. 금의환향하여 내려오는 길에 보니, 아내가 들에서 또 강피를 훑고 있었다. 아내는 남편을 보자 따라가려고 했다. 그러나 남편은 허락하지 않았다. 아내는 남편을 따라가다가 지쳐 쓰러져 매미가 되었다.

옛날에, 전에 한 집이 살았는데, 참 아무것도 없이 살았던 사람이라. 그래서 하다 곤란해서 여자가 장(항상) 갱피를 훑어 갖고 장 묵고 살았거덩. 갱피로 훑어 갖고 묵고 살았는디, 여자가 인자 하루는 갱피로 훑으로 가놓은께너 어떻기 비가 많이 오는지, 저거 집에 인자 갱피로 훑어서 덕석을 몰래(말려) 놓고 왔거덩.

(청중 : 덕석을 널어놓고) 아! 널어놓고 모리라꼬(마르라고) 널어놓고 왔는디, 저거 집에 간께너 나그네가(남편이)[15] 공부로 험서로 그 갱피 덕석

---

15) 남해지역에서는 불특정 기혼 남성을 일컬을 때 주로 '나그네'라고 한다. 대체로 자기 남편을 남에게 말할 때는 '우리 나그네'라고 하고, 남의 남편을 일컬을 때는 '그 집

도 안 딜이고 공부만 허고 있어여. 나와서 잠시 그 갱피 덕석 그것만 좀 딜이놓고 그만 공부로 해도 되는디……. 그 내일 또 몰랴 또 밥을 해 묵으 낀디, 죽을 쒀 묵고 허낀디, 갱피도 딜이(들여) 놓도 안 허고 공부만 허고 앉아 있어여. 그래서 그만 골이 나서 여자가 나가뿐 기라. 그런께 여자는 장 참고 살아야 돼여. 참고 살아야 되는디 그만 그걸 못 참고,

"그 덕석을 좀 꺼 딜이놓고 공부로 허몬 되낀디, 그것도 안 딜이놓 고……."

험서로 그만 여자가 나가 삣단 말이세. 그래서 여자가 나가삐 놓은께 갱 피도 없고 마, 안 해 주고 헌께너 굶고 공부로 해 가지고, 가개(과거科擧) 로 보로 남자가 간 기라. 가개 보로 갔어.

와 장 옛날에는 서울에, 옛날에는 서울에, 요새 겉으몬 시험 치로 가는 걸로 가개 보로 간다고 안 허는가? 그래서 가개 보로 가 가지고, 참 높은 사람이 돼 가지고, 널너리 쿵쿵 말로 타고 내려오는디, 아! 본다고 본께 저 – 징기맹기 애밋들에, 징기맹기 애밋들이라 쿠몬 참 징기맹기 들이 너리거 덩. 그 애밋들에서 웬 여자가 갱피로 훑어 사여(훑고 있어). 이 남자가 본 께. 그리서 아이! 본께 저거 본여자라. 지는 인자 그 갱피로 죽을 안 쒀 줘 도, 굶고도 가서 인자 가개로 봐 갖고 내리오는디, 그리 남자가 허는 말이,

"징기맹기 애밋들에 갱피 훑는 저 마느래(마누라), 간 데 쪽쪽 갱피로 다."

간 데마다 갱피 훑는다는 말이제이. 아! 그리서 눈을 딱 떠 본께, 아! 저 거 남편이 가개로 봐 갖고 말 타고 막 내리오는 기라. 그리서 여자가 어떻 기 반갑아서,

"아이구, 내도 갑시다. 내도 가서 말죽도 쒀 주고, 쇠죽도 쒀 주고, 청소 도 해 주고 내도 갑시다."

나그네' 또는 '그 나그네'라고 한다.

헌께, 남자가,

"청소해 주는 사람 내도 있소. 말죽 쒀 주는 사람, 종도 내도 있소."

다 필요 없다고 남자가 그만 차라도(쳐다도) 안 보고 가는 말을 채를(채찍을) 치고 그만 쫓아가 뺐더라네. 그래 가지고 여자가 따라가다가 따라가다가 그만 못 따라가서, 그만 지(자기) 갱피 훑는 소쿠리 씨고(쓰고) 그만 엎어져 죽어뺐어.

그리 엎어져 죽어뻐 놓은께너 그 넋에가(넋이) 매미가 돼 갖고서, 여름 한철 장(항상) 나무에 올라가서,

"매앵매앵~ 정상감사로(경상감사를) 매양 살까?"

정상감사로 평생 사냐는 그 말이라. 그런께 장 매미가 우는 소리가,

"정상감사로 매양 살까? 매양~매양~."

매미가 장 그리 울어여. 그리 갖고 한철 살다가, 매미가 그만 한철 지내 몬 또 떨어져 죽어 비리고 그러더랍니다.

입 작은 아내

자료코드 : 04_04_FOT_20110120_PKS_PJI_0002
조사장소 : 경상남도 남해군 삼동면 물건리 물건마을 물건마을회관
조사일시 : 2011.1.20
조 사 자 : 박경수, 류경자, 정혜란, 강아영
제 보 자 : 박준이, 여, 83세
구연상황 : 매미가 된 갱피 훑는 마누라를 구연한 뒤, 조사자가 또 다른 이야기는 없냐고 했더니 이 이야기를 해 주었다.
줄 거 리 : 옛날에 한 남자가 있었는데, 아내가 밥을 많이 먹는다고 내쫓아 버렸다. 그리고는 입이 아주 작은 아내를 얻었다. 그런데 밥을 조금밖에 먹지 않는데도 불구하고 쌀이 더 많이 줄어들었다. 그래서 남편이 망을 봤더니 밥을 한 솥 해서는 뭉치더니, 정수리 뚜껑을 떼고는 모두 넣어 버리는 것이었다.

남자가 여자를 얻어 갖고 사는데, 참 밥을 많이 묵고 잘 묵어여. 밥을 하도 많이 묵어서, 쌀도 마 좀 있는 걸 그만 금시 밥을 해 묵어 삐고 마 없어져 삐고. 하도 밥을 많이 묵어사서(먹곤 해서) 그만 쫓아내삔 기라. 그 남자가 밥 많이 묵는다고, 그리 쫓아내 삐놓은께너 여자가 나가 뺐는디…….

똑- 비가 장대같이 퍼 부어서 그리 가지고 있는디, 여자는 쫓아내 삐고 그리서, 아! 여자가 하나 들어오는 기라. 비를 맞고, 비를 피해 갈 끼라꼬. 그런디 입이 똑 술젓맨이(숟가락 끝처럼) 그리 가지고, 쌀 한 낱이나 입에 넣을까? 입이 그리 작는 기라. 그리서 입이 하다 작고 그리서, '인자 이 여자는 밥을 잭기 묵겄다(적게 먹겠다).'싶어서, 남자가 저거 집에 살자 캤다 말이세. 그리서 여자가 살았단 말이세. 여자가 살았는디, 여자가 얼마나 입이 작았든지 밥 한 낱을 가지고 요리요리 밀어 옇어야(넣어야) 돼여. 쌀 한 낱을……. 그리 입이 작아여. 그리서 남자가 참 좋다 세고(생각하고) 살았는디, 그런디 쌀은 참 잘 굴어여(줄어들어). 쌀이 잘 굴어여. 그리서,

'짓궂어라. 여자가 저리 밥도 못 묵고 있는디, 와 이리 쌀이 잘 구는고?…….' 싶어서, 인자 한때 남자가 망을 본 기라. 밥을 솥에서 한 솥 해 가지고, 함지다 한 함지 퍼 가지고 식하 갖고(식혀서) 뚤뚤뚤 뭉치서, 머리 띠껑을(뚜껑을) 딱 떼더니 그만 한 뭉티썩 한 뭉티썩 머릿속에다 주워 옇어 삐는 기라. 띠껑을 떼가 머릿속에 구녕이 나 갖고 것다 한 뭉티기 떼 옇고 떼 옇고. 그 드람(함지박)에 밥 한 함지로 지 머리다 다 주워 옇어비는 기라. 그런 여수가(여우가) 있어여.

아이구, 그리서 남자가, '아따! 내가 여자, 먼저 본처 쫓아낸 그 죄다.' 싶어서, 쌀이 수십 가마니라도 며칠 되몬 다 묵어 삐고 없겄애여. 꼭디로(정수리 끝을) 띠껑을 떼고 밥을 주워 옇어 빈께. 그리 옛날에 그런 백여수가 있더라요.

(조사자 : 그래서 어찌 됐습니까?) 그리서 인자, 백여수가 인자 결국은

남자도 잽히묵겄제(잡혀먹히겠지). 백여수가 돼 뿄재. 그리 다 했다.

이성계와 세존도(世尊島)의 구멍

자료코드 : 04_04_FOT_20110120_PKS_LHM_0001
조사장소 : 경상남도 남해군 삼동면 물건리 물건마을 물건마을회관
조사일시 : 2011.1.20
조 사 자 : 박경수, 류경자, 정혜란, 강아영
제 보 자 : 이효명, 남, 81세
구연상황 : 물건마을회관에 도착하자 먼저 할아버지방을 찾았다. 할아버지들이 몇 명 모
         여 있었다. 찾아온 취지를 밝히자 할아버지들이 이효명 할아버지가 이야기를
         많이 알고 있다고 하면서 구연을 떠맡겼다. 그러자 이효명 할아버지가 웃으며
         무슨 이야기부터 시작해야 할지 모르겠다고 했다. 조사자가 남해 금산과 연관
         된 이성계 이야기를 아느냐고 물었다. 그랬더니 이야기를 시작했다.
줄 거 리 : 옛날에 이성계가 남해 금산에서 도를 닦고 국왕이 될 것이라는 예언을 들었
         다. 이성계가 남해에서 나가면서 돌배를 만들었다. 그 돌배를 밀고 나가는 바
         람에 세존도(世尊島)에 구멍이 생겨 버렸다. 이성계가 한양으로 올라갔는데,
         한강 다리 가에서 어떤 할머니가 무릎을 꿇고 빌고 있었다. 그 모습을 보고
         가던 길에 예쁜 여자를 만났다. 그 여자를 따라 산중으로 들어갔다. 그 여자
         는 여우였다. 도망쳐 나오다가 보니까 할머니가 그대로 엎드려 기도를 하고
         있었다. 이성계가 여우에게 홀려 간 것을 알고 무사히 돌아오기를 빌고 있었
         던 것이다. 왕이 된 후에 고마움에 보답하고자 사람을 시켜 할머니 집에 금덩
         어리를 보냈다. 그런데 밤에 몰래 방문 안으로 던져 넣은 금덩어리에 맞아 할
         머니의 아들이 죽어 버렸다.

그 저, 그 이태조가 즉 말하자면 이성계 아닌가베? 그 왕이 되기 전에는,
왕이 되기 전에는 성계였어. 그렇지요? 이성곈디 왕이 되고 나서 이 태조
대왕 이랬거덩. 그래서 그 태조대왕이 남해 금산서 그 기도를 드리고 그
도를 닦을 때, 즉 말하자면 공부, 지금 요새 말허자면 공부를 할 때, 도를
닦을 때 거기서 그 참 도를 닦아가 내려오면서 상주라 쿠는 부락에 내려섰

어요. 상주라 쿠는 부락에, 그 아래 부락이 있어요.

그 부락에 와서, 마치고 내려와서 제가 뭣이 되겠느냐, 제가 왕으로 살겠느냐 못 살겠느냐 인자 이런 것을 전부 알기 위해서, 그 밑에 점쟁이가 있었어. 말하자면 점을 잘 치는 점 보는 사람이 있었는데, 그기 말하자면 여자가, 할머니가 계셨는데, 내려와서 그 점을 한번 쳐 볼라꼬 그 집에 들어가니까 할머니가 어디 가고 없어. 가고 없는데, 조그만헌 초립딩이, 쪼끄만헌 여식애가, 그 딸이제 말이야. 딸이 그 할머니 딸이 불과 한 칠팔 살, 대여섯 살 먹었이까? 아주 어린애가 뭐라 쿠는 기 아니라,

"왜 우떻게 오셨습니까?" 물으니까,

"그 니는 알 바 없다. 어머니 오데 가셨네?"

"그 오이(어디) 뭐 출타를 하셨는지 곧 올 깁니다. 그런데 무엇으로 왔는지 그 이유를 말씀을 드리면은 제가 전해 드리든지 제가 말씀을 드리겠습니다." 물으니까 태조가,

"너는 어려서 그런 걸 모리니까 어머니가 오면……."

"그렇지 않다고, 저에게 말씀을 전해 주라."

고 했더니 태조가 그렇게 말했다 말이라. 그랬더니 애가 뭐라 쿠는 기 아니라,

"천자(天子)는 못 되고,"

그럴 때 옛날에 말이제. 중국을 갖다가 천자라 했거덩. 청국, 그리 저 대국이거덩. 그 청국이거덩. 우리는 그 고려시대고 이런다. 천자, 그 큰 말허자몬 우리 조선하고 그 대국 허고는 한 덩어리였거덩. 그럴 때에 그 옛날에 뭐 청나라, 명나라, 주나라, 서나라 뭐뭐 여러 가지잖아요. 그래 가지고 쭉 원시시대로 내려와 가지고서, 고려시대로 내려와서, 삼국이 내려오고 이래 가지고서, 신라가 통일 되어서 지금 현재 독립이 되고 이랬는데, 그럴 때에,

"우리 조선왕은, 우리 조선왕은 틀림없이 그거는 되겠십니다."

그런 얘기로 허더라 이기라.

'그리 애가 뭘 이렇게 아는지?' 딱 점을 치는데 딱 그리 얘기로 허는디, 그래서 인자 거기서 나올 때에, 금산서 공부를 해가(해서) 나오면서 돌을, 돌을 가지고 배를 모았어요. 배를 모아 가지고서, 그 돌배를 그 금산에서 밀어내라 비렀어. 인자 자기가. 내나 그 돌배가 그 마을로 내려와 가지고서 바다를 싹 치고 내려가 가지고서 저 세징이(세존) 섬이라고 있어. 그 상주서 바라보면은 그 앞바다, (조사자 : 세존도(世尊島)?) 세존도, 세존도 섬이 있어요. 그게 보면은 그 세존도 그 복판 가운데 딱 구녕이 떨리 가이(뚫려 가지고) 있어. 이 굴, 말하자면 굴이 뚫리 가이 있는데, 이쪽에서 저쪽까지, 끝까지 쏴 떯혔다고 그러몬 거게 큰 배는 못 기어 대이도(다녀도) 조그만한 배는 거 나가요.

그래서 그 돌배가 그 섬을 복판을 갖다 딜이받아 놓으니까 떯고 나갔다. 그 돌배가 떯고 나갔다. 그래서 그 전설이 하나…… 그런께 이성계가, 말허자몬 이태조가 도를 닦아 가지고 내려오면서 그게서 돌배를 모아가지고 배를 갖다가 내리싸삐리(내리치달아)놓으니까 그 돌이 바다를 건너서 그 세존도 복판을 갖다 말허자몬 떯고 나갔다. 그래서 그 터널이, 굴이 생겼다. 그런 전설이 나와 있어.

그래 가지고 말하자몬 이성계가, 말허자몬 태조가, [제보자 : (녹음기) 틀어 놓고 있어요?] 그 서울로 올라갔어요. 지금 서울이지. 말허자몬 옛날에는 뭐 한양, 한양 천리라고 이러는데, 한양을 올라갔는디, 밤에 턱 잠을 자다가 이 이상하게도 잠이 안 오고, 인자 초저녁인디 잠이 안 오고 이래서 정말 궁금해서, 요새 겉으몬 뭐 저, 서울에 오목교나[16] 같은 뭐 이런 것이 있고 하지만 옛날에는 한강이겠지.

그 냇가에 떡 나가서, 다리 가에 딱, 그 달밤에 구경을, 인자 말허자몬

---

16) '선죽교'를 잘못 말한 것이다. 제보자가 '정몽주와 연관이 있는 다리'라고 말했다.

잠이 안 오고 헌께 바람 쐬러 나갔제. 웬 할머니가 그 냇가에 앉아서, 다리가에 앉아서 기도를 떡 드리고 있어요. 말허자면 공을 들이고 있어요. 그래서 참 그냥 보고 지냈는디, 웬 여자가, 아주 이뿐 여자가 앞을 싹 지나가면서 바람을 피우고 지나가는데, 볼 때 얼마나 그 예뻤던지, 그 여성이 아주 참 예쁘더래요. 그리 싹 지나가는디, '아! 이 여자가 참 이상한 여자다.' 싶어서 그 뒤를 밟았어. 말허자몬 태조대왕이 밟아 가니까 깊은 산골로 들어가. 그 따라간 거야.

아주 산골로 들어가는데, 아주 깊은 산골 그냥 그 뭐 나무도 우거진 이런 산을 헤쳐서 들어가는데, '야! 이 물건이 좀, 보통 물건이랑 다른디, 이거는 뭐이 사람인지 뭐인지?' 이거는 뭐인지 알 수가 없었어. 야튼 살피고 따라가는 기라. 갔더니 조그마한 불빛이 하나 비치는디, 말허자몬 초당이 하나 초당, 요런데 겉으몬 초당이라 쿠는 거는 공부하는 자리가 초당인디, 그런 초당이 하나 딱 보이는디 그리 쏙 들어가는 기라. 그리 따라 들어갔어요. 따라 들어가서 떡하니 보니까 아무래도 수상하게 달라 보여요 그래서 우찌우찌 참 에렵게(어렵게) 보니까, 그런께 우떤 일인지 사수기(뒷조사를 하기) 위해서, 말허자면 알기 위해서,

"내가 이 당신 따라서 산골로 들어오다 보니까 땀도 흐르고 목이 말라서 물이 먹고 싶으니 물 한잔 갖다 달라."

고 했더니, 그 색시가 물 뜨로 나가는데, 일어나서 딱 가니까 뒤에 꼬리가 딱 보이는 거야. 꼬리가. 꼬리가 보이면은 뭣 됩니까? 여우, 여우. 꼬리가 딱 보이는데, '아! 이기 그런 물건이구나!' 말허자면 귀신에 홀리 온 기제. 여우한테 홀리 온 기라. 왔는디 딱 나가는디, 그때 자기가 몸을 안 피하면은 피할 기회가 없는 거야. 들어와삐리 놓으면은 우떤 짓을 헐란지, 무슨 짓을 헐란지 모리는(모르는) 기라. 그러니까 물 뜨러 나간 연에(사이에 즉시) 나와서 피해서 도망을 쳐 오는 기라. 말허자면 도망쳐 오는 기지.

오는디, 뒤에서 따라오는디 얼마나, 그러니까 태조는 주름을 잡아. 그 인

자 전설이니까이. 그 주름 잡는 디가 오데 있어? 주름, 응 축적(縮地). 축적을 써서 주름을 잡아서, 즉 말허자면 우리가 열 발을 뛰는 거 겉으몬 그 사람은 한 발 뛰는 기지. 이걸 잡아서 뛰고 해도 역시 그 걸음으로 따라오더라 이기라.

이리가지고 오는디, 한강다리로 탁 접어든께나 사라지고 없어. 사라지고 없어. 그때 보니까 그 할머니가 그대로 거기 엎지가(엎드려) 있어. 자기가 갈 때 그 엎지가 있던 그 할머니가. 그래서,

"왜 요게 밤중에, 이 야밤중에 요게 앉아 이러고 있는지?"

"당신이 앞으로 왕을 살아 묵을 사람인디, 왕인디, 왕을 살아 묵을 사람이 그 산골에서 귀신에 홀리 갔는디, 여우한테 홀리갔는디 우쩌든지 살아 돌아오시라고 지금 앉아 기도를 드렸다."

이 무릎이 닳도록 엎지서 빌고 앉았어요. 그래서 아! 얼마나 고마운지, 그래서,

"저- 집이 오데냐?"

고 물었겄지. 오데라 해서 그래서,

"그러몬 한번 가 보자. 당신 집으로 한번 집을 가 보자."

고 따라 갔어요. 갔더니 문도 외짝문에다가 죽장문에다가, 대로 가지고 엮어서, 외짝문에다가 쪼끄만헌 옴팽이[17], 요쪽에 밥 해 묵는 디 있고, 방 한 칸 이래 가지고, 죽담도[18] 마루도 없는 그런 죽장문에……. 그런디 가족이 누가 사냐면은 자기 영감 할멈하고, 아들이 하나 있어. 그리 세 식구가 거기 살고 있어.

"그리 여서 뭣을 허고 사느냐?"

헌께,

---

17) '옴팽이'는 사람이 겨우 거처할 정도로 아주 작고 초라한 오두막집을 말한다.
18) '죽담'은 마당과 마루 사이에 흙으로 단을 쌓고, 가장자리에 납작하고 고른돌을 둘러 놓아 신발을 벗어 두는 곳인데, '축담'이라고도 한다.

"숯을 구워 묵고 산다."

이기야. 숯을. 그 산골에서 숯을 구워 가지고서 장에다 팔아 가지고서 끼니를 이어 살고 있는디,

"그리 우리가 현재 그리 살고 있다."

고 그래요.

"그래요?"

돌아간 거요. '아! 그렇구나.' 하고 돌아갔는디 인자 자기가 왕이 돼 가지고 잘 사니까, 뭐 왕이 "여봐라!" 쿠면 그 뭐 글(그렇지) 않십니까? 그 말허자면 요새 같으면 비서지. 그 종, 종을 불러 가지고,

"암데 오데 오데 그 가면은,"

자기가 그 할머니 집 주소를 가르쳐 주면서, 약도를 척 이리 가르쳐 주면서,

"거게 가면 그 옴팽이 집이 딱 있는디, 그 외짝문에다 살고 있는 그 사람 집에, 아무도 모르게 구신도 모르게, 귀신도 모르게 아무도 모르게 이걸 갖다가 방에다가 싹 금을 넣어 주고 오니라."

그런데 그 금덩어리라. 말허자면 인자 그 베개뭉치만한 금을 갖다가,

'요것 갖다줘 놓으면은 그 사람이 시장에다 이거 팔고, 팔고 해 가지고서 이거 가지고서 성년이 돼서 묵고 살고 부자가 될 끼다. 부자로 살 수 있는 사람이 되 끼다.' 세고서(생각하고서) 그걸 시기서 갖다 줬어요. 갖다 줬는디, 이 사람이 딱 그 왕 시키는 대로 했어. 아주 밤중에 그 잠들었을 때, 잠이 들었을 땐디, 그 알고로 줬어는 안 되 끼고, 그 문을, 종이를 도리고서 구녕으로 밀어넣어 비리고서 왔비렸어요. 왔비렸는데 그 뒤에 인자 몇 년이 지났어. 몇 년이 지나서,

'인자 그 집이 인자 뭐이 것다가 좋은 집을 지었거나 인자 잘 살겄제. 금을 갖다 줬으니까 참 잘 살겄제.' 싶어서 가봤어요. 그 찾아갔어. 가니까 집임사리(집은커녕) 그대로 있어요. 그 옴팽이가…… 있는데 아들은 없어.

할머니 허고 둘이 있어. 그래서,

"우째서 그때 그 모양으로 지금까지 살고 있느냐?"

물으니까 뭐라고 답변을 허는 기 아니라,

"어느 놈이 밤중에 우리 집에 와서 큰 돌멩이를 그 문구녕으로 밀어 넣어 탁 싸삐는(던져버리는) 바람에 저거 아들이 바로 여기 면(面, 얼굴)을 때리 가지고서 그대로 거서 즉사로 해서 죽어 삤다."

이기라. 저거 아들이. 그래서 영감 할멈 둘이서 현재 거기서 살고 있다 이기라.

"그러몬 그 돌을 갖다가 우쨌느냐?"

헌께 하도 우리 아들 직인 돌이라 밉어서 뒤, 집 뒤에 그 말허자면 옹당(웅덩이), 말허자면 이 저 덤벙, 요새는 덤병이라 그러제. 그 옹당 물에다 갖다 버렸다 이기라. 강가에 갖다 버리 삤다 이기라.

얼마나 참 그 사람을 죽였어요. 말허자면. 잘 살도록 도와준 것이……. 그래가 그 뒤에 가서 말하자면 인부를 대 가지고 물을 푸니까 그 돌이 나와요. 나오는데 물 푸는 사람이나 태조대왕 눈에는 금인데, 그 사람들 눈에는 돌로 보인 거야. 그러니까 갖다 버려 버렸지.

그런 그기 전설이……. 그기 저 그 아주 옛날, 아주 오래된 전설에는 그 책자에 있어요. 그기요. 태조대왕이 공부해 나가면서 돌배 모았다 쿠는 기. 서점에, 말하자면 도서관 그 책 파는데. 도서실에서, 그런데 그때 그 어릴 때 본 걸 제가 알고 있어요

왜구가 혈(穴)을 끊어 죽은 당깨몬당의 장군

자료코드 : 04_04_FOT_20110120_PKS_LHM_0002
조사장소 : 경상남도 남해군 삼동면 물건리 물건마을 물건마을회관
조사일시 : 2011.1.20

조 사 자 : 박경수, 류경자, 정혜란, 강아영
제 보 자 : 이효명, 남, 81세
구연상황 : 남해 금산과 이성계에 관한 이야기를 끝마치고 나더니, 제보자가 문득 생각이
  난다고 하면서 이 이야기를 이어서 해 주었다.
줄 거 리 : 물건 마을의 건너편에는 당깨몬당이라고 부르는 용두산(龍頭山)이 있다. 임진
  왜란이 일어나기 직전 이 산 밑에서 땅이 울렸다. 그러더니 당깨몬당이 투구
  를 쓰고 갑옷을 입은 장수의 모습을 하고는 치솟아 올라오기 시작했다. 그것
  을 본 왜구들이 쇠말뚝을 박아 산의 맥을 끊어 버렸다. 그 바람에 군사를 거
  느리고 올라오던 장군이 빛을 보지 못하고 죽었다.

저 지금으로부터 한 사백 팔십년 아마 전일 거야. 오백년 얼쭈 다 돼 가
요. 그런디 저 임진왜란이 몇 년도 임진왜란인 거는 알지요? 몇 년입니까?
한번 말씀해 보이소 천오백 삼십 칠년. 이거는 누구라도 알아둘 필요가
있거마는. 임진왜란이 우리가 뭐 중학교 들어가 서양사 배우고, 우리나라
역사는 늦가 배우고 이러는디, 뭐 심리학도 많이 읽었고, 고등학교 아-(아
이)들도 가르치고 했십니다. 저는 저 잉글리쉬 티처.

그런데 임진왜란 직전에, 임진왜란 나기 앞의 해, 우리 저 물건이 숲이
저기 이루어진 깁니다. 옛날에 조상님들이 그때는 호수(戶數)가 뭐, 이 부
락에 50호도 못 됐있기라요. 옛날에. 그럴 때 그분들이 우리 고인(古人)들
이, 나이 많은 분들이 나무를 심어서 가꿔서 저걸 만들어 놓은 깁니다. 저
나무가 역사가 그리 돼요. 그리 우리 국가 문화재인데, 저기 인자 임진왜
란 때, 그 만약에 내가 지금 얘기하는 이것이 그대로 이루어졌다면은 임진
왜란 때 우리나라가 일본을 그대로 물리치고 통치를 했있끼요.

그 위인이 어데 있느냐 이긴디(이건데), 그 임진왜란이 일기 전에 저-
요 보면은 저 건네 산이 있어요. 저 인자 당깨몬당이라고. 당저산이라. 저
기 인자 산 지형이 용같이 생겨 가지고 용두산이라고, 용같이 생겼다고 용
두산…… 우리가 요 보통 부를 때는 당깨몬당, 당깨는 왜 당깨몬당이냐
하면은 거게 당이 하나 있어요. 옛날에 하나 있었는데, 당이라 쿠는 기 집

도 없고, 그냥 돌로써 제사 모시는 데가 있어. 제사 모시는 데가. 거는 제사를, 왜 제사를 모시는냐면 좀 있다 나옵니다. 제사를 왜 모시는가? 그래서 당깨몬당이라.

그러고 이 산은 요쪽의 건네 이 산은 기러기산이라 그러는데, 영판 기러기 닮았십니다. 기러기가 딱 날아나가는 딱 형태 그대롭니다. 이 쭉지가 있고 이걸 기러기 산이라 그러는데, 이 기러기 산에서 저 당깨몬당까지 그러면은 거게서 정면으로 저기 딱 선을 그으면은 저 인자 숲 밑으로, 숲 속으로 그 밑으로 딱……

그럴 때 임진(임진왜란) 나기 전에, 그때는 아주 옛날인께, 그리 우리 큰아버지한테, 큰아버지한테 전설 이걸 좀 들은 바가 있어 가지고 얘기로 하는디, 그걸 뭐 제가 압니까? 우리 큰아버지한테……. 옛날에 협의원도 하고, 요새는 군의원이제. 옛날에 그 부장도 하고 했어요. 내 어릴 때 그 이야기를 들은 말이 있어요.

그 산에서, 그 산 밑으로 땅에, 땅이 울리더래. 땅이. 땅 밑에 땅이 울리. 진동, 땅이 진동을 허고 울리고 그 우떻기 들으면은 나팔소리도 나는 거겉고, 군악소리가……. 그리 옛날에는 병력들 모두 그 요새는 농악, 농악 그기 전부다 군대 군인들 지휘하는 그기거덩. 그와 같이 막 그 징강세를[19] 울리고, 이렇게 막막, 밑에 그 말이지 훈련, 병사들이 훈련을 허는가 병사들이. 난중에(나중에) 인자 알아졌제. 그때는 병사였는지 뭐였는지 모리는 기제. 땅이 울리다니…….

그리 울리는디, 한참 그리 울리샀는디, 나중에 임진왜란 나기 직전에, 딱 직전에 그때 말허자면 임진왜란이 일었제. 그 풍신수길이, 도요토미 히데요시가 치고 들어왔일 때, 참 여 충무섬에서, 한산도에서 여 남해로 올라왔는디, 그럴 때 와 보니까 그 몬당이 이 갑옷을 입고 투구, 투구를 씨고서

---

19) '징강세'는 징과 꽹과리 등의 악기를 말한다. 남해지역에서는 꽹과리를 '강세'라고 하는데, '강'은 장음으로 발음한다.

갑옷을 입고, 큰 칼을 차고 이리 가이 말을 탁 타고서, 요만침 올라왔어. 중간쯤 올라왔어. 딱 한 사흘만 더 있었으면 막 올라왔을 낀디. 그 장수가 올라와 비리고 나면 밑에 군사는 싹 따라 올라오기 돼가 있는 기라. 그 밑에 인자 그기 훈련병이었던 기라. 땅 울린 그기. 그리 놓으니까 왜놈들이 딱, 고걸 딱 보고서 딱 쳤잖아요. 치고 불을 떴삤지.[20]

(조사자 : 어디를 쳐 버렸습니까?)

목을 쳐 비렸지. 말허자면 장군 올라오는 걸, 그걸 죽이고 딱 거기 불을 떠비렸어요. 그래 놓으니까 그 장군이 올라오다가 죽어비리 놓으니까 딱 맥히 가지고서 그 밑에 군사가, 병력들이 한 사람도 못 올라오고, 그대로 땅 밑에서 몰살을 했다. 죽었다. 그런 전설이 있어.

(조사자 : 산이, 당깨몬당 산이 장군 모습으로 변했다고요?)

아니. 그 산에서, 산 밑으로 그 병사들이 훈련을 허고, 그 장군이 올라오고……. 지금도 저게 옛날에요. 해방되고도 조그만한 비(碑)가 하나 있었어요. 그런데 그 도둑을 맞아 버렸어. 미국놈들이 가져가 버렸어.

물건리의 지명과 어부림(漁夫林)의 유래

자료코드 : 04_04_FOT_20110120_PKS_LHM_0003
조사장소 : 경상남도 남해군 삼동면 물건리 물건마을 물건마을회관
조사일시 : 2011.1.20
조 사 자 : 박경수, 류경자, 정혜란, 강아영
제 보 자 : 이효명, 남, 81세
구연상황 : 조사자가 마을에 관련된 전설이 더 없냐고 묻자, 제보자가 물건리의 지명과
　　　　　방조림에 대해서 이야기를 해 주었다.
줄 거 리 : 물건리는 지형이 말 물자(勿字)와 수건 건자(巾字)를 닮아서 '물건리(勿巾里)'

---

20) '불을 떴다'는 말은 쇠말뚝을 박아 맥을 끊었다는 말이다. 남해지역에서는 '맥을 끊었
　　다'는 말을 일반적으로 '불을 떴다'라고 했다.

라고 이름 지어졌다. 물건리의 앞 바다에는 방풍과 방파의 역할을 하는 숲이 있다. 이 숲 그림자 때문에 고기가 몰려 들어와 이 마을을 부자마을로 만들어 주었다. 그래서 오늘날에는 그 숲을 어부림(漁夫林)이라고 부른다.

저 물건리, 우리 부락 이름이 물건리입니다. 물건인디 이기 악센트를 잘 못 붙이면은 물건이 돼여. 일본말로 부스부스, 물건. 물 물, 그런 물 물로 말허기가 쉽다고. 그런데 물건. 그러몬 인자 물자는 무슨 물자냐? 말 물자(勿字). 옛날에 이기 없을 무자라고요. 이기 원칙은, 물자라 쿠는 기 원래는 없는 물잔데, 인자 우리가 만들어서 인자 물잔데, [말 물자(勿字)를 써 보이며] 이기 이 물자거덩. 이거는 수건 건자(巾字)라. 이 물자가 어째서 우리 물건이로, 물건리로 지었느냐? 저 저게 요쪽에 쪼롬하니 짧은 거는 저, 저 산.

(조사자 : 아까 말씀하신 기러기산.)

요기 요거는 뒷산인데 저기 좀 길거든요. 저것보담(저것보다는)……. 쭉 길게 뻗어 있잖아요. 저거는 짧고. 그래서 요거는 짧고, 요거는 길게 나가지고 있는데, 요게 내(川)가 두 개가 있어. 도랑. 즉 말허자면 내가……. 그 우에서 내리오는 기 짧은디, 이 내는 저 독일마을 있는 데서부터 쭉- 내려와서 요리 쭉 뻗은 기 요리 긴 기라. 그래서 요걸 산이 둘러싸고, 둘러싸가 있는데 내가 두 개가 이리 끗기 때문에 이걸 우리 부락에, 이리 말 물자로 씨자(쓰자).

(조사자 : 글자 모양을……)

인자 이거는 수건 건잔디(巾字인데), 이거는 우리가 물건리라고 쿠는 부락이 옛날에 임진왜란 사백년 오백년 전에는 물건리라 쿠는 기 없었어요. 어떤 뭐뭐 다른 이름을 지었겠제. 그런데 그 뒤에 이름이 생긴 이기 수건 건잔디, 이 숲이 요기 여기 이 마을 등을 지고 탁 바다를 싸 가 있어요. 왜 싸 가 있느냐? 바람 못 들어오고, 파도 못 들어오고, 바람을 막기 위해서……. 그런께 방풍방벽이라. 방풍방파(防風防波). 그리 이름을 오늘날까지 그렇게 해 났는디, 지금 이름을 바꾼 것이 어부림(漁夫林)이라.

왜 어부림이냐? 어부림. 고기 잡는 사람, 고기 많이 잡힌다 해 가지고서……. 이 숲 때미 고기가 많이 잡히고, 숲이 있음으로 해서 고기가 많이 들어오고, 그래서 숲 이름이 어부림, 그리 뭣 때미 어부림이라고 지었냐면 고기가 많이 잡히고 그 이, 그 바다에서 일 년에 돈이 여러 수억대, 거게서 다 올라와요. 그래서 우리 부락이 그 숲 때민에 우리 부락이 부자마을이 됐다고 이렇기 봐야 돼요.

왜? 고기가 해가 지면은, 밤이 되면은 바다에 있는 고기가 그 나무 그늘 따라서 전부 어불리더라요(어울리더래요). 요 저 산 잘 생겼지요? 요리 생기고 저리 생기고, 뒷산 높으지요? 딱 보이잖아. 숲이 딱……. 이 그늘 따라서 바다에 있는 고기가 전부 몰리 들어와. 몰리 들어오는디,

제가 거기 대한 우리 물건이 시를 하나 만들어 가지고서, 우리 부락에 요트학교 개관식 때 내가 시를 읽어 주고, 시를 하나씩 만들어 가지고 낭독해 주고 합니다.

그래 그 고기가 들어와서 밤에 자요 그 물에. 자고 뒷날 아침에 해가 뜨면은 나가. 또 해가 지면 또 몰리 들어와. 그러면은 우리 물건 어부들이, 고기 잡는 사람들이 뒷날 아침에 날 새기, 자 문어면 문어, 멸치면 멸치, 깔치(갈치)면 깔치, 온갖 고기, 아침에 날 딱 밝으면 전부 고기 잡으러 나가요. 전부 그물 싸들고…….

옛날 오도리라 쿠몬 잘 모릴 낍니다마는, 그물을 싸서 잡는 이런 배들이 나가서 아침에 그 고기 들어온 거로, 전부 만선이라요 그래 가지고서 돈 많이 벌어 가지고서 살기 됐고, 지금도 부자마을이 되고 이러는디, 요즘에 쪼깨 좀 저 방파제로 만들어 놓은께 쪼깨 좀 그런데, 그래도 고기가 많이 들어옵니다. 저 숲이 그런 역할로 해 주는 숲이라. 고기로 많이 끌어딜이 줘서 우리 부락 사람들이 고기로 많이 잡아서 잘 살기 되고 부자가 된 마을이 됐다 그런 뜻에서 어부림이라는 이름을 바꿨어요. 옛날에는 그냥 그

만 숲이었제. 숲.

대례(大禮)를 하지 않는 물건(勿巾)마을

자료코드 : 04_04_FOT_20110120_PKS_LHM_0004
조사장소 : 경상남도 남해군 삼동면 물건리 물건마을 물건마을회관
조사일시 : 2011.1.20
조 사 자 : 박경수, 류경자, 정혜란, 강아영
제 보 자 : 이효명, 남, 81세
구연상황 : 조사자가 "물건마을에는 남다른 풍습이 있다고 들었습니다." 했더니, 이 이야기를 해 주었다.
줄 거 리 : 물건마을은 남해 금산 아래에 위치한 마을이기 때문에 결혼할 때 대례(大禮)를 하지 않는다.

옛날에는 인자 전부 다 대리힐(대례(大禮)할) 때, 장가가고 시집가고 할 때 다 했어요. 했는디 그 인자 그걸 허니까 좀 마, 그 귀에 걸면 귀걸이 코에 걸면 코걸이, 잘못 되면은 조왕 탓, 잘 되면은 조상 덕. 이와 같이 조금 못 되면 뭐이, 그렇게 비추어 말허듯기 금산, 이 우리 남해 금산, 이태조 공부헌, 도 닦은 그 산, 그 산 줄기가. (청중 : 정기가 있다. 정기가.)

그 산 줄기 밑에서 대리로 허면은 안 좋다. 말하자면 시집을 가서도 즉 말허자면 못 살고 오는 사람이 있거나, 가서 또 못 살거나, 또 뭐 사별을 한다든지, 조금 뭐 그런 기…… . 그 뭐 지금이나 옛날이나 똑같애요. 쪼끔 뭐 그러면, '그래서 그렇다. 아! 그러몬 그런갑다.' 세고 그리 가지고 안 허지. 그 옛날에 다 했어요. 우리도 갈 때 다 했어요. 했는디 요즘 와서는 안 허지.

문자(文字) 쓰다가 혼난 사람

자료코드 : 04_04_FOT_20110120_PKS_LHM_0005
조사장소 : 경상남도 남해군 삼동면 물건리 물건마을 물건마을회관
조사일시 : 2011.1.20
조 사 자 : 박경수, 류경자, 정혜란, 강아영
제 보 자 : 이효명, 남, 81세
구연상황 : 물건마을의 전설과 유래 등에 대해 이야기 하고 나더니, 좀 다른 이야기도 있
　　　　　다고 하면서 재미있는 민담을 들려주었다.
줄 거 리 : 옛날에 어떤 사람이 평생 글만 읽고 살았다. 그러다가 장가를 가서 처가살이
　　　　　를 하게 되었다. 어느 날 뒷산에서 호랑이가 내려와 장인을 물고 갔다. 그것
　　　　　을 보고는 문자를 써 가며 소리를 질러 사람들을 불렀다. 그러나 아무도 알아
　　　　　듣지 못해 장인이 호랑이에게 물려가고 말았다. 결국 관가에 끌려가 형(刑)을
　　　　　받았다. 형을 마치고 풀려날 때, 관가에서 또 문자를 쓸 것이냐고 나무라면서
　　　　　물었다. 그랬더니 다시는 문자를 쓰지 않겠다는 말도 문자로 답했다.

　옛날에 인자 저저 아주 옛날에는, 저 아까도 내가 말했지마는 청국(清國)
뭐뭐뭐 명국(明國) 이리 해 샀는디, 그 옛날에 그 참 나라가 안 많았어요?
쪼가리 쪼가리 그래 가지고 우리나라 인자 그래 가지고 뭐 고구려, 신라,
백제 뭐, 사실은 그 했지마는.

　그럴 시절에 만-날 저 글만 읽는 사람이 있었거덩. 글, 이 글만……. 집
안에 탁- 들어앉아 가지고, 방에 앉아서 글만 읽는 사람이라. 공부만 했어.
공부만 해 놓으니까, 공부만 했는디, 인자 이 이놈이 나이 많아 가지고서
장가를 갔단 말이야. 이놈이 인자 커서 장가를 갔어요.

　장가를 가 놓으니까 처갓집에서 아들이 없어 가지고 그 처가살이를 했
어. 처가살이를 하는디, 처가에 가서 인자 벼실을(벼슬을) 해 묵을라고 그
리 공부를 한 기지. 벼실을 해 묵을라꼬. 장 옛날에는 벼실이라꼬 안 허는
가베. 요새 같으면 출세, 그 뭐 관직 그거 헐라꼬 이러는디…….

　그래 가이 인자 장가를 가는데, 처갓집 아들이 없어 처가살이를 갔어.
갔는디 하루는 벌건 대낮인디, 이 낮인디 뒷산 범이 내려와 가지고서 뒷산

에, 그 산 이름이 남산이라. 남산인데 남산에서 범이 내리와서 저거 장인을 물고 간단 말이야. 가니까 이 놈이 뭐라꼬 얘기 하냐하면, 그 급하니까 우리들 겉이,

"하! 동네사람들아, 하! 이거 뒷산, 그 남산 호랭이가 내려와서 우리 장인을 물고 가니까 총 가진 사람은 총을 가지고, 총 없는 사람은 대창이라도 가지고 빨리 남산 밑으로 얼른 나와 주시오. 나와 주시오."

이렇게 소리를 지르면은 듣고서, 일아듣고서 나올긴디 이놈이 떡 뭐라쿠는 기 아니라,

"남산지호(南山之虎)가 오장인(吾丈人)을 착(捉)하니, 유총자(有銃者)는 지총(持銃)하고, 무총자(無銃者)는 개죽창(皆竹槍)으로 남산야(南山也)로 속출속출(速出速出)—"

이놈이 자꾸 소리를 지르나 사람들이 문자를 알 수가 있어? 글을 안 배운 사람들이 그 뭐, 글을 안 배운 사람들이 돼 놓은께. 자꾸 이놈이 급해서 혼자서 부르면서,

"아! 남산지호가 오장인을 착하니 유총자는 지총하고, 무총자는 개죽창으로 남산야로 속출속출!—"

가암을(고함을) 지르니 못 알아듣고 그만 시간이 마 흘러 빴어. 그래 놓은께 범이 그만 물고 달아나 빴단 말이라. 사람을 잃었어. 인자 관가이라 쿠몬, 말허자몬 인자 법(法)에서, 경찰서 이런 데, 관가에서 잡으러 왔어.

"야 이놈우 자슥, 네가 평소에도 우리 겉이 이렇기 말을 했이몬 사람들이 전부 나와서 동원이 돼 가지고서 그걸 막고 이래 가지고서 그 사람을 안 잃었있겐디, 니가 이놈아 문자만 씨고 전부 그런 소리를 해 놓은께 그 물고 갔다."

인자 유치장에 주우 옇어 빴어요. 인자 형(刑)을 떡 주는디, 요놈이 유치장에 떡 들어앉아서 밥을 받아 묵는디, 옛날에는 그만 죄인들 그 해 가지고서, 딱 일정한 자리에 딱 고정을 시기 놓거덩. 고정을 시기 놨는디, 그

인자 구녕에다 밥을 주거덩. 뭉치 갖고 옇어 주는디, 이기 저 손이, 이 손이 받을라 쿠몬 가친 가친허이(닿을락 말락하니) 영 닿을까 말까 헌께너, 근근이 우쭈 받으니까 이 밥이 흐린다 말이야. 배는 고파 죽겠는디, 그기 아깝아서 그걸 다 묵어야 되겠는디, 그리 또 뭐라꼬 이야기 허는 기 아니라,

"이 수(手)가 장(長)커나, 저 수(手)가 장(長)커나, 양수지간(兩手之間)에 일수(一手)가 장(長)커면 그 식(食)을 가식(加食)을 허겠다."

내 손이 쪼끔 질거나, 저쪽 손이 좀 질거나 양수지간에 일손이 장커면 그 밥을 흘리지 않고 그걸 내가 다 묵으몬 배가 덜 고프낀디 그 말이라. 그 참! 문자는 맞는 기지요. 그리 인자 뭐뭐, 한 달이나 20일이나 그 뭐, 기한이 판정 내놓은 기한이 차 인자 내놓는디, 내 놓고 인자 집으로 돌려보내는디,

"네 이놈우 자슥, 니 다음부터 또 문자 씰래(쓸래)? 그 문자로 써 가지고 이리 됐는디, 또 문자 씰래?" 헌께,

"예. 차후(此後)에는 불행문자(不行文字) 하오리다."

'네, 차후에는 불행문자 하오리다. 요 다음부터는 다시 문자 안 쓰겠십니다.' 허는 말도 장(항상) 문자라. 계속 글만 읽어 놓은께, 평생 문자만 허고 앉았는 기라. 그런 사람도 있더라 이기라.

효자를 구한 사립 밖의 미륵

자료코드 : 04_04_FOT_20110120_PKS_LHM_0006
조사장소 : 경상남도 남해군 삼동면 물건리 물건마을 물건마을회관
조사일시 : 2011.1.20
조 사 자 : 박경수, 류경자, 정혜란, 강아영
제 보 자 : 이효명, 남, 81세

줄 거 리 : 옛날 충청도 예산에 아들 내외와 함께 아주 화목하게 사는 어머니가 있었다. 어느 날 아들이 장에 가고 없는데 스님이 시주를 왔다. 어머니가 정성껏 시주를 했음에도 불구하고 스님이 중얼거리며 갔다. 그러자 어머니가 이유를 물었다. 그랬더니 이유 불문 하고 며느리를 쫓아내라고 했다. 그래서 할 수 없이 며느리를 쫓아냈다. 며느리가 비를 맞으며 친정으로 가고 있는데, 남편이 마을 사람들과 바위 밑에서 비를 피하고 있었다. 아들이 자기 아내를 보자 달려 나왔다. 그 사이 바위가 무너져 사람들이 모두 죽었다. 스님은 그 집 사립 밖에 있던 미륵불이었다.

그 저저, 충청도 예산, 예산이라고 쿠제(하지). 충청도 예산이라 쿠는디, 그 양반들 사는 데. 거게 그 할머이 혼채(혼자) 살면서 모자 간에 둘이 살아. 아들이랑 사는데, 장가를 가 가지고서 인자 며느리허고 아들허고 어머니 허고 세 사람이 살지. 세 사람이 사는디, 그렇기 효성이 지극한 사람은 세상에는 없을 정도로 효성이 그렇기 지극해.

그러면 그 어머니 역시 아들에 대한 애착심 그기 얼마나 기특하고, 아주 뭐 참, 그렇기 참 기울여서 그렇기 사시는디, 그러면 며느리는 또 얼마나 귀엽겄어? 그리 세 식구가 그렇기 말허자면 홈 스위트 홈, 화락한 가정, 아주 이루고 사는디, 그렇기 참 좋은 가정 이루고 사는디…….

하루는 그 아들이 오일장, 장에 나갔어. 장에 나갔는디 그 며느리허고 인자 어머니허고 둘이 계시는디, 절에 말하자면 스님, 중이 시주허로 들어 왔어요. 와 가지고 그 목탁을 쭉쭉 치면서, 인자 그런 어머니들은 아무리 뭐뭐, 뭐 헌 사람, 자기 집에 오는 손님은 절대로 공손히 해서 대접해 보내고 이런 사람인디, 그리 나가서 인자 쌀이몬 쌀을 인자 떠다 시주로 인자 떡 붓고, 돌아서니까 그 중이 딱 돌아서면서 뒤을 돌아보면서 뭐라꼬 구중 구중구중구중 구중거리(중얼거려). 뭐라꼬 뭐라꼬 뭐라꼬 말을 허는 기라. 뭐라꼬 뭐라꼬 말하는디 좀 우찌 못 알아들었던가,

'내가 시주를 공손히 내가 정성껏 시주를 했는디, 왜 스님이 내 시주 준 걸 받아 가지고 가면서 내한케 저리 욕설 있게 인상이 안 좋고, 우쭈 저리 안 좋은 뭔 소리를 허는고?'

좀 궁금허거덩. 아주 안 좋단 말이라 기분이. 그래서,

"여보 스님 잠깐만, 그리 왜 내가 이렇기 시주를 공손히 내가 정성껏 했는디, 왜 방금 나감서로 그렇기 내한케 욕설로 허고 가냐?"꼬 그런께,

"그기 아니고, 지금 현재 도달했다."

이기야. 도달했어. 말허자면 다다랐어.

"당신 집에 지금 큰 액운이 생긴다. 아주 큰 액운이 지금 닥쳤으니까 지금 빨리 지금 들어가서 며느리를 쫓아내라."

이기라. 집에서 며느리를 무조건 쫓아내라 이기야. 그렇게 애허고(아끼고) 사랑시럽고 아주 참 이런 아ー(아이)를 상구(아주) 우찌 쫓아내끼라꼬, 뭐라꼬 말로 허끼라?

"이유 불문하고, 이유 불문하고 어떤 마음에서 뭐 마, 전부 다 털어 주고 마, 이유 불문하고 당신이 쫓아내라. 얼른 마 친정으로 보내 삐라."

이기라. 이 얼매나 딱해? 그러고 있는데, 돌아서서 한 발짝도 안 돼서 돌아본께 그 중이 그 자리에서 없어졌삤어. 살 밖에서(사립 밖에서) 나가기도 전에 없어졌삤어. 사라졌삤어. 사라지고 안 보이. 그리 인자 그 스님이 시키는 대로 헐 수빽이, 그러몬 한이 생기니까 집에……

들어가서 저거 며느리로 그냥 본마음으로, 본생각으로서는 안 되는 기고, 그냥 미친 듯이 그만 마음을 바꿔 가지고, 그래야 그기 되제. 글안허면 안 되겠거덩.

"네 이년, 이 년, 저 년!" 막막 욕 써 가면서,

"빨리 니 가라. 우리 집에 니 놔둘 수 없다."

고 우찌고, 아주 욕을 허면서 친정을 인자 가라 쿠닌께(가라고 하니까), 며느리가 가만히 생각해 본께, 아무 결점이라고는 없고 이유가 없는디 갑

작시리 딱 들어오더마는 그런께, 아! 이 참 이상허이,

"아! 어머니 왜 그러나?"

꼬 허니,

"이 년이 무인(무슨) 소리 허냐?"

꼬 마, 잔소리 마, 쎄리 마, 글 안 허믄 안 나가 끼거덩. 그러니까 그것도 인자 효도라. 아! 어머님이 내로(나를) 가라 쿠는데(하는데) 우찌 안 갈수가 있어.

"예, 가겄십니다."

나갔어요 보따리 딱 하나 싸 짊어 이고 나갔는디 나가자 비가 와. 비가인자 오고 있어. 비가 오고 있는디, 그 인자 자기 친정을 등을 넘어야 가는디, 그 등을 넘을라 쿠믄 등에 인자 가는 디가 그 카부가(커브가), 그 산밑이 그 카부가 딱 있는디, 그리 지내서 이리 가는디, 그 앞을 지내가는디, 그 산 밑에 바위가 말허자면 요롷기 비를 피할 수 있는, 장에 갔던 사람들이, 오는 사람들이 비가 많이 오면 그 밑에서 비를 피해서 오는 그런 바위가 몇이 있는디, 거게 사람들이 말허자면 한 몇 십 명 막 들어가 있어. 비가 오니까 오다가…… 있는디, 가만히 저거 아들이 장에 갔다가 그 안에그 서 가 있는디 본께나, 저거 아내가 그 보따리를 이고서 그 앞을 지내가거덩. 비를 맞고 가마 보이 이 이상허거덩.

'우리 어무이가 쫓아낼 사람도 아니고, 집에 무신 일이 있길래 우리 마누라로 저 비를 맞고 저 보따리를 싸들고 걸어서 저리 가는고?'

이상허게 생각했어. '야! 이 내가 잘 못 봤겄제. 딴 사람이겄제.' 그리 지내가는 걸 또 보고, 그래 놓고서 가만히 생각헌께, 아! 분명히 자기 마누라거덩. 그리서 쫓아 나갔어요. 거서 막 쫓아 나갔어. 비가 오는디.

"여보, 왜 오데 가느냐?"

꼬 돌아본께 저거 남편이거덩. 그리 인자 둘이서 말을 주고받고 허는 기라.

"그런데 어머니가 각중에(갑자기), 어머님이 갑작시리 머리가 돌아 가지고서 아무 이유 없이 무조건 저를 나가라 쿠는디, 우떻기 거기 있을 수가 있느냐? 그 어머니 말씀을 거역을 못 해서 지금 보따리 이걸 들고 친정을 가는 길이요." 헌께,

"아! 내가 집에 없어놓으니까 그런 일이 있었다."

쿠면서,

"내가 집에 있었이몬 이런 일이 있을 거냐?"

쿠고,

"가자꼬 다부 돌아가자."

꼬 이래가지고 돌아서는디 본께, 그 바위가 내려앉아 빘어. 뒤를 돌아본께 지가 그 비 피헐 끼라고 들어가 있던 그 바위가, 그 밑에 사람들이 죽었어요. 그리 그 사람은 살았단 말이야. 그리 가이(그래 가지고) 돌아왔는디 그기 즉 말허자면 스님이 아니고, 자기 집에서 나오는 사립 밖에, 미륵이 있어. 미륵.

저 우리 미륵불, 미륵이 세 개가 있어요. 그런디 그 미륵이 그 살 밖에 있어어. 그 집 살 밖에……. 그리 미륵이 있는디, 그 미륵에 장(항상) 공을 딜이고 샀고 그리 샀는 덴디, 그 미륵에서 나와서 도와주고 사라졌다 쿠는 인자 그런 전설이……. 그렇제이? 그 전설이제.

뱀서방과 결혼한 셋째 딸

자료코드 : 04_04_FOT_20110120_PKS_JSD_0001
조사장소 : 경상남도 남해군 삼동면 물건리 물건마을 물건마을회관
조사일시 : 2011.1.20
조 사 자 : 박경수, 류경자, 정혜란, 강아영
제 보 자 : 장순덕, 여, 84세

구연상황 : 박준이 할머니의 이야기가 끝나고 다른 제보자를 찾자 마을의 할머니들이 장순덕 할머니를 가리켰다. 녹음기를 앞에 대자 이야기가 잘 생각나지 않는다고 하면서 난감해 했다. 조사자가 이것저것 이야깃거리들을 들먹였더니 이 이야기를 해 주었다.

줄 거 리 : 옛날에 어떤 사람이 아들을 낳았는데 뱀을 낳았다. 이웃집에 세 처녀가 있었다. 두 처녀는 오더니 징글징글한 뱀을 낳았다고 도망을 갔다. 그런데 셋째 처녀는 선비를 낳았다고 했다. 그래서 셋째 딸과 결혼을 해서 허물을 벗고 진짜 선비가 되었다. 선비가 과거를 보러 가면서 머리카락을 잘라 주고는 아무에게도 보이지 말라고 당부했다. 그런데 두 언니가 샘을 내서 동생이 잠든 사이에 머리털을 불태워 버렸다. 선비는 돌아오지 않았다. 결국 셋째 딸은 남편을 찾아 나서서 우여곡절 끝에 만나서 잘 살았다.

전에 전에 한 사람이, 저 아─로(아이를) 못 낳았어. 아─로 못 낳아서 그리 원(願)을 허고 있는디, 아─로 낳아 놓은께 대맹(대망大蟒)이로 낳았어. 대맹이로 낳았는디, 그 집이 인자 어매가(엄마가) 애기로 못 놓는다(낳는다)

캤는디, 아이! 아─로 배 가지고 아─로 낳았다 큰께, 이웃 처니(처녀)들이 그 보로(보러) 온다꼬, 그 인자 처니가 서인디(셋인데), 그 한 집에 그 처니가 서인디, 한 처니가 미역 한 단 사고, 쌀 한말 해서 이고,

"아이고, 이 집 어무니, 아─ 낳았다 쿠더니 아─ 오인는고(어디 있는지) 봅시다." 헌께,

"정기(부엌)구석 네 구석, 방구석 네 구석, 대안에21) 삿갓 밑에 가 보게."

거(거기) 있다 쿠더란네. 간께 마막, 징글징글헌 대맹이로 낳아 놨거덩.

[청중 일동 웃음]

"아이구! 싸악해라(흉측해라). 징글징글헌 대맹이로 낳아 놨다."

그리 쿠고 그만 이 처니가 나오는 기라. 또 인자 그 두째 처니가 또 인자, 쌀을 두 말 해서 이고, 미역 두 단 해서 사고 해 갖고 아이, 와서,

---

21) '대안'은 집의 뒤쪽으로 돌아가는 좁다란 통로를 말하는데, '뒤안'이라고도 한다.

"이 집 어무이, 애기 낳았다 쿠더니 아— 봅시다." 헌께, 또 언자,

"정기구석 네 구석, 방구석 네 구석, 대안에 삿갓 밑에 가 봐라."

쿤께(하니까), 대안에 삿갓 밑에 간께 또 대맹이로 수굴수굴 낳아 놨거덩.

"아이구! 싸악해라이. 징글징글헌 대맹이로 낳아 놨다."

이런께, 그리 그랬는디, 인자 그 세째 처니가 인자 쌀을 서 말 해서 이고, 미역 석 단을 가이고 와서,

"이 집 어무이, 애기로 낳았다 쿠더니 애기 봅시다." 헌께 그리,

"정기구석 네 구석, 방구석 네 구석, 대안에 삿갓 밑에 가 봐라 있다."

간께, 이 처니는 나오면서 뭐라 쿠는 기 아니라,

"아이구! 참 좋은 선배로(선비를) 낳아 놨다." 쿠더란네.

"참 좋은 선배로 낳아 놨습니다."

그리 쿰서로 나오더란네. 그런께 그 처니 눈에는 그 대맹이가 인자 그만 선배로 보였던 기라. 그래 가지고 인자 그만 결혼을 시길라꼬(시키려고), 결혼을 시길라 쿤께, 그 대맹이가 허는 말이,

"그 집꺼지 가고로 인자 작대기로, 큰 간이작대기로[22] 전부 주문을 해 가지고 잇어서 그 집꺼지 가고로 해 주라."

캐여. 그리서 인자 거꺼지(거기까지) 가도록꺼지 참 동네 간이작대기를 다 모아 가지고 그 집꺼지 가고로 잇었어. 그리 놓은께, 장개 가는 날 그리 가지고 참 대맹이가 막 실실 기서 그리 가지고 그리 가더란네. 각시네집으로…… 각시네집에 간께 그 집 처니들은 막 모다(모두),

"아이구, 싸악해라. 징글징글 대맹이가 온다."

꼬 이리 놀래서 이리 사도, 그 집에다가 가릿동우로(가루동이를), 큰 도가지로(독을) 하나 놔서 가리로(가루를) 담아서 그리 놓으라 쿠더란네. 그

---

22) '간이작대기'는 '간짓대'로 '간지작대기'라고도 부르는데, 남해지역에서는 주로 빨래를 널어 말리는 데 사용되는 긴 대나무 장대를 일컫는다.

런께 그리 들어가더란네. 들어가더니 마, 나중에 나오는디 뭐 그리도 좋은 선배가 나오더란네. 참 선배가 나와 갖고 대리(대례大禮)로 마치여. 그런께 이놈우 가수나들이(계집아이들이) 모두 마 화로 내서, 저거 눈에는 그리 뵈서 그렇는디, 그만 그리 좋은 사람이 나온께, 막 이 가수나들이 그만 새로 봐여.23) 새로 봐서 그만, '저걸 우찌로 허꼬?' 세고(생각하고), 첫날 저녁에 그만 이 가수나들이 문구녕을 뚫어 놓고, 귀영을(구경을) 허는 기라. 귀영을 헌께, 그리 그 선배가 나와서 그 처니한테 뭐이라 쿠는 기 아니라 그리, 머리로 짱글라서 줌서로(잘라서 주면서), 이 머리로 그 처니 품에다가 싸서 줌서로,

"옇어 놨다가 내가 저 가개(과거) 보로 가낀데, 가개 보로 갔다 오도록 꺼지 이걸 아무도 뵈 주지 마라."

쿠더란네. 뵈 주지 마라 쿠고, 자기가 와서 이 집에 그만 노랑내가 나고 허몬 그만 안 들어오끼라 쿠더란네. 그런디 이 가수나들이 망을 봐 놓은께 그걸 안 봤는가? 봐 놓은께 뭐,

"니 그 주는 거 보자."

쿰서로(하면서) 막 이래사도 안 내 놨어. 안 내 놨는디 이 가수나 누 잘 땍에 이것들이 마 디비(뒤져) 가지고 그걸 내어 가지고 그만 불에다 타자 뼸어(태워 버렸어). 타자 놓은께 아이! 가개로 봐 가지고 저거 집에 온께, 냄새가 세기 난께 그만 안 들어왔어. 안 들어와 놓은께 이 처니가 똑 이 남자로 못 만내서 그만 애로 터주고(태우고)……

그리 인자 오이(어디) 덤벙24)에다가 무신 뭐 꼬쟁이로(꼬챙이를) 놔 가지고 그걸로 건니오라 쿠더란네. 지로(자기를) 만낼라 커들랑…… 남자가 저게 오데 있다꼬 건니 오라 캐서 그리 인자 그리 건니서 가 놓은께 그 집

---

23) '새를 본다'는 말은 '시샘을 한다'의 남해지역말이다.
24) '덤벙'은 못이나 웅덩이의 경상도 방언이다. 남해지역에서는 논에 물을 퍼 올리기 위해 판 큰 웅덩이를 '덤벙' 또는 '덤방'이라고 일컫는다.

으로 갔어. 그 집으로 갔는디, 갔는디 그기 우찌 참 그 이약을(이야기를) 모리겄다.

그리 가지고 그만 그 사람이 그 가서도 있인께, 참 망구(도대체) 남자가 공부로 막 허고, 공부로 이리고 이리 험서로 밖에서 들은께 저거 신랑이 그리 공부로 허고 해도 밖에로 안 나오더란네. 밖에로 안 나와서 그리 저 하릿저녁에 제가 저 뭐라 캤다 쿠더라? 아! 남자가 나와서 오줌을 철철 눔 서로, 달밤인데 오줌을 눔서로,

"달도 붉다. 달도 붉다. 밀양각시 보구 져아(보고 싶구나)."

그리 샀더란네. 그런께,

"밀양각시 보구 접걸랑(보고 싶거든) 못방25)으로 들어오소."

제가 그리 못방에, 그 집 가서 그리 건니가서 넘우(남의) 못방에 인자 있 인께, 아이! 남자가 그리 허더란네. 그리서 참 남자가 못방으로 들어간께, 그리 참 저거 여자가 왔더란네. 그리 가지고 참 잘 만내 가지고 살았다 쿠 대. [웃음]

계모의 간계로 파탄 난 본처 딸의 혼례

자료코드 : 04_04_FOT_20110120_PKS_CKR_0001
조사장소 : 경상남도 남해군 삼동면 물건리 물건마을 물건마을회관
조사일시 : 2011.1.20
조 사 자 : 박경수, 류경자, 정혜란, 강아영
제 보 자 : 최경례, 여, 81세
구연상황 : 제보자는 마을에서 노래 잘하는 분으로 소문이 나 있었다. 마을 할머니들이
백방으로 연락을 취해 마침내 제삿집에 있다는 것을 알았다. 그래서 전화를

---

25) '못방'은 '모방'으로, 안방의 한 모퉁이에 붙어있는 작은 방을 말한다. 그러나 남해지 역민들은 '못방'을 본채와 별도로 허드레로 쓰기 위해 만들어 놓은 작은 '별당'이라고 말했다.

했더니 몸이 좋지 않다고 했다. 조사자가 일부러 노래를 들으러 왔다고 부탁하자 마을회관으로 나와 주었다. 그리고는 몸이 좋지 않으니 조용히 딴 방으로 가서 녹음을 하자고 했다. 먼저 설화와 민요가 섞인 이야기로 구연을 시작했다. 몸이 많이 안 좋은 상태임에도 불구하고 목소리는 힘차고 또렷했다.

줄 거 리 : 옛날에 두 딸을 남기고 어머니가 죽자 계모가 들어왔다. 그런데 큰딸을 시집 보내려고 하면서 술을 담그는데, 그 속에다 비상(砒霜)을 넣었다. 그리고는 그 술을 대례상에 올렸다. 이것을 안 동생이 신랑에게 그 사실을 알리기 위해 노래를 불렀다. 신랑이 눈치를 채고 그 술을 마당에 부었더니 개가 먹고 죽었다. 그것을 본 신랑은 결국 신부를 버리고 돌아가 버렸다.

옛날에 옛날에 인자 여자가 딸로 둘로 낳아 놓고 죽었어. 죽어 가지고 인자 남자가 장개로(장가를) 갔는데, 그러몬 제모가(계모가) 아이가? 딸한테는 제모제. 제몬데 인자 딸로 키와 가지고도 얼마나 딸아들이 다신어매한테(계모에게)26) 설움을 받았던고 이기 말도 못 해여.

말도 못허는디 인자, 시집을 보낼라 쿠는데, 이 제모가, '우쩌든지 큰딸 이걸로 직이아(죽여야) 되겠다.' 이런 마음을 묵고서 시집보내는데, 옛날에는 인자, 요새는 이리 좋은 소주가 있지마는 옛날에는 막걸리로 안 했나? 막걸리로 해 놓은께, 막걸리 허는 데다가 뭘 넣었어. 약을 넣었어. 약을 넣어 가지고서 그 약이 인자 비상(砒霜)이라. 약을 넣어 가지고서 술로 담았단 말이다.

담는 걸로 누가 봤냐 허몬 그 밑에 동숭(동생) 아—가 차라봤어(바라봤어). 동승 아—가 차라봐 놓은께는 그 인자 딱 보고 있었다. 보고 있었는데 그래 가지고 인자 시집을 가는 판이라. 시집을 가서 인자 신랑이 오는 판인디, 인자 동승 아— 이기 노래를 불렀어.

"섞었노야(섞었노라) 섞었노야 대리(대례大禮)판에 섞었노야,"

옛날에는 젊은 사람들이라도 옆에 요리 알궂인 칼 같은 거 이런 걸 차

---

26) '다신어매'는 '계모'의 남해지역말로, 엄마가 죽거나 나가고 '다시 들어온 엄마'라는 뜻이다.

고 댕깄거덩.

"옆에 칼을 빼 가지고 대리판에 술을 젓어보고 잔 잡아라."

그런께 인자 신랑이 들어본께 참 이상하거덩. 그리서 참 그걸 빼 가지고 술로 이리 한번 젓어 본께너 뭐이 떠올라 와여. 떠올라 와서 그만 마당가에다가 딱 떤지 놓은께나 크다 큰 개가 두 마리 묵고서 그만 죽었삤거덩. 죽었삐 놓은께나 인자 그 노래를 불렀어.

"대리판에 섞었노야. 옆에 칼을 빼가이 대리술을(대례술을) 젓어 보고 잔 잡아라. 떠오리네 떠오리네 비상이 떠오리네. 그 마당에 떤졌더니, 말 겉은 개 두 마리 홅아 묵고 직살했네. 아-(아이) 종아 말 몰아라, 어른 종아 짐 챙기라. 오던 질로 돌아가자."

그런께 인자 각시가, 서방이 와서 그리가 간께 올매나 서분해서,

"저게 가는 저 선부야(선비야) 내 말 한 말 듣고 가게."

"어라 요년 요망헌 년. 니 문전(門前)에 내 왔다가 목숨이나 걸고 가자."

그럼서로 그만 서방이 달아났어. 달아났는디, 그런 그기 인자 끝인디 또 뭘 또 해 주라꼬? (조사자 : 노래로 인자 한번 불러 주시다.) 노래? 노래로 뭘 부리꼬? (조사자 : 아까 금방 그거.)

> 섞었노야 섞었노야 대리판에 섞었노야
> 옆에칼을 빼여가지 젓어보고 잔잡아라
> 옆에칼을 빼여가지 그술을 젓어보고 잔잡으니
> 떠오리네 떠오리네 비상이 떠오리네
> 그마당에 떤졌더니 말겉은 개두마리 홅아묵고 직살허네
> 아-종아 말몰아라 어른종아 짐챙기라 오던질로 돌아가자
> 저게가는 저선부야 내말한말 듣고가게
> 어라요년 요망한년 니문전(門前)에 내왔다가 목심이나 걸고가세

시어머니 박대로 중이 된 며느리

자료코드 : 04_04_FOT_20110121_PKS_CBS_0001
조사장소 : 경상남도 남해군 삼동면 봉화리 내산마을 내산경로당
조사일시 : 2011.1.21
조 사 자 : 박경수, 류경자, 정혜란, 강아영
제 보 자 : 최분순, 여, 81세
구연상황 : 제보자가 앞서 시집의 괄시로 중이 되는 며느리의 이야기를 담은 민요 '중 노
　　　　 래'를 불렀다. 그리고는 그 '중 노래'에 대해 이야기로 구연해 주었다.
줄 거 리 : 옛날에 어떤 여자가 시집을 갔다. 시집간 지 삼일 만에 시어머니가 밭 매러
　　　　 보냈다. 하루 종일 밭을 매고 집으로 돌아왔다. 시어머니가 죽을 쑤어서 웃국
　　　　 만 뜨고, 간장만 주면서 먹으라고 했다. 울면서 먹고 있는데, 뒷집 할머니가
　　　　 왔다. 뒷집 할머니가 그거 먹고 못 사니까 차라리 중놀이나 가라고 했다. 그
　　　　 길로 며느리는 절로 들어갔다. 중이 되어 돌아다니다가 과거 갔다 돌아오는
　　　　 남편을 만났다. 집으로 돌아가자는 남편의 권유를 뿌리치고 떠나자 남편은 병
　　　　 이 들어 죽었다. 상여가 절로 찾아오자 입고 있던 옷을 벗어서 상여채에다 걸
　　　　 어 주었다.

　　옛날에 어떤 한 사람이 시집을 가 놓은께나, 씨어매가 삼일 만에 밭 매
로 가라쿰성(가라고 하면서) 개뚝 겉은27) 호맹이를(호미를) 내줌성 밭 매로
가라 캐서, 밭을 가서 맴서로 한 고랑 매고 두 고랑 매고 삼시 세 고랑을
매고 나니, 해는 저물어 어둡아져서 집으로 돌아온께, 씨어마니 거둥보소
흰죽 써서 웃국 뜨고, 쑥죽 써서 웃국 뜨고, 두반 그릇 떠놓고서, 삼년 묵
은 간장을랑 접시만 덮어 놓고,

　　"아가아가 며늘아가 이거는 니 묵어라."

　　그리해서 들고 앉았으니 눈물이 앞을 개라서(가려서), 앞을 개루어 그리
허니 뒷집 할매 들어와서,

　　"아가아가 며늘아가 이거 묵고 니 살겠나? 머리 깎고 중놀이 가라."

　　그리 갤차 줘서 인자, 머리로 깎고 중놀이 가라 쿠는 소리로 듣고, 저녁

---

27) '개뚝겉다'는 말은 닳아서 못 쓰게 된 모양을 일컫는 말인데, '개톡겉다'라고도 한다.

에 방에 들어가 아홉폭 치마를 뜯어 갖고, 한 폭은 뜯어 전대 짓고, 한 폭 뜯어 바랑 짓고, 그래 갖고 인자 절로 들어가니,

"대사 대사 이 대사야, 머리 조끔 깎아 주소."

한쪽 머리 깎고 난께, 치마 앞이 다 젖었네, 두 쪽 머리 깎고 난께 오시랑도(오지랗도) 다 젖었네. 그리 갖고 인자 나서 가지고 아홉 상좌로 거느리고 진주 큰 들로 내리선께, 서방이 과거로 해가(해서) 돌아오는 판이제. 돌아옴서로 차라본께(바라보니까), 인자 중들이 다 쭉 서서 절로 허는디 안 헌께나 한내이가(한 명이).

"아홉 상좌 절 허는데, 중 한나이 절 안 허요?"

"중의 절이 흔타헌들 임을 보고 절 허겄소?"

그 소리로 듣더니 서방님이 말 우에서 보선발로 내리뜀성,

"가세 가세, 내랑 가세. 오던 질로(길로) 내랑 가세."

"몬 갑니다, 몬 갑니다. 이리로는 몬 갑니다."

가서 한 삼 년만 중놀이 하고 돌아오마, 삼 년만 허고 오마. 그리 서방이 집에 와 갖고, 방문 가서 열어 보니, 새별(샛별) 같은 저 요강은 눌 듯이도 밀치 놓고, 목굴레 겉은(목걸이 같은) 저 가락지 찌를 듯이 걸어 놓고, 석자 세치 되는 달비 디릴 듯이 걸어 놓고, 은항수(원앙새) 짝베개는 벨 듯이도 밀치 놓고, 병이 나서 누웠구나 그만. 병이 나서 누워 놓은께,

"어무니, 편지허소. 절간에다 편지허소"

"절간에다 편지헌께 일이 바빠 몬 온단다."

또 다음날,

"어무니, 편지허소. 절간에다 편지허소"

"어지(어제) 해도 안 오는데, 오늘 허몬 뭣 허끼고? 인자는 안 헐란다."

그래 돼가 그 사람이 그만 죽어뺐어. 인자 마, 그리 된께 며칠 돼 간께 마, 며칠 돼 간께 마 곯아 붙어 죽어뺐어. 그래가 그 상부가(상여가) 절로 올라간께나 중들이 차라보고,

"저게 저 상부는 누구 죽은 상부던고? 절간으로 올라오요."

인자 이리 된께, 그리 그 사람이 차라본께, 절간에 올라온께, 차라본께 저거 서방 죽은 상부라. 인제 그 고향 사람들이 메고 온께 그렇겠제이?

그래 갖고서 입던 적삼을 벗어 갖고 상부채에다 걸어줌성,

"땀내나 맡고 가고, 쉰내나 맡고 가게. 어허 상부 잘 가거라."

그러더란다. 그래 갖고 가삐더란다.

매미가 된 강피 훑는 부인

자료코드 : 04_04_FOT_20110121_PKS_CBS_0002
조사장소 : 경상남도 남해군 삼동면 봉화리 내산마을 내산경로당
조사일시 : 2011.1.21
조 사 자 : 박경수, 류경자, 정혜란, 강아영
제 보 자 : 최분순, 여, 81세
구연상황 : 시집의 박대로 중이 된 며느리 이야기를 하고 난 후 조사자가 강피 훑는 마누라 이야기도 있지 않느냐고 물어보자 이 이야기를 했다.
줄 거 리 : 옛날에 선비 남편을 둔 여인이 있었다. 여인이 혼자서 강피를 훑으면서 집안 일을 도맡아 했다. 하루는 말리려고 널어놓은 강피 멍석이 빗물에 떠내려갔다. 그런데도 남편은 공부만 하고 있자 여인은 화가 나서 집을 나가 버렸다. 그 후 남편은 과거에 합격해서 돌아왔다. 그런데 여인은 여전히 들에서 강피를 훑고 있었다. 남편을 본 여인이 따라가고자 했으나 남편이 못 오게 했다. 그래서 힘들게 따라가다가 쓰러져 죽어 매미가 되었다.

어떤 한 집에, 한 가문에 한 각시가 시집을 와 놓은께너, 서방이 선배라서(선비라서) 생전 일로 안 해여. 안 헌께 각시가 혼채서 허다가(하다가) 허다가 제우는데(겨워하는데), 갱피로 인자 들에 가서 훑어가 널어놓은께, 갱피덕석이 비가 와서, 갱피덕석이 떠내려가는데 서방은 공부만 허고 안 나와여. 그래 놓은께 각시가 하다 애가 터져서 못 살 겉해서(것 같아서) 서방을 보고서,

"선부 선부 이 선부야, 갱피덕석이 떠내리가도 이렇게 허냐?"

쿤께(하니까), 갱피덕석이 떠내리가도 지는(자기는) 모린다 쿠는 기거덩. 그리 할 수 없이 인자 아무리 생각해도 몬 살 겉해 그만 인자 나가 삤다. 나가 갖고 인자 오이(어디) 가 사는데, 서뱅이(서방이) 인자 가개(과거)로 갔네. 가개로 가, 가개로 해 갖고 인자 내려온께, 아이! 저거 마느래가(마누라가) 들에서 갱피를 훑고 있거덩. 그런께 인자 신랭이(신랑이) 허는 말이,

"저게 저, 저 마느래 간 데마당(데마다) 갱피로다."

그런께나 그래서 차라본께(바라보니까) 참 서뱅이 인자 그리가이 가개를 해 갖고 내려와 샀거덩. 그런께,

"가요 가요 내도 가요, 당신 따라 내 갈라요."

헌께,

"말물 종도 끓이 주고 쇠물 종도 끓이 주고 내가 갈란다."

쿤께,

"말물 종도 내 데리고(거느리고), 쇠물 종도 내 데렸네. 니 올 거 없다."

쿠거덩. 그런께너 마, 그래도 내가,

"따라가리, 따라가리. 임을 따라 내가 따라가리."

험성(하면서) 따라간다. 따라간께나,

"그러몬 꼭 따라올라컬랑 굽 높은 신을 신고, 물 한 동우(동이) 찔어(길어) 이고, 말발둑만(말발자국만) 쫑가(좇아서) 따라 오라. 행지피(행주) 사서 손에 들고 말발둑만 딲아 오이라(오너라)."

그러거덩. 그래 놓은께 말발둑을 딲아서 갈 수가 있나? 물 한 동우 질어 이고 우찌 갈끼고? 가다가다 그만 죽어삤어. 말대죽을(말발자국을) 딲아 가지고 우찌 갈 끼고? 그래 가지고 인자 죽어삐리 놓은께 매미가 돼 갖고,

"정상감사(경상감사) 매양 살까? 매양매양 삐쪼시~."

그기 나오는 기라. 그렇다 캐.

친정 재산 노리는 딸과 아버지의 거짓 죽음

자료코드 : 04_04_FOT_20110121_PKS_CBS_0003
조사장소 : 경상남도 남해군 삼동면 봉화리 내산마을 내산경로당
조사일시 : 2011.1.21
조 사 자 : 박경수, 류경자, 정혜란, 강아영
제 보 자 : 최분순, 여, 81세
구연상황 : 앞서 제보자가 중이 된 며느리 이야기를 했다. 조사자가 며느리 이야기가 있
　　　　　으면 딸 이야기도 있지 않겠느냐고 하자 있다고 했다. 그럼 딸 이야기도 들려
　　　　　주어야 하지 않겠느냐고 요청을 하자 바로 이 이야기를 했다.
줄 거 리 : 옛날에 가난한 아버지가 있었다. 딸을 시집보내 놓고 먹을 것이 없어 딸 집을
　　　　　찾아갔다. 그런데 딸이 베를 짜고 있으면서 힘든 일을 펼쳐놓고 있어 점심을
　　　　　못 해 준다고 했다. 할 수 없이 며느리집으로 갔다. 며느리는 베를 매는 더
　　　　　힘든 일을 펼쳐놓고도 따뜻한 점심을 해 주었다. 딸을 괘씸하게 생각한 아버
　　　　　지가 거짓 죽음을 하고는 딸에게 부고를 보냈다. 딸이 울면서 오더니, 아버지
　　　　　가 따뜻한 밥을 먹고 가면서 울밑논 서마지기를 자신에게 유산으로 남겼다고
　　　　　했다. 그 말을 들은 아버지가 벌떡 일어나면서 욕을 하자, 딸이 "아버지 죽음
　　　　　이 진짜 죽음인가, 내 울음이 진짜 울음인가" 했다.

　옛날에 한 집에, 인자 적 아배가 살림도 없어서 못 사는데, 딸로 시집을
보내 놓은께, 딸로 시집을 보내 놓고 못 삼성(살면서) 뭣허로 얻어먹으러
간다고 갔던가, 딸네집에 간께 딸이 베로 매삼서로(매면서) 쓱쓱 맴성,

　"아부지가 왔거마는, 진일로[28) 뻗치놔서……."

　아! 베로 짬서로(짜면서). 그 집에는 베로 짰는디 내가 잘못했다. 베로
짬서로,

　"아부지가 왔는데, 점심을 해 디릴 긴데, 이 진일로 뻗치놓고 못 해 줍
니다."

　그러더란네. 그래서 인자 돌아왔다. 며늘네집으로 가 볼빼이 없다 싶어,
며늘네집으로 살살 간께, 며느리는 베로 쓱쓱 매 샀더니,

---

28) 어려운 일을, '진일'이란 중간에 딴 일을 하기 곤란한 어렵고 힘든 일을 말한다. '진'
　　은 장음으로 발음한다.

"아이고! 우리 아부지가 오는데, 내가 점심을 해야제."

험서로 그만 가서 솥을 씻고 점심을 해서 따시기(따뜻하게) 딜이 줘서 잘 묵고, 와 가지고 저거 집에 와서 할뭄을 보고,

"할뭄, 매는 일이 진일인가? 짜는 일이 진일인가?"

헌께,

"매는 일이 진일이제."

그리 캐서,

"그리 이만저만 허데."

헌께,

"아이갸, 짜는 일이 진일이제."

그리 쿠더란네. 아! 딸이 옳다는 말이라 인자. 처음에는 며느리가 베를 매서 인자 점심을 해 줬는데, 그게 인자 옳은 말이라고 해 놓고 본께, 딸이 베를 짬성 그러더라 쿤께 그만,

"짜는 일이 진일이제."

그러더란다. 그렇제. 매는 일이 진일이거덩. 장(항상) 말이, 그런디 그리 나오더란다.

(청중 : 그리 갖고 죽어 놓은께.) 아! 그리 놓은께 죽어 놓으니께나 딸로 비임을(부고를) 해 놓은께나, 옴성(오면서) 움서로(울면서),

"아부지 아부지 울 아부지, 저 참퐅(참팥) 쌂고, 외퐅(외팥) 쌂고 밥 해갖고, 더금더금 준께나 잣고(잡수고) 잣고 잣고, 또 자시고 가더마는, 울밑논 서마지기 내 줄라꼬 허더마는. 불쌍헌 울 아부지."

그럼서로 울고 온께너, 적 아배가 펄떡 일어남서,

"에이기, 요년!"

헌께,

"아부지 죽음이 정(진짜) 죽음이오? 내 울음이 정 울음이요?"

그래여. [청중 웃음]

밖에서 얻은 아들로 대를 잇다

자료코드 : 04_04_FOT_20110121_PKS_CBS_0004
조사장소 : 경상남도 남해군 삼동면 봉화리 내산마을 내산경로당
조사일시 : 2011.1.21
조 사 자 : 박경수, 류경자, 정혜란, 강아영
제 보 자 : 최분순, 여, 81세
구연상황 : 제보자가 조사자의 요청으로 민요를 부르던 중 노래는 더 이상 기억이 나지
않아 못 부르겠다고 하면서 대신 이야기를 하겠다고 했다. 그리고 이 이야기
를 구연했다.
줄 거 리 : 옛날에 한 노인이 길을 가다가 거지들이 다리 밑에서 웃고 있는 것을 보았다.
무슨 일로 웃는가 해서 봤더니 아이를 어르면서 웃고 있었다. 자신은 자식이
없어 웃을 일이 없다고 생각했다. 그런데 그 영감에게도 예전 과거 길에 주막
에 자면서 남의 여자를 건드려 얻은 아들이 있었다. 비가 와서 도랑을 건너는
데 그 아들이 와서 업고 건너 주었다. 그래서 그 아들을 데리고 와서 자손을
이었다.

　전에, 예전에 한 노인이 참 저거는 부자로 사는데, 부자로 사는데 한번
은 오이(어디) 저- 가는데, 강을 건너가는데, 동네가 한 군데 있는데 간께
나 다리 밑에 동나치들이(동냥아치들이) 많이 밥을 얻어다 묵고 오개도개
(오손도손) 앉아서 막 잇어사여(웃고 있어). 그래서,

　'저 사람들이 뭐이 좋아 저리 잇는고(웃는고)?……' 싶어 인자 내리다본
께, '내는 이리 부재로(부자로) 살아도 잇고 살 일이 없는데, 저 사람들은
뭐이 재밌어 저리 잇어 샀네?' 싶어 내리다본께, 동나치들이 아-로(아이를)
더부(데리고) 앉아서, 아-를 차라보고(쳐다보고) 막 잇어사. 밥을 얻어묵고
앉아서. 그리서 생각을 허고 저거 집에 와 가지고 생각을 해 본께는,

　'내는 자식이 없인께나, 이즉지(지금까지) 이렇기 살아나도 잇일 일이 없
더니, 그 사람들은 그리 웃일 일이 있구나……'

　그렇게 생각을 하고 살아나더란다. 그래가 그 노인이, 그 노인이 그랬는
가? 뭐이 이야기가 꽉 찼거마는 질거마는(길지만) 모리겠다.

그래 갖고 건너갔는데, 첩이 아들로 놓는데(낳는데), 오이(어디) 가서 한 군데 가서, 선부가(선비가) 가개로(과거를) 가다가 오이 가서 주막에 잠성, 넘우(남의) 여자로 한번 대리 보고(건드려 보고) 갔던 기라. 그래도 인자 모리제. 제는 있는 지도 없는 지도 모리는데…….

아이! 그 아-가 커서 요만치 컸는데, 그 영감이 저리 냇고랑을 오이 건 니갈라 쿤께, 비가 많이 와 갖고 물이 져서, 가에 가 내리다보고 섰인께너, 우떤 청년이 하나 오더니 업어 건네 주더라요.

업어 건네줘서 가고 나서 가매(가만히) 생각을 헌께, 그 사람이 지가(자기가) 그래서 놓은 자식 아들이라. 그기. 그런데 적 어매가 인자, 저거 할 매가 아들을 보고 일렀겄제. 인자,

"아무 데 아무 영감이 넉 아배다."

그걸 인자 일렀어. 적 어매는 죽었는가 우쨌는고, 그래 놓은께 그 사람 이 그 할배를 쫑가(좇아) 따라 댕깄길래 인자 그리 와서 업어 건네줬제. 그 래 갖고 자속이 손을 잇아 살아나더란네. 그런 사람도 있더라꼬.

사돈 이마에 꿀단지 내리친 사람

자료코드 : 04_04_FOT_20110121_PKS_CBS_0005
조사장소 : 경상남도 남해군 삼동면 봉화리 내산마을 내산경로당
조사일시 : 2011.1.21
조 사 자 : 박경수, 류경자, 정혜란, 강아영
제 보 자 : 최분순, 여, 81세
구연상황 : 앞서 이야기를 구연하고 난 다음 바로 이 이야기를 이어서 했다.
줄 거 리 : 어떤 영감이 딸 집에 가서 꿀단지를 봤다. 그런데 딸이 그것을 주지 않자 자 다가 생각이 나서 몰래 꿀단지를 먹으러 갔다. 꿀단지 안에 손을 넣고 꿀단지 를 들고 나왔는데 손이 빠지지 않자 꿀단지를 사돈 이마에 내리쳤다.

어떤 영갬이 저 딸네집에 간께나, 딸이, 딸네집에 갔다. 간께나 저 꿀단

지를 저게다 놔놓고 적 아배로 안 조여(줘). 안 주는디, 가만히 오이(어디) 방에서 자다가 생각헌께, 아무리 생각해도 그놈의 꿀단지가 생각이 나서, 가서 그만 손을 툭 옇어 갖고 꿀단지를 손에다 쥐고 가서, 손이 아무래도 좀 쥐어 놓은께 안 나와여. 작아 놓은께……. 안 나온께나 그놈을 갖다가 그만 때린다고 때린 기, 그만 사돈 앞이망(앞이마)에다 때려줘 뺐어. 그리 놓은께 그만 사돈이 놀래 갖고 펄떡 일어난께, 우리 그기 우스개라고, 이 야기라고 많이 해샀다. 전에. 그런디 다 잊어비져여. 안 해 산께…….

(조사자 : 그래서?) 그만 꿀단지, 그만 사돈이 벌떡 일어남성,

"어, 뜨거라!"

헌께 그만 며느리가, 딸이 그만 자다가 놀래가 쫓아 나와 차라본께(바라 보니까) 적 아배가 그만, 꿀단지를 갖다가 사돈 앞 이망에 때리 놓고 섰더 란네. 그래 갖고 딸이 못 살았는가 살았는가 그런 거는 몰라여 그만. 잊어 삐서 몰라. 그런 이야기로 많이 했샀는데…….

뱅어와 대구의 입

자료코드 : 04_04_FOT_20110121_PKS_CBS_0006
조사장소 : 경상남도 남해군 삼동면 봉화리 내산마을 내산경로당
조사일시 : 2011.1.21
조 사 자 : 박경수, 류경자, 정혜란, 강아영
제 보 자 : 최분순, 여, 81세
구연상황 : 조사자가 대구와 뱅어 이야기를 혹시 들어 봤느냐고 묻자, 그것은 별 이야기
　　　　　도 아니라고 하면서 이야기를 해 주었다.
줄 거 리 : 옛날에 바다에 대구와 뱅어가 있었다. 뱅어를 보고 대구한테 시집을 가려느냐
　　　　　고 묻자 뱅어는 싫다고 하면서 입을 딱 오므리고, 대구는 좋다고 하면서 입을
　　　　　쩍 벌렸다. 그래서 뱅어는 입이 조그마하고, 대구는 입이 크다.

옛날에 옛날에, 저 바닥에(바다에) 대구랑 뱅애랑(뱅어랑) 그리 살았는데,

뱅애로 보고,

"뱅애야 뱅애야, 대구한테 시집갈래?" 헌께 병애는,

"없-고(싫어요)."

험성 입이 땍 쪼그라져 삐고, 대구는,

"암– 음!"

허다가 그만 입이 떡 벌어져가 있지.

그렇지 뭐. 그런 이야기는 그리뺅이네.

손 검은 총각과 이 검은 처녀

자료코드 : 04_04_FOT_20110121_PKS_CBS_0007
조사장소 : 경상남도 남해군 삼동면 봉화리 내산마을 내산경로당
조사일시 : 2011.1.21
조 사 자 : 박경수, 류경자, 정혜란, 강아영
제 보 자 : 최분순, 여, 81세
구연상황 : 대구와 뱅어의 입, 사돈 이마에 꿀단지 내리친 사람 등 비교적 간단한 이야기
를 하던 끝에 이 이야기도 해 주었다.
줄 거 리 : 옛날 한 마을에 처녀총각이 살았다. 둘이 좋아했으나 부모들이 반대를 했다.
총각은 손이 검다고 반대를 하고, 처녀는 이가 검다고 반대를 한 것이다. 하
루는 총각이 손을 깨끗이 씻고 처녀 집으로 찾아갔다. 손을 들어 보이며, 부
모가 어디 갔냐고 물었다. 그랬더니 처녀도 깨끗이 닦은 이를 보이며 장에 갔
노라고 대답을 했다.

어는(어느) 한 사람들은 인자 뒷집에 처녀가 있고 앞집에 총각이 있는데,
만날 인자 총각이 처니로 보고 욕심을 내는디, 저거 부모가 총각 손 껌다
꼬 시집을 안 보낼라 쿠고, 또 총각 집에서는 처니 또 저, 이 껌다꼬 안 보
낼라 쿠고 그리놓은께나, 인자 하리는(하루는) 총객이 인자 손을 캘커리(깨
끗이) 씻고, 처니 집에 가서, [손을 들어 보이며]

"넉어매 넉아배 오이(어디) 갔네?"

이런께,

"울 어매는 장에 가고, 울 아배도 장에 갔다."

험성(하면서) 이래 가지고 이를 떡- 이로 내 놓음성 벌리 뵈이더란네. 그런 이약도(이야기도) 다 있고 해샀다. [웃음]

(청중 : 깨끗이 딲아서 인자 뵌다꼬.) 하이(응). 인자 내도 이 딲고 니도 손 씻고 그리 가지고 뵌다꼬. 그런 이약도 다 허고, 참 우시개(우스개) 소리도 우리도 많이 해샀는디, 요새는 못해. 잊어삐여 그만.

시집살이 노래 / 사촌형 노래

자료코드 : 04_04_FOS_20110120_PKS_KDM_0001
조사장소 : 경상남도 남해군 삼동면 동천리 내동천마을 내동천마을회관
조사일시 : 2011.1.20
조 사 자 : 박경수, 류경자, 정혜란, 강아영
제 보 자 : 김딸막, 여, 91세
구연상황 : 조사자가 시집살이 노래가 없냐고 유도하자 이 노래를 불렀다. 이 노래는 삼
삼고 모시 삼을 때 주로 불렀다고 한다.

성아성아 사춘성아29) 시집살이 어떻던고
쪼꾸만헌 도롱아재30) 말허기도 어렵더라
쪼꾸만헌 수박식기 밥담기도 어렵더라

모심기 노래 (1)

자료코드 : 04_04_FOS_20110120_PKS_KDM_0002
조사장소 : 경상남도 남해군 삼동면 동천리 내동천마을 내동천마을회관
조사일시 : 2011.1.20
조 사 자 : 박경수, 류경자, 정혜란, 강아영
제 보 자 : 김딸막, 여, 91세
구연상황 : 조사자가 모심기 노래를 불러 달라고 하자 이 노래를 불렀다. 남해지역에서
많이 부르는 약간 변형된 창부타령 가락에 얹어서 불렀는데, 아주 빠르게 불
렀다.

---

29) 사촌 형아.
30) 도령 아저씨, 남해에서는 시동생을 일컬어 '아재'라고 한다.

이논에다 모를심어 감실감실 영화로라

그꽃에라 연열매는 내도묵고 니도묵고

옷 노래

자료코드 : 04_04_FOS_20110120_PKS_KDM_0003
조사장소 : 경상남도 남해군 삼동면 동천리 내동천마을 내동천마을회관
조사일시 : 2011.1.20
조 사 자 : 박경수, 류경자, 정혜란, 강아영
제 보 자 : 김딸막, 여, 91세
구연상황 : 다른 사람이 노래를 하는 동안에 골똘히 생각을 하더니, 노래가 있다고 하면서 불러 주었다. 아무 때나 부르던 노래인데, 주로 놀 때 많이 불렀던 노래라고 한다.

니양복 내치매 한줄에 걸어

니긴가 내긴가 짬모르~ 겄네[31]

모심기 노래 (2)

자료코드 : 04_04_FOS_20110120_PKS_KDM_0004
조사장소 : 경상남도 남해군 삼동면 동천리 내동천마을 내동천마을회관
조사일시 : 2011.1.20
조 사 자 : 박경수, 류경자, 정혜란, 강아영
제 보 자 : 김딸막, 여, 91세
구연상황 : 제보자가 웃으며 이런 노래도 있다고 하면서 불러 주었다. 모심기를 할 때 부르는 노래인데, 이 노래 역시 창부타령 곡에 얹어서 빠르게 불렀다.

---

31) '짬'은 물건끼리 서로 맞붙은 틈을 말하는데, 여기에서는 '분간을 못 하겠네' 정도의 의미이다.

이논에다 모를심어 감실감실 영화로데

여게도꽂고 저게도꽂고 지인네마느래[32] 삼에도꽂고[33]

꽂기는 꽂제마는 음산이라 되겄는가

남매 노래

자료코드 : 04_04_FOS_20110121_PKS_KMA_0001

조사장소 : 경상남도 남해군 삼동면 봉화리 봉화마을 봉화마을회관

조사일시 : 2011.1.21

조 사 자 : 박경수, 류경자, 정혜란, 강아영

제 보 자 : 김모아, 여, 90세

구연상황 : 제보자가 먼저 이 노래에 대한 배경설화를 구연했다. 그래서 조사자가 혹시 노래도 있지 않느냐고 물었더니 있다고 했다. 그래서 노래로 불러 달라고 부탁하자, 자신이 마치 씨사이[34] 같다고 하면서도 조사자의 요청에 잘 응해 주었다. 이 노래는 모심을 때도 많이 불렀지만, 삼 삼고 모시 삼을 때도 많이 불렀다고 한다.

전라도라 박을숭거 씨누올케 박따다가

숙어졌네 숙어졌네 대동강에 숙어졌네

거둥보소 고기낚는 우리오빠 거둥보소

곁에있는[35] 날안잡고 먼데있는 첩을잡네[36]

이내나는

짚동같이도[37] 살찐몸을 고기밥이 되어가요

삼단같이 좋은머리 대동강을 덮어가네

---

32) 주인네 마누라.

33) 사타구니에도 꽂고.

34) '씨사이'는 아무 말이나 정신없이 해 대는 사람을 일컫는 남해지역말이다.

35) 곁에 있는.

36) 원래는 '처군 잡네'라고 하는데, 잘못 부른 것 같다. '처군'은 아내의 남해지역말이다.

37) 짚단뭉치처럼.

분칠같은 이내얼굴 고기밥이 되어가요
이내내가 죽어갖고 강남에가신 제비되어
너거집에 집을지어 듬성보고 남성보고[38]
잘사는가 내볼라네

못갈 시집 노래

자료코드 : 04_04_FOS_20110121_PKS_KMA_0002
조사장소 : 경상남도 남해군 삼동면 봉화리 봉화마을 봉화마을회관
조사일시 : 2011.1.21
조 사 자 : 박경수, 류경자, 정혜란, 강아영
제 보 자 : 김모아, 여, 90세
구연상황 : 조사자가 사연이 있는 노래가 없냐고 유도하자, 제보자가 그럼 한번 불러 보
자고 하면서 이 노래를 불러 주었다. 이 노래는 남해지역에서 불리는 서사민
요인데, 제보자가 간략하게 줄여서 끝을 냈다. 삼 삼고 모시 삼을 때 주로 불
렀다고 한다.

앞집에는 궁합보고 뒷집에는 책력보고
동네어른 잔치허고 서른세쪽 채일치고[39]
이내평상 내가왔는데 우리남편 골로갔네
아주갔나 영우갔나[40] 영결종천 다시갔나
이리오소 이리오소 오늘가면 언제오리

---

38) 들어오면서 보고, 나가면서 보고.
39) 차일(遮日) 치고.
40) 영영 갔나. '영우'는 '영영', '영원히'의 남해지역말이다.

베틀 노래

자료코드 : 04_04_FOS_20110121_PKS_KMA_0003
조사장소 : 경상남도 남해군 삼동면 봉화리 봉화마을 봉화마을회관
조사일시 : 2011.1.21
조 사 자 : 박경수, 류경자, 정혜란, 강아영
제 보 자 : 김모아, 여, 90세
구연상황 : 조사자가 베틀 노래를 부탁하자, 너무 길기 때문에 하루 종일 해야 한다고 했
다. 그러면서 베틀노래는 지겨워서 못 부르겠다고 했다. 그러나 강권하자 그
러면 되는 대로 불러 주겠노라고 하면서 불러 주었다. 노래 부르는 도중 설명
을 간간히 덧붙였다.

오늘날이 심심하야 베틀연장을 챙기보자
베틀다리는 사(四)다리요 가운데가릿장[41] 꼽아놓고
몰캐라고[42] 하는양반
서울총각 늙었는가 요내가심을 파고든다
부태라고[43] 하는양반
비오고 갠날인가 허리안개 둘러있네

좋다! 뜨나?

보디집이라[44] 하는것은 서울옥돌 깨친듯다
북이라고 하는것은
깊은골에 늙은범이 새끼친곳을 드나드네

자꾸 물고 안에 들어가거덩. 짜라꼬.

---

41) 가운데 가로대(가리새), '가로대'는 베틀의 두 다리 사이에 가로지른 나무이다.
42) 말코라고 '말코'는 부티끈이 걸리고, 짜여 진 베가 감기는 막대기이다.
43) 부티라고 '부티'는 베 짜는 사람의 허리 뒷부분을 감싸는 넓은 띠이다.
44) 바디집이라. '바디집'은 바디의 테로, 홈이 있는 두 짝의 나무로 바디를 끼우고, 양편
미구리에는 바디집비녀를 꽂는다.

잉앳대는⁴⁵⁾ 삼형지요 눌깃대는⁴⁶⁾ 호부레비⁴⁷⁾

에야라난다 베짜는소리 수심에잦타 내못사네

내가 인자 한심해서 부리는 노래라.

나부손이라⁴⁸⁾ 하는 것은

청천에 기러기떴나 울음을울어 재촉허네

비기미라⁴⁹⁾ 허는 것은

사월에 너른들에 우줄기리고⁵⁰⁾ 잘도간다

아! 좋다. (청중 : "아! 좋다." 그런 거는 허지 말고 허라 캐여.)

도투마리라⁵¹⁾ 하는것은

삼천군사 거느리고 쿵마절사 넘어가네

늙은 돌 노래

자료코드 : 04_04_FOS_20110121_PKS_KMA_0004
조사장소 : 경상남도 남해군 삼동면 봉화리 봉화마을 봉화마을회관
조사일시 : 2011.1.21
조 사 자 : 박경수, 류경자, 정혜란, 강아영

---

45) 잉앳대. '잉앗대'는 잉아를 걸어놓은 나무인데, '잉아'는 베틀의 날실을 끌어올리도록 맨 실이다.
46) 눌림대는. '눌림대'는 비경이와 잉앗실 사이의 실을 눌러주는 막대기이다.
47) 홀아비.
48) 눈썹대라. '눈썹대'는 '나부산대'라고도 하는데, 용두마리의 양쪽 끝에서 베를 짜는 사람 쪽으로 뻗어있는 가느라단 막대기 두 개를 말한다.
49) 비경이라. '비경이'는 날실을 조절하기 위하여, 이중으로 된 날실 속에 끼는 삼각형으로 된 것이다.
50) 우쭐거리고.
51) '도투마리'는 베를 짜기 위해 날실을 감아놓은 틀이다.

제 보 자 : 김모아, 여, 90세

구연상황 : 일단 민요를 시작하자 생각나는 대로 계속해서 불러 주었다. 노래가 끝난 뒤 조
사자가 이 노래는 처음 들어본다고 했더니, 차근차근 설명까지 하면서 다시 읊
조려 주었다. 삼 삼고 모시 삼을 때나 심심할 때 등 아무 때나 불렀다고 한다.

백사장 너른들에 쟁기꽂고 잠을자니

밤중에 긴대답소리 이내가심이[52] 덜렁덜렁

아해야[53] 거짓말마라 늙은돌이 어데있네[54]

옛노인의 하는말씀 노돌[55]이라고 한답니다

투전 뒤풀이

자료코드 : 04_04_FOS_20110121_PKS_KMA_0005

조사장소 : 경상남도 남해군 삼동면 봉화리 봉화마을 봉화마을회관

조사일시 : 2011.1.21

조 사 자 : 박경수, 류경자, 정혜란, 강아영

제 보 자 : 김모아, 여, 90세

구연상황 : 제보자가 난데없이 이 노래를 불렀다. 노래를 부르고 난 뒤 각설이 타령이냐
고 물었더니 '티전 뒤풀이'라고 말했다. '티전'은 노름도구이기 때문에, '노름
뒤풀이'라고도 했다. 참 오래된 옛 노래이고 어려운 노래라고 했는데, 아주
흥겹게 불렀다. 모여 놀면서 흥을 돋우면서 주로 불렀다고 한다.

질로나질로나[56] 가다가 티전한봉[57] 주웠네

주운티전을 넘주까[58] 너풀받아라 사십장

---

52) 이내 가슴이.

53) 아이야.

54) 어디 있느냐.

55) 제보자는 '노돌'을 '바위처럼 야문 돌'이라는 뜻이라고 했다. 그런가 하면 청중들은
'노다리'라고 하면서, '징검다리'와 마찬가지라고 했다.

56) 길로 길로, '나'는 허사(虛辭)이다.

57) 투전(鬪牋) 한 묶음, '투전'은 노름 제구의 하나로 한 묶음이 40개라고 한다.

모로나봐도 사십장

서른장은 던지나두고 열장을 일러본다

일자한장을 들고봐

일난삐들꾸59) 정월새끼 정밤중에 날아든다

이자한장을 들고봐

이등저등 북을치고 섬사무당60) 춤을친다

삼자나한장 들고봐

삼오신령61) 조신령 저무나새나 가는길에 점심때가 중하로세

사자나한장을 들고봐

사시낭창 가는길에 원수맺힌 양반이 외나무다리 만냈네

오자나한장을 들고봐

오쭐오쭐 서는애기 젖주라고 울음우네

육자나한장을 들고봐

육군대사가62) 나를홀목잡고63) 희롱허네

칠자나한장 들고봐

지름머리64) 땋은머리 북도달비가 석자리

처녀방에 우수개65) 각시나방에 노리개요

팔자한장을 들고봐

우리형자66) 팔형자 한서당에 글을일러

---

58) 남 줄까.

59) 알에서 일찍 나온 비둘기. 설명을 하면서는 '일난삐들꾸 정월새끼 지게를지고 나무가 요'라고 달리 불렀다. 덧붙여 알에서 일찍 나온 정월새끼가 너무 똑똑해서 지게를 지 고 나무를 간다고 설명했다.

60) '섬사무당'은 그냥 무당이라고 한다.

61) '삼오신령'은 하루 종일 가는 하늘의 '해'라고 한다.

62) 육관대사가.

63) 나의 손목을 잡고.

64) 기름 바른 머리.

65) '우수개'는 '우스개'인 듯하다.

대문밖에 늘어앉아 가개보기[67] 힘을써네

구자나한장 들고봐

구십살묵는 노인이 아랫목에앉아 밥묵고 웃목에앉아 똥싼다

장자나한장을 들고봐

장안에광대 박광대 광대나중에[68] 수(首)광대

얼씨구 절씨구 아! 좋다!

쾌지나 칭칭나네

자료코드 : 04_04_FOS_20110121_PKS_KMA_0006
조사장소 : 경상남도 남해군 삼동면 봉화리 봉화마을 봉화마을회관
조사일시 : 2011.1.21
조 사 자 : 박경수, 류경자, 정혜란, 강아영
제 보 자 : 김모아, 여, 90세
구연상황 : 조사자가 같이 어울려서 앞소리 주고, 뒷소리 받는 그런 노래는 없느냐고 하
자 '쾌지나칭칭나네'가 있다고 했다. 그래서 불러 보라고 했더니 마을 사람들
과 어울려 박수를 치면서 이 노래를 불렀다.

케지나친친나네	케지나 친친나네
얼씨고 잘헌다	케지나 친친나네
우리동무 주눅이좋아	케지나 친친나네
케지나치친도 잘헌다	케지나 친친나네
얼씨고절씨고 잘헌다	케지나 친친나네
우리친구 주눅이좋아	케지나 친친나네

---

66) 우리 형제.
67) 과거(科擧) 보기.
68) 광대 중에. '나'는 허사이다. 설명을 하면서는 '이 장 저 장 다 떨고 보름장이나 바랩
시다'라는 대목을 넣어서 마무리를 했다.

모춤을들고 잘도허네	케지나 친친나네
얼씨고 우리친구	케지나 친친나네
작으나친구 내동무	케지나 친친나네
얼씨고절씨고 지화자좋다	케지나 친친나네
놀자좋네 젊어놀아	케지나 친친나네
늙어지면 못노니라	케지나 친친나네
가자가자 어서가자	케지나 친친나네
이수건너 백로가자	케지나 친친나네
백로가면 좋은거있다	케지나 친친나네
케지나친친나네	케지나 친친나네
그러몬그렇지 내친구야	케지나 친친나네
작으나크나 내친구	케지나 친친나네
얼씨고 좋구나	케지나 친친나네
청천하늘에 별도많고	케지나 친친나네
울어마니 말도많네	케지나 친친나네
얼씨고절씨고 지화자좋다	케지나 친친나네
노세좋네 젊어놀아	케지나 친친나네
얼씨고절씨고 아니놀고 무엇하리	케지나 친친나네
케지나친친나네	케지나 친친나네

임 노래

자료코드 : 04_04_FOS_20110121_PKS_KMA_0007
조사장소 : 경상남도 남해군 삼동면 봉화리 봉화마을 봉화마을회관
조사일시 : 2011.1.21
조 사 자 : 박경수, 류경자, 정혜란, 강아영

제 보 자 : 김모아, 여, 90세
구연상황 : 마을 사람들과 어울려 <쾌지나 칭칭나네>를 부르고 난 뒤, 제보자가 신명이
난 듯 바로 이어서 이 노래를 불렀다. 놀면서 부르는 노래라고 한다.

네정 내정을 싹싹 씰어[69]
철도 한강에 집어나 넣고
니냥 내냥 시리동실 놀아라
아침에 우는새는 배고파 울고
야밤에 우는새 임기러와[70] 운다
니냥 내냥 시리둥실 놀아라
아리아리랑 쓰리쓰리랑 아라리가났네
아리랑 고개로 날넘기주소

아! 좋다.

버선 노래

자료코드 : 04_04_FOS_20110121_PKS_KYS_0001
조사장소 : 경상남도 남해군 삼동면 봉화리 내산마을 내산경로당
조사일시 : 2011.1.21
조 사 자 : 박경수, 류경자, 정혜란, 강아영
제 보 자 : 김용심, 여, 73세
구연상황 : 설화 구연을 먼저 하고 난 후 조사자가 아는 노래가 있으면 불러 달라고 했
다. 그러자 이위락 할머니가 먼저 노래를 불렀다. 그 뒤 제보자가 나도 한 곡
해보겠다는 말을 하고는 이 노래를 불렀다. 이 노래는 삼 삼고 모시 삼을 때
많이 불렀다고 한다.

길로길로 가시다가 찔레꽃이 하곱아서[71]

---

69) 쓸어.
70) 임 그리워.

찔레꽃을 끊어다가 임오당신72) 보선볼로걸어73)

임을보고 버선보니 임주기가 하아깝아

아재아재 서당아재 이보선신고 서당가소

갈땍에는 신고가고 올땍이는 벗고오소

임아임아 서방님아 섭섭다꼬 원망마소

노래끝이 온그렇소74)

베틀 노래

자료코드 : 04_04_FOS_20110121_PKS_KYS_0002

조사장소 : 경상남도 남해군 삼동면 봉화리 내산마을 내산경로당

조사일시 : 2011.1.21

조 사 자 : 박경수, 류경자, 정혜란, 강아영

제 보 자 : 김용심, 여, 73세

구연상황 : 조사자가 베틀 노래를 한번 불러 달라고 요청했다. 다른 제보자가 베틀 노래를 조금 부르는 듯했으나 결국 부르지 못했다. 그러자 제보자가 한번 불러보겠다는 말을 하고는 베틀 노래를 불렀다. 노래를 매우 곱게 불렀으나 가사를 다 잊어버렸다는 말을 하면서 노래를 더 이상 부르지 못했다. 제보자와 청중들이 모두 안타까워했다.

오늘날이 하심심해 베틀연장 챙기보까

베틀다리는 사형제요 내다리는 형제로다

잉앳대는 삼형제요 눌굿대는 호부레비

많은군사 거느리고 쿠웅절사 잘넘어간다

북이라고 하는것은

---

71) 너무나 고와서.
72) 임의 당신. 임을 강조한 말이다.
73) 버선볼을 걸어.
74) 원래 그렇소.

골도골도 옥낭골에 새끼침성 드나들고
자질개라고 하는것은
임이죽은 넋에론가 오맹가맹 눈물이다

첩 노래

자료코드 : 04_04_FOS_20110121_PKS_KYS_0003
조사장소 : 경상남도 남해군 삼동면 봉화리 내산마을 내산경로당
조사일시 : 2011.1.21
조 사 자 : 박경수, 류경자, 정혜란, 강아영
제 보 자 : 김용심, 여, 73세
구연상황 : 베틀 노래를 노래를 부르고 난 뒤, 제보자가 다른 노래도 불러 보겠노라고 하
면서 이 노래를 불렀다. 이 노래는 삼 삼고 모시 삼을 때 주로 부르지만 모심
을 때도 많이 불렀다고 한다.

우럿집의 저양반은 등넘에다 첩을두고
밤으로는 미친걸음 낮우로는 병든걸음
다녹는다 다녹는다 우리엄마 일천간장 다녹는다

금비둘기 노래

자료코드 : 04_04_FOS_20110121_PKS_KYS_0004
조사장소 : 경상남도 남해군 삼동면 봉화리 내산마을 내산경로당
조사일시 : 2011.1.21
조 사 자 : 박경수, 류경자, 정혜란, 강아영
제 보 자 : 김용심, 여, 73세
구연상황 : 앞서 이위락 할머니가 남해 금산으로 시작하는 노래를 부르고 나자, 제보자가
생각난 듯 자기도 아는 노래가 있다고 하면서 이 노래를 불렀다. 이 노래는
삼 삼고 모시 삼을 때도 부르지만, 모심기 할 때도 많이 불렀다고 한다.

남해금산 잔솔밭에 금비들키⁷⁵⁾ 알을낳여

대리보고⁷⁶⁾ 만져보고 놓고가는 저선부야⁷⁷⁾

첫째아들 놓거들랑 정상감사⁷⁸⁾ 마련하고

둘째아들 놓거들랑 평양감사 마련하고

셋째딸을 놓거들랑 본동(本洞)사위 삼아주소

꽃 노래

자료코드 : 04_04_FOS_20110121_PKS_KYS_0005
조사장소 : 경상남도 남해군 삼동면 봉화리 내산마을 내산경로당
조사일시 : 2011.1.21
조 사 자 : 박경수, 류경자, 정혜란, 강아영
제 보 자 : 김용심, 여, 73세
구연상황 : 앞의 금비둘기 노래에 이어 이 노래를 불렀다. 노래를 부르고 난 뒤 남해 금
         산이 그만큼 유명하다는 말을 덧붙였다. 모심기를 할 때와 삼 삼고 모시 삼기
         를 할 때 부른다고 한다.

   남해금산 솔로비어 초가삼간 집을지어

   그절안에 피는꽃은 꽃이피어도 명화로다

남해 금산이 그만치 유명하다 쿤께.

임 노래

자료코드 : 04_04_FOS_20110120_PKS_LSA_0001
조사장소 : 경상남도 남해군 삼동면 동천리 내동천마을 내동천마을회관
조사일시 : 2011.1.20
조 사 자 : 박경수, 류경자, 정혜란, 강아영
제 보 자 : 이순아, 여, 86세
구연상황 : 조사자가 한 곡 불러 달라고 요청을 하자 이 노래를 먼저 꺼냈다. 산아지타령
가락에 얹어 불렀는데, 놀 때 많이 불렀다고 한다.

　　　우수(雨水)야 경첩에79) 대동강 풀리고
　　　당신의 말소리 내심중 풀리요

산아지타령 / 인생 노래

자료코드 : 04_04_FOS_20110120_PKS_LSA_0002
조사장소 : 경상남도 남해군 삼동면 동천리 내동천마을 내동천마을회관
조사일시 : 2011.1.20
조 사 자 : 박경수, 류경자, 정혜란, 강아영
제 보 자 : 이순아, 여, 86세
구연상황 : 앞의 노래를 부르고 나더니 이어서 불러 주었다. 이 노래도 산아지타령 가락
에 얹어서 불렀다. 이 노래도 역시 놀 때 많이 불렀다고 한다.

　　　세월이 가기는 바람결 겉고
　　　내청춘 늙기는 흐리는 물결이네
　　　에야 데야 에헤에 헤야
　　　에헤야 디여루 사나이를~ 고나

---

79) 경칩(驚蟄)에.

시집살이 노래 / 사촌형 노래

자료코드 : 04_04_FOS_20110120_PKS_LSA_0003
조사장소 : 경상남도 남해군 삼동면 동천리 내동천마을 내동천마을회관
조사일시 : 2011.1.20
조 사 자 : 박경수, 류경자, 정혜란, 강아영
제 보 자 : 이순아, 여, 86세
구연상황 : 조사자가 시집살이 노래를 유도하자 이 노래를 불러 주었다.

　　　성아성아 사춘성아[80] 내온다고 기님마라[81]

　　　쌀한더붕[82] 재짓이면 성도묵고 내도묵고

　　　그솥에라 부은물은 성쇠주제[83] 내쇠주나

　　　그솥에라 누룬밥은 성네개주제 내개주나

갈파래 노래

자료코드 : 04_04_FOS_20110120_PKS_LSA_0004
조사장소 : 경상남도 남해군 삼동면 동천리 내동천마을 내동천마을회관
조사일시 : 2011.1.20
조 사 자 : 박경수, 류경자, 정혜란, 강아영
제 보 자 : 이순아, 여, 86세
구연상황 : 조사자가 모심기 노래를 불러 달라고 하자, 이런 노래도 있다고 하면서 불러 주었다. 빠른 창부타령 가락에 얹어 불렀는데, 모심기를 할 때 주로 불렀다고 한다.

　　　강진바닥[84] 갈포래는[85] 시어매죽은 넋에던가[86]

---

80) 사촌형아.
81) 괘념마라.
82) 쌀 한 뚜껑. '더붕'은 밥공기의 뚜껑을 말한다. '더붕' 또는 '떠붕'은 '뚜껑'의 남해지역말이다.
83) 형의 소에게 주지.
84) 강진바다, 남해군의 앞바다인 '강진만'을 일컫는다. '바닥'은 바다의 남해지역말이다.

펄펄하네 펄펄하네 날만보면은 펄펄하네

아리랑

자료코드 : 04_04_FOS_20110120_PKS_LSA_0005
조사장소 : 경상남도 남해군 삼동면 동천리 내동천마을 내동천마을회관
조사일시 : 2011.1.20
조 사 자 : 박경수, 류경자, 정혜란, 강아영
제 보 자 : 이순아, 여, 86세
구연상황 : 갑자기 다음 부를 노래가 떠오르지 않았는지, 앞의 노래에 이어서 본조아리랑
의 첫머리만을 불렀다.

아리랑 아리랑 아라리야
아리랑 고개로 넘어간다

장타령

자료코드 : 04_04_FOS_20110120_PKS_LSA_0006
조사장소 : 경상남도 남해군 삼동면 동천리 내동천마을 내동천마을회관
조사일시 : 2011.1.20
조 사 자 : 박경수, 류경자, 정혜란, 강아영
제 보 자 : 이순아, 여, 86세
구연상황 : 청중들이 노래 잘 한다고 칭찬을 하자 신명난 듯 제보자가 계속해서 노래를
불렀다.

질로질로 가다가 돈을한닢 주웠네
주운돈을 넘줄까87) 넘주느니 내허제

---

85) 갈파래는.
86) 넋이던가.

샀네 샀네 바늘로하나 샀네

후었네 후었네 낚수로하나[88) 후었네

던졌네 던졌네 강진바다에 던졌네

물었네 물었네 잉애로한마리[89) 물었네

써리고[90) 회치고 입으로는 들치고

똥구녕으로 내치고 개로불러서 훑이고[91)

첩 노래 (1)

자료코드 : 04_04_FOS_20110120_PKS_LSA_0007
조사장소 : 경상남도 남해군 삼동면 동천리 내동천마을 내동천마을회관
조사일시 : 2011.1.20
조 사 자 : 박경수, 류경자, 정혜란, 강아영
제 보 자 : 이순아, 여, 86세
구연상황 : 제보자가 생각난 듯 이어서 이 노래를 불러 주었다. 모심기 할 때 주로 부르
며, 삼 삼고 모시 삼기 할 때도 많이 부른다고 한다.

우러집에 저남자는 등넘에다가 첩을두고

밤우로는[92) 미친걸음 낮우로는 병든걸음

다늙는다 다늙는다 밤질걷기야 다늙는다.

---

87) 남 줄까.
88) 낚싯대를 하나.
89) 잉어를 한 마리.
90) 썰고.
91) 핥게 하고 '훑이다'는 '핥이다'로, 똥을 누고 나서 개에게 핥게 시킨다는 말이다.
92) 밤으로는.

처녀총각 노래

자료코드 : 04_04_FOS_20110120_PKS_LSA_0008
조사장소 : 경상남도 남해군 삼동면 동천리 내동천마을 내동천마을회관
조사일시 : 2011.1.20
조 사 자 : 박경수, 류경자, 정혜란, 강아영
제 보 자 : 이순아, 여, 86세
구연상황 : 모인 할머니들이 노래를 안 하고, 제보자에게 잘한다고 자꾸 미루자 난색을
표하면서도 계속해서 불러 주었다. 놀 때 많이 부르는 노래라고 하는데, 산아
지타령 가락에 얹어서 불렀다.

구름아 안개야 달 막지마라

처녀야 총각이 화토로 친다

제 좋아서 치는도야 화토

막을 이가 누 있는가

에야헤야 헤야데야 에헤에 헤야

에에야 디여루 산아지를~ 고나

유자 노래

자료코드 : 04_04_FOS_20110120_PKS_LSA_0009
조사장소 : 경상남도 남해군 삼동면 동천리 내동천마을 내동천마을회관
조사일시 : 2011.1.20
조 사 자 : 박경수, 류경자, 정혜란, 강아영
제 보 자 : 이순아, 여, 86세
구연상황 : 조사자가 남해에는 유자 노래도 있는 것 같더라고 했더니, 산아지타령 곡에
맞추어 이 노래를 불러 주었다. 놀 때 많이 불렀다고 한다.

유자는 얽어도 웃상에 노는데

탱주는[93] 곱아도 밭질에[94] 돈다

에헤야 데야 에헤에 헤야

에에야 디여루 산아이를~ 고나

첩 노래 (2)

자료코드 : 04_04_FOS_20110120_PKS_LSA_0010
조사장소 : 경상남도 남해군 삼동면 동천리 내동천마을 내동천마을회관
조사일시 : 2011.1.20
조 사 자 : 박경수, 류경자, 정혜란, 강아영
제 보 자 : 이순아, 여, 86세
구연상황 : 제보자가 산아지타령 곡을 부르더니, 그 곡에 연속해서 민요 사설을 붙여나갔다.

우러님 넘주고[95] 심화병 난데는

작은이 저년잡아 장조럼을[96] 헙시다

에헤야 데야 에헤에 헤야

에에야 디여루 산아지를~ 고나

정 노래

자료코드 : 04_04_FOS_20110120_PKS_LSA_0011
조사장소 : 경상남도 남해군 삼동면 동천리 내동천마을 내동천마을회관
조사일시 : 2011.1.20
조 사 자 : 박경수, 류경자, 정혜란, 강아영
제 보 자 : 이순아, 여, 86세
구연상황 : 제보자가 산아지타령 곡에 얹어 연속해서 이 노래까지 불러 주었다.

---

93) 탱자는.
94) 발길에.
95) 남 주고.
96) 장조림을.

바람은 불수록 니이길만[97] 치고
우러님은 올수록 정만깊이 든다
에헤야 데야 에헤헤 헤야
에에야 디여루 산아지를~ 고나

모심기 노래

자료코드 : 04_04_FOS_20110120_PKS_LSA_0012
조사장소 : 경상남도 남해군 삼동면 동천리 내동천마을 내동천마을회관
조사일시 : 2011.1.20
조 사 자 : 박경수, 류경자, 정혜란, 강아영
제 보 자 : 이순아, 여, 86세
구연상황 : 조사자가 모심기 노래 중에 재미있는 노래는 없느냐고 했더니, 웃으면서 이
　　　　　노래를 불렀다. 빠른 창부타령 가락에 얹어 불렀다.

　　　모시적삼 속적삼안에 발발떠는 저젖보소
　　　많이보면은 병되는데 쌀귀만치만 보고가소
　　　보면보고야 말면은말지 쌀귀만치야 볼수있나

남매 노래

자료코드 : 04_04_FOS_20110120_PKS_LSA_0013
조사장소 : 경상남도 남해군 삼동면 동천리 내동천마을 내동천마을회관
조사일시 : 2011.1.20
조 사 자 : 박경수, 류경자, 정혜란, 강아영
제 보 자 : 이순아, 여, 86세
구연상황 : 조사자가 사연이 있는 노래는 없느냐고 했더니, 이 노래를 불러 주었다. 모심

---

97) 파도 길만. '니이'는 파도의 남해지역말이다.

을 때, 삼 삼고 모시 삼을 때 많이 불렀다고 한다.

시누야올케 꽃껑다가 숙어졌네 숙어졌네
쉰질야물속에[98] 숙어졌네
울오랍시 거둥을보소 젙에야동숭은[99] 제치놓고
먼데야처군을[100] 건지더라
잃으면 동생이요 얻으면 처군이야
어야동생 성냄이는[101] 빙이를 집어타고
대천지라 한바닥에 고기밥이 되어가요
나도죽어 남자되어
생길라네[102] 생길라네 처군보텀 생길라요

약 파는 노래

자료코드 : 04_04_FOS_20110120_PKS_LSA_0014
조사장소 : 경상남도 남해군 삼동면 동천리 내동천마을 내동천마을회관
조사일시 : 2011.1.20
조 사 자 : 박경수, 류경자, 정혜란, 강아영
제 보 자 : 이순아, 여, 86세
구연상황 : 제보자가 18살 때 부른 노래라고 하면서 이 노래를 불렀다. 노래를 부르고
　　　　　 나더니 배울 때는 재미가 있어서 배웠는데, 지금은 그때만큼 맛이 안 난다고
　　　　　 했다.

약사소 병사소 만병주 사시오

---

98) 쉰 길 물속에. '야'는 허사이다.
99) 곁에 있는 동생은.
100) 먼 곳에 있는 아내를. '처군'은 아내의 남해지역말이다.
101) 성냄이는. '성남'은 여동생, 즉 시누이의 이름이라고 한다.
102) 생각하려네. '생기다'는 '섬기다', '생각하다'의 남해지역말이다.

요약을 먹고나면은 만병에 닿소

에헤야 데야 에헤에 헤야

에에야 디여루 산아지를~ 고나

시집살이 노래 (1) / 양동가마 노래

자료코드 : 04_04_FOS_20110121_PKS_LWR_0001
조사장소 : 경상남도 남해군 삼동면 봉화리 내산마을 내산경로당
조사일시 : 2011.1.21
조 사 자 : 박경수, 류경자, 정혜란, 강아영
제 보 자 : 이위락, 여, 78세
구연상황 : 제보자가 이 노래를 마치 이야기하듯 구연해 주었다. 그래서 조사자가 혹시
        노래가 아니냐고 했더니 노래라고 했다. 그러면 노래로 불러 주십사 하고 요
        청을 했더니 불러 주었다. 노래가 끝나자 부끄러운 듯 그냥 이런 노래였다는
        말을 덧붙였다. 여자들이 모여앉아 삼 삼고 모시 삼고 할 때 불렀다고 한다.

시집가던 샘일[三日]만에 씨어마니 거둥보소

참깨닷말 둘깨닷말103) 두닷말을 내여줌서

이것을 볶아봐라 두닷말을 볶고나니

양가매도104) 벌어지고 양주개도105) 벌어지고

아가아가 며늘아가

너거집에 건니가서 재산정리로 다해갖고

양가매도 물어주고 양주개도 물어주라

씨어마니도 여앉으소 씨아버니도 여앉으소

깻단겉은 이내몸을 짚단겉이 헐었으니

---

103) 들깨 다섯 말.
104) 양동가마솥도.
105) 양동주걱도.

이내몸을 물어주몬 양가매도 물어주고

양주개도 물어주겠습니다

아가아가 며늘아가 이후엘랑 좋기살자

음식 노래

자료코드 : 04_04_FOS_20110121_PKS_LWR_0002
조사장소 : 경상남도 남해군 삼동면 봉화리 내산마을 내산경로당
조사일시 : 2011.1.21
조 사 자 : 박경수, 류경자, 정혜란, 강아영
제 보 자 : 이위락, 여, 78세
구연상황 : 청중과 조사자들이 한 곡을 더 요청하자 이 노래를 불렀다. 노래를 부르고 난
뒤, 오래돼서 다 잊어버렸다는 말을 덧붙였다. 모심고 삼 삼고 모시 삼을 때
불렀다고 한다.

시리떡을106) 배를모아 찰부치미107) 돛을 달아

젯가락을 짐대세와108) 청주강에 피워놓고

소주바람아 살살불어라 청주강으로 유람가자

꽃 노래

자료코드 : 04_04_FOS_20110121_PKS_LWR_0003
조사장소 : 경상남도 남해군 삼동면 봉화리 내산마을 내산경로당
조사일시 : 2011.1.21
조 사 자 : 박경수, 류경자, 정혜란, 강아영
제 보 자 : 이위락, 여, 78세

---

106) 시루떡을.
107) 찹쌀전.
108) 돛대 세워.

구연상황: 앞서 김용심 할머니가 '버선 노래'를 불렀다. 그랬더니 갑자기 생각난 듯 이 노래를 불렀다. 두 노래는 첫 구절이 똑같지만 다른 내용을 담고 있다. 삼 삼고 모시 삼으면서 많이 불렀다고 한다.

질로질로[109] 가시다가 찔레꽃이 하곱아서[110]

한두봉지[111] 끊어다가

임아임아 우럿님아 내가곱소 꽃이곱소

니아무리 곱다한들 꽃한테다 대울쏘냐[112]

그꽃이 곱거들랑 꽃을안고 잠을자소

본처 노래

자료코드 : 04_04_FOS_20110121_PKS_LWR_0004
조사장소 : 경상남도 남해군 삼동면 봉화리 내산마을 내산경로당
조사일시 : 2011.1.21
조 사 자 : 박경수, 류경자, 정혜란, 강아영
제 보 자 : 이위락, 여, 78세
구연상황 : 제보자들이 이제 기억이 나지 않는다고 서로 미루는 바람에 조사 현장이 활기를 잃어갔다. 조사자가 제보자에게 한 곡 더 생각나는 것이 있으면 불러 달라고 했더니, 쑥스러워하면서 이 노래를 불렀다. 부르고 난 뒤에는 제대로 불렀는지 모르겠다고 했다. 모여서 삼 삼고 모시 삼을 때 주로 불렀다고 한다.

본처박대 허는놈은

뒤축없는 신을신고 호박잎에 된장얼고

드나든다 드나든다 본처사립밖 드나든다

본처가 쑥나섬성

---

109) 길로 길로.
110) 너무나 고와서.
111) 한두 송이.
112) 비(比)하겠느냐.

본처박대 허는놈들 잘되는것 내못봤다

배추 씻는 처녀 노래

자료코드 : 04_04_FOS_20110121_PKS_LWR_0005
조사장소 : 경상남도 남해군 삼동면 봉화리 내산마을 내산경로당
조사일시 : 2011.1.21
조 사 자 : 박경수, 류경자, 정혜란, 강아영
제 보 자 : 이위락, 여, 78세
구연상황 : 조사자가 '배추 씻는' 노래도 있지 않느냐고 하자, 있다고 하면서 이 노래를
불렀다. 빠른 창부타령 가락에 얹어서 불렀는데, 모심을 때와 삼 삼고 모시
삼을 때 많이 불렀다고 한다.

> 야아래라 시내갱번[113] 배추씻는 저큰아가
>
> 겉에겉잎 제쳐놓고 속의속대를 나를달라
>
> 니가언제 날봤다고 겉에겉잎 제쳐놓고
>
> 속의속대를 주라하네

그렇다 그만.

시집살이 노래 (2) / 나 하나를 남이라고

자료코드 : 04_04_FOS_20110121_PKS_LWR_0006
조사장소 : 경상남도 남해군 삼동면 봉화리 내산마을 내산경로당
조사일시 : 2011.1.21
조 사 자 : 박경수, 류경자, 정혜란, 강아영
제 보 자 : 이위락, 여, 78세
구연상황 : '배추 씻는 처녀' 노래를 부르고 난 후 갑자기 생각이 난 듯 연이어 이 노래

---

113) 남해지역에서는 '갱번'이 일반적으로 '바닷가'의 의미로 쓰인다.

를 불렀다. '배추 씻는 처녀' 노래와 첫머리가 같은 이 노래는 남해지역의 시집살이 노래 중 하나인 '나 하나를 남이라고' 하는 서사민요인데 완성하지 못하고 일부분만 불렀다.

야아래라 시내경번 알쏭달쏭 돌복징어[114]

억수야 만뭇을[115] 주워서 먹고

임의 앞에 가 죽고지야[116]

남해 금산 잔솔밭에

자료코드 : 04_04_FOS_20110121_PKS_LWR_0007
조사장소 : 경상남도 남해군 삼동면 봉화리 내산마을 내산경로당
조사일시 : 2011.1.21
조 사 자 : 박경수, 류경자, 정혜란, 강아영
제 보 자 : 이위락, 여, 78세
구연상황 : 조사자가 '남해 금산' 노래가 남해에서 유명한 것으로 안다면서 한 곡 불러보지 않겠느냐고 요청하자 제보자가 이 노래를 불렀다. 이 노래의 사설은 남도민요 성주풀이 2절과 유사하지만, 가락은 창부타령에 얹어 불렀다. 삼 삼고 모시 삼고 할 때 많이 불렀다고 한다.

남해금산 잔솔밭에 슬슬기는 저포수야

오만짐승 다잡아도 기러기한마리는 그만둬라

너와같은 임을잃고 임을찾는 중이로다

---

114) 돌복, 독이 든 아주 작은 복을 말한다. 남해지역에서는 '복'을 '복쟁이'라고 한다.
115) 민(萬) 뭇을, '뭇'은 생선을 묶어 세는 단위로, 열 마리를 일컫는다. '억수야 만 뭇을'은 '수없이 많이'의 뜻이다.
116) 죽고 싶구나.

화투타령

자료코드 : 04_04_FOS_20110121_PKS_LWR_0008
조사장소 : 경상남도 남해군 삼동면 봉화리 내산마을 내산경로당
조사일시 : 2011.1.21
조 사 자 : 박경수, 류경자, 정혜란, 강아영
제 보 자 : 이위락, 여, 78세
구연상황 : 조사자가 화투 노래를 혹시 아느냐고 했더니 안다고 했다. 그러면 한번 불러
　　　　　달라고 요청하자 이 노래를 불렀다. 창부타령 가락에 얹어서 불렀는데, 놀 때,
　　　　　삼 삼고 모시 삼고 할 때 많이 불렀다고 한다.

　　　　정월 솔가지 속속히 올라

　　　　이월 멧대 맺아 놓고

　　　　삼월 사쿠라 산란헌 내마음

　　　　사월 흑싸리 허송하다

　　　　오월 난초 날아든 나비

　　　　유월 목단 꽃에 앉아

　　　　칠월 홍사리 홀로 늙어

　　　　팔월 공산에 달도 밝다

　　　　구월 국화 굳었던 마음

　　　　시월 단풍에 뚝 떨어졌네

　　　　동지섣덜 오시던 님이

　　　　섣덜 비바람에 갇혔고나

　　다했네, 인자.

처녀총각 노래

자료코드 : 04_04_FOS_20110121_PKS_LWR_0009

조사장소 : 경상남도 남해군 삼동면 봉화리 내산마을 내산경로당
조사일시 : 2011.1.21
조 사 자 : 박경수, 류경자, 정혜란, 강아영
제 보 자 : 이위락, 여, 78세
구연상황 : 앞서 '화투타령'을 부르고 난 뒤 생각이 난 듯 이 노래를 불렀다. 노래가 끝
나고 난 뒤, 이런 노래도 있다는 말을 덧붙였다. 창부타령 가락에 얹어서 신
나게 불렀다. 놀 때 많이 불렀다고 한다.

구름아펄펄 달막지마라 처녀총각이 화토로친다[117]
저거좋아 치는화토 어느잡놈이 말길소냐[118]

상사요(相思謠)

자료코드 : 04_04_FOS_20110120_PKS_LHM_0001
조사장소 : 경상남도 남해군 삼동면 물건리 물건마을 물건마을회관
조사일시 : 2011.1.20
조 사 자 : 박경수, 류경자, 정혜란, 강아영
제 보 자 : 이효명, 남, 81세
구연상황 : 설화 구연이 끝난 후, 혹시 노래는 불러 본 적은 없느냐고 물었다. 그랬더니
멋쩍게 웃으며 그럼 딱 하나만 불러 보겠다고 하면서 이 노래를 불렀다. 놀면
서 더러 불렀다고 한다.

잊어라모두다 꿈이로다 모두다잊어라 꿈이로다
옛날옛적 과거지사를 모두다잊어라 꿈이로다
잊어야만 옳을줄을 나도야번연히 알건만은
원수놈우 미련이남아 그리도못잊어 한이로다
얼씨구절씨구 지화자좋네 아니놀고서 무엇할꼬

---

117) 화투를 친다.
118) 말리겠느냐.

모찌기 노래

자료코드 : 04_04_FOS_20110120_PKS_JSD_0001
조사장소 : 경상남도 남해군 삼동면 물건리 물건마을 물건마을회관
조사일시 : 2011.1.20
조 사 자 : 박경수, 류경자, 정혜란, 강아영
제 보 자 : 장순덕, 여, 84세
구연상황 : 조사자가 모심고 할 때는 어떤 노래를 불렀느냐고 묻자 가장 먼저 이 노래를
          불렀다. 부르고 난 뒤, 모를 찔 때도 부르고 심을 때도 부르는 노래라고 했다.
          산아지타령 가락에 얹어서 차분하게 불렀다.

　　　　설천~모너리[119] 조내깃밴가[120]

　　　　조~롬조롬도 잘조~린다

시어머니 노래 (1)

자료코드 : 04_04_FOS_20110120_PKS_JSD_0002
조사장소 : 경상남도 남해군 삼동면 물건리 물건마을 물건마을회관
조사일시 : 2011.1.20
조 사 자 : 박경수, 류경자, 정혜란, 강아영
제 보 자 : 장순덕, 여, 84세
구연상황 : 조사자가 생각나는 대로 아무 노래나 불러 달라고 했더니 이 노래를 불러 주
          었다. 아무 때나 불렀는데, 놀 때도 부르고 모심을 때도 간혹 불렀다고 한다.

　　　　오동나무는 뚜드리면은 군소리가나고

　　　　씨어마니는 건드리면은 잔소리가난다.

　　　　에헤야 데야 에헤헤 에야

　　　　에~야 디여라 사랑이로~ 고나

---

119) '모너리'는 설천면 모천리의 옛 지명이다. '모노리(慕魯里)'라고도 한다.
120) '조내기배'는 그물을 던져서 잡아당겨 고기잡이를 하는 배라고 한다.

시어머니 노래 (2)

자료코드 : 04_04_FOS_20110120_PKS_JSD_0003
조사장소 : 경상남도 남해군 삼동면 물건리 물건마을 물건마을회관
조사일시 : 2011.1.20
조 사 자 : 박경수, 류경자, 정혜란, 강아영
제 보 자 : 장순덕, 여, 84세
구연상황 : 제보자가 앞서 시어머니 노래를 불렀다. 그랬더니 청중들이 그것 말고도 있지 않느냐고 했다. 그러자 제보자가 "또 있지." 하면서 이 노래를 불렀다. 여자들이 모여 앉으면 아무 때나 부른다고 한다. 산아지타령 가락에 얹어 불렀다.

씨어마니 잔소리 헐대로 허시요
며느리 복장은 클대로 컸네

시집살이 노래 / 양동가마 노래

자료코드 : 04_04_FOS_20110120_PKS_JJR_0001
조사장소 : 경상남도 남해군 삼동면 물건리 물건마을 물건마을회관
조사일시 : 2011.1.20
조 사 자 : 박경수, 류경자, 정혜란, 강아영
제 보 자 : 조중례, 여, 83세
구연상황 : 옆 사람이 노래 부르는 것을 가만히 듣고 있더니 마이크를 한 번 줘 보라고 했다. 그러더니 이 노래를 불러 주었다. 삼 삼고 모시 삼고 할 때 많이 부른다고 한다.

시집가던 삼일만에 씨어마니 허는말씀
아가아가 며늘아가 참깨닷말 먹깨닷말
이거갖다 니볶아라 두닷말로 볶고나니
양가매도 벌어지고 양주개도 벌어졌네
씨어마니 그말듣고나니 보선발로 뛰어나며
에라요년 요막한년 너거집에 바삐가서

쇠비장기 다폴아도[121) 양가매도 물어주라

각설이타령

자료코드 : 04_04_FOS_20110120_PKS_CKR_0001
조사장소 : 경상남도 남해군 삼동면 물건리 물건마을 물건마을회관
조사일시 : 2011.1.20
조 사 자 : 박경수, 류경자, 정혜란, 강아영
제 보 자 : 최경례, 여, 81세
구연상황 : '대례상에 비상 넣는 계모' 노래를 부르고 난 뒤, 조사자가 다른 노래도 불러
달라고 하자 '장타령'을 한번 해 보겠다고 하면서 이 노래를 불렀다. 제보자
는 타령류의 유희요를 맛깔나게 잘 불렀다.

얼-씨고씨고 들어간다

어품마나 잘헌다 품품 잘헌다

한대문만 빠져도 계집자속을 굶기고

어어품마나 잘헌다

반짇그륵에는122) 실패요 병든으다리는 춤[針]파요

냇가논은 치파요 한량의줌치는 골패요

어어품마나 잘헌다 품마하고도 잘헌다

거무란놈은123) 줄을잘쳐 전보선공장을 돌려라

어어품마나 잘헌다

제비란놈은 꼭대가곱아124) 한량의뒷방을 돌려라

어어품마나 잘헌다

---

121) 다 팔아도.
122) 반짇고리에는.
123) 거미란 놈은.
124) 뒤통수가 고와.

황새란놈은 다리가길어[125] 우편배달이로 돌려라

어어품마나 잘헌다 품품잘헌다

까안치란놈은[126] 집을잘지어 목수공장을 돌려라

어어품마나 잘헌다

이패저패는 낭패고 어어품마나 잘헌다

삿갓을씨고 허는가 삿갓삿갓 잘헌다

우장을입고 허는가 우쭐우쭐 잘헌다

어어품마나 잘헌다

씨어매를 줄라꼬 호박을사다가 쌂았더니

잠질에한번[127] 차리보니[128] 오강단지로[129] 쌂았네

어어품마나 잘헌다 품품잘헌다

씨아배를 줄라꼬 명태로사다가 쌂았더니

잠질에한번 차리보니 빨래방마치[130] 쌂았네

어어품마나 잘헌다 품품잘헌다

어~ 뛰는거는 깨고리[131] 잡는거는 문고리

거는거는 옷걸이

어어품마나 잘헌다 겨울바지는 핫바지

가을바지는 홑바지 여름바지는 반바지

어어품마나 잘헌다 품품잘헌다

술동우나[132] 묵었던가[133] 수리수리도 잘허고

---

125) 다리가 길어.
126) 까치란 놈은. 남해지역의 할머니들은 '까치'를 '까안치'라고 발음한다.
127) 잠결에 한번.
128) 쳐다보니. 남해지역에서는 '쳐다보다', '바라보다'를 '차라보다'라고 한다.
129) 요강 단지를.
130) 빨래방망이.
131) 개구리.
132) 술동이나.

찬물동우나 묵었는가 씁시리도 잘헌다

장모 타령

자료코드 : 04_04_FOS_20110120_PKS_CKR_0002
조사장소 : 경상남도 남해군 삼동면 물건리 물건마을 물건마을회관
조사일시 : 2011.1.20
조 사 자 : 박경수, 류경자, 정혜란, 강아영
제 보 자 : 최경례, 여, 81세
구연상황 : '장타령'이 끝난 뒤 조사자들이 너무 재미있다고 박수를 쳤다. 그랬더니 더
　　　　　재미있는 노래를 불러 주겠노라고 하면서 이 노래를 불렀다.

　　　　널너리 장모야 장모님 은혜를 헐라이면

　　　　이내머커닥134) 빼여서 신총전에다135) 팔아도 장모님 은혜를 못하요

　　　　널너리 장모야 장모님 은혜를 헐라이면

　　　　이내이망을136) 떼여서 숫돌전에다 팔아도 장모님 은혜를 못하요

　　　　널너리 장모야 장모님 은혜를 헐라이면

　　　　이내눈섶은 빼여서 붓대전에다 팔아도 장모님 은혜를 못하요

　　　　널너리 장모야 장모님 은혜를 헐라이면

　　　　이내눈은 빼여서 전기다마다137) 팔아도 장모님 은혜를 못하요

　　　　널너리 장모야 장모님 은혜를 헐라이면

　　　　이내코는 떼여서 빨뿌전에다138) 팔아도 장모님 은혜를 못하요

---

133) 먹었던가.
134) 나의 머리카락.
135) '신총전'은 신을 삼아 신는 재료를 파는 가게라고 한다.
136) 나의 이마를.
137) '전기다마'란 '전구'를 일컫는데, 구연자는 '전구다마'란 전구를 파는 가게라고 했다.
　　　'전구다마전'에서 '전' 자가 빠진 듯하다.
138) '빨뿌전'은 담배 빨부리를 파는 가게라고 한다.

널너리 장모야 장모님 은혜를 헐라이면

이내귀는 떼여서 전화국에다 팔아도 장모님 은혜를 못하요

널너리 장모야 장모님 은혜를 헐라이면

이내텍은139) 떼여서 주개전에다140) 팔아도 장모님 은혜를 못하요

널너리 장모야 장모님 은혜를 헐라이면

이내입은 떼여서 마이크전에다 팔아도 장모님 은혜를 못하요

널너리 장모야 장모님 은혜를 헐라이면

이내쎄는141) 빼여서 포리채전에다142) 팔아도 장모님 은혜를 못하요

널너리 장모야 장모님 은혜를 헐라이면

이내잇바디143) 빼여서 줄밥전에다 팔아도 장모님 은혜를 못하요

널너리 장모야 장모님 은혜를 헐라이면

이내목은 떼여서 장군마개에다144) 팔아도 장모님 은혜를 못하요

널너리 장모야 장모님 은혜를 헐라이면

이내폴은145) 떼여서 꼭두마리전에다146) 팔아도 장모님 은혜를 못하요

널너리 장모야 장모님 은혜를 헐라이면

이내손가락 빼여서 까꾸리전에다147) 팔아도 장모님 은혜를 못하요

널너리 장모야 장모님 은혜를 헐라이면

이내다리는 떼여서 전봇대전에다 팔아도 장모님 은혜를 못하요

---

139) 나의 턱은.
140) 주걱을 파는 가게에.
141) 나의 혀는.
142) 파리채를 파는 가게에. 남해지역에서는 '파리'를 '포리'로, '팔'을 '폴'로 발음하는 등 어휘의 대부분에서 'ㅏ'를 'ㅗ'로 발음하는 경향이 짙다.
143) 나의 치아.
144) '장군마개'는 '장군마개전'으로, 오줌장군 마개를 파는 가게이다.
145) 나의 팔은.
146) '꼭두마리전'은 씨아나 물레를 돌리는 손잡이를 파는 가게라고 한다. '꼭두마리'란 물레의 손잡이를 일컫는 '꼭지마리'의 남해지역말이다.
147) '까꾸리전'은 갈퀴를 파는 가게이다. '까꾸리'는 '갈퀴'의 남해지역말이다.

널너리 장모야 장모님 은혜를 헐라이면

이내발목은 떼여서 황토칼전에다[148] 팔아도 장모님 은혜를 못하요

널너리 장모야 장모님 은혜를 헐라이면

이내배는 떼여서 쇠구시전에다[149] 팔아도 장모님 은혜를 못하요

널너리 장모야 장모님 은혜를 헐라이면

이내붕알은 떼여서 춫돌전에다[150] 팔아도 장모님 은혜를 못하요

널너리 장모야 장모님 은혜를 헐라이면

이내고치 떼여서 말뚝전에다 팔아도 장모님 은혜를 못하요

널너리 장모야

금산 위에 뜬 구름아

자료코드 : 04_04_FOS_20110120_PKS_CBS_0001
조사장소 : 경상남도 남해군 삼동면 물건리 물건마을 물건마을회관
조사일시 : 2011.1.20
조 사 자 : 박경수, 류경자, 정혜란, 강아영
제 보 자 : 최봉순, 여, 85세
구연상황 : 조사자가 남해 금산 노래가 있더라고 하면서 한 곡 들려 달라고 유도하자 이 노래를 불러 주었다. 창부타령 가락에 얹어 불렀는데, 이 노래는 모심기 할 때 주로 불리던 노래라고 한다.

금산우에[151] 뜬구름아 눈실었나 비실었나

눈도비도 아니싣고 노래명창 내실었네

---

148) '황토칼전'은 벽에 황토를 바를 때 쓰는 칼을 파는 가게라고 한다.

149) '쇠구시전'은 소의 구유를 파는 가게이다. 남해지역에서는 '구유'를 '구시'라고 한다.

150) '춫돌전'은 저울의 추(錘)를 파는 가게라고 한다. 남해지역에서는 '저울의 추'를 '춫돌'이라고 하는데, 저울추를 끈에 달아 늘어뜨려 흔들리게 하는 것에서 비유된 듯하다.

151) 금산 위에.

녹수청산 노래

자료코드 : 04_04_FOS_20110120_PKS_CBS_0002
조사장소 : 경상남도 남해군 삼동면 물건리 물건마을 물건마을회관
조사일시 : 2011.1.20
조 사 자 : 박경수, 류경자, 정혜란, 강아영
제 보 자 : 최봉순, 여, 85세
구연상황 : 제보자가 남해 금산 노래를 부르고 난 뒤, 한 곡 더 없느냐고 했더니 이 노래
를 불러 주었다. 노랫가락에 얹어 불렀는데, 모여 앉아 놀 때도 부르고 삼 삼
고 모시 삼을 때도 불렀다고 한다.

청산도 절로만절로 녹수도 절로절로
산절로 수절로하니 산수간에만 나도절로

남매 노래

자료코드 : 04_04_FOS_20110121_PKS_CBS_0001
조사장소 : 경상남도 남해군 삼동면 봉화리 내산마을 내산경로당
조사일시 : 2011.1.21
조 사 자 : 박경수, 류경자, 정혜란, 강아영
제 보 자 : 최분순, 여, 81세
구연상황 : 다른 제보자들이 노래를 부르는 동안 가만히 듣고만 있었다. 그래서 한번 해
보라고 주위에서 부추기자 제보자가 이 노래를 불렀다. 노래를 매우 빠르게
부르는 편이었다. 모심고 삼 삼고 모시 삼을 때 많이 불렀다고 한다.

전라도다 경상도로 전라도에다 박을숭거
경상도로 박줄뻗어 씨누올케 박따다가
난데없던 시우져서152) 떠나가네 떠나가네
남강물에 떠나가네 우리오빠 거둥보소

---

152) 홍수가 나서.

앞에오는 동승두고[153) 뒤에오는 처운잡네[154)

떠나간다 떠나간다 남강물로 떠나가네

삼단같은 이내몸이 집둥걸이[155) 떠나간다

우리오빠 거둥보소 앞에오는 동승을두고

뒤에오는 처운잡네 내도죽어 남자가되어

부모형제 생기놓고[156) 처운얻어 생기보자

베틀 노래 / 부모부고(父母訃告)

자료코드 : 04_04_FOS_20110121_PKS_CBS_0002
조사장소 : 경상남도 남해군 삼동면 봉화리 내산마을 내산경로당
조사일시 : 2011.1.21
조 사 자 : 박경수, 류경자, 정혜란, 강아영
제 보 자 : 최분순, 여, 81세
구연상황 : 조사자가 사연이 있는 긴 노래를 불러 달라고 요청하자 이 노래를 시작했다.
그러나 중도에 기억이 나지 않는다면서 멈췄다. 그러더니 사설을 천천히 되뇌
어 본 후 처음부터 다시 불러 보겠노라고 하고는 다시 불러 주었다.

하늘에다 베틀채리 구름잡아 잉애걸고

비자나무 보디집에 얼걱철걱 짜니랑께

편지오네 편지가오네 하늘에서 편지오네

한손으로 받은편지 두손으로 일러보니

부모죽은 편지로다

머리풀어 낭게걸고 비네빼어[157) 땅에꽂고

---

153) 동생은 두고.
154) 아내를 잡네. '처운'은 아내의 남해지역말이다. '처군'이라고도 한다.
155) 짚단뭉치처럼.
156) 섬겨놓고. '생기다'는 '섬기다', '생각하다'의 남해지역말이다.
157) 비녀 빼어.

한등넘어 가니랑께 상부소리가[158] 나는고나
두등넘어 들어서니 상부꾼이 올라오네
앞에오는 저상부야 거게조금 멈춰주소
에라동생 그말을마라 이문은 곽문이라

또 그것도 거꾸로 나오는 거 보제.

저게오는 저상부야 거게쪼끔 지치허소[159]
오빠오빠 큰오빠야 곽문쪼끔 열어주소
곽문은 문아니라 열고닫고 못허니라
에라동생아 그말마라
잘도간다 잘도간다 어허넘차 잘도간다

몰라 뭐, 또 있는가 몰라도 그리 뺐이…….

시집살이 노래 / 중 노래

자료코드 : 04_04_FOS_20110121_PKS_CBS_0003
조사장소 : 경상남도 남해군 삼동면 봉화리 내산마을 내산경로당
조사일시 : 2011.1.21
조 사 자 : 박경수, 류경자, 정혜란, 강아영
제 보 자 : 최분순, 여, 81세
구연상황 : 조사자가 사연이 있는 긴 노래가 없느냐고 했더니, '부모부고' 노래를 부르고
난 뒤 이어서 이 노래를 불렀다. 긴 서사민요를 차분하게 잘 불렀다. 삼 삼고
모시 삼고 할 때 간혹 불렀다고 한다. 예전에는 기억력이 좋아 긴 노래도 곧
잘 불렀는데, 요즘은 통 부르니 기억이 가물가물 하다고 하면서 노래를 시작
했다.

---

158) 상여소리가.
159) 지체하소.

시집가던 삼일만에 씨어머니 거둥보소
개뚝겉은160) 호미줌성 밭매라고 보냈는데
한골매고 두골매고 해가점점 저물아서
집에돌아 오고보니 시어마니 거둥보소
콩죽써서 웃국뜨고 쌀죽써서 웃국뜨고
두반그릇 떠서놓고 묵으라고 내를주네
이것묵고 내살겄나
이웃할매 오시더니 아가아가 메늘아가
이것묵고 니살겄나 머리깎고 중놀이가라
그말한자161) 들은때미 아홉폭치매 뜯어갖고
한폭뜯어 바랑짓고 한폭뜯어 전대짓고
절간으로 들어가니
대사대사 이대사야 머리로조끔 깎아주소
한귀때기 깎고난께 치매앞이 다젖었네
두귀때기 다깎고나니 오시랂도162) 다젖었소
아홉상좌를 거느리고 진주큰들 내리서니
오네오네 임이오네 가개갔던163) 임이온다
아홉상좌가 절허는데 중하나는 절안허요
중의절이 흔치만은 임을보고 절허겄소
가세가세 돌아가세 오던질로 내랑가세
안갈라요 안갈라요 씨어마니 거둥보소
어머니도 여앉으소 동승니도164) 여앉아라

---

160) '개뚝같다'라는 말은 물건이 닳아서 못 쓰게 된 모양을 일컫는데, '개톡같다'라고도
한다.
161) 그 말 한마디.
162) 오지랂도.
163) 과거(科擧) 갔던.

다들었네 다들었네 올케소문 다알았다

그말하고 누운즉시 삼일사일 안나온께

적어매가165) 차라보고166) 창문열고 차라봄성

내자슥아 내자슥아 니이럴줄 내몰랐다

절간에다 편지허세 절간에다

어마어마 울어매야 절간에다 편지허소

절간에다 편지헌께 바빠서로 못온단다

다음날에 또누워서 어매어매 편지허소

절간에다 편지허소 어지그지 편지해도

못온다꼬 허는년을 편지해서 뭣허끼고

그리하야 죽어졌네 죽어갖고 상부꾼이

절간으로 올라간께 앞쪽의중들이 차라보고

저게오는 저상부는167) 누구죽은 상부론고

올라오네 올라오네 절간으로 들어오네

그말하여 차라보니 임의죽은 상부로다

입던적삼 벗어갖고 상부채에다 걸어줌성

어허상부 잘가거라

그만 그렇제. 인자 그게는.

강피 훑는 부인 노래

자료코드 : 04_04_FOS_20110121_PKS_CBS_0004

---

164) 동생 너도.
165) 자기 엄마가.
166) 바라보고. '차라보다'는 '바라보다', '쳐다보다'의 남해지역말이다.
167) 저 상여는.

조사장소 : 경상남도 남해군 삼동면 봉화리 내산마을 내산경로당
조사일시 : 2011.1.21
조 사 자 : 박경수, 류경자, 정혜란, 강아영
제 보 자 : 최분순, 여, 81세
구연상황 : 제보자가 앞서 '매미가 된 갱피 훑는 마누라' 이야기를 구연했다. 이야기가
끝난 뒤 조사자가 혹시 그 이야기를 노래로도 부를 수 있느냐고 물었다. 그랬
더니 노래로도 부를 수 있다고 하면서 이 노래를 불렀다. 삼 삼고 모시 삼고
할 때 불렀다고 한다.

징기맹기 너린들에 갱피훑는 저마느래
니팔자는 얼매나좋아 간데마당 갱피로세
그말한자168) 듣고보니 가개[科擧]갔던 임이오네
임아임아 서방님아 임을따라 내갈라네
말물종도 내데릤고169) 쇠물종도170) 내데릤다
오지마라 오지마라
가요가요 따라가요 임을따라 내갈라요
부디부디 올라컬랑 굽높은 신을신고
물한동우171) 질어이고172) 행주짜서 손에들고
말대죽만173) 딲아오게
그말한자 들어놓고 임은절로 가고없어
물한동우 질어이고 임을찾아 가니란께
죽었고나 죽었고나 질을가다 죽었고나
내는죽어 매미가되어 낭게앉아174) 임볼라네

---

168) 그 말 한마디.
169) 내가 거느렸고.
170) '말물종'은 말에게 물을 먹이는 종[僕]이고, '쇠물종'은 소에게 물을 먹이는 종이다.
171) 물 한 동이.
172) 길어서 이고.
173) 말발자국만.
174) 나무에 앉아.

그리 그만 매미가 돼뿄제.

범벅 노래

자료코드 : 04_04_FOS_20110121_PKS_CBS_0005
조사장소 : 경상남도 남해군 삼동면 봉화리 내산마을 내산경로당
조사일시 : 2011.1.21
조 사 자 : 박경수, 류경자, 정혜란, 강아영
제 보 자 : 최분순, 여, 81세
구연상황 : 조사자가 옛날에는 또 어떤 노래들을 불렀느냐고 물었다. 그랬더니 '범벅 노
래도 부르고….'라고 했다. 그래서 범벅 노래를 한번 불러 달라고 요청하자
이 노래를 불렀다. 삼 삼고 모시 삼고 할 때나 놀 때 등 아무 때나 부른다고
한다.

오늘은 할일이없어 범벅솥에 불이나옇세

불옇었다고 한덩거리 아─봤다고[175) 한덩거리

집봤다고 한덩거리

삼시세덩거리 받고보니 이런 풍년이 어딨겄나

뭐, 노래도 간단허네, 그런 거는.

진도아리랑 (1) / 임 노래

자료코드 : 04_04_FOS_20110120_PKS_HEA_0001
조사장소 : 경상남도 남해군 삼동면 동천리 내동천마을 내동천마을회관
조사일시 : 2011.1.20
조 사 자 : 박경수, 류경자, 정혜란, 강아영
제 보 자 : 하은아, 여, 83세

---

175) 아기 봤다고.

구연상황 : 조사자가 옛날에 불렀던 노래를 좀 불러 달라고 요청을 했더니, 갑자기 불러
달라고 하니 생각나는 노래가 없다고 했다. 그래서 조사자가 임 노래, 사랑
노래들도 있지 않느냐고 했다. 그랬더니 웃으면서 이 노래를 불러 주었다. 진
도아리랑 가락에 얹어서 불렀는데, 놀 때 주로 부른다고 한다.

저달은 떴다가 새벽에 지고
정든님 왔다가 도댕기176) 가네
아리아리랑 스리스리랑 아라리가 났네
아리랑 음음음 아라리가 났네

진도아리랑 (2) / 임 노래

자료코드 : 04_04_FOS_20110120_PKS_HEA_0002
조사장소 : 경상남도 남해군 삼동면 동천리 내동천마을 내동천마을회관
조사일시 : 2011.1.20
조 사 자 : 박경수, 류경자, 정혜란, 강아영
제 보 자 : 하은아, 여, 83세
구연상황 : 제보자가 진도아리랑 가락에 맞추어 임 노래를 부르더니, 이어서 이 노래를
불렀다.

물레야 물방아는 물을안고 돌고
우러집에 우러님은 나를안고 돈다
아리아리랑 쓰리쓰리랑 아라리가 났네
아리랑 음음음 아라리가 났네

---

176) 도로 다녀.

모심기 노래

자료코드 : 04_04_FOS_20110120_PKS_HEA_0003
조사장소 : 경상남도 남해군 삼동면 동천리 내동천마을 내동천마을회관
조사일시 : 2011.1.20
조 사 자 : 박경수, 류경자, 정혜란, 강아영
제 보 자 : 하은아, 여, 83세
구연상황 : 제보자가 임 노래를 연이어 부르고 나더니 갑자기 생각이 났는지 이런 노래
도 있다고 하면서 이 노래를 불러 주었다. 모심기 할 때 주로 부른다고 한다.

　　　서마지기 논배미가 반달만치 남았구나

　　　니가무슨 반달이냥 초승달이 반달이지

　　　초승달만 반달이냥 그믐달도 반달이다

남해대교 노래

자료코드 : 04_04_MFS_20110126_PKS_KYS_0001
조사장소 : 경상남도 남해군 삼동면 봉화리 내산마을 내산경로당
조사일시 : 2011.1.26
조 사 자 : 박경수, 류경자, 정혜란, 강아영
제 보 자 : 김용심, 여, 73세
구연상황 : 전날(1월 21일)에 조사를 왔을 때, 제보자가 집안 관련 인물설화(최치환 국회
의원)를 이야기하면서 그에 따른 노래도 있다고 했다. 그러나 채록 중간에 제
보자도 조사자도 잊어버리고 채록을 마쳤다. 그래서 다시 별도로 연락을 취하
고 조사 마지막 날 제보자를 만났다. 제보자는 성의껏 이 노래를 불러 주었
다. 노래 가사에 등장하는 이름 중 제보자의 집안 어른 이름에는 '의원'이라
는 명칭을 붙였다. 그래서 원래부터 그렇게 불렀느냐고 했더니, 집안 어른의
존함이라 다른 사람들처럼 그냥 이름만 부를 수 없기 때문에 자신이 붙인 것
이라고 했다. 모심기 할 때 많이 불렀다고 한다.

다리다리 노랑다리177) 최치환의원178) 눈물다리

신동관이179) 웃음다리 처녀총각 연애다리

동네마다 놀이다리 학교마다 소풍다리

우리남해 자랑다리

---

177) 노랑다리. '노랑다리'는 남해군 설천면 노량리와 하동군을 연결하는 다리, 즉 남해대
교를 일컫는 말이다.
178) 최치환은 설천면 노량리에 유적비가 세워져 있을 정도로 지역민들에게 주목받는 인
물이다. 주로 야당이나 무소속으로 출마해 남해군에서 역대 국회의원을 지냈는데,
남해대교 도입의 기초 안건을 국회에 올린 인물이기도 하다. 그런데 최치환과 지역
민들의 숙원이었던 남해대교는 여당 의원인 신동관이 국회의원으로 있을 때 개통되
었다. 이 노래는 그의 오랜 열망과 수고의 결실이 신동관에게 넘어갔다는 것을 풍자
적으로 그린 것이다.
179) 신동관은 집권당으로 출마해 남해군에서 역대 국회의원을 지낸 인물인데, 남해대교
개통 당시 남해군의 국회의원이었다.

이 노래가 작사 작곡헌 사람도 없이 고마, 돌은 다른 사람이 디비고(뒤
집고) 게는 다른 사람이 잡고, 엄떤(엉뚱한) 사람이 잡고 그런다꼬, 그로 인
해서 입으로 입으로 건너진 노래가 이리 됐어. 그걸 비해진(빗대어진) 노래
입니다.

보국대 노래

자료코드 : 04_04_MFS_20110120_PKS_CKR_0001
조사장소 : 경상남도 남해군 삼동면 물건리 물건마을 물건마을회관
조사일시 : 2011.1.20
조 사 자 : 박경수, 류경자, 정혜란, 강아영
제 보 자 : 최경례, 여, 81세
구연상황 : 제보자는 몸이 불편함에도 불구하고 노래를 아주 잘 불렀다. 서사민요와 '장
모타령' 등 가사가 긴 노래들을 유창하게 잘 불렀다. 그러더니 밤새 불러도
다 못 부를 것이라고 하면서 마지막으로 하나만 더 부를 테니 그만 하자고
했다. 그러겠다고 했더니 이 노래를 불렀다.

징병보국대 가시던님을 다시야못올줄 알았는데
해방이야 해방이야 팔월십오일 해방이야
이몸을 연락선에싣고 부산항구로 도착하여
골목골목이 태극기요 집집마당야 만세소리
서울에라 너린장원180) 삼천만동포가 모있는데
못오시오 못오시오 우러님한분은 못오시오
원자폭탄을 맞았던가 이국유람을 가섰는가
뒤뜰에라 왕대를심어 왕대끝에 꽃이피어
열매가 열면은 올라든가
바다물이 몰라져서181) 육지가되면은 올라든가

---

180) 너른 장안.

동솥에라 앉힌개가 멍멍짖이면 올라든가

평평에라182) 기린황이183) 쭉지가나면은 올라든가

못오시데 못오시데 한번간님은 못오시네

우는애기는 등에다업고 걷는애기는 손을잡고

이리갈까 저리갈까 전주마리를 치다가야184)

우리집을 돌아와서 사진을들고 통곡을한들

어느누가 속풀어주나

---

181) 말라서.

182) 병풍(屛風)에.

183) 그린 학이.

184) '전주마리를 치다'라는 말은 이리저리 왔다 갔다 하는 모양을 일컫는 남해지역말이
    다. '야'는 허사이다.

3. 창선면

▌조사마을

경상남도 남해군 창선면 당저리 당저1리

조사일시 : 2011.1.22
조 사 자 : 박경수, 류경자, 정혜란, 강아영

당저리 당저1리 마을의 정경

당저리(堂低里)는 당저1리 · 당저2리 2개 마을의 법정리 명칭이다. 당저리는 '당밑', '댕밑'이라고도 불리는데, 이러한 마을 이름은 '당집'과 연관이 있다. 당저리 위에는 과거 창선면의 조세와 특산품을 운반하기 전 용왕에게 제사를 지내기 위한 당집이 있었다고 한다. 그 당집 아래에 마을이 위치해 있다고 해서 '당밑'이라고 이름 붙여진 것이다. 이곳이 곧 오늘날의 당저1리이다.

조선시대 거제도와 남해도 해안 일대에서는 특산물인 문어, 미역, 해삼 등 수산물을 모아 배에 싣고, 서해안으로 북상하여 인천, 한강을 거쳐 노량진에 입항해 조정에 바치곤 했다. 그때 곡물, 해산물을 실어 나르던 이동 수단은 바로 바람을 이용하던 돛단배였다. 그래서 종종 큰 바람을 만나 침몰하는 사고가 자주 일어났으므로, 백성들은 조공이 조정에까지 무사히 도착하기를 빌면서 제를 올리곤 했던 것이다. 그리고 곡물이나 해산물을 모아 두었던 창고도 있었는데, 그것을 '해창(海倉)'이라 불렀다. 이 해창이 있던 곳이 지금의 당저2리이다.

당저리에서는 당저1리 마을을 조사했다. 당저1리 위편에 있는 당집은 현재 당저1리의 동제(洞祭)를 지내는 제장(祭場)으로 이용되고 있는데, 창선면에서 동제의 준비과정과 절차가 엄격히 적용되는 대표적인 마을이라 할 수 있다. 당산은 당집 위편, 당집 남쪽 도로변의 소나무와 당집 북쪽 구릉 하단부 등 세 곳에 위치해 있으며, 밥무덤 역시 세 곳 모두에 있다.

제일(祭日)은 음력 시월 그믐날이며, 제관(祭官)은 마을에서 생기복덕 (生氣福德)을 두루 갖춘 사람이 맡는다. 진설되는 제물에는 돼지고기가 포함되며, 동제에 필요한 제반 경비는 각 가정에서 일정액을 갹출하여 마련한다.

이 마을 최초의 입동(入洞) 성씨는 황씨이다. 벼농사를 주로 하고 있으며, 마을의 대표적인 유적으로는 삼국~고려 시대의 유물 산포지가 있다.

2008년 12월에 조사한 통계에 따르면, 이 마을은 현재 78세대에 주민이 163명으로, 남자가 68명, 여자가 95명이다.

조사자 일행은 장포마을의 채록을 마치고 오후에 당저1리 마을회관을 찾았다. 마을회관은 큰 도로의 조금 아래에 자리하고 있어서 쉽게 찾을 수 있었다. 마을회관에는 마을 분들이 많이 모여 있었다. 조사자 일행이 마을을 찾은 취지를 설명하자 들어오라고 했다. 그래서 채록을 시작했는데, 김봉연 할머니가 노래를 잘 한다고 모두 미루어 버리는 바람에 도맡아 하게 되었다.

마을의 주요 제보자와 제공한 자료의 특징을 보면 다음과 같다.

김봉연(여, 82세)이 민요 20편을 가창하고, 설화 2편을 구연해 단연 독보적이다. 민요로는 모심기 노래인 <처녀총각 노래>, <처녀수건 노래>, 길쌈 노래인 <시집살이 노래>, <못갈 장가 노래>, <주머니 노래>, <고사리 노래>, <첩 노래>, <물레 노래>, 그리고 유희요인 <산아지타령 (1) / 임 노래>, <산아지타령 (2) / 인생 노래>, <남해 금산 뜬 구름아>, <노랫가락 / 그네 노래>, <범벅 노래>, <꼬마신랑 노래>, <글자풀이 노래>, <정 노래>, <영감아 탱감아 죽지 마라> 등을 들려 주었다.

설화로는 <대구와 뱅어의 입>과 <옹기장수의 우스개> 등 소화(笑話) 2편을 들려주었는데, 매우 짤막한 이야기들이다.

김종아(여, 80세)는 <버선 노래>와 <한자풀이 노래>, 그리고 <베틀 노래>를 불러 주었는데, <베틀 노래>는 거의 다 잊어버렸다고 하면서 짤막하게 불러 주었다.

경상남도 남해군 창선면 동대리 동대마을

조사일시 : 2011.1.23
조 사 자 : 박경수, 류경자, 정혜란, 강아영

동대리(東大里)는 동대(東大)·곤유(昆遊) 2개 마을의 법정리 명칭이다. 동대리에서는 법정마을이자 자연마을인 동대마을을 조사했다. 동대마을에서 서쪽으로 약 1km쯤 되는 곳에는 '산두고개' 즉 '산두곡'이라 부르는 영(嶺)이 있는데, 이를 정점으로 마을이 있고 산두고개에서 동쪽에 있는 큰 마을이라 하여 '동대(東大)'라고 한다.

이 마을 최초의 입동(入洞) 성씨는 창원 황씨, 진주 강씨이다. 농업을 주로 하고 있으며, 특산물로는 마늘과 감자가 있다. 대표적인 유적으로는 '동대사지(東大寺址)', '김준식시혜불망비(金俊植施惠不忘碑)' 2기가 있는데, 동대사지는 대방산 남동산록에 있는 고려시대의 절터이다.

동대리 동대리마을회관

이 마을에서는 음력 십일월 보름날 당목과 당집, 밥무덤 2곳에서 동제를 지낸다. 당집은 마을 뒤 하천을 따라서 갈림길에 위치해 있으며, 밥무덤은 당집 위와 삼거리 도로변에 위치하고 있다. 제관(祭官)은 마을에서 생기복덕(生氣福德)을 두루 갖춘 사람이 직접 주관함을 원칙으로 하지만, 적격자가 없을 경우에는 인근의 스님에게 맡기는 경우도 있다.

2008년 12월에 조사한 통계에 따르면, 이 마을은 현재 68세대에 주민이 170명으로, 남자가 82명, 여자가 88명이다.

조사자 일행은 이 마을에 민요와 설화를 잘 하는 할머니가 있다는 제보를 받고, 제보자와 연락을 취한 후 오전 10시쯤 마을회관을 찾았다. 너무

이른 시간이라 그런지 마을회관에는 몇몇 할머니들만 나와 있었다. 제보자도 나와 있었는데, 얼마 전 많이 아팠던 터라 기억력이 떨어졌을 거라고 하면서 이야기를 꺼내 주었다.

마을의 주요 제보자와 제공한 자료의 특징을 보면 다음과 같다.

동대마을의 주요 제보자인 박경선(여, 80세)이 민요 17편을 가창하고 설화 2편을 구연했다. 제보자는 <모심기 노래>, <삼삼기 노래>를 중심으로 가창했는데, 특히 서사민요를 구성지게 잘했다. <모심기 노래>로는 <지초 캐는 처녀 노래>, <금비둘기 노래> 등의 독창과 함께 선후창의 앞소리도 주었는데, <상사소리>와 <칭칭이 소리>가 그것이다. 그리고 <시집살이 노래 / 중 노래>, <남산댁과 수영대 노래>, <쾌자 노래> 등의 서사민요와 함께 <베틀 노래>도 완결된 사설로 가창해 주었다. 설화로는 '양산백과 축영대'의 서사구조를 가진 <남산댁과 수영대 이야기>, <당산나무 속의 여우> 등을 구술해 주었는데, <당산나무 속의 여우>는 이야기를 많이 잊어버렸다고 했다.

탁처녀(여, 84세)도 민요 13편을 구연했다. <남해 금산 뜬 구름아> 등의 모심기 노래와 <여자인 까닭에>, <엄마친정 노래>, <부모 노래> 등의 삼삼기 노래, 그리고 <영감아 탱감아 오래 살아라>, <시집 보내달라는 노래> 등의 유희요도 불러 주었다.

박경선 할머니는 동네에서도 민요를 잘 하기로 소문이 나 있었다. 이런 까닭에 청중들이 모두 박경선 할머니에게 미루는 바람에 노래를 혼자서 부르다시피 했다. 몸도 그다지 좋지 못한 상태인데 혼자 계속 노래를 부르다 보니 나중에는 힘이 든다고 했다. 그래서 제보자가 탁처녀 할머니에게 같이 노래를 좀 부르자고 제안을 해서 부르게 되었다.

경상남도 남해군 창선면 서대리 서대마을

조사일시 : 2011.1.26

조 사 자 : 박경수, 류경자, 정혜란, 강아영

서대마을회관

서대리(西大里는) 서대(西大) · 보천(保川) 2개 마을의 법정리 명칭이다. 서대리에서는 법정마을이자 자연마을인 서대마을을 조사했다. 마을에서 약 1km쯤 되는 곳에는 '산두고개' 즉 '산두곡'이라 부르는 영(嶺)이 있는데, 산두곡에는 청동기시대의 지석묘 3가 있다. 서대'(西大)'는 산두고개의 서쪽에 있는 큰 마을이라 하여 붙여진 이름이다. 또한 서대에서 산두곡까지는 기다란 고개가 있는데, 이를 '서한재'라고 한다. '서한재'는 '서재'라고도 하는데, '한재'는 재가 길고 크다는 순수한 우리말이다.

이 마을 최초의 입동(入洞) 성씨는 밀양 박씨, 달성 서씨이다. 농업과 어업을 주로 하고 있으며, 굴과 바지락이 주요 특산물이다. 마을을 대표하는 유적으로는 지석묘(支石墓), 부도(浮屠), 국사단(局祀壇)·막돌탑, 자기요지(瓷器窯址) 등이 있다.

2008년 12월에 조사한 통계에 따르면, 이 마을은 현재 111세대에 주민이 214명으로, 남자가 97명, 여자가 117명이다.

조사자 일행은 남해군 조사를 마무리하는 마지막 날 점심을 먹고 서대마을회관을 찾았다. 마을회관은 큰길 가까이 위치해 있었는데, 마을 할머니들이 모여 이불로 다리를 덮고 삥 둘러앉아 있었다. 조사자 일행이 찾아온 취지를 설명하자 들어오라고 했다. 그리고는 보일러를 켠 지 얼마 되지 않아 춥다고 하면서 조사자 일행에게도 이불을 덮어 주었다.

재미있는 옛날이야기를 하나 해 주십사 하고 요청하자, 박광순 할머니가 먼저 이야기를 해 주겠다고 하며 판을 열어 주었다. 이야기판이 한창 벌어지고 있는데, 마을의 한 할머니가 고구마를 삶아 가지고 왔다. 그래서 고구마를 나누어 먹었는데, 이후부터는 노래판으로 이어졌다.

마을의 주요 제보자와 제공한 자료의 특징을 보면 다음과 같다.

곽말점(여, 83세)이 모심기 노래 3편을 불러 주었는데, <지초 캐는 처녀노래>, <남해 금산 뜬 구름아>, 그리고 시집간 딸이 친정에 한 번 오기를 기다리는 어머니를 노래한 <창부타령 / 봄배추 노래> 등이 그것이다.

이희선(여, 79세)은 창선 율도에 있는 <성명사의 쌀 나오는 구멍>에 대한 전설을 간단하게 들려주었다.

박광순(여, 81세)은 민요 6편과 설화 4편을 들려주었다. <시집살이 노래 / 양동가마 노래>, <시집살이 노래 / 중 노래>, <남매 노래>, <연모 노래> 등의 서사민요와 <베틀 노래>, 그리고 <아기 어르는 노래> 등을 들려주었는데, 사설을 많이 잊어버린 것에 대해 아쉬워했다. 그리고 설화로는 손자의 숙제를 위해 얼마 전에 손자에게 들려준 적이 있다는 <귀신도깨비를 죽이고 결혼한 포수>와 함께, <무조건 공대하는 며느리>, <술 못마시는 사위 구하려다 술꾼 사위 구한 사람>, <죽은 엄마를 기다리는 아

이들> 등 여러 편을 구연을 해 주었다. 특히 <귀신도깨비를 죽이고 결혼한 포수>와 <술 못 마시는 사위 구하려다 술꾼 사위 구한 사람> 등의 이야기는 구성도 탄탄하고 재미가 있어 청중들의 강한 호응을 얻었다.

박말생(여, 86세)도 11편의 민요를 불러 주었는데, 특히 '상사디여', '쾌지나칭칭나네' 등을 뒷소리로 받는 <모심기 노래>의 앞소리를 준 앞소리꾼이기도 하다. 그리고 <큰애기 노래>, <지초 캐는 처녀 노래>, <남매 노래> 등의 모심기 노래와 <쌍가락지 노래>, <쾌자 노래>, <연모요>, <시집살이 노래> 등의 삼삼기 노래, <이야기 서두 소리>, <영감아 탱감아 죽지 마라> 등의 유희요 등 다양한 종류의 노래들을 골고루 불러 주었는데, 박말생 할머니는 서사민요에도 능했다.

경상남도 남해군 창선면 오용리 오용마을

조사일시 : 2011.1.23
조 사 자 : 박경수, 류경자, 정혜란, 강아영

오용리(五龍里)는 오용(五龍) · 연곡(蓮谷) 2개 마을의 법정리 명칭이다. 오용리에서는 법정마을이자 자연마을인 오용마을을 조사했다. '오용(五龍)'이라는 마을이름은 송정 · 중촌 · 먹골 · 오용 · 노전 마을 하천이 다섯 마리의 용이 꿈틀거리는 형국이라 하여 붙여진 이름이라고 한다. 일제강점기에는 마을 이름의 한자표기가 '오용(五用)'으로 개칭되기도 하였으며, 오용과 노전이 오용리로 되었다. 1995년 광복 50주년 기념사업인 우리 땅 이름 찾기 사업 때 주민들의 건의에 의해 제 이름을 되찾았다.

이 마을 최초의 입동(入洞) 성씨는 나주 정씨이다. 농업을 주로 하고 있으며, 고사리가 이 마을의 특산물이다. 마을의 대표적인 유적으로는 '고려유물산포지(高麗遺物散布地)', '김이후추사비(金而厚追思碑)', '독망골 마제

석부채집지(磨製石斧採集地)' 등이 있다.

오용마을은 양력 12월 마지막 날 자정에 동제를 지내는데, 원래는 음력 섣달 그믐날이었다고 한다. 제장(祭場)은 마을 뒤편 산자락에 위치한 윗당산 당집이며, 밥무덤은 당집 내에 2기가 있다. 원래 마을 앞에는 아랫당산이 있었으나, 4~5년 전 동제 지내는 것에 따른 여러 가지 불편함으로 인해 아랫당산을 없앴다. 그러면서 그곳에 있던 밥무덤을 윗당산으로 옮겨 함께 모시게 되었다.

오용리 오용마을회관

제관(祭官)은 주로 마을 이장이 맡는데, 12월초만 되면 나들이를 삼가고 대문에 줄을 쳐 방문객도 통제를 한다. 마을회관에서 제일 먼저 제(祭)를 올린 다음 마을을 중심으로 동서남북 4곳의 동제터를 돌며 풍년과 마을의 안녕을 비는 고사를 올린다. 진설되는 제물에는 소고기, 돔, 수어, 낭태, 서대 등이 포함된다.

2008년 12월에 조사한 통계에 따르면, 이 마을은 현재 57세대에 주민이 101명으로, 남자가 44명, 여자가 57명이다.

조사자 일행은 오전에 동대마을의 조사를 마친 후 점심을 먹고 오후 2시쯤 오용마을회관을 찾았다. 마을회관에 갔더니 할머니들이 많이 모여 있었다. 조사자들이 찾아온 취지를 밝히자 들어오라고 했다. 그래서 다과를 나누면서 채록에 들어갔다.

마을의 주요 제보자와 제공한 자료의 특징을 보면 다음과 같다.

정보연(여, 89세)은 이 마을의 대표적인 제보자이다. 정보연은 <여자 몸 되어>, <아리랑>, <시집살이 노래 / 중 노래>, <시집살이 노래 / 양동가마 노래>, <시어머니 송사 노래>, <남편 죽는 노래> 등의 민요를 불러 주었다. 그리고 <중이 된 며느리>, <장님과 벙어리 사이의 대화>, <그것도 모르는 신부>, <월경(月經) 보고 도망친 신랑>, <시어머니 팔려다 효부 된 며느리>, <말귀를 못 알아듣는 바보 조카>, <이야기 서두담> 등의 민담도 구연해 주었다.

최경연(여, 82세)은 <진도아리랑>, <모시 삼을 삼아도>, <물레 노래>, <시어머니 죽고>, <동서 노래> 2편, <큰애기 노래>, <구혼 노래>, <남도령 노래>, <노처녀 노래> 등의 민요를 불러 주었다. 그리고 일제강점기 일본 책에서 봤다는 일본의 설화 <손가락만한 아이>도 들려주었다.

경상남도 남해군 창선면 진동리 장포마을

조사일시 : 2011.1.22
조 사 자 : 박경수, 류경자, 정혜란, 강아영

진동리(鎭洞里)는 적량(赤梁)·대곡(大谷)·장포(長浦) 3개 마을의 법정리 명칭이다. 진동리에서는 장포마을을 조사했는데, 장포마을은 진동리 끝자

락의 길게 펼쳐진 만(灣)에 위치해 있다. '장포(長浦)'라는 마을 이름은 마을 앞의 바닷물이 드나드는 개가 길다 하여 붙여진 지명이다. 순우리말로는 '길개'라고 불리기도 한다.

진동리 장포마을 장포회관

이 마을 최초의 입동(入洞) 성씨는 유씨이다. 어업을 주로 하고 있으며 홍합과 고사리가 특산물이다. 마을을 대표하는 유적으로는 '전 수중명당', '장군산', '목장재' 등이 있다. 마을에서는 음력 시월 보름날 당산에서 동제를 지내며, 매년 정월 대보름날에는 모상개해수욕장에서 풍어제를 지낸다.

동제를 지내는 제장(祭場)은 고개 밑 큰당산, 목장재당산, 마을회관 앞당목, 뒷당목 등이다. 밥무덤은 앞의 네 곳 이외에 신골에도 1기가 있다. 동제는 4~5년 전부터 무당이 맡고 있으며, 동제에 필요한 경비는 공동어장에서 나오는 수입금으로 충당한다.

2008년 12월에 조사한 통계에 따르면, 이 마을은 현재 159세대에 주민이 347명으로 남자가 163명, 여자가 184명이다. 이러한 분포를 보이는 장포마을은 활발한 어업 중심마을로서 창선면에서 세 번째로 큰 마을이다.

조사자 일행은 이 마을에 꽹과리 소리에 맞춰 상여 소리를 잘하는 분이 있으며, 또한 멸치잡이 소리를 할 수 있는 여건도 된다는 정보를 접했다. 그래서 이 마을 이장과 미리 연락을 취한 뒤 마을을 찾았다. 그러나 상여 소리를 하는 분은 끝내 조사에 응하지 않았다. 요즘은 화장을 주로 하기 때문에 상여 소리를 하는 일도 없는데, 무슨 신명으로 상여 소리를 하겠느냐는 것이 이유였다. 마을 이장과 할아버지들이 앞소리꾼에게 전화를 해 함께 협조해서 녹음하게 해 주자는 간곡한 부탁에도 불구하고 끝까지 조사팀을 만나주지 않았다. 조사팀은 물론 회관에 모인 할아버지 할머니들도 아쉬워했다.

마을회관에 도착하자 한 방에는 할아버지들이, 다른 방에는 할머니들이 모여 있었다. 먼저 할아버지들을 대상으로 멸치잡이 소리와 설화를 몇 편 듣고, 할머니들의 방으로 건너갔다.

마을의 주요 제보자와 제공한 자료의 특징을 보면 다음과 같다.

남자 제보자로는 하찬실(남, 88세)이 어로요인 <멸치잡이 소리>와 <만선배 돌아오는 소리>의 앞소리를 주고, 마을 사람들이 뒷소리를 받았다. 그리고 나무하러 갈 때 부르던 노래인 <아리랑타령>도 재미있게 불러 주었다. 그리고 설화도 구연해 주었는데, <고기잡이배를 도와준 헛배>, <진동마을의 유래>, <일본인이 맥을 끊은 장구들이 먼당>, <바다 속의 신령한 미륵> 등의 전설과 '설운동이가 과거를 보면서 겪는 일'을 그린 민담을 입담 있고 재미있게 들려주었다. 김장옥(남, 76세)은 인근에 있는 <여자들이 바람나는 고두의 좆바위>에 대한 전설을 들려주었다.

여자 구연자로는 이순례(여, 83세)가 이 마을의 대표적인 제보자이다. 이순례는 특히 서사민요를 잘 불렀는데, <계모 노래>, <시집살이 노래 / 양

동가마 노래>, <남매 노래> 등이 대표적이다. 그리고 <금비둘기 노래>, <이별 노래>, <남도령 노래>, <딱따구리 노래>, <나락 베는 처녀 노래> 등도 불러 주었다. 설화도 구성지고 실감나게 구연해 주었는데, <계모의 방해 물리치고 결혼한 본처 딸>, <효심 깊은 호랑이와 예수교의 유래> 등의 민담을 입담 있게 구연해 이야기판을 이끌어 주었다. 배학선(여, 82세)은 모심기 노래 중 <탄로가>를, 삼삼기 노래 중 <이별 노래>, <시집살이 노래> 등을 해 주었다. 배정자(여, 73세)는 모심기 노래 중 <음식 노래>, 삼삼기 노래 중 <남편 죽는 노래>를 불러 주었다. 배정자는 특히 <다리 세기 노래>, <기우(祈雨) 노래>, <잠자리 잡는 노래> 등의 동요를 재미있게 불러 주어 분위기를 살려 주었다. 이차연(여, 86세)은 아주 옛날 가락이라고 하면서 모심기 노래인 <농부가>와 그냥 아무 때나 부른다는 <달타령>을 불러 주었다. 이사님(여, 78세)은 <타박네 노래>를 불러 주었다.

■ 제보자

곽말점, 여, 1929년생

주 소 지 : 경상남도 남해군 창선면 서대리 서대마을
제보일시 : 2011.1.26
조 사 자 : 박경수, 류경자, 정혜란, 강아영

곽말점은 1929년생이고 뱀띠로 남해군 창
선면 당항리 냉천마을에서 3남 5녀 중 다섯
째로 태어났다.

19살 되던 해 4살 연상의 남편과 결혼하
여 서대마을로 왔으며, 슬하에 4남 2녀를 두
고 있다. 남편은 13년 전 작고하였으며, 현
재는 셋째 아들 가족과 함께 생활하고 있다.
학력은 무학이다. 과거에는 농사를 지으며
생활했으나 현재는 특별한 일을 하고 있지 않다.

제보자는 3편의 민요를 가창했는데, 스스로 해 주겠다고 먼저 나서는 등
적극적으로 조사에 임했다. 일하면서 알게 된 노래들이라고 했다.

제공 자료 목록
04_04_FOS_20110126_PKS_KMJ_0001 지초(芝草) 캐는 처녀 노래
04_04_FOS_20110126_PKS_KMJ_0002 남해 금산 뜬 구름아
04_04_FOS_20110126_PKS_KMJ_0003 창부타령 / 봄배추 노래

김봉연, 여, 1929년생

주 소 지 : 경상남도 남해군 창선면 당저리 당저1마을
제보일시 : 2011.1.22

조 사 자 : 박경수, 류경자, 정혜란, 강아영

김봉연은 1929년생이고 뱀띠로 남해군 창선면 진동리 장포마을에서 1남 2녀 중 첫째로 태어났다. 본관은 김해이다. 18살 되던해 2살 연상의 남편과 결혼하여 슬하에 4남 1녀를 두었다. 자녀는 모두 결혼하여 객지에 거주하고 있다. 남편은 10년 전 작고하여 현재 당저1리 마을에는 제보자 혼자 생활하고 있다. 학력은 무학이다. 과거에는 농사를 지었으나 현재는 특별히 하는 일이 없다.

제보자는 조사에 적극적으로 임하지 않을 것처럼 보였으나 예상 외로 매우 적극적으로 조사에 임했다. 20편의 민요를 가창했고, 2편의 설화를 구연했다. 민요를 가창할 때는 특별한 동작이 없었으나 설화를 구연할 때는 손동작을 곁들여 구연했다. 목소리가 조금 작은 편이었는데 노래를 부를 때에도 처음에는 작은 목소리로 가창을 했다. 그러다가 나중에는 목소리가 조금 커지기도 했지만 대체적으로 작은 목소리였다. 설화와 민요 모두 주로 아버지에게 들어서 알게 되었다고 했다.

제공 자료 목록

04_04_FOT_20110122_PKS_KBY_0001 대구와 뱅어의 입
04_04_FOT_20110122_PKS_KBY_0002 옹기장수 할머니의 용변 뒤처리
04_04_FOS_20110122_PKS_KBY_0001 첩 노래
04_04_FOS_20110122_PKS_KBY_0002 임 노래 (1)
04_04_FOS_20110122_PKS_KBY_0003 태평가
04_04_FOS_20110122_PKS_KBY_0004 남해 금산 뜬 구름아
04_04_FOS_20110122_PKS_KBY_0005 물레 노래
04_04_FOS_20110122_PKS_KBY_0006 범벅 노래
04_04_FOS_20110122_PKS_KBY_0007 처녀총각 노래

04_04_FOS_20110122_PKS_KBY_0008 꼬마신랑 노래

04_04_FOS_20110122_PKS_KBY_0009 임 노래 (2)

04_04_FOS_20110122_PKS_KBY_0010 시집살이 노래 (1) / 미나리꽃

04_04_FOS_20110122_PKS_KBY_0011 못갈 장가 노래

04_04_FOS_20110122_PKS_KBY_0012 주머니 노래

04_04_FOS_20110122_PKS_KBY_0013 시집살이 노래 (2) / 덕석굽이

04_04_FOS_20110122_PKS_KBY_0014 고사리 노래

04_04_FOS_20110122_PKS_KBY_0015 한자풀이 노래

04_04_FOS_20110122_PKS_KBY_0016 정 노래

04_04_FOS_20110122_PKS_KBY_0017 영감아 탱감아

04_04_FOS_20110122_PKS_KBY_0018 처녀수건 노래

04_04_FOS_20110122_PKS_KBY_0019 성주풀이

04_04_FOS_20110122_PKS_KBY_0020 노랫가락 / 그네 노래

김장옥, 남, 1935년생

주 소 지 : 경상남도 남해군 창선면 진동리 장포마을

제보일시 : 2011.1.22

조 사 자 : 박경수, 류경자, 정혜란, 강아영

김장옥(金長玉)은 1935년생이고 돼지띠로 남해군 창선면 진동리 장포마을에서 3남 1녀 중 막내로 태어났다. 본은 김해이다. 제보자는 26살에 결혼을 했으며 부인인 강창업(여, 73세) 씨와 함께 살고 있다. 슬하에 2남 3녀의 자녀를 두고 있는데, 모두 객지에 살고 있다. 과거에는 어업과 수산업을 했다고 한다. 지금은 장포마을의 노인회 회장을 맡고 있다.

제보자는 말이 조금 빠른 편이며, 조사를 적극적으로 도우려고 노력했다.

제공 자료 목록
04_04_FOT_20110122_PKS_KJO_0001 여자들이 바람나는 고두의 좆바위

김종아, 여, 1932년생

주 소 지 : 경상남도 남해군 창선면 당저리 당저1리마을
제보일시 : 2011.1.22
조 사 자 : 박경수, 류경자, 정혜란, 강아영

　김종아는 1932년생이고 원숭이띠로 남해
군 창선면 당저리 당저마을에서 3남 3녀 중
둘째로 태어났다. 본관은 김영이다. 19살 되
던 해 4살 연상의 남편과 결혼하여 슬하에 2
남 5녀를 두었다. 자녀들은 모두 객지에 거
주하고 있다. 남편은 4년 전 작고하여 현재
당저1리 마을에는 제보자 혼자 생활하고 있
다. 평생 농사일을 해 왔으며, 현재도 밭을
조금 일구며 생활하고 있다. 학력은 무학이다.

　제보자는 조사 초반에는 조사에 전혀 참여하지 않다가 조사 후반에 참
여하여 3편의 민요를 가창했다. 목소리가 컸고, 몸을 흔들어 가며 가창했
다. 어릴 적에 듣고 알게 된 노래들이라고 했다.

제공 자료 목록
04_04_FOS_20110122_PKS_KJA_0001 베틀 노래
04_04_FOS_20110122_PKS_KJA_0002 버선 노래
04_04_FOS_20110122_PKS_KJA_0003 한자풀이 노래

박경선, 여, 1932년생

주 소 지 : 경상남도 남해군 창선면 동대리 동대마을
제보일시 : 2011.1.23
조 사 자 : 박경수, 류경자, 정혜란, 강아영

박경선은 1932년생이고 원숭이띠로 남해
군 창선면 냉천리 냉천마을에서 4남 4녀 중
첫째로 태어났다. 본은 밀양이다. 제보자는
19살에 남편 김난곤(남, 83세) 씨와 결혼을
하여 61년간 동대마을에서 생활하고 있다.
슬하에 2남 6녀의 자녀를 두고 있는데, 모두
객지에 살고 있다. 평생 농사일을 해 왔으며
지금도 자급할 만큼의 농사를 짓고 있다. 제
보자는 10년 전에 중풍이 오는 바람에 처음에는 말도 못하고 걷지도 못했
다고 한다. 하지만 방에서도 혼자 열심히 재활치료를 한 결과, 예전 같지
는 못하지만 그래도 지금은 정상적인 생활을 할 수 있게 됐다고 한다.

제보자는 아직까지도 건강이 완전하지 못하기 때문인지 시간이 좀 흐르
자 노래 부르는 것을 힘들어 했으며, 별 움직임이 없이 한 곳을 응시하면
서 노래를 불렀다. 그러나 최선을 다해 노래를 불러 주었으며, 청중들에게
도 권해 노래를 부르게 하는 등 조사팀을 돕고자 애쓰는 빛이 역력했다.

제공 자료 목록
04_04_FOT_20110123_PKS_PKS_0001 남산댁과 수영대 이야기
04_04_FOT_20110123_PKS_PKS_0002 당산나무 속의 여우
04_04_FOS_20110123_PKS_PKS_0001 상사요(想思謠) (1)
04_04_FOS_20110123_PKS_PKS_0002 베틀 노래
04_04_FOS_20110123_PKS_PKS_0003 의암이 노래
04_04_FOS_20110123_PKS_PKS_0004 지초(芝草) 캐는 처녀 노래
04_04_FOS_20110123_PKS_PKS_0005 시집살이 노래 / 중 노래

04_04_FOS_20110123_PKS_PKS_0006 남산댁과 수영대 노래

04_04_FOS_20110123_PKS_PKS_0007 쾌자(快子) 노래

04_04_FOS_20110123_PKS_PKS_0008 상사요(想思謠) (2)

04_04_FOS_20110123_PKS_PKS_0009 사랑도 처녀 노래

04_04_FOS_20110123_PKS_PKS_0010 배 노래

04_04_FOS_20110123_PKS_PKS_0011 금비둘기 노래

04_04_FOS_20110123_PKS_PKS_0012 첩 노래

04_04_FOS_20110123_PKS_PKS_0013 높은 산에 눈 날리고

04_04_FOS_20110123_PKS_PKS_0014 산아지타령 (1) / 총독부 차지

04_04_FOS_20110123_PKS_PKS_0015 산아지타령 (2) / 인생 노래

04_04_FOS_20110123_PKS_PKS_0016 모심기 노래 (1) / 상사소리

04_04_FOS_20110123_PKS_PKS_0017 모심기 노래 (2) / 칭칭이소리

박광순, 여, 1931년생

주 소 지 : 경상남도 남해군 창선면 서대리 서대마을
제보일시 : 2011.1.26
조 사 자 : 박경수, 류경자, 정혜란, 강아영

박광순은 1931년생이고 양띠로 남해군 창
선면 광천리 사포마을에서 2남 4녀 중 셋째
로 태어났다. 본관은 밀양이다. 19살 되던
해 2살 연상의 남편과 결혼하여 서대마을로
왔으며, 슬하에 3남 2녀를 두었다. 자녀들은
모두 결혼하여 객지에 거주하고 있다. 남편
은 6년 전 작고하여 현재 서대마을에는 제
보자 혼자 거주하고 있다. 과거에는 농사를
지었으나 현재는 특별한 일을 하고 있지 않다. 학력은 무학이다.

제보자는 조사의 취지를 듣고 나자 기꺼이 먼저 조사에 응했다. 최근에
손자의 학교 숙제 때문에 이야기를 해 준 적이 있노라고 했다. 손자에게

해 주었던 이야기를 시작으로 4편의 설화를 구연했고, 또한 6편의 민요를
가창했다. 최근 손자에게 구연했던 경험 덕분인지 적극적이고 자신 있게
이야기를 구연했다. 그리고 청중에게도 설화나 민요를 해 보라고 권하는
등 적극적인 자세를 보였다. 설화와 민요 모두 처녀 시절 이웃집 할머니에
게 들어 알게 되었다고 했다.

제공 자료 목록
04_04_FOT_20110126_PKS_PKS_0001 귀신도깨비를 죽이고 결혼한 포수
04_04_FOT_20110126_PKS_PKS_0002 무조건 공대(恭待)하는 며느리
04_04_FOT_20110126_PKS_PKS_0003 술 못 마시는 사위 구하려다 술꾼 사위 구한 사람
04_04_FOT_20110126_PKS_PKS_0004 죽은 엄마를 기다리는 아이들
04_04_FOS_20110126_PKS_PKS_0001 시집살이 노래 (1) / 양동가마 노래
04_04_FOS_20110126_PKS_PKS_0002 연모요(戀母謠)
04_04_FOS_20110126_PKS_PKS_0003 베틀 노래
04_04_FOS_20110126_PKS_PKS_0004 아기 어르는 노래
04_04_FOS_20110126_PKS_PKS_0005 시집살이 노래 (2) / 중 노래
04_04_FOS_20110126_PKS_PKS_0006 남매 노래

박말생, 여, 1926년생

주 소 지 : 경상남도 남해군 창선면 서대리 서대마을
제보일시 : 2011.1.26
조 사 자 : 박경수, 류경자, 정혜란, 강아영

박말생은 1926년생이고 호랑이띠로 남해
군 창선면 광천리 광천마을에서 4남 4녀 중
일곱째로 태어났다. 본관은 밀양이다. 16살
되던 해, 5살 연상의 남편과 결혼하여 서대
마을로 왔으며, 슬하에 4남 3녀를 두었다.
자녀들은 모두 객지에 거주하고 있다. 신문

사 기자를 하던 남편을 따라 결혼 후 부산으로 갔다. 부산에서 3년간 거주하다가 남편이 남해로 이직하면서 다시 남해의 서대마을로 와 지금까지 거주하고 있다. 남편은 9년 전에 작고하여 현재는 마을에서 혼자 생활하고 있는데, 삼천포에 사는 큰아들이 자주 들른다고 했다. 학력은 무학이다.

제보자는 11편의 민요를 가창했는데, 생각나는 노래가 있으면 적극적으로 나서서 불러 주었다. 어릴 적 친정어머니가 길쌈을 하거나 모를 심으면서 부르던 노래들을 듣고, 그것들을 따라 부르면서 익히게 된 것들이라고 했다.

제공 자료 목록

04_04_FOS_20110126_PKS_PMS_0001 이야기 서두 소리
04_04_FOS_20110126_PKS_PMS_0002 연모요(戀母謠)
04_04_FOS_20110126_PKS_PMS_0003 시집살이 노래 / 고사리 노래
04_04_FOS_20110126_PKS_PMS_0004 모심기 노래 (1) / 상사 소리
04_04_FOS_20110126_PKS_PMS_0005 큰애기 노래
04_04_FOS_20110126_PKS_PMS_0006 쌍가락지 노래
04_04_FOS_20110126_PKS_PMS_0007 지초(芝草) 캐는 처녀 노래
04_04_FOS_20110126_PKS_PMS_0008 쾌자(快子) 노래
04_04_FOS_20110126_PKS_PMS_0009 남매 노래
04_04_FOS_20110126_PKS_PMS_0010 영감아 탱감아
04_04_FOS_20110126_PKS_PMS_0011 모심기 노래 (2) / 칭칭이소리

배정자, 여, 1939년생

주 소 지 : 경상남도 남해군 창선면 진동리 장포마을
제보일시 : 2011.1.22
조 사 자 : 박경수, 류경자, 정혜란, 강아영

배정자는 1939년생이고 토끼띠로 남해군 창선면 진동리 장포마을에서 1남 3녀 중 첫째로 태어났다. 본은 밀양이다. 제보자는 20살에 같은 마을에

사는 남편과 결혼을 하여 계속해서 장포마
을에서 생활을 해 왔다고 한다. 남편은 39년
전에 돌아가셨다고 한다. 3남 3녀의 자녀를
두고 있는데, 모두 객지에 살고 있다. 과거
에 농사일은 하지 않고 여러 가지의 다른 일
을 했다고 하는데, 지금은 별달리 하는 일이
없다.

제보자는 목소리가 크고 몸을 흔들면서
노래를 불렀다.

제공 자료 목록

04_04_FOS_20110122_PKS_BJJ_0001 남편 죽은 노래
04_04_FOS_20110122_PKS_BJJ_0002 음식 노래
04_04_FOS_20110122_PKS_BJJ_0003 다리 세기 노래
04_04_FOS_20110122_PKS_BJJ_0004 기우(祈雨) 노래
04_04_FOS_20110122_PKS_BJJ_0005 잠자리 잡는 노래

배학선, 여, 1930년생

주 소 지 : 경상남도 남해군 창선면 진동리 장포마을
제보일시 : 2011.1.22
조 사 자 : 박경수, 류경자, 정혜란, 강아영

배학선은 1930년생이고 말띠로 남해군 창
선면 가인리 고두마을에서 1남 4녀 중 셋째
로 태어났다. 본은 밀양이다. 제보자는 17살
에 결혼을 하여 67년간 장포마을에서 생활
을 하고 있다고 한다. 남편은 4년 전에 돌아
가셨다고 한다. 4남 4녀의 자녀를 두고 있는

데, 모두 객지에 살고 있다. 일손을 놓기 전까지는 농사일을 했다고 한다.

제보자는 목소리가 크고, 고개를 끄덕거리면서 노래를 불렀다.

제공 자료 목록

04_04_FOS_20110122_PKS_BHS_0001 탄로가(歎老歌)

04_04_FOS_20110122_PKS_BHS_0002 이별 노래

04_04_FOS_20110122_PKS_BHS_0003 시집살이 노래 / 개밥에 도토리

송평연, 여, 1928년생

주 소 지 : 경상남도 남해군 창선면 진동리 장포마을

제보일시 : 2011.1.22

조 사 자 : 박경수, 류경자, 정혜란, 강아영

송평연은 1928년생이고 용띠로 삼천포 신수도에서 3남 4녀 중 둘째로 태어났다. 본은 회덕이다. 제보자는 30살에 이 마을에 사는 남편과 결혼을 하여 54년간 장포마을에서 생활하고 있다고 한다. 남편은 19년 전에 돌아가셨다고 한다. 슬하에 3남 4녀의 자녀를 두고 있는데, 모두 객지에 살고 있다. 일손을 놓기 전까지는 농사일을 했다고 한다. 학력은 야학 1년이 전부이다.

제보자는 목소리가 작은 편이며, 두 손을 꼭 모으고 노래를 불렀다.

제공 자료 목록

04_04_FOS_20110122_PKS_SPY_0001 남해 금산 뜬 구름아

04_04_FOS_20110122_PKS_SPY_0002 시집살이 노래 / 덕석굽이

이사님, 여, 1933년생

주 소 지 : 경상남도 남해군 창선면 진동리 장포마을
제보일시 : 2011.1.22
조 사 자 : 박경수, 류경자, 정혜란, 강아영

이사님은 1933년생이고 닭띠로 여수군 남면 안도리에서 10녀 중 넷째로 태어났다. 본은 경주이다. 제보자는 21살에 이 마을로 시집을 와 57년간 장포마을에서 생활하고 있다고 한다. 남편은 11년 전에 돌아가셨다고 한다. 슬하에 4남 3녀의 자녀를 두고 있는데, 모두 객지에 살고 있다. 일손을 놓기 전까지는 농사일을 했다고 한다.

제보자는 주변의 권유에 의해 마지못해 노래를 불렀는데, 목소리도 크고 차분하게 끝까지 잘 불렀다.

제공 자료 목록
04_04_FOS_20110122_PKS_LSN_0001 타박네 노래

이순례, 여, 1929년생

주 소 지 : 경상남도 남해군 창선면 진동리 장포마을
제보일시 : 2011.1.22
조 사 자 : 박경수, 류경자, 정혜란, 강아영

이순례는 1929년생이고 뱀띠로 남해군 창선면 가인리 고두마을에서 1남 3녀 중 첫째로 태어났다. 본은 경주이다. 제보자는 17살에 결혼을 하여 66년간 장포마을에서 생활하고 있다고 한다. 남편은 3년 전에 돌아가셨다고 한다. 슬하에 5남 1녀의 자녀를 두고 있는데, 큰아들 가족과 함께 살고

있다. 작은 아들은 근처에 거주하고 있고, 나머지 자녀들은 객지에 살고 있다. 일손을 놓기 전까지는 농사일을 했다고 한다. 학력은 강의소 반년이 전부이다. 일제강점기에 정신대 차출이 있다고 하는 바람에 빨리 시집을 가기 위해서 못 다녔다고 한다.

제보자는 이 마을의 주요 제보자인데, 목소리가 크고 몸을 앞뒤로 움직이면서 적극적으로 구연을 해 주었다.

제공 자료 목록

04_04_FOT_20110122_PKS_LSR_0001 계모의 방해를 물리치고 결혼한 본처 딸
04_04_FOT_20110122_PKS_LSR_0002 효심 깊은 호랑이와 예수교의 유래
04_04_FOS_20110122_PKS_LSR_0001 계모 노래
04_04_FOS_20110122_PKS_LSR_0002 이별 노래
04_04_FOS_20110122_PKS_LSR_0003 금비둘기 노래
04_04_FOS_20110122_PKS_LSR_0004 시집살이 노래 / 양동가마 노래
04_04_FOS_20110122_PKS_LSR_0005 남도령 노래
04_04_FOS_20110122_PKS_LSR_0006 남매 노래
04_04_FOS_20110122_PKS_LSR_0007 딱따구리 노래
04_04_FOS_20110122_PKS_LSR_0008 나락 베는 처녀 노래

이차연, 여, 1925년생

주 소 지 : 경상남도 남해군 창선면 진동리 장포마을
제보일시 : 2011.1.22
조 사 자 : 박경수, 류경자, 정혜란, 강아영

이차연은 1925년생이고 소띠로 남해군 삼동면 동천리 양화금마을에서 4남 3녀 중 넷

째로 태어났다. 본은 전주이다. 제보자는 17살에 결혼을 하여 69년간 장포마을에서 생활하고 있다고 한다. 남편은 22년 전에 돌아가셨다고 한다. 슬하에 3남 4녀의 자녀를 두고 있는데, 현재 둘째 아들과 함께 살고 있다. 일손을 놓기 전까지는 농사일을 했다고 한다. 제보자는 목소리가 큰 편이다.

제공 자료 목록

04_04_FOS_20110122_PKS_LCY_0001 모심기 노래 / 농부가

04_04_FOS_20110122_PKS_LCY_0002 달타령

이희선, 여, 1932년생

주 소 지 : 경상남도 남해군 창선면 서대리 서대마을

제보일시 : 2011.1.26

조 사 자 : 박경수, 류경자, 정혜란, 강아영

이희선은 1932년생이고 원숭이띠로 남해군 창선면 당저리 당저마을에서 4남 3녀 중 셋째로 태어났다. 19살 되던 해 남편과 결혼하여 서대마을로 왔으며, 슬하에 2남 4녀를 두고 있다. 자녀들은 모두 결혼하여 객지에 거주하고 있다. 남편은 10년 전 작고하였으며, 현재 이 마을에는 제보자 혼자 생활하고 있다. 일손을 놓기 전까지는 농사를 지었으  나 현재는 특별한 일을 하고 있지 않다. 학력은 무학이다.

제보자는 1편의 설화를 구연했는데, 조사자가 쌀 나오는 구멍에 대한 이야기를 아느냐고 묻자, 예전에 나이 많은 사람들에게 들었던 기억이 난다고 하면서 이야기를 구연했다. 손동작을 하면서 구연했다.

04_04_FOT_20110126_PKS_LHS_0001 성명사의 쌀 나오는 구멍

정보연, 여, 1923년생

주 소 지 : 경상남도 남해군 창선면 오용리 오용마을
제보일시 : 2011.1.23
조 사 자 : 박경수, 류경자, 정혜란, 강아영

정보연은 1923년생이고 돼지띠로 남해군 창선면 옥천리 옥천마을에서 2남 4녀 중 첫째로 태어났다. 본관은 경주이다. 19살 되던 해 남편과 결혼하여 오용마을로 왔으며, 슬하에 2남 5녀를 두었다. 자녀들은 모두 객지에 거주하고 있다. 남편은 11년 전 작고하여 현재 오용마을에는 제보자 혼자 거주하고 있다. 학력은 무학이다. 과거에는 농사를 짓고 살았으나 현재는 특별히 하는 일이 없다.

제보자는 7편의 민요를 가창하고, 6편의 설화를 구연했는데, 주로 조사자의 유도 하에 이루어졌다. 제보자는 첫인상이 조금 냉담한 편이라 쉽게 조사에 응해주지 않을 것 같다는 생각을 했다. 그러나 예상과는 달리 조사자에게 말도 많이 건네면서 적극적으로 구연을 해 주었다. 민요를 가창할 때는 조사자를 바라보면서 가창하였고, 설화를 구연할 때도 손동작을 곁들여 가며 적극적으로 구연해 주었다. 목소리가 큰 편이다. 민요와 설화 모두 자라면서 주변에서 듣고 알게 된 것들이라고 했다.

제공 자료 목록

04_04_FOT_20110123_PKS_JBY_0001 이야기 서두담
04_04_FOT_20110123_PKS_JBY_0002 장님과 벙어리 사이의 대화

04_04_FOT_20110123_PKS_JBY_0003 그것도 모르는 신부(新婦)

04_04_FOT_20110123_PKS_JBY_0004 시어머니 팔려다 효부 된 며느리

04_04_FOT_20110123_PKS_JBY_0005 말귀를 못 알아듣는 바보 조카

04_04_FOT_20110123_PKS_JBY_0006 월경(月經)을 보고 도망친 신랑

04_04_FOT_20110123_PKS_JBY_0007 시어머니의 괄시로 중이 된 며느리

04_04_FOS_20110123_PKS_JBY_0001 아리랑

04_04_FOS_20110123_PKS_JBY_0002 시집살이 노래 (1) / 중 노래

04_04_FOS_20110123_PKS_JBY_0003 여자 몸 되어

04_04_FOS_20110123_PKS_JBY_0004 시집살이 노래 (2) / 양동가마 노래

04_04_FOS_20110123_PKS_JBY_0005 시어머니 송사(訟事) 노래

04_04_FOS_20110123_PKS_JBY_0006 남편 죽은 노래

최경연, 여, 1930년생

주 소 지 : 경상남도 남해군 창선면 오용리 오용마을

제보일시 : 2011.1.23

조 사 자 : 박경수, 류경자, 정혜란, 강아영

　최경연은 1930년생이고 말띠로 남해군 삼동면 물건리 은점마을에서 3남 5녀 중 일곱째로 태어났다. 20살 되던 해 5살 연상의 남편과 결혼하여 오용마을로 왔으며, 슬하에 4남 2녀를 두었다. 자녀들은 모두 결혼하여 객지에 거주하고 있다. 남편은 25년 전 작고하여 현재 오용마을에는 제보자 혼자 거주하고 있다. 학력은 무학이다. 일평생 농사를 짓고 살았으며, 현재도 소일거리로 밭일을 조금 하고 있다.

　제보자는 10편의 민요를 가창했고, 1편의 설화를 구연했다. 주로 조사자의 유도 하에 이루어지기는 하였으나, 민요를 구연할 때는 허벅지를 치면서 목청을 높여 적극적으로 불러 주었다. 설화를 구연할 때도 손동작으로

표현해 가면서 이야기의 상황을 도왔다. 민요는 처녀시절 어른들이 부르는 것을 듣고 알게 된 것들이며, 설화는 일제강점기 일본책에서 본 것이라고 했다.

제공 자료 목록

04_04_FOT_20110123_PKS_CKY_0001 손가락만한 아이
04_04_FOS_20110123_PKS_CKY_0001 진도아리랑
04_04_FOS_20110123_PKS_CKY_0002 모시 삼을 삼아도
04_04_FOS_20110123_PKS_CKY_0003 물레 노래
04_04_FOS_20110123_PKS_CKY_0004 시어머니 죽고
04_04_FOS_20110123_PKS_CKY_0005 동서(同壻) 노래 (1)
04_04_FOS_20110123_PKS_CKY_0006 동서(同壻) 노래 (2)
04_04_FOS_20110123_PKS_CKY_0007 큰애기 노래
04_04_FOS_20110123_PKS_CKY_0008 구혼 노래
04_04_FOS_20110123_PKS_CKY_0009 남도령 노래
04_04_FOS_20110123_PKS_CKY_0010 노처녀 노래

탁처녀, 여, 1928년생

주 소 지 : 경상남도 남해군 창선면 동대리 동대마을
제보일시 : 2011.1.23
조 사 자 : 박경수, 류경자, 정혜란, 강아영

탁처녀는 1928년생이고 용띠로 남해군 창선면 옥천리 옥천마을에서 4남 1녀 중 둘째로 태어났다. 본은 광주이다. 제보자는 16살에 결혼을 하여 68년간 동대마을에서 생활하고 있다고 한다. 남편은 46년 전에 돌아가셨다고 한다. 슬하에 2남 4녀의 자녀를 두고 있는데, 현재 작은 아들과 함께 살고 있다.

일손을 놓기 전까지는 농사일을 했다고 한다.

　제보자는 별 움직임 없이 노래를 불렀다. 조사자가 요청을 하면 생각나는 대로 잘 불러 주었다. 노래를 부르던 중 가사가 생각나지 않으면 잘 모르겠다고 하다가도 한두 번 혼자 읊조려 보고는 다시 불러 주는 등 적극적으로 조사팀을 도우려고 노력했다.

제공 자료 목록
04_04_FOS_20110123_PKS_TCN_0001 배 노래
04_04_FOS_20110123_PKS_TCN_0002 남해 금산 뜬 구름아
04_04_FOS_20110123_PKS_TCN_0003 이별 노래
04_04_FOS_20110123_PKS_TCN_0004 영감아 탱감아 (1)
04_04_FOS_20110123_PKS_TCN_0005 영감아 탱감아 (2)
04_04_FOS_20110123_PKS_TCN_0006 물레 노래
04_04_FOS_20110123_PKS_TCN_0007 산아지타령 (1) / 임 노래
04_04_FOS_20110123_PKS_TCN_0008 시집 보내 달라는 노래
04_04_FOS_20110123_PKS_TCN_0009 여자인 까닭에
04_04_FOS_20110123_PKS_TCN_0010 엄마친정 노래
04_04_FOS_20110123_PKS_TCN_0011 제격이요 노래
04_04_FOS_20110123_PKS_TCN_0012 부모 노래
04_04_FOS_20110123_PKS_TCN_0013 산아지타령(2) / 임 노래

하찬실, 남, 1924년생

주 소 지 : 경상남도 남해군 창선면 진동리 장포마을
제보일시 : 2011.1.22
조 사 자 : 박경수, 류경자, 정혜란, 강아영

　하찬실(河贊實)은 1924년생이고 쥐띠로 남해군 창선면 진동리 장포마을에서 7남 2녀 중 장남으로 태어났다. 본은 진양이다. 제보자는 24살에 결혼을 하였고, 부인은 1년 전에 돌아가셨다고 한다. 슬하에 2남 1녀의 자녀를 두고 있는데, 모두 객지에 살고 있다. 과거에는 고기잡이와 농사일을

겸해서 했고, 장포마을에서 10여 년간 노인
회 회장을 맡아 왔다고 한다. 지금은 별달리
하고 있는 일이 없다. 20대에는 순천에서 5
년 정도 살았고, 고기잡이를 한다고 전국을
돌아다녔다고 한다. 학력은 초등학교를 졸업
했다.

　제보자는 조사자의 요청에 따라 선후창
고기잡이 소리의 앞소리를 주고, 산에 나무
하러 다니면서 부르던 노래들도 기꺼이 불러 주었다. 그리고 인근의 전설
및 민담에 대해서도 차분하고 입담 있게 구연해 주었다.

제공 자료 목록
04_04_FOT_20110122_PKS_HCS_0001 고기잡이배를 도와준 헛배
04_04_FOT_20110122_PKS_HCS_0002 진동마을의 유래
04_04_FOT_20110122_PKS_HCS_0003 일본인이 맥을 끊은 장구들이 먼당
04_04_FOT_20110122_PKS_HCS_0004 바다 속의 신령한 미륵
04_04_FOT_20110122_PKS_HCS_0005 혼령의 도움으로 과거 급제하고 잘된 가난한 선비
04_04_FOS_20110122_PKS_HCS_0001 멸치잡이 소리
04_04_FOS_20110122_PKS_HCS_0002 만선 뱃노래
04_04_FOS_20110122_PKS_HCS_0003 아리랑 (1)
04_04_FOS_20110122_PKS_HCS_0004 아리랑 (2)

대구와 뱅어의 입

자료코드 : 04_04_FOT_20110122_PKS_KBY_0001
조사장소 : 경상남도 남해군 창선면 당저리 당저1리마을회관
조사일시 : 2011.1.22
조 사 자 : 박경수, 류경자, 정혜란, 강아영
제 보 자 : 김봉연, 여, 83세
구연상황 : 설화 제보에 앞서 제보자는 민요를 많이 불렀다. 민요의 채록이 막바지에 이를 즈음에 조사자가 이제 이야기도 좀 해 달라고 요청하자, 무슨 이야기가 있겠느냐고 하면서 잠시 생각을 하더니 다음 이야기를 꺼냈다.
줄 거 리 : 옛날에 대구와 뱅어가 살았다. 대구에게 뱅어각시를 얻어 줄까 하고 물었다. 그랬더니 좋다고 하면서 입을 크게 벌리는 바람에 대구의 입이 커졌다. 뱅어에게도 대구신랑을 얻어 줄까 하고 물었다. 그랬더니 싫다고 하면서 입을 모으고 고개를 돌리는 바람에 입이 조그맣게 되어 버렸다.

전에 뱅애허고(뱅어하고) 대구허고 살았는데, 대구가,

"뱅애 각시 얻어 주까?"

헌께,

"아다!"("매우 좋습니다"의 뜻으로 말함.)

이러고, 뱅애는,

"대구 서방 얻어 주께."

헌께,

"없고!"("싫어요"의 뜻으로 말함.)

그럼서……. 그래서 입이 쪼깬탄다(작단다). 하하. 대구는 뱅애 각시 얻어주 끼라 쿤께 입이 크다 캐여. 좋아서 입이 크다 크고. 뱅애는 대구 서방 얻어 준다 쿤께너, 어~ 싫다고, 뱅애는 입이 쪼깬고 그렇더란다. [웃음]

옹기장수 할머니의 용변 뒤처리

자료코드 : 04_04_FOT_20110122_PKS_KBY_0002
조사장소 : 경상남도 남해군 창선면 당저리 당저1리마을회관
조사일시 : 2011.1.22
조 사 자 : 박경수, 류경자, 정혜란, 강아영
제 보 자 : 김봉연, 여, 83세
구연상황 : '대구와 뱅어의 입'이라는 짤막한 이야기가 끝난 후, 조사자가 아쉬운데 이야
기를 하나만 더 해 달라고 요청했다. 그러자 제보자가 이 이야기를 했는데 역
시 짤막한 이야기였다.
줄 거 리 : 옛날에 옹기장수 할머니가 옹기를 이고 산을 넘고 있었다. 그런데 갑자기 대
변이 마려워 옹기를 인 채로 대변을 봤다. 닦을 수가 없어 지나가는 스님에게
닦아 달라고 했다. 그랬더니 스님이 어디를 닦으면 되냐고 물었다. 그러자 옹
기장수 할머니가 고무털이 선을 두른 음부(陰部)는 놔두고, 오롬조롬 주름이
잡힌 항문을 닦아 달라고 했다.

전에 옹구쟁이가(옹기 장수가), 옹구로 이고 저 산몬당으로(산꼭대기로)
오이로(어디로) 간다고 간께나, 그리 스님이 바랑을 짊어지고 덜렁덜렁 오
는데, 이 옹구쟁이 할매가 앉아서 소변을 허고 앉았인께너, 아! 대변을 허
고 앉았인께너, 대변을 헌다고 옹구로 이고 닦을 수가 있나? 그리 그 저
뭐슥, 스님을 보고,

"아이고 스님, 내 요거 한 개 좀 닦아 주라."

쿤께너, 그 스님이 대아다보고(들여다보고),

"아이고, 오디로 닦으낍니까?"

이런께,

"아이구! 스님, 흐흐흐. 고무터루구(고무털) 선 두른 데는 놔두고, 오롬조
롬헌 구녕을 닦아 주게."

그러더란다. [웃음]

여자들이 바람나는 고두의 좆바위

자료코드 : 04_04_FOT_20110122_PKS_KJO_0001
조사장소 : 경상남도 남해군 창선면 진동리 장포마을 장포마을회관
조사일시 : 2011.1.22
조 사 자 : 박경수, 류경자, 정혜란, 강아영
제 보 자 : 김장옥, 남, 77세
구연상황 : 조사자가 마을 인근의 전설에 대해 아는 것이 있으면 좀 알려 주십사 하고
　　　　　요청하자, 제보자가 이 이야기를 해 주었다.
줄 거 리 : 창선면의 고두마을에는 '좆바위'라는 남성의 성기처럼 생긴 바위가 있다. 그
　　　　　런데 바위와 마주 보이는 삼천포 대방마을의 처녀들이 모두 바람이 나서 집
　　　　　을 나갔다. 그러자 대방마을 사람들이 와서 그 바위를 넘어뜨려 버렸다. 그
　　　　　후부터는 바람나는 처녀들이 없어졌다.

이 이야기는 고두 좆바위라 쿱니다, 좆바위. 쉽게 말하자면 좆바위라 쿠
는데, 이 바위는 어떻게 서 가지고 있느냐 하면, 똑 이 뭐슥 겉이 지담허이
(기다랗게) 이리 가이 서가(서) 있어. 우리가 거기 물 맞이러도(맞으려고도)
가고 했거덩. 물 맞이로(맞으러).

여기서 가면은 한 칠팔 키로 넘어 될 깁니다. 장포서 가면은. 물을 맞는
기 아니고, 거기서 그 젙(곁)에서 물이 솟는 기라요. 솟으면 물로 맞으면
옛날에 그 와 페트병 같은 거 많이 안 있었어요? 그러면 물 맞으러 가거
덩. 물로 맞으러 가면 거 서면은 한 번 허면 안 되고, 두 번 세 번, 몇 번
썩 대이거덩(다니거든). 대이면은 그래 인자,

"고두 좆바위 끄트리 물 맞으러 가자."

이리 샀거덩예. 그런데 그기 인자 뭐슥 했는데, 그것으로 말미암아 대방
처녀들이, 한내이도(한 명도) 연애 안 거는 쟁이가(사람이) 없어. 바람이 무
조건 났비리여. 그만 가.

(조사자 : 대방이 어딥니까?) 대방이라 쿠는 디, 삼천포 대방. 여기서 인
자 보면은, 그리 했는데 요리 인자, 요가 삼천포가 요리 돼가 있으믄, 저

고두는 요리 있거덩. 그런께 딱- 마주 바래(바로) 요리 있거덩. 마주 바래 기(바로 거기). 마주 바래 있는데, 그런께 우쩐지 대방 처녀들이 바람이 나 샀고(나곤 해서), 이걸 마 할 수 없는 기라. 할 수 없어 부모들이 귀찮아 죽을 꺼 아닙니까? 그지요?

그래서 이걸 할 연구로 못 허는 기라. 안 그렇습니까? 연구로 해서 하루 는 인자, 그 옛날에는 그 뭐 그 고두 그리 건니대이기도(건너다니기도), 전 에 노 젖고 대일라 쿠몬 상당히 그 좀, 얼마 거리는 안 돼도 상당히 그 불 편했거덩요. 불편했는데, 그래 가지고 인자 알아보니까 요새는 그 뭐 퍼득 왔다 퍼득 갔다 뭐 이삼십 분이면 왔다 갔다 허지. 그런데 해 본께, '아! 고두 좆바위라 쿠는 데가 있으니까, 이 놈우 거 참 그것 때미 그러는 갑 다.' 싶었는 기라. 그래서 동군(洞群)이 전부다 일어나 가지고, 들고 일어나 가지고,

"아따! 저 놈우 좆바위 저거를 뚜드라 깻비야(깨버려야) 된다."

이리 됐거덩요. 그래 가지고 동군이 나와 가지고,

"아! 이, 저 뭐이고? 우리가 자식들을 못 키우겄다. 도무지. 전부 나몬 우쩌든지 좀 뭐 성장 요리만 되몬 뭐, 바람이 나삐고, 오이(어디) 도망을 가뿌고 허는디, 이걸 아무래도 안 되겄다."

동군이 들고 일어나서 그걸 마, 주 깨비(깨서) 눕히빘단 말입니다. 거짓 말 아니고 지금 누우 가이(누워 가지고) 있어.

(청중 : 굼부라(굴러) 내라 뺐어.) 지금도 가몬 굼부라 내려가 있어. 그거 는 내나 고추같이 서 가 있었는데, 음 그래 가지고 인자 엎히 가이 있는 기야. 서 가 있었지. 서 가 있는데 마, 자빨트리 넘기빘단 말입니다. 넘기 삐 가지고 그 뒤로는 인자 그기 저 뭐야? 그런 기 좀 잽히더라 쿠는 그런 이야기라.

남산댁과 수영대 이야기

자료코드 : 04_04_FOT_20110123_PKS_PKS_0001
조사장소 : 경상남도 남해군 창선면 동대리 동대마을 동대리마을회관
조사일시 : 2011.1.23
조 사 자 : 박경수, 류경자, 정혜란, 강아영
제 보 자 : 박경선, 여, 80세
구연상황 : 조사자가 옛날이야기를 좀 해 주십사 하고 요청을 하자, 무슨 이야기를 해야
할지 모르겠다고 했다. 한 청중이 '남산댁이 수영대' 이야기를 해 보라고 했
다. 그래서 조사자가 혹시 '남산댁이 수영대' 이야기를 기억하느냐고 물었다.
그러자 제보자가 옛날에는 기억력이 참 좋다는 이야기를 많이 들었는데, 몇
년 전 아프고 난 이후 기억력이 영 떨어졌다고 했다. 생각나는 데까지라도 들
려달라고 요청을 하자, 그러면 중간에 기억 못하는 부분이 좀 있더라도 한 번
해 보자고 하면서 이야기를 시작했다.
줄 거 리 : 옛날에 남산댁과 수영대는 한 마을에서 태어났다. 남산댁의 부모들은 남산댁
을 서당에 보내기 위해 남장을 시켰다. 그래서 수영대와 한 서당에서 공부를
했으나, 수영대는 남산댁이 여자인 줄 알지 못했다. 하루는 목욕을 하러 갔다
가 남산댁이 월경수(月經水)를 풀잎에 받아서 띄웠다. 아래에서 목욕을 하고
있던 수영대가 그것을 받아 보고는 병이 났다. 수영대가 죽으면서 양산댁이
시집가는 길목에 묻어 달라고 부탁을 했다. 양산댁이 시집을 가게 되었다. 시
집가는 길에 수영대 묘 앞에 이르자 소변이 마렵다고 하면서 내렸다. 마침 수
영대의 묘가 벌어졌고, 양산댁은 수영대 묘 속으로 들어가 버렸다.

남산댁이 수영대 그거는 인자, 남산댁이는 아가씬데 부잣집에서 태어나
고, 수영대는 가난한 집에서 태어났어. 그러는데 인자 그럴 때는 애석(여식
女息)은 공부를 안 시키고, 머스마만(사내아이만) 벼실헐(벼슬할) 기라고 공
부를 시키여. 옛날에 옛날에 인자 조선 시기.

그런께너 둘이서 공부를 해도 인자 남자 여자로 구별을 못 허고, 인자
남산댁이 저거 어른들이 이것도 머스마로 맨들아 갖고, 소변도 서서 대롱
을 받쳐 가이 머스마 겉이 누고로 맨들고 그리 갖고 인자 한 서당에 공부
로 허는데, 하루는 인자 일요일에 돼서 학교를 안 간께, 떱고(덥고) 헌께

인자 목욕을 갔어. 그래 수영대가 가고 난 뒤에 남산댁이가 갔던고 우쨌던고…….

아가씨가 우에(위에서) 감아. 목을(목욕을). 우에 감고 인자 수영대는 밑에 감는데, 난데없던 월수가(월경이) 나와 풀잎에다 받아 갖고 뭐, 인자 아-(아이)들이 겁이 나서 풀잎에 닦아서 물에다 내뻔 기 떠서 가서 그 아-, 머스마 눈에 보였겠제 그쟈? 이치가……. 그 난데없는 월수가 나와 풀잎에다 받아 갖고 냇물에다 띄왔더니, 수영대가 받아 갖고 수영대가 그것 보고 저거 집에 가가 병이 나가 있는데, 남산댁이 인자 학교로 얼쭈(거의) 마쳤기에 시집갈라고 날로 받았제. 날로 받아 놓고, 어른들은 그 수영대한케다 안 헐라 쿠고, 지는 수영대허고 같이 또 인연을 맺고 접고(맺고 싶고)…….

그런께나 인자 혼물(婚物)이 와서, 웃옷을 아가씨가 남산댁이가, 재물(양잿물), 전에는 재물이 있다. 양재물. 재물에다가 색히 갖고(삭혀 가지고), 또 볕을 뵈서 몰룻고(말리고) 또 적시가이 볕을 뵈서 몰룻고 이런께, 인자 삭아 삐라꼬 옷을…….

인자 수영대가 병이 나서 그만 죽었뺐단 말이다. 죽어 놓은께 수영대가 지로(자기를) 옷다(어디다) 묻지 말고, 남산댁이 시집가는 길목에다 묻어 주라고 적 아배로 보고, 저거 부모네로 보고 원을 했어. 그래 놓은께 인자 수영대 죽은 걸로 남산댁이 시집갈 그 한 모링이(모퉁이) 돌아가는 그런 데다 인자 저 묘로 쓴단 말이다.

묘로 써 놓은께, 그리 인자 남산댁이 저기 시집가는 날이 됐어. 가매로(가마를) 타고 가다가 수영대 묘 있는데 가서,

"소변 내럽다고(마렵다고) 세워 달라."

고 쿠거덩. 그리 인자 소변을 내럽다 캐서 세워 주고 인자 소변 누고 오도록 기다린께너 수영대 묘가 떡 벌어졌뺐어. 남산댁이가 그리 들어가는데, 잡으몬 옷이 그, 재물에 색히 놓은께, 살살 삭아서 제이다(모두) 뜯어졌비고, 안 끗기(끌려) 나와. 그리 다 들어가고 난께 딱 뫼가 아물었뺐단 말

이다.

그래 놓은께 청승 인자 과거 인자 시가(媤家)집에서는 모르고 했을 끼고 인자, 어른들이 그 갔다 돌아온께 수영대 묘에 죽신이(죽순이) 두 개가 요리 나가 있어. 그런께,

"아이! 이상허다꼬. 이런 죽신이 났다꼬."

그 이상허다꼬 가매(가마) 메고 갔던 사람들이랑, 그기 이상허다고, 그걸 한번 빼 보라꼬, 뿔라(분질러) 보라 쿤께, 그만 우을(위를) 뿔라 뺐다. 그래 놓은께 범나비가 쌍쌍이 요리 날라서 그만 하늘로 올라 가삐.

그래 놓은께 그리,

"오접접 범나비 쌍쌍, 양류청산에 꾀꼬리 쌍쌍"

그래서 노래가 안 있나? 하이(응). 그래 갖고 그거는 인자 죽어서 부배가 (부부가) 됐겄제. 그만치 원이 됐인께. 하아. 그리 됐다고 그런 노래가 있었지.

당산나무 속의 여우

자료코드 : 04_04_FOT_20110123_PKS_PKS_0002
조사장소 : 경상남도 남해군 창선면 동대리 동대마을 동대리마을회관
조사일시 : 2011.1.23
조 사 자 : 박경수, 류경자, 정혜란, 강아영
제 보 자 : 박경선, 여, 80세
구연상황 : '양산대과 수영대 이야기'가 끝난 후, 제보자가 이야기가 더러 있었는데 통 생각이 나지 않는다고 했다. 조사자가 귀신이나 도깨비 이야기도 괜찮으니 해 달라고 요청하자 이 이야기를 해 주었다.
줄 거 리 : 옛날 서당으로 넘어 가는 길에 속이 빈 큰 당산나무가 하나 있었다. 하루는 비가 너무 많이 오는 바람에 아이들이 집으로 돌아가지 못하고 서당에서 잠을 자게 되었다. 아이들이 깊이 잠든 사이에 어디선가 각시 하나가 광주리를 이고 왔다. 각시는 날이 시퍼렇게 선 칼로 아이들의 배를 가르더니 간을 빼서는 광주리에 담았다. 마침 한 아이가 자지 않고 있다가 아이들을 깨워 뒤쫓았

더니 당산나무 속으로 들어가 버렸다. 마을 사람들에게 알려 잡으려고 했으나 이미 도망가고 없었다.

옛날에 옛날에, 서당을 감서로 산 곡(谷)을 넘어간께, 이런 곡이 있는데, 곡에 당산나무가 큰 둥구나무가 있는데, 거게로(거기를) 한 아-(아이)는 장(항상) 요리 돌아보고 가고, 딴 아-들은 그냥 가. 그냥 가는데 하도 비가 많이 와서 인자 서당에서 자기가 됐어.

잔께너 새파란 각시가 와서, 강저리(광주리) 칼 갈아 갖고 와 갖고, 한 사람 딱 타 갖고(배를 갈라서) 간 내서 그 강저리 담고, 또 한 사람 딱, 인자 그 장 당산나무를 돌아가는 그, 그 아-는 딱 빠자 놔(빠뜨려 놔) 안 해. 안 그리(그어). 그런께 이 아-가 인자 자는 치(채) 허고 누워 있다가, 옆에 것들을 제이다(모두) 깨배 빗단(깨워 버렸단) 말이다. 그래 놓은께 인제 간을 못 냈는데. 그걸 이고 오이로(어디로) 가는고 싶어 뒤를 쫓아간께, 그 당산나무 속에 이 둥구나무가 돼 놓은께, 이 가운데 빈 데가 있는데 그 안으로 쏙 들어가.

그리 갖고 인자 그 고을 사람들로 일러 갖고, (청중 : 말로 했겄제.) 그걸 해 갖고 잡아도 그 요구로(여우를) 못 잡아. 잡으몬 오이로(어디로) 가삐고 없어.

귀신도깨비를 죽이고 결혼한 포수

자료코드 : 04_04_FOT_20110126_PKS_PKS_0001
조사장소 : 경상남도 남해군 창선면 서대리 서대마을 서대마을회관
조사일시 : 2011.1.26
조 사 자 : 박경수, 류경자, 정혜란, 강아영
제 보 자 : 박광순, 여, 81세
구연상황 : 조사자가 마을회관을 찾아 온 취지를 밝히며 옛날이야기를 해 달라고 요청했다. 그러자 제보자가 마침 잘됐다고 하면서 자신이 아는 이야기가 있다고 했

다. 얼마 전에 손주가 학교에서 할머니 이야기를 듣고 오는 숙제가 있었는데, 그때 해 주었던 이야기를 해 주겠노라고 하면서 이야기를 시작했다.

줄 거 리 : 옛날에 포수가 산짐승을 잡으러 갔다가 산 속의 어느 부잣집에 들어갔다. 그 곳에는 귀신도깨비에게 부모를 잃은 처녀 한명이 살고 있었는데, 그날 밤이 자신의 차례라고 했다. 포수가 귀신도깨비를 죽여주는 대신 자신과 결혼해 달 라고 하자 처녀가 수락했다. 그래서 귀신도깨비를 죽이고 처녀와 결혼해 아들 딸 낳고 잘 살았다.

옛날에 저 포수가 총을 메고 안 댕깄십니까? 산에 뭐 짐승 잡으로. 포수 가 산에 올라간께너 저, 와개(瓦家) 청기와 집이 행랑 몽팅이가(모통이가) 덩시런 집이 있어서 들어감서로,

"주인 계십니까?"

험성(하면서) 들어간께, 사람이 없고 처니가(처녀가) 일색 겉이 야문 처 니가 하나 썩 나옴서로,

"오디서 오는 손님입니까?"

그리서,

"고마 이리저리 댕기는 사람이라."

고 그리 놓은께,

"아이고! 요짝으로 오시라."

꼬, 큰 대접을 잘 허고 막 들어오라고 그래서 들어간께나,

"이 거가(巨家)사 집에 우찌 낭자 혼자 이리 사느냐?"

큰께,

"구신도깨비가(귀신도깨비가) 나와서 그제 저녁에는 우리 아버지 잡아묵 고, 어제 저녁에는 울 어매(우리 엄마) 잡아묵고, 오늘 저녁엔 내 잡아묵으 로 올 차례라."

꼬 그러더랍니다. 그래서,

"그러몬 내가 안 잡아묵고로 해 주낀께너 저, 내허고 백년해로를 살나 냐?"

꼬 그러쿠더랍니다. 그래서,

"아이고! 살다마다요. 고마 그러면 좋다고, 온 좋다."

꼬 그럼서로 살기라 쿤께, 해가 거우럼(어스름히) 진께,

"오는(어느) 때나 되몬 구신도깨비가 오느냐?"

쿤께, 어스럼지기 온다 쿠더랍니다. 그래서 어스럼지기 오몬 처니방에다가 저 저, 다리깨를(천장널을) 걸치 놓고, 것다 처니를 딱 올라 앉히 놓고, 총을 탁 방가 가지고(겨누어 가지고) 텍(턱) 밑에 이리 방가가 있은께너, 어스름허이 어스름이 진께 구신도깨비가 세 마리서 오더랍니다. 옴서로,

"어? 방에 들어간께 처니가 없다? 낭자가 오디로 갔이꼬? 오디로 갔이꼬?"

저 아랫방을 디비봐도(들여다봐도) 없고, 저 방을 디비봐도 없고, 와개 청기와 집이 막, 행랑 몽팅이가 늘씬한데, 그리서,

"아! 이거 우리가 이럴 기 아니다야. 뒷동산 토깽이로(토끼를) 더부다(데려다가) 점을 허자."

한 도깨비가 하나 그러더랍니다. 그래서 구신도깨비가 세 마리가 그 토끼 더불로(데리러) 간다고 간께나, 가서 덧고 오는데, 토끼가 그만 지 죽을까 싶어서 팔딱팔딱 뛰옴서로 방을 쓱 들어가서,

"처녀 한 쌍은 천애방에(천장에) 계시고, 도채비(도깨비) 세 마리는 한 총에 계시고, 뒷동산 토깽이는 새가심이(새가슴이) 팔딱팔딱."

지(자기) 총 맞을까 싶어서, 새가심이 펄떡펄떡 그리 쫓아가 삐더란다. 토끼는 쫓아가 삐리고, 구신도깨비가 세 마리 마당을 나서는 걸로 총을 탁 쏴서 직이삐 놓은께, 총에 팅기서 살밖에(사립 밖에) 썩 나가 삐고…… 그래가 그 낭자허고 그 포수허고 둘이서 아들 놓고(낳고) 딸 놓고 잘 살더랍니다.

무조건 공대(恭待)하는 며느리

자료코드 : 04_04_FOT_20110126_PKS_PKS_0002
조사장소 : 경상남도 남해군 창선면 서대리 서대마을 서대마을회관
조사일시 : 2011.1.26
조 사 자 : 박경수, 류경자, 정혜란, 강아영
제 보 자 : 박광순, 여, 81세
구연상황 : 조사자가 앞서 구연한 '귀신도깨비' 이야기가 정말 재미있다고 하면서 하나
　　　　　더 해 달라고 요청을 했다. 그러자 제보자가 이것도 이야기가 될지 모르겠다
　　　　　고 하면서 이 이야기를 시작했다.
줄 거 리 : 옛날에 친정아버지가 딸을 시집보내면서, 시집에 가면 언제든지 말을 높여 공
　　　　　대를 해야 한다고 일렀다. 어느 날, 개가 짖어대자 시아버지가 밖에 누가 왔
　　　　　느냐고 물었다. 그러자 며느리가 짐승들에게조차 공대하면서 답변을 했다.

　　친정에서 내일겉이(내일이면) 시집을 갈 긴데, 오늘겉이, 오늘 저녁겉이
적 아부지가(자기 아버지가) 교육을 시킨 기라.

　　"집에서는 엄마 아바(아빠) 그래 해도, 어머님 아버님, 저 뒷말로 그리
씨자를 붙여서 그리 말로 허지, 개도 보고 말로 그리 허고……."

　　그래 놓은께, 그런께 인자 개가 공공 짖어 산께 씨아배가,

　　"사립 밖에 누가 왔느냐?"

　　그런께,

　　"아버님, 송치씨가(송아지 씨가) 거치씨로(거적데기 씨를) 씨씨고(쓰시고)
나오씬께(나오시니까), 개씨가(개 씨가) 보시고 짖씹니다(짖으십니다)."

　　그런께 인자 씨자를 붙이서 말로 허몬 개씨라 쿠거덩. 그리 그렇더란다.

술 못 마시는 사위 구하려다 술꾼사위 구한 사람

자료코드 : 04_04_FOT_20110126_PKS_PKS_0003
조사장소 : 경상남도 남해군 창선면 서대리 서대마을 서대마을회관

조사일시 : 2011.1.26

조 사 자 : 박경수, 류경자, 정혜란, 강아영

제 보 자 : 박광순, 여, 81세

구연상황 : 앞의 이야기가 끝난 뒤, 제보자가 생각나는 이야기가 있다고 하면서 하나 더
해 보겠다고 말한 다음 이 이야기를 구연했다.

줄 거 리 : 옛날 어느 부잣집에 딸이 일곱 명이 있었다. 여섯 명을 시집보냈는데 사위들
이 모두 술고래들이었다. 몸서리가 난 장인이 술 못 마시는 사위를 구하러 나
섰다. 가다가 보니까 밀밭 가에 웬 총각이 쓰러져 있었다. 일으켜 세우고는
누워 있는 까닭을 물었다. 그랬더니 밀밭 가에만 가도 취해서 쓰러진다고 했
다. 옳다구나 싶어서 막내딸과 결혼을 시켰다. 그런데 알고 봤더니 이 사위는
술 잘 먹는 이태백이로 장가를 못가서 일부러 밀밭 가에 쓰러져 수작을 부렸
던 것이다.

저 옛날 부잣집에 아들은 없고 딸로 일곱을 낳는데, 한 개가 남았는데
시집을 안 가고, 여섯 개는 갔는데, 이놈의 사우들이(사위들이) 마, 다부럭
이다(큰 독에다) 술로 해 놓으몬 용시로(용시를)185) 박아 놓고, 국만 떠다
묵고(먹고) 국만 떠다 묵고 막 술주각이(술고래가) 돼 가지고, 몸서리가 나
가지고, 저 막내이 한나 있는 거는 어따 저 저, 옇어 가지고 술 안 묵는 사
우로(사위를) 봐야 될 기라고…….

두루막을 입고 하루는 오디 술 안 묵는 총각 구허로 대인다고(다닌다고),
대인께네 간께, 한 집에 간께나 밀밭가에 한 놈이 쓰러져 누워 있어서, (청
중 1 : 그거는 더 밀밭. [웃음]) (청중 2 : 그거는 더 많이 묵겄다.) 그래서
일어바시(일으켜) 놓고 이 사람이,

"와 이 젊은 사람이, 젊은이가 이 밭가에 이리 누웠냐?"

큰께,

"아이구! 할바시(할아버지) 내가 술로 못 헌께너, 밀로 보고서 찌리 가지
고(취해 가지고). [청중 일동 웃음] 밀밭 가에 이리 누워서 잠이 들었는데
할바시가 깨뱄다(깨웠다)."

---

185) '용시'란 술독에 대로 대롱을 만들어 박아 두고 술을 떠먹는 것이라고 한다.

꼬 그러더란다. 그래서,

"아이고! 그러몬 됐다. 우리 사우 삼자. 우리 딸이 일곱인데, 하나가 시집을 안 가고 있는데, 그 이 자네가 마쳤네(맞추었네)."

좋다고 인자 집에 가서 자랑을 했다. 사우 여섯을 보고. 인자 일곱 챈데, 이거는 술로 안 묵는다고 인자 좋다고 인자 영감 할뭄 의논을 허고 해 놓은께, 결혼을 시켰다. 시키 놓은께, 한 사날(사흘 정도) 술로 안 묵고 있었다. 저 동세들이(동서들이),

"아이! 야이 사람아, 마 물 묵듯기(먹듯이) 묵으몬 되네, 물 묵듯기 묵으몬."

(청중 : 허허 물 묵듯기.) 물 묵듯기 묵으몬 된다고 자꾸 그리 권해 사서 못 묵는 치허고(체하고), 한 방울썩 마시고 두 방울썩, 한 댓새(닷새 정도) 지난께 그만 바가치 술로 묵네. [웃음] [청중 일동 웃음] (청중 1 : 그거는 더 잘 묵으끼나?)

아이고, 그래 가지고 그만,

"어허! 그만 헛다리 짚었다. 그만 또 잘못됐다. 그만 살림은 뭐 딸네 살림이고…….."

이거는 뭐 더. 그기 알고 본께나 술 잘 묵는 이태백이가 장개를 못 갔어. 장개갈라고 그 밀밭가 누웠어.

죽은 엄마를 기다리는 아이들

자료코드 : 04_04_FOT_20110126_PKS_PKS_0004
조사장소 : 경상남도 남해군 창선면 서대리 서대마을 서대마을회관
조사일시 : 2011.1.26
조 사 자 : 박경수, 류경자, 정혜란, 강아영
제 보 자 : 박광순, 여, 81세

줄 거 리 : 옛날에 어떤 할머니가 길을 지나가는데, 고개마다 아이들이 앉아 울고 있었
　　　　　다. 하나같이 엄마가 죽고 없는 아이들이었다. 그때마다 이 할머니는 실현 불
　　　　　가능한 일들을 말하며 엄마가 올 것이라고 말해 주었다. 그런데 아이들은 그
　　　　　말을 믿고 마냥 기다렸다.

　옛날에 애미가 죽고 한이 돼서 길가 앉아 울어산께, 할매가 지내다가,

　"아가 아가, 울지 마라, 넉 어매가(너의 엄마가) 온다더라."

　"울 어매가(우리 엄마가) 온제만치(언제쯤) 온답디까?"

　"동솥에다 앉힌 장닭 내알개로(날개를) 털털 텀서 꼬꼬하면 온다더라."

　그리 그 소리 들을 끼라고, 온 귀를 기울이고 있어도 그런 소리가 듣기
나? 안 듣깄어(들렸어).

　또 한 골에, 한 모랭이 넘어간께 또 아-(아이)가 하나 자꾸 울어사서,

　"아가 아가, 와 우네?"

　"울 어매가 없어서 운다."

　쿤께,

　"넉 어매, 울지 마라 넉 어매가 온다더라."

　"온제쯤치 온답디까? 우리 어매가?"

　"뒷동산 고목낭게 풀이 피몬 온다더라."

　그러쿠고, 인자 그 아-는 풀 피도록 늘 차라보고 있는데, 뭐이 풀이 피
나? 안 피는데……

　또 한 고개 넘어간께, 또 아-가 대성야곡을(대성통곡을) 울어사.

　"아가 아가 우지마라. 넉 어매가 온다더라."

　"울 어매가 온제쯤 온답디까?"

　"저 바닷물이 조라져서(조려져서) 그 뻘밭이(갯벌이) 갈라지몬 그리 밟아
온다더라."

그 바다가 조라지도록 늘 차라봐도(바라봐도) 물만 퍼르고(퍼렇고) 조라지나? 안 조라지고 그리 밞아 온다 쿠는데, 그 물이 조라져서 그 뻘밭이 갈라지몬 그리 밞아 온다 쿠는데, 그거 갈라지도록 늘 차라보고 있어도 안 갈라지고……

(청중 1 : 숭칙헌(흉측한) 거짓말이다 그쟈?)

(청중 2 : 이약(이야기) 저거는 다 거짓말이네.) [웃음]

계모의 방해를 물리치고 결혼한 본처 딸

자료코드 : 04_04_FOT_20110122_PKS_LSR_0001

조사장소 : 경상남도 남해군 창선면 진동리 장포마을 장포마을회관

조사일시 : 2011.1.22

조 사 자 : 박경수, 류경자, 정혜란, 강아영

제 보 자 : 이순례, 여, 83세

구연상황 : 조사자가 옛날에 할머니들로부터 들은 이야기가 없냐고 묻자, 이야기야 많이 있다고 했다. 그런데 제대로 기억이 나려는지 모르겠다고 했다. 중간에 빠져도 좋으니 들려달라고 했다. 그랬더니 그러면 생각나는 대로 한번 해 보자고 하면서 흔쾌히 요청에 응하여 이야기를 시작했다.

줄 거 리 : 옛날에 본처가 딸 둘을 낳아두고 죽었다. 계모가 들어왔는데 아주 못난 딸을 하나 데리고 왔다. 그리고는 본처 딸들을 죽이려고 애를 썼다. 그러다가 큰딸이 시집을 가게 되자 사위를 죽이려고 대례상(大禮床)에다 비상(砒霜)이 든 술을 올렸다. 그것을 본 동생이 노래를 불러 신랑에게 알려 주었다. 그러자 계모가 사위는 고운데, 딸은 아주 못난 '옹두꺼비'라고 노래를 불렀다. 그 노래를 들은 신랑이 짐을 챙겨 떠나려고 했다. 그러자 신부가 자신을 한 번만 보고 가라고 노래를 불렀다. 신랑이 보니 신부는 달덩이같이 예뻤다. 그래서 신랑과 신부는 결혼을 해서 잘 살았다.

전에, 딸로 둘로 낳아 놓고 어마이가 죽고, 딸 둘이가 참 야물았는데, 죽고 대로(대신에) 얻어 놓은께나 대애미가(계모가) 딸을 하나 덧고(데리고) 왔는데, 그리 못된 걸로 뎃고 왔어.

덧고 와가지고 이 본실의 딸이 야물아 놓은께, 저놈을 저걸 직일라꼬(죽이려고) 장(항상) 그리 요독을 씨거덩(쓰거든). 요독을 씨는데, 인자 이것들이 커서 시집을 갈라고 인자 뭐슥을 헌께나 애비 그거는 아무 소용도 없고, 아-(아이)들한테는…….

그래 갖고 해 놓은께너 딱 뒤뚝밭에다가 비상(砒霜)을 숭구는데(심는데), 그 다신애미(계모)[186]가 비상을 숭구는데 인자 딸 두 개가, '저 비상을 우쩌는고?' 인자 쫑구는(눈여겨보는) 기 그기라. 그긴께너, 큰 걸로 시집보낼라고 인자 날로 받아 놓은께 그 비상을 딱 따 갖고 술로 해 옇는데, 술로 해 옇 은께너 딸 둘이서 인자 술 그걸로 인자 쫑구는 기 그기라. 그긴데, 큰 거는 인자 대리청에(대례청에) 나가야 될 끼고, 작은 거는 인자 그것만 방굿는(겨냥하는) 기라. 비상술 그거 우쩌는고? 방군께너 인자, 전에는 인자 전안례(奠雁禮)로 했다 쿠네. 대리로(대례를) 헐라 쿠몬(하려고 하면), 신랑이 들어가서 인자 전안례로 허는데, 아이! 그 술 그걸 딱 걸러 갖고 대리청에다 내놨어. 내놨는데, '이 술로, 저걸로 우쩌면 신랑이 안 묵겄네?'

인자 처니가(처녀가), 대리청에 나가는 처니가 그기 고민이라. 인자 그런께 동숭이,

"우찌해도 니는 대리청에 나가몬 저 술로 내가 신랑을 못 먹구로 꼭 허낀께너 대리청에 언니 니는 나가라."

요리 돼 놓은께너 나갔는데, 인자 신랑이 딱 뭐슥헌께, 이 한방 지둥을(기둥을) 동생 그기 보둠고 뺑뺑 돔서로(돌면서) 노래를 부르는 기라.

"서른세 폭 채열(차일遮日) 밑에 오늘 오신 새 아재야(아저씨야), 놋젯가락을 빼들고 비상술로 젓어 봐라"

요리 놓은께너 신랑이 인자 노젓가락을 빼 갖고 젓어 놓은께 비상이 떠오르거덩 술에. 그런께 인자 총각이, 신랑이 노래 부르기로,

---

186) '다신애미'는 계모의 남해지역말이다. 엄마가 죽거나 나가고 '다시 들어온 엄마'라는 뜻이다.

"방에 앉은 이 신부야, 이리 속히 나오이라, 한 잔 술에 둘이 죽자."

그런께너 이 장모 이 년은 또 저거딸은 문디(문둥이) 모딩이[187] 겉은 걸 덧고 와 갖고, 우째도 인자 또 탐을 내가 저 사우(사위) 저걸로 직일라꼬(죽이려고), 그런 비상술로 갖고 그러인께너 인자 오이(어디) 인자 좋은 뭐 슥헌 집에 중신을(중매를) 해 놓은께 직일라꼬, 그런께 한 잔 술로 둘이 죽자꼬 나오라 쿤께너 장모가 인자 노래로 부르기로,

"우리 사우는(사위는) 저리 곱아. 우리 딸은 그리 못 됐다고, 우리 딸은 옹두깨비, 시리(시루) 밑에 간두깨비."[188]

인자 요리 노래를 불러 놓은께너, 신랑이 듣고, '얼마나 딸이 못 돼야 요런 소리를 허겄네.' 싶어서 신랑이 인자 노래를 부르는 기라. 쌔기(빨리) 저거 상각들로(상객들을) 오던 길로 돌아가자고……. 돌아가자 쿤께너 인자 처녀가 그제는 노래로 한 자리 딱 불렀어.

"저 달 속에도 재미가(기미가) 쎴고(슬고), 저 별 속에도 재미가 쎴고, 맨드래미 봉숭아도 모디모디(마디마디) 숭(흉) 있는데, 물로물로 생긴 내가 한갓 숭 없이 생길소냐, 내일 아침 해 돋거든 요내 얼굴만 보고 가소"

요리 됐어. 그리 돼 놓은께너 인자 얼굴로 본께 뭐, 달딩이겉이(달덩이 같이) 야물거덩. 얼매나 처녀가 야물어 놓은께 인자 총각이,

"서쪽에서 돋는 해야, 아! 저저, 동쪽에서 돋는 해야 서쪽으로 어(어서) 지거라, 반달 품에 잠 잘란다."

그리 가이 안 죽고 둘이서 결혼을 해서 그리 가이 잘 살더란다.

---

187) '모딩이'는 아주 못생긴 사람을 일컬을 때 쓰는 말이라고 한다.
188) '옹두꺼비', '간두꺼비'는 아주 못생긴 두꺼비라고 한다.

효심 깊은 호랑이와 예수교의 유래

자료코드 : 04_04_FOT_20110122_PKS_LSR_0002
조사장소 : 경상남도 남해군 창선면 진동리 장포마을 장포마을회관
조사일시 : 2011.1.22
조 사 자 : 박경수, 류경자, 정혜란, 강아영
제 보 자 : 이순례, 여, 83세
구연상황 : 제보자는 어릴 적에 강의소에서 글을 배웠는데, 그때 강의소 선생님으로부터 들은 이야기라고 하면서 이 이야기를 해 주었다.
줄 거 리 : 노부부가 자식이 없다가 늦게야 아들을 낳았다. 그런데 아들이 아홉 살이 되도록 말을 못했다. 하루는 아들이 갑자기 '어머니' 하고 부르더니 산에 나무하러 가겠다고 하면서 지게를 지고 나섰다. 아들은 호랑이를 찾아가서는 형님이라고 불렀다. 그랬더니 호랑이가 먹을 것을 가져다주고, 집도 지어주고, 처녀까지 물어다 주었다. 그 바람에 아들은 결혼도 하고 잘 살았다. 살다가 장인 집에 갔는데, 처녀의 본 약혼자가 죽으려고 하면서 시합을 제의했다. 호랑이의 도움으로 모두 이기고 돌아와 잘 살았다. 뇌성벽력이 치던 어느 날 호랑이는 하늘로 올라갔다. 남자는 밥을 먹을 때마다 하늘로 올라간 호랑이를 생각하며 기도를 했다. 그러자 이웃사람들도 그렇게 하면 잘 사는 줄 알고 따라 했는데, 이것이 예수교가 되었다.

전에 전에 산골에 영감 할멈 살았는데, 이 자슥을 못 낳았어. 그리 그리 한을 한을 허다가 자슥을, 아들을 한 개 낳았어. 낳았는데 이놈의 아들이 한 살을 묵고 두 살을 묵어도 말을 못 허고. 다섯 살을 묵어도 말로 못 허고, 그만 말로 못 허는 기라. 제사로 공을 딜이가이(들여서) 낳았는데……. 아홉 살로 묵은께너 오이(어디) 놀다 오더마는,

"어무이!"

부리고(부르고) 들어오더란네. 그런께 적 어매가(자기 엄마가) 깜짝 놀랬어. 웬일인고 싶어서 헌께너,

"어무이 내가 나무허로 갈 낀데, 내로 지게로 한 개 주라."

쿠더란네. 그래서 인자,

"아이고! 넉 아배(너의 아버지) 지게 지던 거 있다."

꼬 줘 놓은께너 그 말도 못하던 기, 목발로 뚜드리고 노래로 부리더란네. 노래를 부리고 그 산골에, 그 산골에는 들어가는 포수는 있어도 나가는 포수가 없어. 호랭이한테 재믹히고(잡아먹히고). 그 산골로 그만 노래로 부리고 뚜들고(두드리고) 들어가더란네. 올매나 땅을 치고 할매가 울었던지, 그만 호랭이 밥이 됐다고 그리 울어 놓은께너……

그 산골에 들어가서 큰 이런 방우가(바위가) 있는데, 그 호랭이가 사는데, 방우 밑에 가서 내리다본께너 그 아-(아이)가. 아이! 호랭이가 이리 내리다보고 이 잡는다꼬 그리 샀더라꼬 그리 가이 딱 지게를 받쳐 놓고, 가서 호랭이 앞에가 절을 탁 험성,

"형님!"

해 놓은께너 호랭이가 가만히 차라보고(쳐다보고),

"흥흥 니가 동생가?"

이러 쿠더란다. 그래,

"형님을 찾아서 내가 아홉 살 묵도록 이리 형님을 내가 찾았는데, 형님을 인자 찾았십니다."

이런께너, 아이고 호랭이가 안아 보듬더란네. 이리이리 보듬고

"흥흥."

허고 울더란다.

(청중들 : [웃음] 음. 참 기억력도 좋다.)

그래 가이 흥흥 허고 우는데, 그리 인자 우는 걸 보고,

"형님 내가 해가 지고 집에 갈 끼라."

큰께, 가라 쿠더란다.

"내가 저녁에 너거 집을 찾아갈께. 가라."

허더란다. 호랭이가. 그래가 인자 적 어매는 호랭이한테 잡아먹히가 죽었다고 영감 할멈 그만 한타가(한탄을 하다가) 영감이 그만 올매나 애가 터져 영감도 그만 죽기가 됐어. 이리 가이 있는데, 아이!

"어머이!"

험성 들어오더란다. 올매나 적 어매가 놀랬던지 그만 구불어(굴러) 나가
듯기 나가 갖고 안아 보듬은께너,

"그리 우째서 이리갖고 왔느냐?"

쿤께너,

"내가 형님을 찾아놓고 왔는데, 어무이 오늘 우리 형님이, 오늘 저녁 요
살 밖에(사립 밖에) 와서 동생! 부리긴께너, 부리거들랑 어머니가 보선발로
뛰어나가서 목을 안고 우라."

쿠더란다. 그리 가이 참 저녁이 된께너, 열시나 된께,

"동생! 동생!"

허더란다. 살 밖에 와서. 그런께 적 어매가 그만 보선발로 뛰어나가서
모가지로, 호랭이 그걸 모가지로 안고 운께너, 지도 따라서 흥흥 울어 샀
더란다. 호랭이가. [청중 일동 웃음]

그래가 그리 암 것도 없이 인자 집도 없고 암 것도 없는데, 오막집에 살
다가 그래 가이 인자 호랭이는 보내고. 호랭이 이기 그만 오만 걸로 묵을
걸로 그만 끄어다 줘. 갖다 주고 이래가 그만 부자가 됐뻤는 기라.

(청중 1 : 동생이 귀해 놔 놓은께너.) 하모(그럼). 그리 갖고. (청중 2 : 옛
말 하나 그른 거 없다. 이약은(이야기는) 전부 거짓말이라 쿠더니(하더니).)
(청중 3 : 노래는 전부 옳은 말이고)

집을 이래 갖고 살도(살지도) 못 허겄는데,

"니가 오던(어떤) 좋은 데다가 주칫돌만(주춧돌만) 주어다 놓으라."

쿠더란다.

(청중 2 : 허허. 집 지어 주끼라꼬. [웃음])

지가 집을 지어 놓으낀께너. 그래서 인제 동네 태작마당(타작마당) 있는
데에다 주칫돌을 주어다 놓은께 마, 자고난께 떵그러이 집을 지어 놨어.
지어 놓은께 인자 동네사람이 다,

"저 집이 저기 뭐이 천도깨비가 지었는가 집을 지어 놨는데, 사람이 지은 집은 아니다. 저 집에 사람이 못 산다."

요래 됐어 그리 된께너,

"너거 집이 없이인께너 너거가 살래?"

인자 그것들로 그리 산께(하니까), 아이! 저거가 살 끼라 캤어. 저거는 인자 알고 있인께. 그래가 그 집에 살러 들어갔는데, 그리 그만 잘 사는 기라. 자꾸 뭘로 갖다 주고, 뭐슥을 허고 이리산께, 하모 잘 사는데, 아이! 적어매가 그리 살다가 그만 우찌 똑 짜직짜직 그만 아푸고 이리 헌께, 뭐이 일만 있으몬 호랭이한테 가는 기라. 가서 뭐슥을 헌께,

"아이다(아니다). 넉 어매(너의 엄마) 죽기 전에 동네잔치로 해라. 해 갖고 해야 너거가 동네에 살제, 이래 가지고는 못 산께 동네잔치로 허라."

쿠더란네. 뭣이 오만 걸 갖다가 줘서 그만 해갖고, 동네잔치로,

(청중 1 : 귀헌 기 없는디 하모(그럼).) 하모. 저리 살고 헌께, 지로 동네 사람이 막 직일라 사서(죽이려고 해서), 직일라 캐도 그 호랭이 땜에 못 직이. 직일라고 오이(어디) 덧고(데리고) 가 놓으면 호랭이 가서 그만 번독을(난리를) 해 놓으몬, 직이도 못 허고 그래가 인자,

"이리 허지 말고 동네잔치로 해라."

이리 가이 잔치로 했어. 잔치로 싹 해 놓은까너 동네 사람이 인자 딱 뭐슥을 해 주는 기라. 인정을 해 주고, 그만 사라 쿠고 그만 붙이사는데,

"니가 장개로(장가를) 가야 허제. 넉 어매가 몬제(먼저), 엄마가 몬제 죽어서는 안 된께, 장가로 가라."

쿠더란다.

"아이! 이런 처지에 오데로 장가를 갈 끼냐?"

쿤께,

"오늘 밤 몇 시에 딱 집을 가시 놓고(청소해 놓고) 있이몬 제가 처녀로 한개 덧고(데리고) 올 낑께너 그 처니로 제는 함부래 뵈지 말고, 처니가(처

녀가) 첨문제(처음에) 와서는 죽었있긴께너 막 해 갖고 나중에 살아나긴께……."

그러더란네. 그래가 인자 있인께, 아이! 밤중이나 된께,

"동생!"

험성 오더란다. 그리서 간께, 시집갈라고 목욕해 놓은, 목욕허는 처니로 그만 업고 왔뺐어. 처니를 업고 와서, 그만 처녀는 자물시(까무러쳐) 죽어뻐고, 방에다 눕히 놓고 뭐를 우찌우찌 허라고 갤차(가르쳐) 주더란다. 그리 해 놓은께 인자 살아났는데, 살아서 이걸로 덧고 사는 기라 인자.

덧고 사는데 그만 적 어매가 아파 죽었삤어. 죽어 놓은께너 적 어매 묘로 갖다가 인자 지가 그만 덧고 가서 썼는데, 제 이름은 호뱀이로(호범이라) 씨고, 동생 이름은……. 제는 호랭이라꼬. 그래 갖고 비(碑)로 세우고.

그래 놓은께 인자 동네에서 더 또 저걸 직일라 캐(죽이려고 해). 적 어매로 산목숨 그만 갖다 내삤다꼬 그래도 인자 잔치로 그리 크게로 허고 믹이 놓은께 그리도 얼른 호랭이 땜에 직이도 못해 그만. 사람을 모아 놓으몬 호랭이 이기 가서 그만 한 번 휘- 둘러놓으몬 그만. 그래 갖고 그리 사는데 인자 한참 살다가,

"동생 니 제앤(장인)네 집에 한번 안 갈래?"

허더란다. 제인네 집도 그리 업어다 줘 놓은께 모리제(모르지). 그리,

"제앤네 집에 갈 끄라."

꼬 이런께,

"가고 싶지마는 내가 제앤네 집이 오디 있는고 알 수가 있느냐?"

쿤께, 지가 덧고 갈 낀께네 지한테만 따라가자 쿠더란다. 그거는 제는 인자 말(馬)이라 쿠고,

"말이라고 내로 타고 가몬, 내로 말죽을, 죽을 쒀가 주라."

쿠더란다. 이 사람 묵는 죽을 쒀 가지고 주고. 그래가 인자 타고 갔는데, 타고 가 놓은께 목욕허는 처니로 업고 간 집에 가 놔 놓은께나,

"저 놈 직이라!"

꼬 제다(모두) 각시 그걸, 오나(오히려) 장개올라 쿠는(장가오려고 하는) 그 놈이 왔어. 와 가지고 서로 인자 각시로 뺏들라 쿤께(뺏으려고 하니까) 저기 가서 그러쿤께나, 그 자석이 그러더란다.

"니허고 내허고 바둑을 한번 두자. 못 이기는 놈은 각시 뺏깄다."

바둑을 참 잘 두는 놈이라. 그 놈이. 그리 이거는 바둑이고 뭐이고 암 것도 모리는데. 호랭이한테 갔다. 가서 그리 쿤께너, 두라 쿠더란다.

"두믄(두면) 내가 포리가(파리가) 돼가 가서, 요 가(여기 가서) 붙거당 요다 놓고, 저 가 붙거당 요……."

그리 허라 쿠더란다. [청중 웃음] (청중 3 : 전부 갤차 준다(가르쳐 준다). [웃음])

그리서 인자 첨문제 삼시 세 판을 했는데, 그만 한 판 졌뻤어. 이기. 암 것도 제는 모린께너(모르니까).

"이기 우쩌꼬?……."

싫어 애가 터져 죽겄는데, 아이! 두 판째는 포리가 날아 오더마는 참 요 가 붙고, 저 가 붙고, 그래 가이 이깄어 제가. 그래가 삼시 세 판 해도 그만, 그 포리가 요 가 붙고, 저 가 붙고 헌께너 두 판을 이깄삤어. 이기뼈 놓은께너 인자 처니가 제 아다리가(차지가) 됐어. 그런께너 또 그 놈이,

"우리가 니 말(馬)허고 내 말허고 신경을(시합을) 허자."

쿠더란다. 저 강을 건디(건너) 갖고 누라도(누구라도) 몬제(먼저) 건디 온 사람이 인자 각시는 차지로 허꺼라. 그리 호랭이한테 가니,

"문제도 없다고 허라."

쿠더란네. 호랑이한테 가서 또 말이라꼬 타다 놨인께 호랭이로. 문제도 없다고 막 허라 쿠더란다. 그래 가지고 인자 강을 건디는데, 저거는 건디 가도 안 해서 이거는 마 건디왔삤어. 호랭이는. 그 타고. [웃으며] 그래 놓은께 그 각시로 인자 그만 제 차지라. (청중 2 : 제 차지다.) (청중 1 : 그기

연분이다. 저거 연분이다.)

제 차지로 해가 덕고(데리고) 와서 그리 골로(고을을) 뭐석 허고 잘 사는데, 하룻저녁에 호랭이가 와서,

"동생, 내는 하늘로 올라가 낀께너, 몇 날 몇 시 올라가 낀께너, 노성벽락을(뇌성벽력) 허고 허거덩 차라보라(쳐다봐라)."

쿠더란다. 그리 가이 그날 밤에 참 노성벽락을 허고 비가 오는데, 차라본께 무지기로(무지개를) 타고 올라가더란다. 호랭이가 무지기를 타고. 그리 가이 올라가는 걸 보고 이 사람들이 인자 장(항상) 인자 밥을 채리 놓고,

"하늘님, 우리 형님, 아버지 때미 잘 산다."

고 기도로 헌께너 이 에수가(예수가) 거서 났다 쿠네. [웃음] 그리 갖고 인자 그걸 보고 이웃 사람이,

"아이고! 아무개 집에는 간께너 밥을 갖다 놓고, 하느님을 덜믹이고(들먹이고), 하늘님, 형님아 쿠고, 뭐이라 쿠고 허는디, 그리 놓은께 저리 벼락부자가 됐는데, 우리도 한번 그리 허자."

꼬 그리 가이 에수가 퍼졌단다. [웃음]

성명사의 쌀 나오는 구멍

자료코드 : 04_04_FOT_20110126_PKS_LHS_0001
조사장소 : 경상남도 남해군 창선면 서대리 서대마을 서대마을회관
조사일시 : 2011.1.26
조 사 자 : 박경수, 류경자, 정혜란, 강아영
제 보 자 : 이희선, 여, 80세
구연상황 : 조사자가 혹시 쌀 나오는 구멍에 대한 이야기를 들어본 적이 있느냐고 묻자
　　　　　 제보자가 그런 이야기가 있다고 대답을 했다. 조사자가 그 이야기를 해 달라
　　　　　 고 요청하자 바로 이야기를 했다.
줄 거 리 : 창선면 율도의 '성명사'라는 절에는 사람의 수만큼만 쌀이 나오는 구멍이 있

었다. 그런데 절의 상좌가 밥을 풍족하게 먹지 못하자 쌀이 많이 나오라고 막대기로 구멍을 쑤셔 버렸다. 그랬더니 뜨물만 나오고 다시는 쌀이 나오지 않았다.

옛날에 옛날에 상좌가 있는데, 손님 한 내이(한 명) 오몬 한 내이 모가치가(몫이) 쌀이 나오고, 둘이 오몬 둘이 모가치가 나오고⋯⋯.

만날 밥을 해 봐야 둘이 모가치 한 내이 모가치 빼인데(뿐인데), 그러몬 밥은 좀 나쁘단(모자란단) 말이제. 나쁘께너, 좀 많이 나오라고 작대기를 갖고 구녕을 푹 쑤시삐 놓은께너, 그만 쌀도 안 나오고 뜨물이 줄- 나오더마는 그 뒤로는 안 나온다 캐여이다(합니다). 그것뺏이요(그것뿐이요).

(조사자 : 그게 어디?) (청중 1 : 율도 성명사 절이라꼬.) 율도 율도 세명골에⋯⋯. (청중 2 : 율도 동네 우에. 그⋯⋯.) (청중 1 : 아까 성명사라 쿠는⋯⋯.) (조사자 : 성명사 절을 말합니까?) 예예.

이야기 서두담

자료코드 : 04_04_FOT_20110123_PKS_JBY_0001
조사장소 : 경상남도 남해군 창선면 오용리 오용마을 오용마을회관
조사일시 : 2011.1.23
조 사 자 : 박경수, 류경자, 정혜란, 강아영
제 보 자 : 정보연, 여, 89세
구연상황 : 민요를 어느 정도 불렀을 때, 조사자가 노래 말고 이야기를 해도 된다고 했다. 그랬더니 무슨 이야기를 해야 할지 모르겠다고 했다. 그래서 아무 이야기나 괜찮다고 했더니, 이런 것도 이야기가 되는 거냐고 하면서 이 이야기를 했다.
줄 거 리 : 이 이야기는 이야기를 해 달라고 할 때 생각이 나지 않으면, 이야기를 하기 전 그냥 내뱉는 일종의 형식담이다.

이백이란(이야기란) 놈이 대백이로 짊어지고 베록방(벽) 삼십 리로 올라 갔더란다.

(청중 : 올라간께 묵직헌 똥이 한 덩거리. [웃음])

[웃으며] 묵직헌 똥이 한 덩거리 있더란다. 베록방 삼십 리로 올라간께
너…….

장님과 벙어리 사이의 대화

자료코드 : 04_04_FOT_20110123_PKS_JBY_0002
조사장소 : 경상남도 남해군 창선면 오용리 오용마을 오용마을회관
조사일시 : 2011.1.23
조 사 자 : 박경수, 류경자, 정혜란, 강아영
제 보 자 : 정보연, 여, 89세
구연상황 : 다른 제보자의 이야기를 듣고 난 후, 자신도 생각나는 이야기가 있다고 하면
서 이 이야기를 해 주었다.
줄 거 리 : 옛날에 장님 시아버지와 벙어리 며느리가 살았다. 하루는 안동네에 불이 났
다. 시아버지가 며느리에게 보고 오라고 시켰다. 불구경을 갔다 온 며느리가
시아버지의 자지를 잡으며 기둥만 남았다고 알려 주었다. 시아버지가 어디에
불이 났더냐고 물었다. 그랬더니 시아버지의 손을 자신의 음부에 갖다 대고는
안골에 불이 났다고 알려 주었다.

옛날에 옛날에, 며느리 허고 씨아배(시아버지) 허고 살았는데, 씨아배는
봉사고(장님이고), 며느리는 버버리라(벙어리라). 저- 안골에 불 났다고 이
리 쌌거덩. 그런께,

"저 불 났단다. 내다봐라."

한께, 씨아배가 그리 캐 놓은께나, 며느리가 갔다 오더마는, 아이! 저저,
씨아배 그만 자지로 딱 쥐더란다. 그런께,

"아! 좆지동만(좆기둥만) 남아." 헌께너, 또 저저,

"오디(어디) 만치 났대?"

헌께, 씨아배 손을 갖다 [제보자가 자신의 사타구니에 손을 대며] 엿다

(여기에다) 대거덩.189)

"아! 안골에 나."

[청중 일동 웃음]

저 안골에 났다 쿠더란다. [웃음] 아이구, 아이구, 그기 이야기다. 그기.

그것도 모르는 신부

자료코드 : 04_04_FOT_20110123_PKS_JBY_0003
조사장소 : 경상남도 남해군 창선면 오용리 오용마을 오용마을회관
조사일시 : 2011.1.23
조 사 자 : 박경수, 류경자, 정혜란, 강아영
제 보 자 : 정보연, 여, 89세
구연상황 : '장님과 벙어리의 불구경' 이야기가 끝난 후 제보자가 이어서 이 이야기를 구연했다.
줄 거 리 : 옛날에 딸이 시집을 갔는데, 남편이 아내의 손을 자신의 음경에 갖다 댔다. 그랬더니 남편의 음경이 점점 커졌다. 놀란 아내가 친정으로 도망을 갔다. 친정어머니가 어떻게 왔느냐고 물었더니, 지금쯤 남편의 음경이 커져서 방에 가득할 것이라고 했다.

전에 전에, 딸로 시집을 보내놓은께너, 서뱅이(서방이) 그만 손을 갖다 것다(성기에다) 대 놓은께너, 그만 그기 더럭더럭 커지거덩. 그만 쫓기 저거 집으로 왔거덩.

"와 니가 이리 오네?"

헌께너,

"어마(엄마), 하마(아마 지금쯤) 한 방 됐이끼다."

허더란다. 손을 대 놓은께 뭐이 커지더란다. 그래 놓은께, '어마, 하마

---

189) 시아버지의 손을 끌어다가 며느리의 사타구니에다 댔다는 말이다.

한 방 됐이끼다.' 카더란다. 그기 커서.

시어머니를 팔려다 효부 된 며느리

자료코드 : 04_04_FOT_20110123_PKS_JBY_0004
조사장소 : 경상남도 남해군 창선면 오용리 오용마을 오용마을회관
조사일시 : 2011.1.23
조 사 자 : 박경수, 류경자, 정혜란, 강아영
제 보 자 : 정보연, 여, 89세
구연상황 : 제보자는 짤막하면서도 음담패설에 가까운 이야기를 몇 편 들려주었다. 조사
          자들이 웃음을 참지 못하자 다른 이야기를 해 주겠다고 하면서 연이어 이 이
          야기를 구연했다.
줄 거 리 : 옛날 한 집에 시어머니가 나이가 들어도 죽지 않았다. 그러자 며느리가 남편
          에게 시어머니를 팔고 오라고 시켰다. 남편이 어머니를 데리고 팔러 갔다 와
          서는 무게가 부족해서 못 팔았다고 했다. 그러자 며느리가 시어머니를 팔기
          위해 음식을 잘 먹였다. 이웃에서 효부(孝婦)라고 칭찬이 자자했다. 그래서 시
          어머니를 팔지 않고 잘 살았다.

　시어매가 안 죽어서, 서방을 인자 오이(어디) 저저 시어매로 더부(데리
고) 가서 포라 쿠거덩(팔라고 하거든).

　"좋다."

　내일 인자 적 어매로(자기 엄마를) 덧고(데리고), 저- 오이 폴로(팔러) 간
다꼬 덧고 갔단 말이다. 폴로 가 놓은께나, 뺑뺑 돌다가 저무나새나(하루
종일) 있다가 왔거덩.

　"어무이로 언청(워낙) 못 믹이(먹여) 놓은께 근대가(무게가) 모지래(모자
라) 못 폴았다."

　그리 쿠고서, 그리서 인자 근대가 모지래 못 폴았다 캐 놓은께너, 어떻
기 며느리가 시어매로 잘 갖다 믹이는지, 뭐 잘 믹인께너 이웃 사람들이
소자(효자) 났다고 올매나 칭찬을 했던지, 고마 안 갖다 폴고 잘 덕고 살더

란다.

말귀를 못 알아듣는 바보 조카

자료코드 : 04_04_FOT_20110123_PKS_JBY_0005
조사장소 : 경상남도 남해군 창선면 오용리 오용마을 오용마을회관
조사일시 : 2011.1.23
조 사 자 : 박경수, 류경자, 정혜란, 강아영
제 보 자 : 정보연, 여, 89세
구연상황 : 제보자가 생각난 듯 연이어 이 이야기를 구연했다. 앞서 제보자의 이야기가
　　　　　대체로 짧아 조사자가 좀 긴 이야기는 없느냐고 물었다. 그랬더니 이야기가
　　　　　끝나자 또 짧다고 할 것이냐고 하면서 웃었다.
줄 거 리 : 옛날에 좀 모자라는 사람이 장가를 가는데 삼촌이 상객으로 따라갔다. 가면서
　　　　　조카더러 대례청에 나가거든 좀 볼가지게(똑똑하게) 하라고 일렀다. 그랬더니
　　　　　이 사람이 돌아서서 자신의 성기를 까뒤집고 있었다. 삼촌이 그러지 말라고
　　　　　손짓을 했더니, 더 이상은 못 까뒤집으니 삼촌더러 하라고 했다.

옛날에 옛날에, 한 놈이 장개로(장가를) 보낼 낀데 좀 모지랬어(모자랐
어). 모지랜께 저거 삼촌이 상각[上客]을 갈 기거덩. 그래,

"네 이놈의 자석아, 내일 대리청에서(대례청에서) 니가 볼가지기(도드라
지게)[190] 해라."

헌께너, 돌아서서 뭘 자꾸— 이리 산께너(하고 있으니까), 찝작해(집적여)
놓은께너, 매이(힘껏) 뵑으라(까뒤집으라고) 쿠는 것만이(하는 것인 줄 알고),

"아이구, 삼춘이 뵑으시다(까뒤집으십시오). 이거 우에는(이상은) 더 못
뵑것십니다."

그러더란다.

또 짜리기(짧게) 했다고 쿠젔가(할 것인가)? [웃음]

---

190) 여기에서는 똑똑하게 굴라는 뜻이다.

(조사자 : 뭘 붉아요?) 볼가지기 허라 캐 놓은께너, 지(자기) 고춰(성기性器) 붉으라 쿠는가니(하는 줄 알고) 돌아서서 그걸 붉더란다. 붉은께나, 그리 헌다꼬 뭐라꼬 찝짝헌께나(집적이니까),

"삼춘이 붉으시다. 이 우에는 더 못 붉겠다."

쿠더란다. 어띠기 매이 붉아져 가지고 아푸던가. [청중 웃음]

월경(月經) 보고 도망친 신랑

자료코드 : 04_04_FOT_20110123_PKS_JBY_0006
조사장소 : 경상남도 남해군 창선면 오용리 오용마을 오용마을회관
조사일시 : 2011.1.23
조 사 자 : 박경수, 류경자, 정혜란, 강아영
제 보 자 : 정보연, 여, 89세
구연상황 : 제보자는 짤막짤막한 이야기를 연이어 구연했다. 특히 바보 이야기라고 하면서 순진한 신부, 조카 이야기를 해 주었다. 조사자가 또 다른 바보 이야기는 없느냐고 물었더니 다음 이야기를 구술했다.
줄 거 리 : 옛날에 어떤 사람이 장가를 갔는데, 처갓집에 갔다가 바로 쫓아 왔다. 그래서 이유를 물었더니 집안이 안 편해 왔다고 했다. 웬일인가 했더니 여자의 월경을 보고 놀라서 도망쳐 왔던 것이다.

전에 한 놈이 또 장개로 갔는데, 아이! 그만 저거 처갓집을 간 놈이 쫓아오더란네. 그래서,

"아이! 자네가 우찌 오는고?"

헌께너,

"아이! 집안이 편함상(편한 것 같으면) 내가 와요?"

허거덩. 그리,

"와? 누가 아픈가?"

헌께,

"아! 제가 아파서 오지요."

그래는,

"오디가 아픈고?"

헌께,

"고무터리기(고무털이) 선 두린(두른)¹⁹¹⁾ 개가 아파서 오지요."

허는데, 맨서로(월경月經이) 있는 걸 봤는가? 저저, 피고름이 질질 흐린다 쿠더란다. 가서…… 아이구~ 아이구, 똑 내 겉은(같은) 기 전에 있었던가. [웃음] 내 대신허다(비슷하다).

시어머니 박대로 중이 된 며느리

자료코드 : 04_04_FOT_20110123_PKS_JBY_0007
조사장소 : 경상남도 남해군 창선면 오용리 오용마을 오용마을회관
조사일시 : 2011.1.23
조 사 자 : 박경수, 류경자, 정혜란, 강아영
제 보 자 : 정보연, 여, 89세
구연상황 : 조사자가 제보자에게 '중 노래'를 좀 불러줄 수 있느냐고 물었다. 그러자 제
　　　　　보자가 기억이 날지 모르겠다고 하더니, 노래를 부르는 것이 아니라 가사를
　　　　　풀어서 이야기를 시작했다.
줄 거 리 : 옛날에 며느리가 하루 종일 밭을 매고 왔더니, 시어머니가 밥을 주는데 형편
　　　　　이 없었다. 그것을 본 뒷집 할머니가 중놀이나 가라고 했다. 그 말을 들은 며
　　　　　느리가 중의 형색을 갖추고 절로 들어가 버렸다. 시주를 다니다가 남편을 만
　　　　　났다. 집으로 돌아가자는 남편의 요청을 뿌리치고 가 버렸다. 집으로 돌아온
　　　　　남편은 병이 나서 죽었다. 남편의 상여가 절 앞에 이르자 멈추어 서더니 움직
　　　　　이지를 않았다. 아내가 나와서 속적삼을 벗어 상여에 걸어 주었다. 그랬더니
　　　　　상여가 움직였다.

[앞부분의 며느리가 밭을 매러 갔다가 돌아오는 이야기는 청중들과 의

---

191) '고무털이 선(線) 두른' 곳이란 털이 덮인 '여성의 음부'를 말한다.

논하는 사이 지나갔다.]

묵으라꼬 주는 기 쉰 보리밥을 주고, 디장(된장) 덩거리 허고 밥을 주는디, 뒷집 할매가 담뱃불 댕기로 돌아옴서로 차라본께나(바라보니까),

"아강 아가 며늘아가 그 밥 묵고 그 일 할래?"

그 말 한제(한마디) 넘기 듣고 아랫방을 가 갖고 머리로 깎고,

"한쪽 머리로 깎고 난께 눈물강이 되었고나."

두 쪽 머리를 깎고 난께 대동강이 되었는데, 오리 한 쌍 게오(거위) 한 쌍 떠들어오더란다.

"오리야 게오야, 네 뜰 데가 그리 없어 눈물강에 네가 떴나?"

그리 쿠고, 야닯(여덟) 폭 큰 치매로 뜯어 갖고, 한 폭 뜯어 꼬깔 집고(깁고), 두 폭 뜯어 바랑 집고, 아홉 상좌 거느리고 임의 오는 전송 간께너,

"임이 오네 임이 오네 서울 갔던 임이 오네. 아홉 상좌 절 허는데 중 하나는 절 안 허네."

헌께,

"중의 절이 흔치만은 임을 보고 절 헐소냐."

헌께, 말깨에라(말 등 위에) 앉은 님이 보선발로 뛰어내리서, 턱! 잡음서, 홀목을(손목을) 턱! 잡음서,

"가세 가세 돌아가세. 오던 질로(길로) 돌아가세."

헌께너, 기왕지라 깎은 머리 십년공부 허고 갈라 쿠거덩. 집이라고 들어온께나 적 어매가(자기 엄마가),

"어지 그지(어제 그제) 있던 년이 오늘 저녁 야밤도지(야반도주) 나갔다."

쿠거덩. 또 저거 동숭이(동생이) 썩 나섬서 허는 소리가,

"어지 그지 있던 년이 야밤도지 나갔다."

캐(해).

"어무이 말도 내 들었소 동숭 말도 내 들었소."

그만 그 질로(길로) 들어가서 병이 나서 누웠어. 병이 나 누웠는데, 저거 방에 들어간께나, 뭐라 쿠겄고? 잊아 뿄다 또. 저거 방에 들어간께나 둘이 덮을라꼬 그것까?

(청중 : 이부자리.) 이불자리 저저. (청중 : 덮울 듯이 더지 놓고(던져 놓고).) 둘이 베자고 지은 베개 손질 발질(손길 발길) 더지 놓고, 새별 겉은 (샛별 같은) 요강대도 손질발질 더지 놓고, 그리 저, 병이 들어 아파서 그만 죽었거덩.

죽었는데, 생이가(상여가) 그만 안 나가더란다. 생이가 안 나가서, 그리 각시가 그 소리 듣고 인자 왔던가, 옴서(오면서) 허는 소리가 저저, 속적삼을 벗어 생이 채에다 걸침서로,

"땀내 맡고 어(어서) 가거라. 숨내 맡고 어 가거라."

잘 가라 쿤께너 그만 생이채가 잘 가더란다. 내 중간 중간 다 잊아쁘고 모리겄다.

손가락만한 아이

자료코드 : 04_04_FOT_20110123_PKS_CKY_0001
조사장소 : 경상남도 남해군 창선면 오용리 오용마을 오용마을회관
조사일시 : 2011.1.23
조 사 자 : 박경수, 류경자, 정혜란, 강아영
제 보 자 : 최경연, 여, 82세
구연상황 : 제보자가 민요를 가창하고 난 후 이야기를 해 달라고 부탁했다. 그러자 이것도 이야기가 되는지 모르겠다는 말을 하면서 다음 이야기를 구연했다. 이 이야기는 일제강점기 때 초등학교 교과서에 나온 것이라고 하는데, 일본의 설화이다.
줄 거 리 : 옛날에 노부부가 기도 끝에 아들을 하나 낳았는데, 아이가 손가락만 했다. 하루는 이 아이가 짐을 챙겨 집을 나섰다. 임금이 사는 궁궐로 들어가 슬리퍼 밑에 숨어 있다가 공주를 만났다. 공주와 여행을 하면서 요괴를 처치했다. 그

리고 요괴에게서 얻은 방망이로 쑥쑥 자라나 훌륭한 사람이 되었다.

저 옛날에 옛날에, 두 노인이 사는데, 그런께 두 부부가 살았겄제. 살아 놓은께 자식이 없어. 자식이 없어서 인자 저저 신(神)한테다가, 아들 한 개만 태아 주라고 만날 기도를 했는데, 기도를 한께나 뜻밖에 아들 한 개 낳았는데 요만헌(손가락만한) 기 났어.

요만헌 기 났는데, 그기 인자 마 아무리 키워도 크도(크지도) 안 하고 요만해 있다가, 하리는(하루는) 인자 오이(어디) 저 멀리 갈 기라꼬, 오이 멀리 댕기올 기라꼬 인자 적 어매(자기 엄마) 적 아배한테 허락을 받아.

요만한 나무 종기(나무 종지) 한 개허고, 나무젯가락허고, 요래 갖고 그기 책에 나오는 기라. 저저, 옛날 옛날 애정(왜정) 때 교과서에 그리 나와. 그래 가지고 인자 강을 거실러 올라가 갖고, 저 뭐 그때는 임금이라고 안 허나? 대통령을. 임금 집에 들어가 갖고 게다(일본 슬리퍼) 밑에, 왜정 때 게다 안 있나? 그 밑에 쏙 들어가 놓은께, 들어감서 인자,

"계십니까?"

요새 말로 그리 큰께나, 인자 안에서 공주가 나옴시러(나오면서) 이 게다로 착 신은께너,

"훈디야!"

그런께너,

"뇱아서는(밟아서는) 안 된다."

꼬 그러쿤께너 그리서 인자 아무리 봐도 사람도 없고, 게다 밑에 요만한 기 있더란다. 그래서 공주가 요만헌 그 저저 아-(아이)를 덧고서(데리고서) 만날 댕기고 인자 키왔는데, 그래가 인자 크도 안 해.

크도 안하고 장(항상) 요만해서, 공주가 이제 그걸 덧고 오이(어디), 저 오이 구경을 갔던가, 외출로 갔던가 갔는데, 큰 요런 짐승이 나와 갖고 마 공주를 그만 해칠라 쿤께, 저 요만헌 그 큰 괴물이 그만 입을 홀랑 넘기삐

놓은께, 그대로 넘어가 뺐어. 넘어가 갖고 아! 그 한 개 빠졌다. 바늘로 갖고 옆구리 차고, 적 어매한케 그리가 갔거덩. 그 바늘로 갖고 괴물 속에 들어가서 올매나 폭폭 쑤셨던지 이 눈을 뚫고(뚫고) 나왔어.

눈을 뚫고 나왔는데, 그래가 인자 그, 그런께 뭔 도채비던(도깨비이던) 모양이제. 요런 방맹이가 있던가. 그걸 갖고 인자 그 공주가, 공주가 인자 그걸 갖고 와서, 그 아~(아이)로 자꾸 얼른얼른 자라 주라고, 요리 자꾸 뚜드림서로(두드리면서) 해 놓은께 그만 쑥쑥 자라 갖고, 그래 갖고 그만 큰 훌륭한 사람이 되더란다.

고기잡이배를 도와준 헛배

자료코드 : 04_04_FOT_20110122_PKS_HCS_0001
조사장소 : 경상남도 남해군 창선면 진동리 장포마을 장포마을회관
조사일시 : 2011.1.22
조 사 자 : 박경수, 류경자, 정혜란, 강아영
제 보 자 : 하찬실, 남, 88세

구연상황 : 조사자가 제보자에게 여태까지 어떤 일을 하며 살았느냐고 물었더니, 예전에 고기잡이를 많이 했노라고 했다. 그 말을 듣고 조사자가 혹시 헛배를 본 적은 없냐고 물었다. 그랬더니 들은 이야기가 있다고 하면서 이야기를 꺼냈다.

줄 거 리 : 예전 어느 바람이 부는 날, 세존도 앞바다에서 고기잡이를 하고 있었다. 그런데 큰 배가 한 척 불을 켜고 다가왔다. 배 안에는 겨울인데도 불구하고 보릿대 모자를 쓰고 셔츠 차림인 사람들이 움직이고 있었다. 그 배가 고기잡이배를 향해 돌진해 왔다. 놀란 고기잡이배는 도망쳐 마을의 선착장으로 들어왔다. 들어오고 나자 바다에는 큰 풍랑이 닥쳤다. 그 헛배는 고기잡이배를 도와주는 귀신배라고 한다.

이전에 우리 어른들 얘기로 들으면은, 여게 바다에도 인근 바닥이(바다가)[192] 아니고 저, 시존도(世尊島)라 하는 저런 먼 바다로 나갑니다. 먼 바

---

192) '바닥'은 바다의 남해지역말이다.

다에 가 가지고 밤에 그 뭐 어장질로 해 가지고 그래 갖고 참 바람은 불고, 참 우찌 뭐 애로 써서 뭐 추우로(추위로) 막론하고 고기로 잡아 가지고 이리 들어올라 쿠면은 날이 좀 좋아지면은 헛것이 나요.

헛것이 나 가지고 사방 막 굵은 배를 타고, 그리 또 기계 말이제, 저 철선겉은 저런 걸로 타고 와서 마마, 푹- 여다 박을라고 이러몬, 겁이 나서 그만, '아이고! 우리가 받치 죽겄다.' 그리 싶어도 옆에서 살- 없어지고 그러는데, 사람들을 차라보면은(바라보면) 그 사람들이 그 받칠라 헐 그때는 겨울인데, 보릿대 모자도 씨고 있고, 삼동(三冬)인데 말이제, 뭐뭐 샤쓰 이런 걸 입고 있는 그런 현상을 가지고 그렇게 헛것이 많이 나오더라 그리 되는데…….

그것은 그리 가지고 그 사람들이 그렇기 이리 쫓가서(쫓아서), 그래서 저거가 쎄가(혀가) 빠지기 노로 젖고, 뭐 이리 갖고 따라오면은 늘 뒤따라오는 기라. 그래가 개구석에(갯가에) 다 오고 나면은, 살- 가비리(가버려). 그러는데 인자 저 헛것이 나는 거는,

"바람이 크게 불어온께너 너거가 얼른 가을(가 쪽으로) 들어가라."

이기라. 데리다 주는 구신(귀신)이 있더라 쿠는 기라. 그 헛것도. 헛것도 그리 데리다 주는 것도 있고……. 그 배가 그 있었이몬 파산을 헐 정도로 바람이 불었는데, 그리 죽음을 떼 제치 놓고 구신한테 쫓기 들오고 난께나, 거는 바람이 그리 불어서 사람이 죽을 정도가 돼도 아무 일이 없었다. 그런 뭐슥이 있고.

우떤 거는 또고 사람을 해할라고 허는 기 아이라 또고, 다린 모양으로 해 가도(해 가지고도) 막 만수로 난다 쿠는 기라. 그리 그 우째서 그러느냐 허면은 저녁에 가서 그 뭐 어장을 놓고 이렇게 헐라 쿠몬 막, 배가 뭐 이리 갈기고 저리 갈기고 막, 헛것이 나서 배가 갈긴다 쿠는 기라. 그리해서, '저 배가 저렇기 갈리는 거는 뭔 일이 있는 거다.' 세고, 그만 어장을 안 놓고 그만 쫓기 들어온다 쿠는 기라. 쫓기 들어오몬 뭐뭐 바람이 와글와글

일어나서, 그리 갖고 해 가지고 가을(가로) 들어오면은 인자 그만 바람이, 그날 밤에는 거기서 있는 배들은 많이 파선을 허고 그랬는데, 그 쫓기 들어온 배는 괜찮은 그런 경향도 많이 나고.

그런께나 그 죽은 말이제 그런 배들도, 그렇기 고생을 하고 사는 사람들이 인자, 암만해도 자슥들도(자식들도) 있는가 우쨌는고, 구신도 그런 기 있는가 말이제, 그렇게 데려다 주고 날이 궂을라 쿠몬 그리해 가지고 어장을 못 놓고로 허고, 들어가고로 허는 그런 보호를 해주는 구신들이 많더라. 그런 얘기제.

진동마을의 유래

자료코드 : 04_04_FOT_20110122_PKS_HCS_0002
조사장소 : 경상남도 남해군 창선면 진동리 장포마을 장포마을회관
조사일시 : 2011.1.22
조 사 자 : 박경수, 류경자, 정혜란, 강아영
제 보 자 : 하찬실, 남, 88세
구연상황 : '헛배' 이야기를 들은 후, 조사자가 이 마을의 전설에 대해 묻자 이 이야기를 해 주었다.
줄 거 리 : 진동이라는 마을에는 논 열 마지기가 넘게 되는 넓은 못이 있다. 옛 어른들의 말에 따르면 예전에 전쟁을 칠 때 진영(鎭營)으로 쓰였던 곳이라고 한다. 그리고 장포마을의 산에는 성이 있는데, 그곳은 예전에 군마(軍馬)를 기르던 곳이다.

지금 우리 진동리를 갖다가 3개 부락을 나눠 가지고, 정량이라고 허고, 대곡이라 허고, 장포라 쿠고 헙니다. 그런데 그 전에는 진동리, 한 리가 이 3개 부락 통합적으로 부릴 땍에 진동인데, 진동에 전에 못이 있었는데, 그 때에는 못이 참 큰 못이 논으로 말허자면은 한 칠팔백 평 아마 근 천 평이 될 기거마는.

그런 못이 있었는데, 그 못을 어마하게 깊이 파 가지고 그 못이 있었는데, 우리도 거게 우리 외갓집이 그 정량에 있는 때미 내가 그 가서 뭐슥헌데, 거게서 삼동(三冬)에 얼음이 되기 얼면은 볼로(공을) 거게서 차거마는. 언청 너린께너. 볼로 차고 그럴 때 보면은 그 뭐뭐, 빠지면 죽을 그런 못이 있었거마는. 그래서,

"정량에는 이 좋은 못 이것을 이 자리에다가 논을 해도 말이야 열 마지기고 이런 좋은 논을 허 낀데, 우찌 이런디 이리 됐냐꼬?"

나 많은 사람들한테 물은까너, 이전에는 거게(거기가) 진(鎭)자리인데, 진에서 그 뭐, 수강에서 전부 바다에서 배가 탁 들어와 가지고, 그 못에 들어와 갖고 뭐를 해 가지고 사고가 없을 때는 뭐, 비교적 말허자몬 비행장 딲아 갖고 경보 들어오몬 뭐, 우리 전에 보국대 갔을 땍에, '우수 게이오' 허면 사천 비행장에도 그 자디잔(자잘한) 비행기 그 맨들아 놓은 걸 밀어 넣었거덩. 넣어놓고 또고 지내가고 나몬, 그때 '게이까오 게이오'라 쿠나? 지내가고 나몬 또 비행기 밀어내고 글 안 허몬 또 비행기 앉는 데 딲고 그랬단 말이야.

진동에도 그런 진영이라. 말허자몬 저 배를 타고, 전장을(전쟁을) 허던 배들로 것다 갖다 넣어 놓고 무기도 것다 갖다가 전부, 저 뭐지? 재 놓고 허는 그런 진영이라. 그런께나 거기서 진동이라 됐고.

장포로 가 말하자면은, 장포는 뭐냐 하면은 이전에는 군마(軍馬), 말이 말을 많이 키웠단 말이제. 군마를 많이 키웠는데, 우리 저저 중얼터구 저만치 나가면은, 반 만치 나가면은 끄트머리 섬이 많이 있는데, 거다가 여바다 이 끄트러서 저 마을 말이제 산을 딱 막아서 또 요 짝에 가 바닥꺼지(바다까지) 돌로 성을 쌓아 놓은 기, 우리 애릴 때도 요만치 높은 걸 우리가 그 성을 다 알거덩.

그 성 밖에 가면 또고 거게는 그거 뭐고 성 밖이라고 그런 말로 하고 부리기로 옛 사람들이. 그 성 베갈을(바깥을) 나가면은 따땃헌 데 큰 산 밑에

다가 따땃헌 데, 한 이렇게 저 돌로 동그람허니(동그랗게) 따신 것다가 대는데, 우섬울리 것다가 말이제, 그 산 안이 그 논으로 말하자면은 한 근 십 마지기 될 만큼, 열 마지기는 넘어 될 만큼 그렇기 성 다무락을(담을) 그걸 또 높이 이리 쌓지. 동그람허이. 그 들어가면 참 따시거만은(따뜻하거마는). 그래서 우리 애릴 땍에 거게 뭐, 인자 나무를 하러 가던지 뭘로 고사리를 끊으로 가던지 가몬,

"성 다무락(담벼락) 이거는 뭐한다 이리 동그람허이 쌓아 놨겄네?"

그리 사으몬 나 많은 사람들 허기로,

"예전에는 우리 장포 엿다가 군인 말, 저 뭐지? 전쟁허는 말로 전부 여서 키왔는데, 여게는 인자 저, 말이 자는 데라."

쿠는 기라. 잘 땍에는 말로 그 뭐, 호갈로(호각을) 불고 허면은, 말이 다린 데 퍼져 갖고 풀도 뜯어 묵고 그리 놀다가 저녁에 잘 때 되면, 호갈로 불몬 뭐뭐 싹 그리 들어온다 쿠는 기라. 그래 가지고 것다가, 따신 데다가 막을 해 놓고, 자는 데는 그리 따시게 해 놓고, 그리 군마로 많이 키우고, 또 말도 굵은 군마로 그렇기 많이 키왔다는 그거를 인자.

그거는 내 놓고 헐 때는 동네까지 못 들어오라고, 가운데 이리 이 바다에서 저 바다까지 인자 우리 여 가서 요짝 바다에서 저 산지깨 바다로 막 때리 막아삤다 말이제. 그래서 그렇기 막아 놨고, 그 바깥에는 그리 동그람헌 데는 말이 서식지고, 거는 인자 밥 묵고 풀 뜯어 먹고 잘 때는 여 와서 자라 하는 그런 곳이 있습니다.

일본인이 맥을 끊은 장구들이 먼당

자료코드 : 04_04_FOT_20110122_PKS_HCS_0003
조사장소 : 경상남도 남해군 창선면 진동리 장포마을 장포마을회관
조사일시 : 2011.1.22

조 사 자 : 박경수, 류경자, 정혜란, 강아영
제 보 자 : 하찬실, 남, 88세
구연상황 : 제보자가 인근 전설을 이야기하면서 연결해서 해 준 이야기이다.
줄 거 리 : 장포마을 장구들이 먼당이라는 곳의 돌은 불에 구워 놓은 것처럼 가볍다. 옛
어른들의 말에 따르면 옛날에 일본인들이 이곳에서 똑똑한 사람들이 태어날
것을 염려하여 이 산의 맥을 끊었다.

장구들이 먼당이라(산꼭대기라) 쿠는 거는 장꼬지로 나가면은 그 먼당은
높으고, 또고 먼당에 올라가면은 혹은 묘를 씬다던지 뭘로 하면은 참 경치
가 좋은 그런 먼당이 있었거마는. 거게는 가면은 저 돌이 말이지 똑 불에
꾸워 놓은 거 겉이로 개겁아(가벼워). 개겁운 돌이 그만 전부 산 먼당에 그
리서 인자, 그리 가이 있어서 우리가 생각하기로,

"여는 돌로 뭐이 뭘라 꾸워 가지고 이걸 뭐 집을 지을라고 이리 갖다
났는가? 돌이 이렇기 개겁더라."

꼬 이리 쿤께서, 나 많은 사람들이 뭐라 쿠는 기 아이라,

"옛날에 일본 사람들이 이 산을 그대로 놔두몬 한국에서 똑똑한 사람
이 나와가 저거가 안 되겠다꼬 심천을(심술을) 재기서(부려서) 불로 떠벴
다."[193]

쿠는 기라. 장구들이 먼당에도 불로 뜨고, 고샘머리 먼당이라 쿠는 데도
또 그리 불로 뜬 데가 있고, 우리 장포로 보면은 그 두 군데 유명한 산에
는 불로 떠비맀는데, 일본인들이 한국인들 똑똑허이 나 갖고 저거 잡아묵
을까 싶어 겁이 나서 그리 떴다꼬 그런 말이 있어요.

바다 속 신령한 미륵

자료코드 : 04_04_FOT_20110122_PKS_HCS_0004

---

193) '쇠말뚝을 박아 맥을 끊었다'는 말을 남해에서는 '불을 떴다'고 말한다.

조사장소 : 경상남도 남해군 창선면 진동리 장포마을 장포마을회관

조사일시 : 2011.1.22

조 사 자 : 박경수, 류경자, 정혜란, 강아영

제 보 자 : 하찬실, 남, 88세

구연상황 : 제보자가 인근의 전설에 대해 이야기하면서 함께 들려준 이야기이다. 옛날 어른들에게 들은 이야기라고 하는데, 그 내용이 명확하지 않다.

줄 거 리 : 장포의 예강정이라는 산 밑 바다에는 유명한 미륵이 있었다고 한다. 어떤 풍수가 잠수부에게 그 미륵의 오른손과 왼손에 무엇인가를 걸라고 시켰다. 그런데 겁이 난 잠수부가 거꾸로 거는 바람에 효험을 보지 못했다.

우리 장포 예강정이라고 허는 그 산, 저 강정이 있고 밑에는 바다이고, 우에는 바우가 높이 그만 여러 줄 되고로 그런 높은 산이 있거마는. 그 산 밑에서 유명한 미륵이 있었다 쿠는 기라.

그래서 인자 우리는 생전 보도 못 허고 장포 사람들도 잘 못 보는데, 그러기로 우떤 사람이 그 풍수 허는 사람이 허기로, 그 미륵에 가(가져) 가서 그 뭐슬을, 그걸 뭘로 걸고 오라고 이렇게 하는데, 그 미륵 앞에는 못 간다고 쿠는 기라.

그래 갖고 우떤 잠수부가 미륵을 갖고 가서 건다고 쿠는 기가, 이것은 오른손 편에 걸고 이거는 왼손 편에 거라꼬 인자 이래가 갖다가 인자 그, 몰래 들어가는 사람을 시깄단 말이야. 미륵이 있는데 그만 엄청시리 겁나고 마, 장대하고 그만 겁이 나더라 캐여. 앞에 들어가서 걸어야 그기 인자 오른손이고 왼손이고 그, 오른쪽 거라 쿠는 기고 왼쪽 거라 쿠는 기고 똑디(똑똑히) 걸었을 긴데, 겁이 나서 왼쪽으로 들어가서 걸어빘단 말이야.

왼쪽으로 걸어서 그리 가이 나와서 인자, 걸어 놓고 오는 사람을 보고 보낸 사람이 허기로,

"그것은 잘, 오른손에 거는 오른쪽에 걸고, 왼손은 왼쪽에다 걸었나?"

쿤께,

"걸었다."

꼬 그래.

"응. 그리 걸어?"

그리 쿤께나, 나중에 그 사람이 인자 걸었다 세고 좋다고 그랬는데, 그 사람이 가만히 본께나 오른손에 걸기 아이라. 그래서,

"니가 와 내한테 거짓말을 했네? 분명히 그 오른손에 거라 쿤 거를 와 왼손에다 걸고, 왼손에다 거라 쿤 거를 오른손에 걸었네?"

그전에 인자 그 사람이, 그 갔다 온 그 사람이, 부인이 가서 말허기로,

"아이고, 앞에 간께, 겁이 나서 할 수 없어서 뒤에 가서 걸었십니다."

그 시킨 그 사람이 탁 뭐, 아는 사람인가 우쩐가 무르팍을 탁 침서로,

"아이고, 니가 뒤쪽에 가서 걸어놓은께 꺼꾸로 걸었구나."

그리 허는 그런 미륵이 있고, 그렇기 허는 그런 아는 사람이 있었다 하는 그런 이야기가 있더라꼬.

혼령의 도움으로 과거 급제하고 잘된 가난한 선비

자료코드 : 04_04_FOT_20110122_PKS_HCS_0005
조사장소 : 경상남도 남해군 창선면 진동리 장포마을 장포마을회관
조사일시 : 2011.1.22
조 사 자 : 박경수, 류경자, 정혜란, 강아영
제 보 자 : 하찬실, 남, 88세
구연상황 : 제보자가 이 마을의 전설에 대해 이것저것 들려주었다. 전설 구연이 끝난 뒤, 조사자가 고담(古談) 같은 것을 들은 적이 없느냐고 물었다. 제보자가 많이 있었는데 기억이 잘 나려는지 모르겠다고 했다. 그래서 기억나는 대로 해 달라고 했더니 길어도 되느냐고 물었다. 길수록 좋다고 했더니 다음 이야기를 해 주었다.
줄 거 리 : 옛날에 한 가난한 집 아이가 과거를 보러 갔다. 그런데 서당 친구들이 따라오지 못하도록 하기 위해 온갖 수작을 부렸다. 그때마다 귀인들의 도움으로 모두 해결하고 과거 길에 올랐다. 그런데 한 곳에 가니 도둑놈이 과객들을 모

두 죽이고 물건을 빼앗았다. 이 아이는 아버지의 현몽으로 위험을 모면하고 혼자서 과거 길에 올랐다. 그런데 어떤 사람이 나타나더니 과거가 이미 끝났다고 하면서 출제되었던 운자(韻字)를 알려 주었다. 그래도 포기하지 않고 과거장에 간 아이는 그 운자로 과거에 급제했다. 운자를 알려 준 사람은 첫날밤 신부와 간부에 의해 죽임을 당한 이정승의 아들이었다. 돌아오는 길에 자신을 도와 준 사람들을 모두 찾아 은혜를 갚고 아내까지 얻어 잘 살았다.

이전에, 한 가정에 아-(아이)가 하나 참 청년이, 소년이 크는데, 공부로 참 잘했어. 참 공부를 잘 했는데, 서당 가서 공부를 하면은 그 놈이 꼭 일등을 해 묵고 그리 잘하는데, 돈이 없인께나 그 전에는 서울 가개로(과거科擧를) 가자면 말도 타고 가고, 뭐뭐 전부 차가 없인께너 걸어도 가고 허는데, 그리고 가면서 뭐뭐, 또 고 음식이라든지 돈이라든지 이런 걸 많이 가 가야 하는데, 못 가 간기라. 못 가 가고 이리 된 기 그리 갈라 쿤께, 단 부잣집 아-들이 가는데,

"내가 한 번 가보고 싶으다."

고 인자 그리 쿤께너,

"니 겉은 기 가서 뭐 허끼라꼬 갈 끼라 쿠냐?"

꼬 그리 그만 괄세로 허거덩. 그래서,

"내가 뭐 좀 곤란해도 내가 한 번 가 볼란다."

고 그리 인자 가는디, 그놈아 저거 집이 인자, 애초에 지가 뭐 곤란해서 그런 기 아니라 적 아배가(자기 아버지가) 가개 허러 댕기다가 망헌 집이라. 그런데 아들이 공부를 잘 헌단 말이야.

아이! 공부를 인자 잘 허는디 같이 인자 나섰다. 부잿집 자석들은 돈도 많이 갖고 가고, 말도 타고 가는 사람도 있고 이래 가지고 가는데, 이거는 뭐 뒤에 뭐 따라서 같이 갔다. 가 놓은게 한 군데 떡허이 간께나 우떤 부잣집에 말이제 배가 쭈럭쭈럭 열었어. 열었는데,

"니 우리로 따라갈라몬 저 저 집에 가서 저 배로 한 망태 따가 오면 뎃

고(데리고) 가꺼마."

인자 그리 쿠네. 아이! 부잣집에 그만 들어가도 못 허겄고, 그 부잣집으로 오데(어디) 마, 우찌 수채[194] 구녕으로(구멍으로) 오데로 기어서 들어가서 인자 배나무 올라갔단 말이다. 올라가서 배로 인자 망태에 따 갖고 내리올라 쿤께너, 아! 어럴, 주인이 뭐이, 그 집 호주가, 영감이 나온단 말이야. 나와 가지고,

"우떤 놈이 여 와서 배를 따느냐?"

쿠고(하고), 그리,

"어르신 내가 다린(다른) 것도 아니고, 내가 서울 가개로 보러 가는데, 동무들이 배로, 내로 좀 하대(下待)이 여겨 가지고, 이 배로 좀 안 따가지고 오면 덧고(데리고) 가도 안 허고, 니는 마 못 간다고 그렇게 해서 할 수 없이 가개는 보고접고, 할 수 없어서 이 집에 와서 배로 땄십니다. 우쩌겄십니까? 좀 살려 주십시오."

헌께 노인이,

"아! 니가 가개로 가면서 그리, 그러면 니가 배 딴 걸 짊어지고 가거라."

배를 따다 줘서 인자 잘 갖다 믹이 놓은께 덧고 간단 말이라. 또 한 군데 간께나 야문 처니허고, 저거 올켄가 각시허고 둘이서 밭을 매는 기라. 그리 갖고 그 젊은 아-로 보고 뭐라 쿠는 기 아니라,

"니 이놈우 자석 니, 우리한테 따라갈라몬 저저 각시허고 처녀허고 밭을 매는데, 저 각시 가서 말이제, 뭐뭐 젖팅이도 몬치고(만지고), 그런 그 언표로(증표를) 받아가 와야 덕고(데리고) 가제, 글 안 허몬 안 된다."

꼬 이러쿠네. 아! 이거 몽딩이 맞기 쉽고, 이거 도저히 안 되겠는 기라. 그러면 그 밭 매는 처니로 갖다가 뭐뭐 총각이 와서 그만 뭐 그렇기 허고 언표로 주라 쿠니 주겠소? 그리 우두커니 밭가에 가서 서가 있인께나, 그

---

194) '수채'는 집 안에서 쓰는 허드렛물을 버려 흘러 나가게 하는 시설을 말한다.

처녀 저거 올케허고 처니허고,

"우떤 총각이 와서 밭가에 그리 우두커니 서가 있느냐꼬? 뭔 말이 헐 기 있으면 허라."

꼬 인자 이러 쿠거덩. 그래서,

"말이 헐 기 있기는 있는데, 참 말로 못 내놔서 못 헙니다."

그러 쿤께나, 온순허기 말을 인자 했을 터이제. 헌께나,

"무신 말이 그리 어려운 말이 있느냐?"

고 헌께,

"내가 사실은 서울로 가개로 보로 가는데, 과거 보로 가는 일행이 말하기를, 내가 여 와서 그 처니한테 가서나 각시한테나 그 언표로 받아가 와야 저 뭣이 덧고 가고, 글 안 허몬 니는 못 간다고 쫓가 보낼라고 이렇게 해서 할 수 없이 참 뭐, 말이 안 나와서 이리 오기는 와도 이리 가이 있십니다."

헌께나, 아이! 각시가 그만 딱허이,

"참 불쌍한 아-구나."

험서로 비네로(비녀를) 한 개 빼가 뚝 뿌질라 가이(분질러서) 준다. 아이! 처니는 뭐, 아! 처니는 까락지로(가락지를) 한 개 준다 쿠는 기라. 그래서 받아가 짊어지고 갔다 인자. 그러나 저러나, '그래도 그 사람들이 참 좋은 사람이다' 세고(생각하고) 그리 가는데, 아이! 그래 가지고 가 놓은께나 저 놈들이 헐수도 없고 덧고 가는 기라. 덧고 인자 그리가 가는데, 얼쭈 다가 가는데, 한 군데 여관에서 자는데, 저것들은 뭐 뻐드러져 자는데 지는 뭐, 가면 돈도 모지래겄고(모자라겠고), 그 참 뭐 걱정이 돼서 곰곰 생각하고 있는데, 칼 가는 소리가 쑥쑥 나더라 쿠는 기라. 이 큰 칼로.

가만히 인자 수잠을 자고 가만히 본께나, 그 큰 인자 사람 자는 집이 있는데, 그 집에 우쩌는 기 아니라 전부 여관 겉은데 뭐슥해 가 후다가(뚜껑이) 있더라 캐여. 후다가, 가만히 인자 좀 모리기(모르게) 일어나서 가만히

한쪽에 앉았인께나 탁하니,

"이 놈 처치해라!"

허몬 그만 직이 갖고서 후다 그게 탁 차 옇고, 탁 차 옇고 허는 기라. 착착해서 들어오는데 인자 뭐, 그 여관집을 그 인자 가개 보로 가는 사람을 다 죽이 들어온다 말이야. '아! 이러고 있으모 내가 죽겄다.' 살짝 옆으로 빠져 가지고 인자 배같을(바깥으로) 나왔단 말이야. 늘 직이(죽여) 들어가는 걸 그만 빠져 갗고. 쎄가(혀가) 빠지기 쫓가 가서 인자 소나무에 올라가서 앉아 가지고 있었어.

집이 하나 있기는 있는데, 그 집에도 가몬 또 우찌 소문날까 싶으고……. 캄캄한 밤중에 큰 소나무 올라가서 가만히 앉아가 있인께나 그 놈들이 그 가서 인자 사람 다 직이고, 한 놈을 빠자빘는데, 그거는 인자 도둑놈 그거 사촌 집이라. 사촌 집에 와서,

"여 사람 하나 안 왔나?"

이러쿠거덩.

"안 왔다."

고 인자, 그래서 인자 사촌 집에 그리 가이 있는데, 그리 뭐슥헌께나 안 왔다고 그런께,

"아이! 이놈이 오디로 갔있고(갔을까)?"

험시로 가더라 쿠는 기라. 그래가 인자 근근히 참 그 소나무서 넘어 내려 와가지고, 이렇게 인자…….

그 또 한 가지 그 몬제(먼저), [앞에서 빠진 부분을 추가하는 것이다.] 그리 잠을 자는데, 꿈을 꾸는데, 우쨌는 기 아니라,

"불원(不遠)이 화(禍)가 돌아오는데, 니가 여서 이리 잠만 자고 있느냐?"

그랬단 말이제. 그래서, '아이구이! 그래서 인자 적 아부지가 전에 뭐 우찌했다 쿠더니 그런가?' 그리 세고, 딱 일어나서 앉은께 그리 직이 들어오거덩. 그거는 인자 선몽을(현몽을) 헌 기제. 그래 갖고 빠져 갗고 인자 살

아 갖고 가개로 보러 갔단 말이다.

가개로 보러 갔는데, 분명히 내일이 가개다 허고 오늘 그 도착을 했는데, 아이! 해가 거우럼허이(어스름히) 져 가는데, 어둠이 다 되는데, 그 인자 돌에 앉아가 있인께나 우떤 사람이 하나, 참 이 뭐 가개 뭐슥헌 사람이 하나 올라오더란마는. 그리,

"아이! 청년 오데로 가면서 여 이리 앉아가 있는고?"

그래서,

"내가 서울 가개로 보러 가는데, 뭐 시간이 우찌 됐는고 싶어서 궁금증에 앉아서 세알리고(헤아리고) 있십니다."

헌께너,

"아! 가개로 어제 봤다."

그러는 기라. 그 사람이 와서. 그리,

"가개로 어제 봐여이다(봤다는 말입니까)?"[195]

그리는,

"어제 가개로 봤으면 운자(韻字)는 무엇이 나왔십디까?"

"운자는 금풍삽이 석개하면 오국학이 장행이라.[196] 이리 딱 글이 대야 섯자 이기 났더라."

그런데 그걸로 인자 가만히 기억허고 인자 그리 갖고서, 그 사람은 인자가 버리고 가개하러 갔단 말이다. 가 놓은께나, 것다가 금풍삽이 석개하니 그거는 아니고 인자, 오국학이 장행이라. 오국 대장들이 여러 가지 일로 한다. 그 인자 문구로 보는데, '아! 엿다가 인자 그 사람이 '금풍삽'이라는

---

195) 남해지역말의 기본 어법은 대부분의 말이 '-다'로 끝난다. 의문을 나타내는 말에도 '-까' 대신 '-여이다'를 붙이거나, '-까' 뒤에 '-이다'를 붙이기도 한다. 그리고 '-다' 뒤에 '-이다'를 한 번 더 붙여서 극존칭으로 사용하기도 한다. '-까'를 사용하는 경우는 현대화된 어법이라고 할 수 있다.

196) 금풍삽이석기(金風颯以夕起)하고, 옥우확이쟁영(玉宇廓以爭嶸)이라. 즉 '가을바람은 쌀쌀하게 저녁에 일어나고, 우주는 아름답고 환하고 빛난다'라는 뜻으로 「심청가」의 한 대목이다.

말로 옇어 줬는데, 내가 금풍삽을 옇어서 글로 지어야 되겠다.' 그리 갖고 딱 허이, 아이! 그리 나와서 그만 '금풍삽이 석개하니 오국학이 장행이라' 썼단 말이제. 그리 가지고 해 놓은께나, 아! 시관(試官)들이 막 글로 읽으다가 지 써 놓은 글로 갖다가,

"금풍~삽이~~ 석개~ 하면 오국~학이~ 장항이라~."

일러 놓고 문팍을 탁! 뚜드리더라는 기라. 그래 놓고 그놈들이,

"이 글이 산 사람 글이 아니고 죽은 신의 글 겉다."

인자 막 시관들이 그리 샀더라 캐.

"그러나 이 글이 언판 잘 지었으니 이 사람 가개 줘야 되겠다."

가개에 당선이 됐는 기라. 참 가개에 당선이 됐는데 인자, 그리 가이 설음을 보고 올라갔는데, 가개에 당선이 됐는데 인자, '첫째 금풍삽이 석개하니 갤차 준 이 사람의 내역을 내가 좀 은혜로 갚고 가야 되겠다.' 싶어서 인자,

"내가 인자 저 한 가지 뭐슥 하겠다."

고 그래 가지고, 그래서,

"여게 저, 가개 보러 갔다가 실패당헌 가정이 없느냐?"

헌께,

"아이갸! 이정승 아들이 가개 봐 가지고 저거 각시 뭐슥허고 있다가, 첫날 저녁에 각시가 뭐 우찌 허고 해 갖고 그 사람이 간데온데가 없다."

꼬 그런 소문이 있더라 캐여. 그래서 그래 갖고 이정승 집을 찾아간께나,

"이정승 집에 참으로 아들이 있었고 그렇게 참 억울한, 가개는 합격해가지고 그러한 일이 있습니까?"

그리 물은께,

"있다."

쿠는 기라.

"좋다!"

이 저, 이정승 집이 돼 놓은께, 부잣집이 돼 놓은께, 이 뱅- 돌리는 물이 수경이 있고, 가운데 딱 섬이 있는데, 저 뭐시기 저거 아들이 인자 거서 자는 집이라. 그래 가지고서 딱, 그래 가지고 그 사람이 첨문제(처음) 인자 딱허이 가개 발령 받아 가지고, 암행어사 과개로 받았던 모양이라. 그리,

"이 물을 싹 다 퍼라!"

인자 그랬더니, 싹 다 퍼 놓은께나, 그리,

"아들이 우찌 죽었냐?"

헌께나,

"범에 호식(虎食)을 해서 가뺐다."

그리 쿠네. 첫날 저녁에 범에 물리가 갔다고 쿠는 기라. 그리,

"아이! 범에 물리가고 그리 가이 막설했냐?"

고 그럴 리가 없다고. 그리

"물 푸라."

고, 그리 물로 퍼 놓은께나 저거 아들 말이제, 이정승 아들로, 우쨌냐 하면 이 며느리가 다른 놈을 좋아하고 있는데, 이정승하고 뭐식이 돼 놓은께, 그 뭐슥으로 해 갖고, 이리 베로 싹싹 폴이랑(팔이랑) 다 재매서(묶어서) 수강에다 빠자 빗단(빠뜨려 버렸단) 말이다. 빠주고 그리 갖고 뭐슥했단 말이다.

그리 가이 인자 이정승 아들은 고쳐 놓고, 인자 그래 갖고 그 여자 인자 징계 시키고, 그래 갖고 인자 내려오는데 가만히 세알리 본께나, '배 따러 가 놓은께나 배 따는 그 영감이 참 그렇기 배로 따도 내로 용서해 주고 했는데, 그 사람 은혜로 좀 갚아야 되겠다.' 인자 그리 세고서 가 놓은께, 아이! 인자 그 집을 들어갔다. 마마 징장구로(징과 장고를) 울리면서 내려오면서 그 집부터 갔다.

"아! 웬 이렇게 참 가개에 당선한 분이 이렇기 징장구로 울리고 우리 집

을 우찌 이리 오셨느냐?"

꼬 인자 그런께, 그 사람도 높은 사람 집이라.

"그리 내가 어르신 댁에서 참 그렇게 배로 따도 아무 뭐슥이 없이 뭐슥 했는데, 내가 은혜를 갚고 가 끼라서 그리 왔다."

고 인자 그리 큰께,

"아이구이~ 그런데 사실은 우리 딸이 있는데, 나이는 많아도 아직까지 좋은데서 찾아오지를 않고 해서, 그래서 지금 우리 딸이 있는데, 그 뭐슥 을 세알리 본께나, 그 저 자기가 그 배 딸 땜에 꿈을 꾼께나 청룡 황룡이 말이제, 거서 막 뭐슥하는 걸로 꿈을 보고 가서 해서 암만도 우리 딸허고 뭔 계관이(관계가) 있어서 그런다 싶어서 내가 용서로 해줬다."

고 그런께나,

"그러면 어르신 딸이 그런 딸이 있느냐?"

꼬 그래서,

"그리 딸이 있다."

꼬 그런께, 그리 그 딸로 내가 인자 마 부인을 삼았어. 부인을 삼아서 그리 가지고 인자 또 내리 온다.

내리온께나 아이! 또 내려오는데 밭 매는데 그 해 준 사람이 안 있소? 저거 저 며느리는 그리해 주고, 딸은 또 그리해 주고 허는데, 그 며느리는 남편허고 잘 사는 사람이고, 동정적으로 그리 해 준 거, 고맙다고 허고. 딸 도 그리 해 준 거 고맙다고 그리 허고, 밭 매고 사는 것보다도 나랏님 각 시 되몬 안 낫겠나 말이제. 그래 가지고 그만,

"내가 둘이지마는 두 각시를 덧고 그리 내리가야 되겠다."

꼬 그리 갖고 내려와서 인자 저거 집에 와서 잘 살았다꼬 그런 사람이 있어.

지초(芝草) 캐는 처녀 노래

자료코드 : 04_04_FOS_20110126_PKS_KMJ_0001
조사장소 : 경상남도 남해군 창선면 서대리 서대마을 서대마을회관
조사일시 : 2011.1.26
조 사 자 : 박경수, 류경자, 정혜란, 강아영
제 보 자 : 곽말점, 여, 83세
구연상황 : 민요의 판을 벌여 녹음을 하던 중 조사자가 제보자에게도 노래를 한 곡 해
달라고 요청하자, 제보자가 이 노래를 불렀다. 이 노래는 모심기 할 때도 많
이 불렀고, 모시 삼을 삼으면서도 자주 불렀던 노래라고 한다.

　　　자두영산 도라지섬에 주차캐는197) 이른아가
　　　주차캐어서 니바구리담고 그밑도리198)

그 밑 도리서 내로 주라.
(청중 : 그 밑 도리 나를 주소.)

　　　그밑도리 나를주소
　　　처냐집이 오됬건대199) 해다진데 주차로캐나
　　　우러집을 찾을라몬 한등넘고 두등넘고
　　　삼사세등을 넘고나서
　　　삼신산 구름속에 산간초집이 나집이요

---

197) 지초(芝草) 캐는.
198) 그 밑은 도려서.
199) 처녀의 집이 어디에 있길래.

남해 금산 뜬 구름아

자료코드 : 04_04_FOS_20110126_PKS_KMJ_0002
조사장소 : 경상남도 남해군 창선면 서대리 서대마을 서대마을회관
조사일시 : 2011.1.26
조 사 자 : 박경수, 류경자, 정혜란, 강아영
제 보 자 : 곽말점, 여, 83세
구연상황 : 제보자가 노래 한 곡을 하고는 이제 잘 모르겠다고 했다. 조사자가 남해금산 노래를 해 보라고 요청하자 제보자가 이 노래를 불렀다. 모심기 할 때 많이들 불렀다고 한다.

남해금산 뜬구름아 눈들었나 비들었나
눈도비도 아니들고 노래명창 내들었네
노래명창 니불러라 장단명창을 내쳐줄게

창부타령 / 봄배추 노래

자료코드 : 04_04_FOS_20110126_PKS_KMJ_0003
조사장소 : 경상남도 남해군 창선면 서대리 서대마을 서대마을회관
조사일시 : 2011.1.26
조 사 자 : 박경수, 류경자, 정혜란, 강아영
제 보 자 : 곽말점, 여, 83세
구연상황 : '남해금산 뜬 구름아'를 부르고 난 뒤 바로 이어서 이 노래를 불렀다. 이 노래도 모심기 할 때 많이 부른 노래라고 한다.

파랑파랑 봄배추는 봄비오기만 기다리고
우럿집의 울어마니 날오도록 기다린다
얼씨구좋네 절씨구좋네 아니놀지를 못하리라

첩 노래

자료코드 : 04_04_FOS_20110122_PKS_KBY_0001
조사장소 : 경상남도 남해군 창선면 당저리 당저1리마을 당저1리마을회관
조사일시 : 2011.1.22
조 사 자 : 박경수, 류경자, 정혜란, 강아영
제 보 자 : 김봉연, 여, 83세
구연상황 : 조사자들이 당저1리마을회관을 찾아가 조사의 취지를 설명하자, 모여 있던 할머니들이 들어오라고 하면서 반갑게 맞아 주었다. 채록에 들어가자 특히 제보자가 "그럼 내가 한 곡 먼저 불러보겠다."라고 하면서 이 노래로 노래판을 열어 주었다. 삼 삼고 모시 삼고 할 때 둘게방에서 많이 불렀노라고 했다.

해다지고 저무신날에200) 이관을허고서201) 어디를가요

첩우방을202) 갈라면은 날죽는꼴이나 보고가소

첩우방은 꽃밭이오 요내방은 연못이라

꽃과나비는 단철이라도 고기와연못은 사철이라

늴리리야 늴리리야 니나노~~~ 얼싸좋아 얼씨구좋아

벌나비 이리저리훨훨 꽃을찾아 날아든다

청사초롱에 불밝혀라 잊었던낭군이 날찾아온다

늴~~리리 늴리리야

임 노래 (1)

자료코드 : 04_04_FOS_20110122_PKS_KBY_0002
조사장소 : 경상남도 남해군 창선면 당저리 당저1리마을 당저1리마을회관
조사일시 : 2011.1.22
조 사 자 : 박경수, 류경자, 정혜란, 강아영

---

200) 저문 날에.
201) 의관(衣冠)을 갖추고서.
202) 첩의 방을.

제 보 자 : 김봉연, 여, 83세
구연상황 : 첩 노래를 부른 제보자가 한 곡 더 불러 보겠다고 하면서 이어서 이 노래를 불렀다. 이 노래는 아무 때나 부르지만, 특히 놀 때 부르면 좋다고 했다.

> 달아달아 두렷헌달아 임오봉창에[203) 비친달아
> 임이~~ 홀로누윘든가 어떤부랑자로 품었는가
> 명월(明月)아 본대로만일러 임오허고[204) 사생결단
> 얼씨구좋다 지화자좋네 금강산이높아서 경치좋네

태평가

자료코드 : 04_04_FOS_20110122_PKS_KBY_0003
조사장소 : 경상남도 남해군 창선면 당저리 당저1리마을 당저1리마을회관
조사일시 : 2011.1.22
조 사 자 : 박경수, 류경자, 정혜란, 강아영
제 보 자 : 김봉연, 여, 83세
구연상황 : 조사자가 생각나는 대로 이어서 불러주면 된다고 하자 제보자가 이어서 이 노래를 불렀다. 놀 때 많이 부르는 노래라고 한다.

> 노세~~~좋다 젊어놀아 늙고병들면 못노나니
> 세월이 여류하야 갔던봄철은 오건만은
> 한번가신 우리나인생 돌아올줄을 니모르나
> 닐리리야 닐리리야 니나노~~~얼싸좋아 얼씨구좋다
> 벌나비 이리저리훨훨 꽃을찾아 날아든다

---

203) 임의 봉창에.
204) 임과.

남해 금산 뜬 구름아

자료코드 : 04_04_FOS_20110122_PKS_KBY_0004
조사장소 : 경상남도 남해군 창선면 당저리 당저1리마을 당저1리마을회관
조사일시 : 2011.1.22
조 사 자 : 박경수, 류경자, 정혜란, 강아영
제 보 자 : 김봉연, 여, 83세
구연상황 : 조사자가 금산 노래도 불러 달라고 요청하자 이 노래를 불렀다. 다른 사람들
이 부를 때보다 유독 신나게 불렀다.

　　금산우에~ 뜬구름아 비들었나 눈들었나

　　비도눈도 아니나들고 노래명창 내들었네

　　노래명창 니불러라 소구장단은 내쳐주마

　　얼씨구나좋다 지화자좋네 금강산이높아서 경치좋네

　　좋다!

물레 노래

자료코드 : 04_04_FOS_20110122_PKS_KBY_0005
조사장소 : 경상남도 남해군 창선면 당저리 당저1리마을 당저1리마을회관
조사일시 : 2011.1.22
조 사 자 : 박경수, 류경자, 정혜란, 강아영
제 보 자 : 김봉연, 여, 83세
구연상황 : 민요 몇 곡을 내리 부르고 난 제보자가 노래판에서 물러나려고 했다. 조사자
　　　　가 다른 제보자를 찾고자 모여 있는 할머니들에게 눈길을 돌렸다. 그랬더니
　　　　청중들이 김봉연 제보자가 노래를 잘 하기로 소문난 사람이니 그 사람에게서
　　　　다 들으면 된다고 했다. 그래서 조사자가 제보자에게 생각나는 대로 더 불러
　　　　달라고 요청하자 웃으면서 잠시 생각하더니 이 노래를 불렀다. 둘게방에서 많
　　　　이 부르던 노래였다고 한다.

　　물레야 설레야 니뺑뺑 돌아라

우리집 서방님은 밤이실로[205] 맞는다

아리아리랑 스리스리랑 아라리가 났네~~

아리랑 응응응 아라리가 났네

범벅 노래

자료코드 : 04_04_FOS_20110122_PKS_KBY_0006
조사장소 : 경상남도 남해군 창선면 당저리 당저1리마을 당저1리마을회관
조사일시 : 2011.1.22
조 사 자 : 박경수, 류경자, 정혜란, 강아영
제 보 자 : 김봉연, 여, 83세
구연상황 : 청중들이 제보자에게 모두 미루는 바람에, 조사자도 어쩔 수 없이 제보자에게
천천히 생각해 가면서 아는 노래를 다 불러 달라고 요청했다. 그러자 제보자
가 약간 난감한 기색을 보이면서 웃더니 또 불러 주었다. 이 노래는 재미삼아
더러 부르던 노래라고 한다.

할멈할멈 우리나할멈 범벅솥에 불이나옇제

맛보라고 한덩거리 갖고가라꼬 두덩거리

얼씨고절씨고 니가잘나 맛본범벅을 같이묵자

처녀총각 노래

자료코드 : 04_04_FOS_20110122_PKS_KBY_0007
조사장소 : 경상남도 남해군 창선면 당저리 당저1리마을 당저1리마을회관
조사일시 : 2011.1.22
조 사 자 : 박경수, 류경자, 정혜란, 강아영
제 보 자 : 김봉연, 여, 83세

---

205) 밤이슬을.

: 조사자와 청중들이 기억력도 좋고 목청도 좋다고 하면서 또 불러 보라고 부
추겼다. 그랬더니 "아이구 참 사람 잡네." 하면서 난처한 듯 크게 웃더니 이
노래를 불렀다. 여자들이 모이는 둘게방에서도 많이 부르고, 모심기 할 때도
불렀다고 한다.

사랑처녀가206) 인물이좋아 창넘에총각이 손을줬네

눈을줘도 지모리고207) 소리로해도 지모리고

담밧대를 뽈아내까208) 돌물레라 도시내까209)

씨아시를210) 앗아내까

눈을줘도 지모리고 손을쳐도 지모린다

얼씨구절씨구 지화자좋네 아니놀지를 못하리라

꼬마신랑 노래

자료코드 : 04_04_FOS_20110122_PKS_KBY_0008

조사장소 : 경상남도 남해군 창선면 당저리 당저1리마을 당저1리마을회관

조사일시 : 2011.1.22

조 사 자 : 박경수, 류경자, 정혜란, 강아영

제 보 자 : 김봉연, 여, 83세

구연상황 : 조사자와 청중들이 제보자의 노래에 호응하면서 제보자의 다음 노래를 기다
렸다. 그러자 제보자가 청중들에게 무슨 노래가 있는지 알려 달라고 했다. 청
중들이 이것저것 들먹여 주었다. 제보자가 산아지타령 가락에 맞추어 이 노래
를 불렀다. 놀 때 많이 불렀던 노래라고 한다.

삼각산 몬당에211) 비오나마나

---

206) 사량도 처녀가. '사량도'는 남해 인근에 있는 섬이다.

207) 제 모르고.

208) 빨아낼까.

209) 돌려낼까.

210) '씨아시'는 '씨아'로, 목화씨를 발라내는 기구를 일컫는 말이다.

211) 산꼭대기에.

나애린212) 서방님 오시나마나

헤야 디야 에헤에헤에~헤야

에야 디여라 사랑이로~ 고나

임 노래 (2)

자료코드 : 04_04_FOS_20110122_PKS_KBY_0009
조사장소 : 경상남도 남해군 창선면 당저리 당저1리마을 당저1리마을회관
조사일시 : 2011.1.22
조 사 자 : 박경수, 류경자, 정혜란, 강아영
제 보 자 : 김봉연, 여, 83세
구연상황 : 제보자가 이어서 이 노래를 불렀다. 이 노래는 아무 때나 부르는데, 놀 때 많
　　　　　이 불렀다고 한다.

　　　　이창저창 동대창안에 제비동동 새신랑아

　　　　은잔에는 은꽃피고 놋잔에는 놋꽃피고

　　　　우렷님의 잡은잔에 갑자꽃이213) 피었구나

　　　　닐리리야 닐리리야 니나노~ 얼싸좋아 얼씨구좋다

　　　　벌나비 이리저리훨훨 꽃을찾아 날아든다

시집살이 노래 (1) / 미나리꽃

자료코드 : 04_04_FOS_20110122_PKS_KBY_0010
조사장소 : 경상남도 남해군 창선면 당저리 당저1리마을 당저1리마을회관
조사일시 : 2011.1.22
조 사 자 : 박경수, 류경자, 정혜란, 강아영

---

212) 나이 어린.
213) 급제(及第) 꽃이.

제 보 자 : 김봉연, 여, 83세

구연상황 : 제보자가 청중들에게 노래가 잘 생각나지 않으니 또 좀 알려 달라고 했다. 조
사자가 시집살이 노래를 한번 불러 달라고 요청하자 제보자가 바로 이 노래
를 불렀다.

열다섯에 시접와서 시접삼년을 살고나니

원수녀려 씨어마니 요내시접은 못살겠네

삼단겉은 요내머리 미나리꽃이 피었고나

분꽃겉은 요내얼굴 미나리밭이 되었고나

몸매곱던 요내인생 화초밭이 되었고나

못살아도 내는좋아 당신같은 남편하니

이리봐도 내사싫고 저리봐도 내사싫네

얼씨구나좋다 지화자좋네 아니아니놀지를 못하리라

못갈 장가 노래

자료코드 : 04_04_FOS_20110122_PKS_KBY_0011

조사장소 : 경상남도 남해군 창선면 당저리 당저1리마을 당저1리마을회관

조사일시 : 2011.1.22

조 사 자 : 박경수, 류경자, 정혜란, 강아영

제 보 자 : 김봉연, 여, 83세

구연상황 : 조사자가 사연이 있는 노래를 불러 달라고 요청하자 제보자가 이 노래를 불
렀다. 처음 불렀을 때는 기억이 잘 나지 않는다면서 많이 더듬거렸다. 결국
제보자 스스로 다시 하겠다고 해서 처음부터 다시 불렀다. 노래가 끝나자 청
중들이 기억력 좋다고 칭찬을 했다. 아울러 사연이 있는 긴 노래는 둘게방에
서 간혹 부르는데, 긴 노래를 끝까지 잘 부를 수 있는 사람은 그다지 많지 않
다고 하면서 대단하다고 입을 모았다.

앞집에는 책력을보고 뒷집에는 궁합을보고

책력에도 못가실장개214) 궁합에도 못갈장개

내갈라요 내갈라요 엇길장개를 내갈라요

한질으를215) 늘어서니 난데없던 편지장사

한손으로 주신편지 두손으로 펴여보니

신부죽은 편지로다 앞에가는 상각삼춘216)

오던질을 돌아서자 어라야야 그말마라

이왕지라 온걸음에 초상이나 치고가세

한등넘을 넘어선께

꽃같은 처자몸이 자는듯이 누웠구나

사오밥을217) 지은밥은 배머리밥을218) 해여놓고

상각[上客]밥을 지은밥은 손님밥을 해여놓고

삼단겉은 저머리는 베개넘에 넘기놓고

별똥같은 저까락지219) 찔듯이나220) 옆에놓고

새별겉은 저요강은 눌듯이나 더지놓고221)

어라야야 사오사오 내사오야 오던길을 우찌갈래

장모장모 우리장모 한손에는 꽃을들고

한손에는 잎을들고 훨훨털고 내갈라요

---

214) 못갈 장가.
215) 한길에.
216) 상객(上客) 삼촌.
217) 사위 밥을.
218) 사자밥. 남해지역에서는 저승사자를 대접하는 '사자(使者)밥'을 '배머리밥' 또는 '배나리밥'이라고 부른다.
219) 저 가락지(반지).
220) 낄 듯이나.
221) 던져놓고.

주머니 노래

자료코드 : 04_04_FOS_20110122_PKS_KBY_0012
조사장소 : 경상남도 남해군 창선면 당저리 당저1리마을 당저1리마을회관
조사일시 : 2011.1.22
조 사 자 : 박경수, 류경자, 정혜란, 강아영
제 보 자 : 김봉연, 여, 83세
구연상황 : 조사자가 제보자에게 노래를 정말 잘 부른다고 하면서 또 다른 노래를 불러
        달라고 요청했다. 제보자가 청중을 둘러보면서 부를 노래를 알려 달라고 했
        다. 그러나 청중들도 쉽사리 노래를 떠올리지 못했다. 그래서 조사자가 줌치
        노래를 아느냐고 물었다. 그러자 제보자가 바로 노래를 불렀다.

> 대천지라 한바닥에[222] 뿌리없는 낭겔나서[223]
>
> 가지라 열두가지 잎이라요 삼십닢에
>
> 한가지는 달이돋고 한가지는 해가돋고
>
> 달은잡아 안을옇고 해는잡아 겉을허고
>
> 무지기잡아[224] 선두리고[225] 향아[姮娥]주름 잡아갖고
>
> 남대문밖에다 걸어놓고
>
> 올라가는 신관사야[226] 내리오는 구관사야
>
> 팔도구경 고만허고 줌추구경[227] 하고가세
>
> 이줌치를 누집었네[228] 해가운데 봉순이와
>
> 달가운데 이순이와 마주앉아 집은줌치
>
> 돈을줘도 서말앗되[229] 돈을줘도 서말앗되

---

222) 넓은 바다에.
223) 나무가 나서.
224) 무지개 잡아.
225) 선 두르고.
226) 신관 사또야.
227) 줌치 구경.
228) 누가 기웠느냐.
229) 세 말 여섯 되.

이줌치를 사고가세

시집살이 노래 (2) / 덕석굽이

자료코드 : 04_04_FOS_20110122_PKS_KBY_0013
조사장소 : 경상남도 남해군 창선면 당저리 당저1리마을 당저1리마을회관
조사일시 : 2011.1.22
조 사 자 : 박경수, 류경자, 정혜란, 강아영
제 보 자 : 김봉연, 여, 83세
구연상황 : 줌치 노래가 끝난 후, 제보자가 바로 이어서 이 노래를 불렀다. 노래가 끝난 후 참 한심한 노래라고 하면서, 삼 삼고 모시 삼을 때 여자들이 많이 부르던 노래라고 했다.

우럿집에 울어매는 조구만은 나를낳여

덕석굽우[230] 앉았던가 굽우굽우 눈물나고

우럿집에 울어마니 나설잭에[231]

죽신나물[232] 자있는가 모두모두가[233] 설음이라

고사리 노래

자료코드 : 04_04_FOS_20110122_PKS_KBY_0014
조사장소 : 경상남도 남해군 창선면 당저리 당저1리마을 당저1리마을회관
조사일시 : 2011.1.22
조 사 자 : 박경수, 류경자, 정혜란, 강아영
제 보 자 : 김봉연, 여, 83세

---

230) 덕석굽이.
231) 나를 밸 적에.
232) 죽순나물.
233) 마디마디가.

구연상황 : 조사자가 '고사리 노래'도 있지 않느냐고 하면서, 노래의 서두를 꺼내자 제보
자가 바로 불렀다. 둘게방에서 부르던 노래라고 한다.

올라감성 올고사리 내리옴성 늦고사리

아래웃총 끊어다가 사리살금 데치놓고

삼간물청을 딲아놓고 보디깔치²³⁴⁾ 꾸워놓고

호박나물 볶아놓고 싸리쌀밥을 재지놓고²³⁵⁾

삼간물청 딲아놓고 검불만뽀삭해도²³⁶⁾ 기다린다

한자풀이 노래

자료코드 : 04_04_FOS_20110122_PKS_KBY_0015
조사장소 : 경상남도 남해군 창선면 당저리 당저1리마을 당저1리마을회관
조사일시 : 2011.1.22
조 사 자 : 박경수, 류경자, 정혜란, 강아영
제 보 자 : 김봉연, 여, 83세
구연상황 : 제보자가 이제는 진짜 부를 노래가 없다고 했다. 조사자가 글자풀이 하는 노
래도 있더라고 하면서 첫머리를 꺼내자 바로 노래를 불렀다.

앞동산에 봄춘자 뒷동산에 푸른청자

가지가지 꽃화자요 굽이굽이는 내천자라

동자야 술부어라 마실음자가 권주로다

---

234) '보디깔치'는 '보딧갈치'로, 살이 올라 먹음직스러운 갈치라고 한다. 남해지역에서는
갈치를 '깔치'로 발음한다.
235) '재지다'는 밥의 뜸을 들이는 것을 말하는데, 밥이 끓고 나서 조금 있다가 약한 불로
다시 살짝 뜸을 들이는 것을 일컫는 말이다.
236) 검불만 바스락해도.

정 노래

자료코드 : 04_04_FOS_20110122_PKS_KBY_0016
조사장소 : 경상남도 남해군 창선면 당저리 당저1리마을 당저1리마을회관
조사일시 : 2011.1.22
조 사 자 : 박경수, 류경자, 정혜란, 강아영
제 보 자 : 김봉연, 여, 83세
구연상황 : 제보자가 이어서 바로 이 노래를 불렀다.

니정내정 정좋고보면 도토리쑥밥도 단물이나고
니정내정 정궂고보면 니아리쌀밥도[237] 쉰내난다

영감아 탱감아

자료코드 : 04_04_FOS_20110122_PKS_KBY_0017
조사장소 : 경상남도 남해군 창선면 당저리 당저1리마을 당저1리마을회관
조사일시 : 2011.1.22
조 사 자 : 박경수, 류경자, 정혜란, 강아영
제 보 자 : 김봉연, 여, 83세
구연상황 : 앞의 정 노래를 듣고 노래의 뜻을 물었더니 설명을 해 주었다. 내용이 참 재
미있다고 했더니, 제보자가 짧은 노래는 수도 없이 많다고 했다. 조사자가 그
러면 다 들려달라고 했더니 잠시 쉬었다가 바로 이 노래를 불렀다. 그랬더니
청중들이 모두 같이 제창을 했다. 노래를 부르고 난 후 조사자와 노래의 의미
를 이야기하면서 한참 웃었다. 이야기인즉 개떡을 먹다가 목이 막혔을 때 풋
감을 안겨 주면 죽는다고 했다. 재미 삼아 부르는 노래라고 했다.

영감아 탱감아 죽지를 말어라
봄보리 개떡에 코볼라[238] 줄게
개떡을 묵다가[239] 목몬치거덩[240]

---

237) '니아리 쌀밥'은 아주 질이 좋은 쌀로 지은 밥이라고 한다.
238) 코 발라.

풋감을 따다가 앵기나241) 주마

처녀수건 노래

자료코드 : 04_04_FOS_20110122_PKS_KBY_0018
조사장소 : 경상남도 남해군 창선면 당저리 당저1리마을 당저1리마을회관
조사일시 : 2011.1.22
조 사 자 : 박경수, 류경자, 정혜란, 강아영
제 보 자 : 김봉연, 여, 83세
구연상황 : 민요가 막바지에 달할 때쯤 제보자도 좀 지친 듯해서 휴식 겸 설화 채록에
들어갔다. 제보자가 짤막한 우스개 이야기 2편을 구연하고 난 후, 더 이상 이
야기가 나오지 않아 조금 쉬었다가 다시 민요로 방향을 틀었다. 그랬더니 제
보자가 이 노래를 불렀다. 모심기 할 때도 불렀다고 한다.

노래 부른다.

배꽃일세 배꽃일세 처녀수건을 배꽃일세
배꽃겉은 흰수건밑에 빵긋잇는242) 이큰아가
누구간장을 녹힐라꼬 니가그리 잘났느냐
녹힐라요 녹힐라요 대장부간장만 녹힐라요
하물며 여자몸되어 대장부간장을 못녹히리
늴리리야 늴리리야 니나노~ 얼싸좋아 얼씨구좋다
벌나비 이리저리휠휠 꽃을찾아 날아든다

---

239) 먹다가.
240) 목메거든.
241) 안겨나.
242) 방긋 웃는.

성주풀이

자료코드 : 04_04_FOS_20110122_PKS_KBY_0019
조사장소 : 경상남도 남해군 창선면 당저리 당저1리마을 당저1리마을회관
조사일시 : 2011.1.22
조 사 자 : 박경수, 류경자, 정혜란, 강아영
제 보 자 : 김봉연, 여, 83세
구연상황 : 제보자가 첫머리를 꺼내면서 이런 노래를 불러도 되냐고 물었다. 괜찮다고 했
더니 바로 이 노래를 불렀다. 가수 김세레나가 부른 신민요 유행가이다.

낙양산~ 십리하에 높고낮인 저무덤은

영웅호걸이 몇몇이냐 절세가인이 그누구냐

누구인생 한번가면 저건네저모양 될것이로다

에라만수~ 에라대신이야~~

노랫가락 / 그네 노래

자료코드 : 04_04_FOS_20110122_PKS_KBY_0020
조사장소 : 경상남도 남해군 창선면 당저리 당저1리마을 당저1리마을회관
조사일시 : 2011.1.22
조 사 자 : 박경수, 류경자, 정혜란, 강아영
제 보 자 : 김봉연, 여, 83세
구연상황 : 조사자가 그네 노래를 아느냐고 하자 제보자가 바로 불렀다. 그러자 청중들도
같이 불렀다. 남녀를 막론하고 놀 때 많이 부르던 노래라고 한다.

수천당 심오실낭게243) 둘이뛰자고 그네를매여

임이타면은 내가밀고요 내가타면은 임이민다

어임아 줄살살밀어 줄떨어지면 임떨어진다

---

243) 세모진 나무.

베틀 노래

자료코드 : 04_04_FOS_20110122_PKS_KJA_0001
조사장소 : 경상남도 남해군 창선면 당저리 당저1리마을 당저1리마을회관
조사일시 : 2011.1.22
조 사 자 : 박경수, 류경자, 정혜란, 강아영
제 보 자 : 김종아, 여, 80세
구연상황 : 조사자가 김봉연 제보자가 많이 불렀으니 다른 사람들도 좀 불러 달라고 했
다. 청중들에게 노래를 좀 생각해 달라고 말하고는 이 제보자 앞에 갔다. 제
보자가 웃으며 그럼 베틀 노래 한 곡 불러 보겠다고 하고는 이 노래를 불렀
다. 하지만 가사를 많이 잊어버려서 제대로 가창을 하지는 못했다.

베틀다리 사형자는 동서남북을 갈라놓고
가릿장을 꽂아놓고
그우에 앉인처녀 베를짜서 장부로다
잉앳대는 삼형자요

아, 한 가지 빠졌빘다요

몰캐라고 생긴거는 임의죽은 넋새던가
큰애기 양가슴 안고든다

또 잊어뺐다. 그 노래가 자꾸 오래 돼놓은께나. 참 오래됐거덩. 그 노래가.

버선 노래

자료코드 : 04_04_FOS_20110122_PKS_KJA_0002
조사장소 : 경상남도 남해군 창선면 당저리 당저1리마을 당저1리마을회관
조사일시 : 2011.1.22
조 사 자 : 박경수, 류경자, 정혜란, 강아영
제 보 자 : 김종아, 여, 80세

구연상황 : 조사자가 한 곡 더 해 달라고 요청하자 제보자가 이 노래를 불렀다. 삼 삼고
할 때 둘게방에서 불렀던 노래라고 한다.

질로질로[244] 가시다가 찔레꽃이 하곱아서[245]

한두봉지[246] 껑거다가 임의보선에 잔볼걸어

임주기가 아깝아서

임의동생 서당아재[247] 이보선신고 서당가소

임아임아 우럿님아 그런다꼬 설위마라[248]

노래끝이 온그렇소[249]

한자풀이 노래

자료코드 : 04_04_FOS_20110122_PKS_KJA_0003
조사장소 : 경상남도 남해군 창선면 당저리 당저1리마을 당저1리마을회관
조사일시 : 2011.1.22
조 사 자 : 박경수, 류경자, 정혜란, 강아영
제 보 자 : 김종아, 여, 80세
구연상황 : 당저1리마을회관에서 조사를 끝내면서, 조사자가 제보자에게 마지막으로 한
곡만 더 불러 달라고 요청하자 이 노래를 불렀다.

앞동산에 봄춘자 뒷동산에 푸른청자

가지가지는 꽃화자요

우럿님 잡은잔에 갑자꽃이[250] 피었고나

---

244) 길로 길로.
245) 너무나 고와서.
246) 한두 송이.
247) ‘서당아재’는 서당에 다니는 시동생이라는 말이다. 남해지역에서는 시동생을 ‘아재’
라고 부른다.
248) 서러워 마라.
249) 원래 그렇소.
250) 급제(及第) 꽃이.

상사요(想思謠) (1)

자료코드 : 04_04_FOS_20110123_PKS_PKS_0001

조사장소 : 경상남도 남해군 창선면 동대리 동대마을 동대리마을회관

조사일시 : 2011.1.23

조 사 자 : 박경수, 류경자, 정혜란, 강아영

제 보 자 : 박경선, 여, 80세

구연상황 : 조사자가 옛날 노래를 듣고 싶다고 하자 서슴없이 노래를 불러 주었다. 제보
자는 노래를 아주 잘한다고 마을에서 소문이 나 있었다. 그런데 몇 년 전부터
몸이 안 좋아 힘도 없고 기억력이 떨어졌다고 했다. 그래서 그런지 제보자가
목청은 좋은데 힘이 없어 보였다. 삼 삼고 모시 삼을 때 둘게방에서 많이 불
렀던 노래라고 한다.

청천에 뜬기럭아 니가어디를 향하느냐

임계신곳을 향하걸랑 편지일장을 전코가소[251]

동자야 먹을갈아라 임오전에[252] 편지쓰자

한자쓰고 한숨쉬고 두자쓰고 눈물닦고

한손으로 편지들고 창을열고 나가보니

기러기 간곳없고 청명한 하늘가운데

별과달이 둘뿐이네

베틀 노래

자료코드 : 04_04_FOS_20110123_PKS_PKS_0002

조사장소 : 경상남도 남해군 창선면 동대리 동대마을 동대리마을회관

조사일시 : 2011.1.23

조 사 자 : 박경수, 류경자, 정혜란, 강아영

제 보 자 : 박경선, 여, 80세

---

251) 전하고 가소.
252) 임의 앞에, 즉 임에게.

구연상황 : 조사자가 베틀 노래를 요청하자 이제는 많이 잊어버렸다고 했다. 청중들이 그래도 해 보라고 부추기자 자신 없어 하면서도 불러 주었다.

오늘날이 하심심하여 베틀연장을 채리보까

베틀다리 네다리는 동서남북을 갈라놓고

가릿장을253) 질러놓고 참나무앉을깨254) 돋음놓고

그우에 앉인자는 만별자라 하느니라

부태라255) 허는것은 비오고 갠날인가

요내허리만 안고돌고 북이라 허는것은

옥낭골 짚은골에 새끼만달고 드나들고

보디집256) 치는소리 옥련이나 깨친듯고

잉앳대는257) 삼형자요258) 눌깃대는259) 독신이라

쿵마절사 도투마리260) 삼천군사로 거느리고

엥기다절썩 넘어가고

용두마리261) 우는소리 청천하늘에 기러기떴다

범따라 강남가세 철기신이라262) 허는것은

전라도라 굽은도철기신 요내발꿈치만 물고돌고

---

253) 가로대를, '가로대'는 베틀의 두 다리 사이에 가로지른 나무이다.
254) '앉을깨'는 베 짜는 사람이 앉는 나무판이다.
255) 부티라, '부티'는 배 짜는 사람의 허리 뒷부분을 감싸는 넓은 띠이다.
256) 바디집, '바디집'은 바디를 끼우는 테이다.
257) 잉앗대는, '잉앗대'는 잉아를 걸어놓은 나무. '잉아'는 베틀의 날실을 끌어올리도록 맨 실이다.
258) 삼형제요.
259) 눌림대는, '눌림대'는 비경이와 잉앗실 사이의 실을 눌러주는 막대기이다.
260) '도투마리'는 베를 짜기 위해 날실을 감아 놓은 틀이다.
261) 용두머리, '용두머리'는 베틀 앞다리 위쪽에 있어 두 개의 다리를 연결하며, 눈썹대를 끼우는 나무이다.
262) '철개신'이라고도 부르는데, 신나무에 끈을 달고 짚신을 매달아 놓고, 발에 걸었다 당겼다 하는 것이다.

의암이 노래

자료코드 : 04_04_FOS_20110123_PKS_PKS_0003
조사장소 : 경상남도 남해군 창선면 동대리 동대마을 동대리마을회관
조사일시 : 2011.1.23
조 사 자 : 박경수, 류경자, 정혜란, 강아영
제 보 자 : 박경선, 여, 80세
구연상황 : 베틀 노래가 끝나자 청중들이 잊어버리지도 않고 잘 했다고 칭찬하면서 박수를 쳤다. 그러자 제보자가 제대로 다 했는지는 모르겠다고 했다. 청중들이 다 했다고 하면서 기억력이 좋다고 또 칭찬을 했다. 조사자들도 정말 잘 했다고 하면서 또 생각나는 노래가 없냐고 하자 제보자가 웃더니 이 노래를 불러 주었다. 삼 삼고 모시 삼는 둘게방에서 한 번씩 불렀던 노래라고 한다.

진주기성263) 이엠이는264) 우리조선 살리라고
애장청장265) 목을안고 진주남강에 숙어졌네

지초(芝草) 캐는 처녀 노래

자료코드 : 04_04_FOS_20110123_PKS_PKS_0004
조사장소 : 경상남도 남해군 창선면 동대리 동대마을 동대리마을회관
조사일시 : 2011.1.23
조 사 자 : 박경수, 류경자, 정혜란, 강아영
제 보 자 : 박경선, 여, 80세
구연상황 : 의암이 노래가 끝난 뒤 제보자가 "인자 뭘 부리겠네야?" 하면서 청중들을 둘러보았다. 청중들도 이제 다 부른 것 같다고 했다. 조사자가 모심을 때 부르던 노래 더 생각나는 것이 없냐고 했더니 이 노래를 불렀다.

항하도봉산266) 구월산밑에 주차[芝草]캐는 이큰아가

---

263) 진주 기생.
264) 의암이는. '의암(義岩)'은 '논개'를 말한다.
265) 왜장 청장. '청장'은 '가토 기요마사[加藤淸正]'를 일컫는다.
266) 황해도 봉산.

주차캐어 니바구리에담고 뿌런도리[267] 나를주라

금년걸이 비많이와서 숱만좋제 뿌리없소

시집살이 노래 / 중 노래

자료코드 : 04_04_FOS_20110123_PKS_PKS_0005

조사장소 : 경상남도 남해군 창선면 동대리 동대마을 동대리마을회관

조사일시 : 2011.1.23

조 사 자 : 박경수, 류경자, 정혜란, 강아영

제 보 자 : 박경선, 여, 80세

구연상황 : 조사자가 사연이 있는 긴 노래가 없냐고 하면서 서사민요를 유도했다. 그러자
제보자가 이 노래를 불렀다. 둘게방에 여자들이 모여 앉으면 가끔씩 부르던
노래라고 한다.

한살묵어 애비죽고 두살묵어 애미죽고

삼춘밑을 커가주고

호붓다섯[268] 열다섯에 시집이라고 가시니까

다신애미[269] 거둥보소 참깨열말 들깨열말

깨열말로 내여줌성 이깨열말 다볶아라

한솥볶고 두솥볶고 삼세솥은 볶고난께

양가매도[270] 벌어지고 양주개도[271] 뿌러지고

양동우도[272] 깨어지고 너거집에 어서가서

---

267) 뿌리는 도려서.
268) 홀 다섯.
269) 계모. ‘다신애미’는 계모의 남해지역말이다. 엄마가 죽거나 나가고 ‘다시 들어온 엄
마’라는 의미이다.
270) 양동가마솥도
271) 양동주걱도.
272) 양동이도.

세간정기273) 다폴아도274) 양가매도 사오니라

양동우도 사오니라 양주개도 사오니라

씨누애기 나섬서로 너거집에 어서가서

쇠비쟁기로275) 다폴아도 양가매양동우 다사오이라

밤새도록 울고난게 치매앞에 소이지고276)

깎아주소 깎아주소 요내머리 깎아주소

한귀때기 깎고난게 치매앞에 소이지고

두귀때기 깎고난게 치매앞에 강이져서

게오한쌍277) 오리한쌍 쌍쌍으로 떠들온다

몹씰녀러 이짐승아 갱물강도278) 옆에두고

맹물강도 옆에있고 눈물강에 떳단말까

중의간 샘일만에 아홉상좌로 거느리고

염불공부 힘을씸서

한모랭이 넘어간게 서울갔던 임이온다

저게오는 선배보고279) 아홉상좌야 절해여라

아홉상좌 절하는데 중아니는 절안허나

중의절이 흔치마는 임을보고 절헐소냐

말우에 앉인님이 보선발로 내리뜀성

이사람아 이사람아 이일이 웬일이고

가세가세 집을가세 내따라서 집을가자

---

273) 살림살이.
274) 다 팔아도
275) 소와 쟁기를.
276) 쇠(沼)가 되고.
277) 거위 한 쌍.
278) 바닷물도
279) 선비 보고.

안갈라요 안갈라요 자기네집에 안갈라요

어서가소 바삐가소 자기네부모가 기다린다

임을만난 삼일만에 산골중이 동냥간다

임의문전 찾아가서

동냥왔소 동냥왔소 산골중이 동냥왔소

씨누애기 나서더니

동냥은 있소마는 동냥줄이가 아무없소

사랖에280) 섰던중이 마당가운데로 들어섬성

동냥왔소 동냥왔소 산골중이 동냥왔소

그래여도 대책없어 마루에 서신스님

방문앞으로 들어섬성

동냥왔소 동냥왔소 산골중이 동냥왔소

우리오빠 병이나서 울어매는 물이로가고

울아버지 약국가고

동냥은 있소만은 동냥줄이가 아무없다

동냥줄이 없거들랑 씨누애기가 동냥주소

동냥주소 동냥주소 좁쌀이라도 동냥주소

동냥을 받아보니 땅에다 쏟았구나

동냥간 샘일만에

한모랭이 돌아간께 깡새소리가281) 나더마는

두모랭이 돌아서니 난데없던 꽃생이가282)

이내앞으로 다가온다

임아임아 우럿님아 머리있어 머리풀까

---

280) 사립 앞에.
281) 꽹과리소리가. 남해지역에서는 꽹과리를 '깡새'라고 부른다. '깡'은 장음으로 발음한다.
282) 꽃상여가.

속적삼을 벗어갖고 상부채다[283] 걸어줌성

땀내맞고 잘가시오 신내맡고 잘가시오

깃발겉이 가는고나

남산댁과 수영대 노래

자료코드 : 04_04_FOS_20110123_PKS_PKS_0006
조사장소 : 경상남도 남해군 창선면 동대리 동대마을 동대리마을회관
조사일시 : 2011.1.23
조 사 자 : 박경수, 류경자, 정혜란, 강아영
제 보 자 : 박경선, 여, 80세
구연상황 : 앞서 중국 소설 '양산박과 축영대' 이야기인 '남산댁과 수영대' 이야기를 해
주었다. 그러더니 이야기 끝에 이 이야기를 노래로 부르면 더 좋다고 했다.
그래서 불러 달라고 했더니 바로 불러 주었다. 그런데 노래를 끝까지 연결시
키지 못했다. 청중들이 옛날에는 둘게방에 모여 앉으면 참 잘 불렀었는데, 아
프고 나서 그렇다고 하면서 안타까워했다.

남산딕이[284] 수영대는 한서당에 글배와도

남자여자로 몰랐더니

하루는 공일이라 목욕허로 갔더마는

남산딕이는 우에감고 수영대는 밑에감고

남산딕이 거동봐라 난데없는 월수가나와[285]

풀잎에다 받아갖고 냇물에다가 띄웠더니

받았고나 받았고나 수영대가 받았고나

수영대가 그것보고 그날부터 병이나서

---

283) 상여채에다.
284) 남산댁.
285) 월경이 나와.

남산딕이 혼물(婚物)이와서 웃치매 웃저구리

잿물에다 색히널고[286] 잿물에다가 색히널고

남산딕이 시집을가다 수영대묘옆에서

소변내럽다 하였구나

남산딕이 여기왔다 수영대야 문열어라

오죽쌍쌍 범나비쌍쌍 양류청산에 꾀꼬리쌍쌍

날짐승 길버러지도 쌍쌍으로 댕기는데

쾌자(快子) 노래

자료코드 : 04_04_FOS_20110123_PKS_PKS_0007

조사장소 : 경상남도 남해군 창선면 동대리 동대마을 동대리마을회관

조사일시 : 2011.1.23

조 사 자 : 박성수, 류경자, 정혜란, 강아영

제 보 자 : 박경선, 여, 80세

구연상황 : 제보자는 서사민요를 많이 알고 있을 뿐 아니라 잘 불렀다. 청중들도 제보자가 긴 노래를 잘 부른다고 했다. 그래서 조사자가 알고 있는 사연 있는 노래를 모두 불러 달라고 요청을 했다. 그랬더니 손사래를 치며 이제는 다 잊어버렸다고 했다. 그래도 잘 생각해 보고 하나만 더 불러 달라고 했더니, 뭘 부르면 좋겠냐고 하면서 잠시 생각하더니 이 노래를 불렀다.

천냥짜리 처니보고 쉰질단장을[287] 넘뛰다가

명지장옷 진장옷을[288] 치닷푼을[289] 째었고나[290]

내일아침 실처보고[291] 뭐이라꼬 말로허꼬

---

286) 양잿물에다 삭혀 널고.
287) 쉰 길이나 되는 담장을.
288) 명주 장옷 긴 장옷을.
289) 한 치 다섯 푼을.
290) 찢었구나.
291) 본처(本妻) 보고.

명지당세292) 세춘바늘293) 본살겉이294) 감치주마

니아무리 잘감친들 본살겉이 감칠소냐

얼씨구좋네 지화자좋네 아니놀고는 못하리다

상사요(想思謠) (2)

자료코드 : 04_04_FOS_20110123_PKS_PKS_0008
조사장소 : 경상남도 남해군 창선면 동대리 동대마을 동대리마을회관
조사일시 : 2011.1.23
조 사 자 : 박경수, 류경자, 정혜란, 강아영
제 보 자 : 박경선, 여, 80세
구연상황 : 쾌자 노래가 끝낸 후, 제보자가 이어서 이 노래를 불러 주었다.

중산골 짚은골에 임오사던295) 선생님아

살아부배296) 못된걸로 죽어서 상사될까

넘한테 부택말고297) 제가한번 왔더라몬

될란지 안될란지 소식이나 알고갔제

물명지298) 석자오치299) 목에다 걸어줌성

땀내맞고 잘가시오 쉰내맞고 잘가시오

---

292) 명주 당사실.
293) 가는 바늘.
294) 본바탕처럼.
295) 임의 살던.
296) 살아서 부부.
297) 남에게 부탁하지 말고
298) 물명주.
299) 세 자 다섯 치, '자'와 '치'는 길이를 재는 단위로, '치'는 '자'의 10분의 1이다.

사량도 처녀 노래

자료코드 : 04_04_FOS_20110123_PKS_PKS_0009
조사장소 : 경상남도 남해군 창선면 동대리 동대마을 동대리마을회관
조사일시 : 2011.1.23
조 사 자 : 박경수, 류경자, 정혜란, 강아영
제 보 자 : 박경선, 여, 80세
구연상황 : 제보자가 잠시 생각하더니 이 노래를 해 주었다. 이 노래는 바닷가에서 굴 까고 하면서 많이 불렀다고 한다.

    사랑처녀[300] 인물이잘나 남해총각이 손을친다

    손을쳐도 지모리고[301] 눈을쥐도 지모리고

    원수로다 원수로다 대동강이 원수로다

배 노래

자료코드 : 04_04_FOS_20110123_PKS_PKS_0010
조사장소 : 경상남도 남해군 창선면 동대리 동대마을 동대리마을회관
조사일시 : 2011.1.23
조 사 자 : 박경수, 류경자, 정혜란, 강아영
제 보 자 : 박경선, 여, 80세
구연상황 : 제보자의 '사량도 처녀 노래' 설명을 듣고 난 뒤, 조사자가 그럴 때 부르던 노래들이 다른 것은 없느냐고 물었다. 그랬더니 다음 노래를 불렀다.

    어뎃배요[302]

    전라도배요

    뭣허로왔소

    방질왔소[303]

---

300) 사량도 처녀. '사량도'는 남해 인근에 있는 섬이다.
301) 제 모르고
302) 어디 배요?. 어디서 오는 배냐고 물어보는 말이다.

바람분다

돛달아라

배잘간다

치꼽아라304)

금비둘기 노래

자료코드 : 04_04_FOS_20110123_PKS_PKS_0011
조사장소 : 경상남도 남해군 창선면 동대리 동대마을 동대리마을회관
조사일시 : 2011.1.23
조 사 자 : 박경수, 류경자, 정혜란, 강아영
제 보 자 : 박경선, 여, 80세
구연상황 : 조사자가 "남해에서는 모 심고 할 때도 금비둘기 노래를 많이 불렀다고 하대
예." 했더니, 제보자가 그랬노라고 하면서 불러 주었다.

서울이라 한다리밑에 금삐들키가305) 알을낳여

몬치보고306) 대리보고307) 놓고가는 이선배야308)

첫아들로 놓거들랑 정상감사309) 매련하고310)

두채아들 놓거들랑 피양감사로311) 매련하고

셋째딸을 놓거들랑 우리나랏님 첩을주소

얼씨고좋네 지화자좋네 이렇기좋다가는 딸놓겄네

---

303) '방질'은 배에서 그물을 던져 끌어당겨 고기잡이를 하는 일이라고 한다.
304) 키 꽂아라. '치'는 '키'의 남해지역말이다.
305) 금비둘기가.
306) 만져보고.
307) 손대어보고.
308) 이 선비야.
309) 경상감사.
310) 마련하고.
311) 평양감사를.

첩 노래

자료코드 : 04_04_FOS_20110123_PKS_PKS_0012
조사장소 : 경상남도 남해군 창선면 동대리 동대마을 동대리마을회관
조사일시 : 2011.1.23
조 사 자 : 박경수, 류경자, 정혜란, 강아영
제 보 자 : 박경선, 여, 80세
구연상황 : 조사자가 첩 노래는 없냐고 묻자, 제보자가 이 노래를 불렀다. 삼 삼고 모시 삼으면서 많이 불렀다고 했다.

해다지고 저문날에 이관[衣冠]을하고 어디가요
첩우방은312) 꽃밭이고 요내방은 연못이요
꽃과나비는 봄한철이고 물밑에금붕어는 사철이요
얼씨고좋네 지화자좋네 아니놀지 못하리라

높은 산에 눈 날리고

자료코드 : 04_04_FOS_20110123_PKS_PKS_0013
조사장소 : 경상남도 남해군 창선면 동대리 동대마을 동대리마을회관
조사일시 : 2011.1.23
조 사 자 : 박경수, 류경자, 정혜란, 강아영
제 보 자 : 박경선, 여, 80세
구연상황 : 제보자의 노래가 끊임없이 이어져 조사자들이 제보자 곁을 떠나지 않고 앉아 기다렸다. 그러자 앞의 노래가 끝난 뒤, "또 뭘 한 번 불러 보꼬……." 하고는 조금 생각하더니 이 노래를 불러 주었다. 이 노래는 모 심고 할 때도 부르고, 모시 삼고 할 때도 부르고, 아무 때나 불렀다고 한다.

높은산에 눈날리고 낮인산에 비날리고
높은산에 눈이와서 솔잎마다 백수로다

---

312) 첩의 방은.

낮은산에 비가와서 풀잎마다 이슬이라
얼씨고나 지화자좋네 아니놀고 무엇하리

산아지타령 (1) / 총독부 차지

자료코드 : 04_04_FOS_20110123_PKS_PKS_0014
조사장소 : 경상남도 남해군 창선면 동대리 동대마을 동대리마을회관
조사일시 : 2011.1.23
조 사 자 : 박경수, 류경자, 정혜란, 강아영
제 보 자 : 박경선, 여, 80세
구연상황 : 조사자와 청중이 그냥 생각나는 대로 계속 부르라고 했더니, 제보자가 연결해
서 이 노래를 불러 주었다. 산아지타령 가락에 얹어 불렀는데, 모 심고 할 때
도 불렀노라고 했다.

산차지 물차지 총독부 차지
니차지 내차지 너거부모 차지
헤에야 디야 헤헤헤 헤요
헤에야 디여라 산아지로~ 고나

산아지타령 (2) / 인생 노래

자료코드 : 04_04_FOS_20110123_PKS_PKS_0015
조사장소 : 경상남도 남해군 창선면 동대리 동대마을 동대리마을회관
조사일시 : 2011.1.23
조 사 자 : 박경수, 류경자, 정혜란, 강아영
제 보 자 : 박경선, 여, 80세
구연상황 : 앞의 노래가 끝난 후 산아지타령 가락에 얹어 이어서 불러 주었다. 놀 때도
부르고 아무 때나 부르던 노래라고 했다.

공동무지[共同墓地] 칭기칭기 질땎아313) 놓고

우리도 죽으몬 저길로 간다

에헤야 디야 헤헤헤 헤야

에헤야 디여라 산아지로~ 고나

모심기 노래 (1) / 상사소리

자료코드 : 04_04_FOS_20110123_PKS_PKS_0016
조사장소 : 경상남도 남해군 창선면 동대리 동대마을 동대리마을회관
조사일시 : 2011.1.23
조 사 자 : 박경수, 류경자, 정혜란, 강아영
제 보 자 : 박경선, 여, 80세
구연상황 : 조사자가 창선면에는 모심기 노래 선후창이 있다는 사실을 알고 모심기 노래
의 선후창을 부탁했다. 그러자 제보자가 앞소리를 주고 마을 할머니들이 뒷소
리를 받으며 함께 불러 주었다. 노래를 부르기 전 제보자가 모심기 노래 선후
창의 앞소리는 아무 것이나 붙일 수 있다고 했다. 그래서 한번 불러 보라고
했더니, 제보자는 앞서 부른 베틀 노래의 내용을 앞소리로 주었다. 좀 이른
시간이라 청중들이 많지 않아 비교적 조용하게 불렀다.

상-사~디-여-	상-사~디-여-
오늘날이 하심심하여	상-사-디-여-
베틀연장 채리볼까	상-사-디-여-
베틀다리 네다리는	상-사-디-여-
동서남북을 갈라놓고	상-사-디-여-
가릿장을 질러놓고	상-사-디-여-
앉일깨 앉인자는	상-사-디-여-
만별자라 하는자요	상-사-디-여-

---

313) 길 닦아.

부태라고 하는양은	상-사-디-여-
비오고 뒷날인가	상-사-디-여-
허리안개로 두린겄네314)	상-사-디-여-
잉앳대는 삼형자요	상-사-디-여-
눌깃대는 독신이네	상-사-디-여-
삼발났다 저배기미315)	상-사-디-여-
어늘하늘 올내리고	상-사-디-여-
쿵마절사 도투마리	상-사-디-여-
삼천군사로 거느리고	상-사-디-여-
쿵마절사 넘어가고	상-사-디-여-
전라도라 굽은도철기신	상-사-디-여-
총각죽은 넋엘랑가	상-사-디-여-
이내발꽁치 안고돌고	상-사-디-여-

모심기 노래 (2) / 칭칭이소리

자료코드 : 04_04_FOS_20110123_PKS_PKS_0017
조사장소 : 경상남도 남해군 창선면 동대리 동대마을 동대리마을회관
조사일시 : 2011.1.23
조 사 자 : 박경수, 류경자, 정혜란, 강아영
제 보 자 : 박경선, 여, 80세
구연상황 : 모심기 노래 선후창으로 '상사 소리'를 부르고 난 뒤, 조사자가 다른 후렴을
붙이는 것은 없냐고 묻자 '치나친친나네'가 있다고 했다. 그래서 그것도 불러
달라고 하자 청중들과 함께 이 노래를 불러 주었다.

---

314) 두른 것 같네.
315) 저 비경이, '비경이'는 날실을 조절하기 위하여 이중으로 된 날실 속에 끼는 삼각형
으로 된 것이다.

치-나-친-친나-네-   치-나-친-친나-네-

이논에다가 모를심어   치-나-친-친나-네-

장잎이나서 감실감실   치-나-친-친나-네-

놋종기는[316] 놋꽃피고   치-나-친-친나-네-

은종기는 은꽃피고   치-나-친-친나-네-

주전자라 행자판에   치-나-친-친나-네-

한양꽃이 피오린다   치-나-친-친나-네-

울어마니 두형제는   치-나-친-친나-네-

급재[及第]꽃이 피었고나   치-나-친-친나-네-

치기나 칭칭나네   치-나-친-친나-네-

이노래는 다생깄소[317]   치-나-친-친나-네-

무신노래로[318] 생기보꼬   치-나-친-친나-네-

오늘해는 영결지고   치-나-친-친나-네-

골목골목 연기나고   치-나-친-친나-네-

치-나-친-친나-네-   치-나-친-친나-네-

시집살이 노래 (1) / 양동가마 노래

자료코드 : 04_04_FOS_20110126_PKS_PKS_0001
조사장소 : 경상남도 남해군 창선면 서대리 서대마을 서대마을회관
조사일시 : 2011.1.26
조 사 자 : 박경수, 류경자, 정혜란, 강아영
제 보 자 : 박광순, 여, 81세
구연상황 : 조사자가 노래를 하나 불러 주십사 하고 요청을 하자 제보자가 이 노래를 불

---

316) 놋종지는, 즉 놋그릇으로 만든 종지는.
317) 다 헤아렸소.
318) 무슨 노래를.

렀다. 그러나 끝부분으로 갈수록 기억이 잘 나지 않는지 제대로 가창을 하지
못하고 말로 구연했다. 예전에는 잘 불렀는데 다 잊어버렸다고 했다.

시집가던 석달만에 참깨닷말 두리깨닷말
두닷말로 볶고나니
양가매도 벌어지고 양주개도 벌어졌소
씨아바니 썩나섬서로 삼간마리로319) 굴림서로
야이며늘아가 너거친정 자주가서 우리양가매로 사오너라
씨어마니 썩나섬서 삼간마리로 굴림서로
야이년아 망칙헌 야이년아
너거친정 자주가서 우리양주개 사오너라

그러그로 이제 또 뭐이니라? 잊어뿼다야.

아부니도 역앉이소320) 어무님도 역앉이소
내말한마디 들어주소

잊어뿼다야.

내말한마디 들어주소
콩단겉이 뭉킨내몸을 짚단같이 헐어시고

자꾸 잊어삔다. 헐어시고~ 내 소원이 그기더마는 뭐이라 캤네야? 잊어
뿼다. (조사자 : 내 몸 물어 주면 그거 아닙니까?)
[말로] 돈 천냥만 받았이몬 양가매도 사오고 양주개도 사오겄소. 헌께,
아이구 아이구 며늘아가, 씨아배가 나섬서로, 며늘아가 내말한말 들어보자
울넘애라 말라갈라. 담넘에라 말나갈라. 이후엘랑 좋기살자. 조그만한 니속

319) 삼간마루를.
320) 여기 앉으소.

안에 그말나올줄 내몰랐다.

연모요(戀母謠)

자료코드 : 04_04_FOS_20110126_PKS_PKS_0002
조사장소 : 경상남도 남해군 창선면 서대리 서대마을 서대마을회관
조사일시 : 2011.1.26
조 사 자 : 박경수, 류경자, 정혜란, 강아영
제 보 자 : 박광순, 여, 81세
구연상황 : 앞서 제보자는 이 노래의 내용을 이야기로 구연했다. 조사자가 이야기의 부분
부분이 노래에서 들어본 것 같다고 하자 노래로도 부를 수 있다고 했다. 그래
서 노래로도 한번 불러 달라고 했더니 이 노래를 불러 주었다. 노래를 부르던
중 말을 덧붙여 가면서 그 다음 부분을 이어 나갔다. 둘게를 할 때 간혹 불렀
다고 한다.

아강아강 울지마라 너거어마니가 온다더라
울어매가 언제쯤 온답디까

목이 몬히서(메어서) 못 부리겄다.

동솥에라 앉힌장닭이 네알개를[321] 털털텀서로 꼬꼬허몬 온다더라

그리 놓으이 꼬꼬 허도록 늘 기다리고 있어도 안 듣기고, 또 한 모랭이
넘어간께 또 아가 울어 싸서.

아강아강 울지마라 너거어마니가 온다더라
울어매가 온제쯤 온답디까
뒷동산 고목낭구에 풀이 피면은 온다더라

---

321) 네 날개를.

또 풀이 피도록 늘 차라보고 있어도 안 핀다. 안 피서 그거는 놔두고, 또 한 고개 넘어간께 또 아가 울어 싸.

아강아강 울지를말아라 너거어매가 온다더라
울어매가 온제쯤 온답디까
바닷물이 조라져서[322] 그뻘밭이[323] 갈라지면은
그리밟아서 온다더라

아이고 마, 만날 봐도 물만 퍼래 갖고 있고 안 갈라지고, 안 조라지고 그래 가 다 불렀제 그만.

베틀 노래

자료코드 : 04_04_FOS_20110126_PKS_PKS_0003
조사장소 : 경상남도 남해군 창선면 서대리 서대마을 서대마을회관
조사일시 : 2011.1.26
조 사 자 : 박경수, 류경자, 정혜란, 강아영
제 보 자 : 박광순, 여, 81세
구연상황 : 앞의 노래를 부르고 난 뒤, 제보자가 옛날에는 노래도 많고 참 잘 불렀는데 갑자기 부르라고 하니 떨려서 통 기억이 나지 않는다고 했다. 그래서 조사자가 베틀 노래를 부를 수 있느냐고 물었다. 그랬더니 옛날에는 불렀는데 제대로 기억이 나려는지 모르겠다고 했다. 한번 불러 보라고 했더니 불러 주었으나, 처음에는 제대로 부르지 못하고 중단한 후 다시 불러 주었다.

오늘날은 심심한데 베틀연장이나 챙기볼까
베틀다리 네다리는 가릿장을 질러놓고
앉을깨를 돋음을놓고 잉앳대는 삼형제요

---

322) 조려져서.
323) 그 갯벌이.

눌깃대는 호부레비 북이라고 생긴거는

그리 안했다. (청중 : 용두마리.) 그거는 나중이고..

　　자질개라 생긴것은
　　대한칠년 가물음에 세우(細雨)만살살 뿌리는고나
　　북이라고 생긴것은
　　열명당 깊은골에 새끼만물고서 드나든다
　　보디집이라 하는것은
　　청천하늘에 기러기뜬듯이 소리만짱짱 우리는구나
　　잉앳대는 삼형제요 눌깃대는 호부레비
　　용두마리 우는소리 청천에 기러기뜬다
　　나부손이라 하는양은 저건네 저손님보고 손길친다
　　용두마리 울음소리 청천에 기러기떴다
　　네귀났다 저도투마리 아! 삼발내기

뭐이고? 그거. 용두 뭐이꼬야? 저, 도토마리 아이고 훌깃대. 올리는 거.
그거. (청중 : 하아. 눌깃대.) 눌깃대 아니다. 그기 삼발났다 저배기미.

　　삼발났다 저배기미
　　대한질 너린들에 하늘을그리고 잘도간다
　　네귀났다 도토마리
　　삼천군사를 거느리고 쿵마절사 넘어간다
　　철기신이라 하는양은
　　처니가죽은 넋이던가 이내발꼬마리를[324] 물고돈다

그래놓고 또 뭐이니라? 그거 다헌 것까? (청중 : 허리.) 허리 그거는 먼저

---

324) 나의 발꿈치를.

헐 걸 빠잤다(빠뜨렸다). 부태 부태라고 하는 그거는 저, 임의 죽은 넋이던 가 인자 두 개나 빠잤다. 몰캐라꼬 허는 거는 임의 죽은 넋일란가 이내 가 슴을 안고 돈다. 부태라꼬 생긴 것은 뭐이더라. 그걸 빠잤다.

아기 어르는 노래

자료코드 : 04_04_FOS_20110126_PKS_PKS_0004
조사장소 : 경상남도 남해군 창선면 서대리 서대마을 서대마을회관
조사일시 : 2011.1.26
조 사 자 : 박경수, 류경자, 정혜란, 강아영
제 보 자 : 박광순, 여, 81세
구연상황 : 조사자가 혹시 손자 얼러본 적이 있느냐고 묻자, "하모(그럼) 얼렀제." 했다. 조사자가 그때 손자 어르면서 부르던 노래가 있지 않느냐고 했더니 있다고 했다. 한번 얼러 보라고 했더니, 제보자가 한번 해 보겠다고 하면서 이 노래 를 불렀다.

어허둥둥 내사랑 얼씨구나 절씨구 내사랑이냐
덤불밑에 무질래는325) 까시나볼깡326) 돋았거니
에허둥둥 내사랑 니어디갔다 인지왔냐327)
니어디갔다가 인지와
얼음구녕에 수달피냥 먼데산에 꽃봉지냥328)
어허둥둥둥 내사랑

---

325) '무질래'는 귀한 풀이라고 한다.
326) 가시나 볼깡. '볼깡'은 '불끈'의 작은 말로 의태어이다.
327) 이제 왔느냐.
328) 꽃봉오리냐.

시집살이 노래 (2) / 중 노래

자료코드 : 04_04_FOS_20110126_PKS_PKS_0005
조사장소 : 경상남도 남해군 창선면 서대리 서대마을 서대마을회관
조사일시 : 2011.1.26
조 사 자 : 박경수, 류경자, 정혜란, 강아영
제 보 자 : 박광순, 여, 81세
구연상황 : 조사자가 '중 노래'를 불러줄 수 있냐고 물어보자 한번 해 보겠다고 하면서
　　　　　노래를 불렀다. 그러나 끝까지 부르지는 못했다.

　　시집이라고 가고보니 씨어마니 거둥을보소

　　밭매로 간다쿠니 개톡겉은329) 호맹이로330)

　　짠지밭을 매라쿠니331) 저무나새나 파고온께나

　　밥이라고 주는것이 죽을써서 접시눈만 덮었구나

　　보리가 엉덩엉덩 떴구나

　　우럿님은 가개[科擧]로가고 온제만춤332) 올라던가

인자 그리 놓고

　　뒷집에할매가 불싸로와서 이죽먹고 니살겄나

　　뒷동산 절로올라 중놀이나 니가거라

그래서 그 할매 그 소리로 듣고 망했제. 아랫방을 내려가서,

　　열두폭 주리치매333)

　　한폭뜯어 고깔짓고 두폭뜯어 바랑짓고

　　뒷동산절로 올라 중놀이로 내가간께

---

329) '개톡같다'는 말은 닳아서 못 쓰게 된 모양을 일컫는 말이라고 한다.
330) 호미로.
331) 매라고 하니.
332) 언제쯤.
333) 주름치마.

그작저작 밑을지내고 아홉상좌로 거느리고
　　　동네방네로 동냥을가니 한모랭이 넘어간께나
　　　천금겉은 내낭군이 말로타고 가개해서오는고나
　　　아홉상좌는 절로허는데 저게저중은 왜절로안허요
　　　아무리 중의절이 흔치만은 임을보고 절허겄소

그만 말 등에서 펄떡 내리뜀서, 아이구! 이 사람이 웬일이냐 쿰서,

　　　가세가세 집을가세
　　　아이고 물죽을써줘도 내안갈라요 아무래도 안갈라요
　　　이왕지라 온걸음에 삼년공부나 허고갈라요

그래가 인자 서방이 저거 집에 가서,

　　　아랫방을 내리보니 아! 적어매가 썩나섬성
　　　천금같은 내자슥아 만금같은 내자슥아
　　　니가이리오는데 그년은 뒷동산 절로올라
　　　중놀이가고 없는고나 저거동생이 썩나섬서
　　　천금겉은 울오랍시 만금겉은 울오랍시
　　　그만이리 오시는데 그년은 나쁜년이라
　　　뒷동산 절로올라 중놀이를 가고없소
　　　내가그소리 다들었소 그사람얼매나 한이지치서334) 갔겄지

(청중 : 저거는 우습아 죽겄단다.)

　　　아랫방을 내리간께
　　　목걸래겉은335) 은가락지 찔듯기나 더지놓고336)

_____

334) 한이 맺혀서.
335) 목걸이 같은.

모비단 요이불자리는 덮을듯이 더지놓고

물명지337) 속속곳은 입을듯이 던지놓고

삼단같은 요내머리는 얹일듯이 더지놓고

그 뒤에는 모르겠다. [웃음] 다 잊어뻤다. (청중 : 그것만 해도 됐다.)

남매 노래

자료코드 : 04_04_FOS_20110126_PKS_PKS_0006
조사장소 : 경상남도 남해군 창선면 서대리 서대마을 서대마을회관
조사일시 : 2011.1.26
조 사 자 : 박경수, 류경자, 정혜란, 강아영
제 보 자 : 박광순, 여, 81세
구연상황 : 제보자가 중 노래를 부르고 나더니 기억이 안 나서 더는 못 부르겠다고 했다.
조사자가 천천히 생각나는 대로 한 곡만 더 불러 달라고 요청하자, 마지막이
라고 하면서 이 노래를 불렀다. 이 노래는 삼 삼고 모시 삼으면서도 많이 불
렀지만 모심기 할 때도 불렀다고 했다.

씨누올케 돛배를타고 사쿠라구경을 가시다가

그만배가 엎어졌네

삼단같은 내머리는 대동강을 덮었고나

분꽃같은 내얼굴은 고기밥이 되었고나

울오랍시338) 무정터라

먼데첩을 건지더라 옆에동생을 밀어두고

나도죽어 남자가되어

옆에동생 밀어두고 먼데첩을 건지보자

---

336) 던져놓고.
337) 물명주.
338) 우리 오빠.

이야기 서두 소리

자료코드 : 04_04_FOS_20110126_PKS_PMS_0001
조사장소 : 경상남도 남해군 창선면 서대리 서대마을 서대마을회관
조사일시 : 2011.1.26
조 사 자 : 박경수, 류경자, 정혜란, 강아영
제 보 자 : 박말생, 여, 86세
구연상황 : 설화를 채록하고 있던 중 고구마를 삶아 들고 온 할머니가 있어 고구마를 나
눠먹었다. 고구마를 먹고 난 후 다시 이야기판을 벌였으나 이야기가 더 이상
나오지 않았다. 그래서 판을 민요로 돌렸다. 제보자에게 이야기가 없으면 노
래라도 한 곡 해 달라고 요청했더니 이 노래를 불렀다. 이 노래를 두 번 불렀
는데, 첫 번째 부른 것은 제대로 되지 않았다고 하면서 다시 불러 주었다.

이박저박 꼰디박
울너메339) 도치박
자리밑에 빈대통
마당에닭이340) 꼬꾸댁
장닭꼬랭이가341) 달그닥

(청중 : 도구통이(절구가) 찌그럭)

청밑에개가 공공
정기문이342) 탈그닥

연모요(戀母謠)

자료코드 : 04_04_FOS_20110126_PKS_PMS_0002

---

339) 울타리 너머.
340) 마당의 닭이.
341) 수탉 꼬리가.
342) 부엌문이.

조사장소 : 경상남도 남해군 창선면 서대리 서대마을 서대마을회관
조사일시 : 2011.1.26
조 사 자 : 박경수, 류경자, 정혜란, 강아영
제 보 자 : 박말생, 여, 86세
구연상황 : 앞서 제보자가 '이박저박' 노래를 불렀다. 조사자들이 재미있다고 하자 제보
자가 한 곡 더 해보겠다고 하더니 이 노래를 불렀다. 둘게방에서 더러 불렀던
노래라고 한다.

삼대독신 외독신에 아들한나 낳아놓고
어마니가 죽었는데 꽃밭에다 묻어주까
울어마니 찾일라쿠면 어디가서 찾겠느냐
꽃방석에 우리동생 이리저리 뉩히놓고
저게가는 저할마니 울어마니 봤거들랑
말좀— 해주시오
넉어머니343) 찾을라허면 장솥에라 앉힌장닭
두알개로344) 털털치고 꼭꼭울몬 온다더라

또 뭐 있는데, 모르겠다. 허허허허허.
(청중 1 : 부뚜막에 저밥티기(저밥풀) 싹티거덩(싹트거든) 온다더라. 허허
허허허.)
(청중 2 : 참 그거 오래 돼야 오겠다. 그기 싹 티도록 온다 쿠몬……)

가매솥에 앉힌개로 공공울몬 온다더라

그런께네 적 어매는 그만 생전에 못 오는 기제. 또 그것빽이 모르겠다.

---

343) 너의 어머니.
344) 두 날개를.

시집살이 노래 / 고사리 노래

자료코드 : 04_04_FOS_20110126_PKS_PMS_0003
조사장소 : 경상남도 남해군 창선면 서대리 서대마을 서대마을회관
조사일시 : 2011.1.26
조 사 자 : 박경수, 류경자, 정혜란, 강아영
제 보 자 : 박말생, 여, 86세
구연상황 : 노래판이 잠시 멈췄다. 조사자가 누구라도 좋으니 한 곡 더 불러 달라고 요청
을 했다. 그러나 아무도 나서지 않았다. 그러자 제보자가 다시 한 번 불러보
겠노라고 하면서 이 노래를 불렀다. 서사민요인데, 중간에 더 이상 기억이 나
지 않는다고 중단했다. 둘게방에서 모시 삼고 할 때 부르던 노래라고 했다.

올라감선 올고사리 내라옴선 늦고사리
오꿈오꿈 껑거다가 파리팔팔 끓는물에
사리살끔 데치갖고 삼년묵은 지름장에345)
오년묵은 깨소금에 꼬작꼬작 주물라서
이상저상 놓고난께 맛볼것도 없어지네
장자문을 열티리고 씨아바니 씨어마니
일어나서 세수허고 밥자시소
이방저방 골방안에 씨누애기 일어나서
세수허고 밥묵으소
아릿방을 건니가서 서방님은 일어나서
세수허고 밥자시소

그리 또, 그것빽이 모르겄다.

---

345) 기름장에.

모심기 노래 (1) / 상사 소리

자료코드 : 04_04_FOS_20110126_PKS_PMS_0004
조사장소 : 경상남도 남해군 창선면 서대리 서대마을 서대마을회관
조사일시 : 2011.1.26
조 사 자 : 박경수, 류경자, 정혜란, 강아영
제 보 자 : 박말생, 여, 86세
구연상황 : 조사자가 선후창 모심기 노래를 부탁하자 제보자가 앞소리를 주겠다고 했다.
그래서 청중들이 뒷소리를 받으면서 이 노래를 불렀다. 앞소리는 아무 것이나
끌어다대면 된다고 하면서 시작했다.

상-사~~디--여~	상-사~디~요-
야아래라 성자들에	상-사~디~요-
성자분을346) 숭겄더니	상-사~디~요-
성자대는 왕대가되고	상-사~디~요-
요내대는 붓대로다	상-사~디~요-
이천석아 먹갈아라	상-사~디~요-
삼천석아 붓대로잡게	상-사~디~요-
부모얼굴을 씰라하니347)	상-사~디~요-
하산에라348) 눈물이흘러	상-사~디~요-
글발이젖어 못씨겄소349)	상-사~디~요-
누~우님 수건을주소	상-사~디~요-
눈물닦고 당치씨자350)	상-사~디~요-
상-사~디~여-	상-사~디~요-

---

346) 제보자는 '성자분'을 '대나무'라고 했다.
347) 쓰려고 하니. '그리려고 하니'의 잘못인 듯하다.
348) 화선지에.
349) 못 쓰겠소
350) 다시 쓰자.

큰애기 노래

자료코드 : 04_04_FOS_20110126_PKS_PMS_0005
조사장소 : 경상남도 남해군 창선면 서대리 서대마을 서대마을회관
조사일시 : 2011.1.26
조 사 자 : 박경수, 류경자, 정혜란, 강아영
제 보 자 : 박말생, 여, 86세
구연상황 : 조사자가 모심기 할 때 부르던 노래를 하나 더 불러 달라고 하자, 제보자가
이어서 바로 불렀다.

저건네라 초당앞에 빙빙도는 범나비야
목동아를351) 닐주라나352) 해동아를353) 닐주라나
목동아도 내사싫고 해동아도 내사싫고
이달이나 저달이나
쌍바라지 밀창문안에 잠든처자를 나를주소

쌍가락지 노래

자료코드 : 04_04_FOS_20110126_PKS_PMS_0006
조사장소 : 경상남도 남해군 창선면 서대리 서대마을 서대마을회관
조사일시 : 2011.1.26
조 사 자 : 박경수, 류경자, 정혜란, 강아영
제 보 자 : 박말생, 여, 86세
구연상황 : 조사자가 제보자에게 한 번도 못 들어본 노래들을 잘 부른다고 하면서 또 한
곡 더 불러 달라고 요청했다. 그러자 제보자가 "한 번도 못 들어 봐여?" 하면
서 싱긋이 웃더니 이 노래를 불렀다. 둘게할 때 많이 불렀다고 한다.

쌍금쌍금 쌍가락지 호작질을 딲아내어

---

351) 목단화(牧丹花)를.
352) 널 주렴.
353) 해당화를.

먼데보면 달이로다 옆에보면 처자로다

처자한쌍 자는방에 숨소리가 둘이라요

천대복선354) 울오랍시 거짓말씸 말아주소

꾀꼬리 기린방에355) 매매새끼356) 노는방에

참새곁이만 내누웠소

동지섣덜 진진밤에 풍지떠는357) 소리라요

지초(芝草) 캐는 처녀 노래

자료코드 : 04_04_FOS_20110126_PKS_PMS_0007
조사장소 : 경상남도 남해군 창선면 서대리 서대마을 서대마을회관
조사일시 : 2011.1.26
조 사 자 : 박경수, 류경자, 정혜란, 강아영
제 보 자 : 박말생, 여, 86세
구연상황 : 다른 제보자가 이 노래를 먼저 불렀다. 노래가 끝나자 제보자가 자신도 한번
불러 보겠노라고 하면서 이 노래를 다시 불렀다. 이 노래는 모심기 할 때도
불렀다고 하는데, 두 노래가 전반부는 같으나 후반부가 전혀 달랐다.

자두영산 돌아진섬에 주차[芝草]캐는 이큰아가

주차캐여 니바구리담고 그밑도리358) 나를주소

금년겉이 비많이온해 숱만좋제 뿌리가없소

얼씨고좋네 지화자좋네 아니노지를 못하리라

---

354) '천대복선'은 '매몰차다'는 뜻이라고 한다.
355) 그런 방에.
356) 매의 새끼.
357) 문풍지 떠는.
358) 그 밑은 도려서.

쾌자(快子) 노래

자료코드 : 04_04_FOS_20110126_PKS_PMS_0008
조사장소 : 경상남도 남해군 창선면 서대리 서대마을 서대마을회관
조사일시 : 2011.1.26
조 사 자 : 박경수, 류경자, 정혜란, 강아영
제 보 자 : 박말생, 여, 86세
구연상황 : 다른 제보자가 노래를 부르고 난 뒤, 제보자가 생각난 듯 이제 자신이 한 곡
해 보겠다고 하면서 이 노래를 불렀다. 삼 삼고 모시 삼는 둘게방에서 부르던
노래라고 한다.

군아군아 서당군아 질로가면359) 고이가제

천냥짜리 처니로보고 쉰질단장360) 넘뛰다가

째였고나361) 째였고나 자주창옷 진창옷을362)

세치닷푼을363) 째였고나

우럿집에 돌아가면 본처보고 뭐라허꼬

감치주마 감치주마 본살겉이만364) 감치주마

니아무리 잘감친들 본살겉이 감칠소냥

남매 노래

자료코드 : 04_04_FOS_20110126_PKS_PMS_0009
조사장소 : 경상남도 남해군 창선면 서대리 서대마을 서대마을회관
조사일시 : 2011.1.26

---

359) 길을 가면.
360) 쉰 길이나 되는 담장.
361) 찢었구나.
362) 긴 창옷을.
363) 세 치 다섯 푼을. '치'는 길이의 단위로 한 자의 10분의 1이고, '푼'은 한 치의 10분
의 1이다.
364) 본바탕처럼만.

조 사 자 : 박경수, 류경자, 정혜란, 강아영
제 보 자 : 박말생, 여, 86세
구연상황 : 제보자가 앞의 노래를 부르고 난 뒤, 이어서 한 곡 더 하겠노라고 하면서 이
노래를 불렀다. 이 노래는 아무 때나 많이 불렀던 노래라고 한다.

씨누올키365) 꽃따다가 진주남강에 떨어져서

삼단같은 요내머리 대동강을 덮어가네

요내얼굴 좋던얼굴 고기밥이 되어가요

우리오빠 오더만은 옆에동숭을366) 밀치놓고

먼데올케 건지주네 울어마니 날찾걸랑

이산저산 갈비산에 동네산천에 묻어주소

영감아 탱감아

자료코드 : 04_04_FOS_20110126_PKS_PMS_0010
조사장소 : 경상남도 남해군 창선면 서대리 서대마을 서대마을회관
조사일시 : 2011.1.26
조 사 자 : 박경수, 류경자, 정혜란, 강아영
제 보 자 : 박말생, 여, 86세
구연상황 : 조사가 막바지에 이르러 갈 무렵, 조사자가 한 곡만 더 불러 달라고 요청하자
제보자가 신나게 이 노래를 불렀다.

영감아 땡감아 죽지를 말어라

봄보리 방애찧어서367) 품폴아368) 주께

뭐이라 쿠꼬? 하하하…….

---

365) 시누이와 올케.
366) 옆의 동생을.
367) 방아 찧어서.
368) 품 팔아.

모심기 노래 (2) / 칭칭이소리

자료코드 : 04_04_FOS_20110126_PKS_PMS_0011
조사장소 : 경상남도 남해군 창선면 서대리 서대마을 서대마을회관
조사일시 : 2011.1.26
조 사 자 : 박경수, 류경자, 정혜란, 강아영
제 보 자 : 박말생, 여, 86세
구연상황 : 녹음을 끝내고 제보자들의 인적사항을 묻고 대답하며 조사하고 있던 중에 청중들이 갑자기 쾌지나칭칭나네를 불렀다. 그것을 듣고 조사자가 처음부터 다시 한 번 불러 달라고 요청을 했다. 그러자 제보자가 앞소리를 주고 청중들이 뒷소리를 받으면서 다시 불러 주었다. 앞소리 사설은 앞서 부른 남매 노래를 넣어 불렀다.

치-나-친친-나~네~	치-나-친친-나~네-
씨누올키 꽃따다가	치-나-친친-나~네-
진주남강에 떨어졌네	치-나-친친-나~네-
우리오빠 오더만은	치-나-친친-나~네-
옆에동숭 밀치놓고	치-나-친친-나~네-
먼데올케로 건지주네	치-나-친친-나~네-
삼단겉은 요내머리	치-나-친친-나~네-
대동강을 덮어가네	치-나-친친-나~네-
요내얼굴 좋던얼굴	치-나-친친-나~네-
고깃밥이 도여가네	치-나-친친-나~네-
울어마니 날찾걸랑	치-나-친친-나~네-
이산저산 갈비산에	치-나-친친-나~네-
두메산천에나 묻어주소	치-나-친친-나~네-
그꽃이 피거들랑	치-나-친친-나~네-
날본듯이 돌아보소	치-나-친친-나~네-
치-나-친친-나~네-	치-나-친친-나~네-

(조사자 : 이거 뭐할 때 부르던 노랩니까? 모 숭글 때.) 어(응). 모 숭글 제(때). 모 숭글 제 그거로 많이…… . 전에, 우리가 젊을 제.

(조사자 : 어무이가 앞소리도 많이 주고?) 어. 젊을 쩩에 우리가 그거 많이 했다. 앞소리 많이 쳤지. (조사자 : 어무이가?) 하모(그럼).

남편 죽은 노래

자료코드 : 04_04_FOS_20110122_PKS_BJJ_0001
조사장소 : 경상남도 남해군 창선면 진동리 장포마을 장포마을회관
조사일시 : 2011.1.22
조 사 자 : 박경수, 류경자, 정혜란, 강아영
제 보 자 : 배정자, 여, 73세
구연상황 : 제보자가 할머니로부터 배운 노래라고 하면서 이 노래를 해 주었다. 모시 삼고 할 때 둘게방에서 부르던 노래라고 한다.

시집가던 삼일만에 서방님이 병이나서
반지팔고 비네팔고[369] 약을두첩 지어갖고
약오가리[370] 불을붙여 이불이 꺼지기전에
서방님이 돌아갔네
아이고불쌍 우리낭군 저승이나 가싰는가
반고개도 못지우고[371] 내팔자가 와이렇네

---

369) 비녀 팔고
370) 약단지.
371) '반고개도 못 지우고'라는 말은 '인생의 반도 못 넘기고'라는 말이다.

음식 노래

자료코드 : 04_04_FOS_20110122_PKS_BJJ_0002
조사장소 : 경상남도 남해군 창선면 진동리 장포마을 장포마을회관
조사일시 : 2011.1.22
조 사 자 : 박경수, 류경자, 정혜란, 강아영
제 보 자 : 배정자, 여, 73세
구연상황 : 조사자가 모심기 노래를 불러 달라고 하자, 모를 심으면서 이 노래도 불렀다
고 하면서 불렀다.

차시리떡을372) 배를모아 엿가래를373) 짐대세와374)

찰부치미375) 똧을달고 조청강에 띄아놓고

들어가세 들어가세 안주섬을 들어가세

얼씨구나 좋다 저얼씨구

요렇게나 좋다가는 또딸 놓는다

다리 세기 노래

자료코드 : 04_04_FOS_20110122_PKS_BJJ_0003
조사장소 : 경상남도 남해군 창선면 진동리 장포마을 장포마을회관
조사일시 : 2011.1.22
조 사 자 : 박경수, 류경자, 정혜란, 강아영
제 보 자 : 배정자, 여, 73세
구연상황 : 조사자가 어릴 때 무슨 놀이를 하고 놀았냐고 묻자, 갑자기 다리를 뻗더니 신
나게 이 노래를 불렀다. 옆에서 청중들도 따라 했다.

이걸이 저걸이 갓걸이

---

372) 찰시루떡을.
373) 엿가락을.
374) 돛대 세워. '짐대'는 '돛대'의 남해지역말이다.
375) 찹쌀전.

진도맹건376) 또맹건

짝바라377) 희양건

소래줌치 소래야

육지육지 전라도

하늘에. 광대 제비칼

똘똘 몰아서378) 장두칼

기우(祈雨) 노래

자료코드 : 04_04_FOS_20110122_PKS_BJJ_0004

조사장소 : 경상남도 남해군 창선면 진동리 장포마을 장포마을회관

조사일시 : 2011.1.22

조 사 자 : 박경수, 류경자, 정혜란, 강아영

제 보 자 : 배정자, 여, 73세

구연상황 : 조사자가 어릴 때 불렀던 노래를 또 해 달라고 하자, '이걸이 저걸이 갓걸이'
에 이어 동요를 또 불러 주었다. 옆에서 청중들도 같이 따라 불렀다.

비옵소서 비옵소서 장날마다 비옵소서

울아배는 명태장사 울어매는 쑥떡장사

명태북어를 찢이놓고 쑥떡한번 묵어보세

잠자리 잡는 노래

자료코드 : 04_04_FOS_20110122_PKS_BJJ_0005

조사장소 : 경상남도 남해군 창선면 진동리 장포마을 장포마을회관

---

376) 진도 망건.
377) '짝 바라'는 '똑 바로'인 듯하다.
378) 말아서.

조사일시 : 2011.1.22

조 사 자 : 박경수, 류경자, 정혜란, 강아영

제 보 자 : 배정자, 여, 73세

구연상황 : 제보자와 청중들이 비 오라고 기원하는 노래인 '비옵소서'를 부르고 나자, 조사자가 잠자리도 한번 잡아 보라고 했다. 그러자 바로 이 노래를 불렀다.

　　잠자리 꽁꽁

　　붙은자리 붙어라

　　멀리가몬 니죽는다

탄로가(歎老歌)

자료코드 : 04_04_FOS_20110122_PKS_BHS_0001

조사장소 : 경상남도 남해군 창선면 진동리 장포마을 장포마을회관

조사일시 : 2011.1.22

조 사 자 : 박경수, 류경자, 정혜란, 강아영

제 보 자 : 배학선, 여, 82세

구연상황 : 제보자는 다른 제보자가 노래를 부를 때 열심히 따라 불렀다. 그래서 조사자가 노래를 한번 직접 불러 보라고 했다. 그러자 제보자가 흔쾌히 응해 이 노래를 불러 주었다. 노래가 끝나자 청중들이 참 오래된 노래라고 입을 모았다. 옛날에 모심기 할 때 불렀던 노래라고 했다.

　　야아래라 소년들아 백발로보고서 반절마라379)

　　백발으로 아니늙고 소년으로 내늙었소

이별 노래

자료코드 : 04_04_FOS_20110122_PKS_BHS_0002

---

379) '반절'은 예의 없이 고개를 반만 숙여 하는 절이라고 했다.

조사장소 : 경상남도 남해군 창선면 진동리 장포마을 장포마을회관
조사일시 : 2011.1.22
조 사 자 : 박경수, 류경자, 정혜란, 강아영
제 보 자 : 배학선, 여, 82세
구연상황 : 청중들의 호응에 힘입었는지 제보자가 선뜻 한 곡 더 부르겠노라고 하면서 이어서 노래를 블러 주었다. 둘게방에서 부르던 노래라고 한다.

뒷동산 텃밭에다가 백년초로 숨었더니[380]

백년초는 간곳이없고 이별초만 남았고나

시집살이 노래 (1) / 개밥에 도토리

자료코드 : 04_04_FOS_20110122_PKS_BHS_0003
조사장소 : 경상남도 남해군 창선면 진동리 장포마을 장포마을회관
조사일시 : 2011.1.22
조 사 자 : 박경수, 류경자, 정혜란, 강아영
제 보 자 : 배학선, 여, 82세
구연상황 : 조사자가 시집살이 노래는 없냐고 하자 제보자가 이 노래를 불렀다.

우러집에 클작에는[381] 쌀고리야[382] 닭이더니[383]

너거집에 가고나본즉 개밥에라 도트리다[384]

남해 금산 뜬 구름아

자료코드 : 04_04_FOS_20110122_PKS_SPY_0001

---

380) 심었더니.
381) 클 적에는.
382) '쌀고리'는 옛날에 대로 엮어서 만든 쌀을 담아두는 그릇이라고 한다.
383) 닭이더니.
384) 도토리다.

조사장소 : 경상남도 남해군 창선면 진동리 장포마을 장포마을회관

조사일시 : 2011.1.22

조 사 자 : 박경수, 류경자, 정혜란, 강아영

제 보 자 : 송평연, 여, 84세

구연상황 : 제보자는 노래를 안 하고 듣고만 있었다. 그러자 청중들이 노래하라고 부추겼다. 제보자가 아는 노래가 없다고 했다. 그러자 청중들이 그러면 '남해금산 뜬구름'이라도 하라고 했다. 마지못해 제보자가 노래를 불렀다. 모심기 할 때 많이 부르던 노래라고 한다.

남해금산 뜬구름아 비실었나 눈실었나
비도눈도 아니싣고 노래명창이 내들었네

시집살이 노래 (2) / 덕석굽이

자료코드 : 04_04_FOS_20110122_PKS_SPY_0002

조사장소 : 경상남도 남해군 창선면 진동리 장포마을 장포마을회관

조사일시 : 2011.1.22

조 사 자 : 박경수, 류경자, 정혜란, 강아영

제 보 자 : 송평연, 여, 84세

구연상황 : 청중들의 요구에 못 이겨 제보자가 '남해금산 뜬구름'을 부르고 난 뒤, 조사자가 시집살이 노래는 없냐고 하면서 다시 노래를 유도했다. 그러자 제보자가 난처한 기색을 보이면서도 노래를 불러 주었다.

울어마니 날설작에385) 덕석굽이 앉았던가
설음이요 설음이네 굽이굽이 설움이로

---

385) 나를 뱀 적에.

타박타박 타박네야

자료코드 : 04_04_FOS_20110122_PKS_LSN_0001
조사장소 : 경상남도 남해군 창선면 진동리 장포마을 장포마을회관
조사일시 : 2011.1.22
조 사 자 : 박경수, 류경자, 정혜란, 강아영
제 보 자 : 이사님, 여, 79세
구연상황 : 제보자는 조용히 앉아서 노래를 듣고만 있었다. 조사자가 모두 한 곡씩은 불
러야 한다고 하면서 노래를 유도하자 "아이구, 허허" 하고 웃더니 노래를 불
러 주었다. 둘게방에서 모시 삼고 삼 삼을 때 부르던 노래라고 했다.

따박따박 따박네야

니는니는 뭣을보고 울고가나

울어마니 묏등으로386) 젖묵으로 울고간다

울어마니 묏등에는 접시꽃도 너울너울

함박꽃도 너울너울

그꽃을 끊어다가 우리성지387) 가릴라니388)

눈물이나서 못가리겠네

계모 노래

자료코드 : 04_04_FOS_20110122_PKS_LSR_0001
조사장소 : 경상남도 남해군 창선면 진동리 장포마을 장포마을회관
조사일시 : 2011.1.22
조 사 자 : 박경수, 류경자, 정혜란, 강아영
제 보 자 : 이순례, 여, 83세
구연상황 : 제보자는 노래를 부르기에 앞서 설화를 아주 맛깔나게 구연했다. '대례상에

---

386) 산소로.
387) 우리 형제.
388) 나누려고 하니.

비상 넣는 계모'라는 설화도 구연했는데, 설화 구연하면서 "이거는 이야기도 되고 노래도 된다."라는 말을 했다. 그래서 설화 구연이 끝난 뒤, 노래로도 불러 달라고 했다. 그러자 제보자가 노래로 불렀다.

서른세폭 채열밑에[389) 오늘오신 새아재야
놋젯가락 빼여들고 비상(砒霜)술을 젓어보소
방에앉인 이신부야 어서요리 나오너라
한잔술에 둘이죽자
우리나사우는 저리나곱아 우리딸은 옹두깨비[390)
시리나밑에[391) 간두꺼비[392)
방에앉인 상각삼춘[393) 어서요리 나오시오
오던질로 돌아가자

그런께 인자 처니가,

저달속에도 재미가싫고[394) 저별속에도 재미싫고
맨드래미 봉숭아도 모디모디[395) 숭있는데[396)
물로물로 생긴내가 한갓숭없이 생길소냐

인자 총객이,

동쪽에서 돋는해야 서쪽으로 어지거라[397)

---

389) 차일(遮日) 밑에.
390) '옹두깨비'는 아주 보기 흉한 두꺼비라고 한다.
391) 시루 밑에. '나'는 허사이다.
392) '간두꺼비'도 옹두꺼비와 마찬가지로 못 생기고 흉한 두꺼비를 일컫는 말이라고 한다.
393) 상객(上客) 삼촌.
394) 기미가 끼고.
395) 마디마디.
396) 흉이 있는데.
397) 어서 지거라.

잠잘란다 잠잘란다 반달품에 잠잘란다

이별 노래

자료코드 : 04_04_FOS_20110122_PKS_LSR_0002
조사장소 : 경상남도 남해군 창선면 진동리 장포마을 장포마을회관
조사일시 : 2011.1.22
조 사 자 : 박경수, 류경자, 정혜란, 강아영
제 보 자 : 이순례, 여, 83세
구연상황 : 제보자가 노래를 시작하자 청중들이 제보자를 가리키며 '노래 잘하는 할머니'
라고 조사자에게 알려 주었다. 노래가 끝나자 청중들이 다른 노래도 불러 보
라고 권했다. 그러자 이어서 이 노래를 불렀다. 둘게방에서 삼 삼고 모시 삼
을 때 부르던 노래라고 했다.

자두영산 돌아진섬에 주추캐는 이처자야

너것님은 어디로가고 너거까장 주추캐네

우럿집에 우럿님은 동천개로[398] 앞서우고

구경갔소 구경을갔소 일만국을 구경갔소

언제만쿰 올라더나 놋중발에다[399] 담운죽신[400]

그죽신피어서 왕대가도여 왕대몸에 핵이앉아[401]

핵의몸에 용이앉아 용의몸에 꽃이피어

꽃은따서 머리다꽂고 잎은따서 채긍불고[402]

올라더라 올라더라 채긍소리 올라더라

---

398) '동천개'는 상여의 앞에 가는 '요여(腰輿)'라고 한다.
399) 놋주발에.
400) 담은 죽순.
401) 학이 앉아.
402) 풀피리 불고. '채긍'은 '풀피리'라고 한다.

금비둘기 노래

자료코드 : 04_04_FOS_20110122_PKS_LSR_0003
조사장소 : 경상남도 남해군 창선면 진동리 장포마을 장포마을회관
조사일시 : 2011.1.22
조 사 자 : 박경수, 류경자, 정혜란, 강아영
제 보 자 : 이순례, 여, 83세
구연상황 : 노래가 끝나기 바쁘게 청중들이 '금비둘기 노래'도 불러 보라고 했다. 그러자
제보자가 이 노래를 불렀다. 이 노래는 아무 때나 부르는데, 모심기 할 때도
부르던 노래라고 했다.

소리좋다 극랑고개403) 금삐들키404) 알을낳어

가개[科擧]갔던 간선부가405) 몬치보고 대리보고406)

두고가는 이선부야

첫아들을 놓거들랑 정상감사로407) 매련하고408)

둘째아들 놓거들랑 피양감사로409) 매련하고

셋째는 딸놓거든 이골본대처410) 매련하소

시집살이 노래 / 양동가마 노래

자료코드 : 04_04_FOS_20110122_PKS_LSR_0004
조사장소 : 경상남도 남해군 창선면 진동리 장포마을 장포마을회관

---

403) 극락고개.
404) 금비둘기.
405) 간선비가.
406) '몬치보고 대리보고'는 '만져보고 손대어보고'이다.
407) 경상감사를.
408) 마련하고
409) 평양감사를.
410) 이 고을 본처. 자기 살던 고을의 본처라는 뜻이다. 제보자와 청중들은 입을 모아 자
기가 살던 고을로 시집가는 것이 제일이라고 했다.

조사일시 : 2011.1.22
조 사 자 : 박경수, 류경자, 정혜란, 강아영
제 보 자 : 이순례, 여, 83세
구연상황 : '금비둘기 노래'가 끝나자 청중들이 '양가매 노래'도 불러 보라고 요청했다.
그러자 바로 불렀다.

시집가신 삼일만에 씨어마니 눈치보소
참깨닷말 메깨닷말411) 두닷말로 내어줌서
볶으라고 내어주네
참깨닷말 메깨닷말 두닷말로 볶고난께
양주개도 벌어지고 양솥도 벌어졌네
씨어마니 거동보소
아가아가 며늘아가 너거집에 자주가서
양가매도 물어오고 양솥도 물어오게
친정집에 돌아간께 울어마니 말씸보소
짚동걸이 뭉킨몸을 짚단걸이 헐었인께
우리딸헌거 물어주몬 양가매도 물어주고
양주개도 물어주께 우리딸로 물어주라

헌께, 사돈이 그만 겁을 내 갖고,

양주개도 놔였두고 양솥도 놔였두고
아가아가 며늘아가 이뒤엘랑 좋기사자

남도령 노래

자료코드 : 04_04_FOS_20110122_PKS_LSR_0005

411) 참깨와 대조적으로 쓰인 말인 듯한데, 제보자와 청중들은 '들깨'라고 말했다.

조사장소 : 경상남도 남해군 창선면 진동리 장포마을 장포마을회관

조사일시 : 2011.1.22

조 사 자 : 박경수, 류경자, 정혜란, 강아영

제 보 자 : 이순례, 여, 83세

구연상황 : 청중들이 첫머리만 대면 제보자가 그침 없이 노래를 불렀다. '양동가마 노래'가 끝나고 잠시 쉬었다. 조사자가 제보자에게 기억나는 대로 계속 불러 주십사 하고 요청을 했다. 제보자가 알았다고 하더니 음료수 한 잔을 마신 후 곧 이 노래를 불러 주었다. 모시 삼고 할 때 둘게방에서 불렀던 노래라고 했다.

고랑건데[412] 남대롱아[413]

오만나무를 다비어도 오죽댈랑 비지마라

낚숫대로[414] 후어갖고 성안에라 물들거덩

낚읍시다 낚읍시다 처녀한쌍을 낚아보세

낚으면은 홍사로다 못낚으몬 상사로다

홍사상사 고를맺아 그고가풀리도록 살아보세

남매 노래

자료코드 : 04_04_FOS_20110122_PKS_LSR_0006

조사장소 : 경상남도 남해군 창선면 진동리 장포마을 장포마을회관

조사일시 : 2011.1.22

조 사 자 : 박경수, 류경자, 정혜란, 강아영

제 보 자 : 이순례, 여, 83세

구연상황 : 남도령 노래를 부르고 난 제보자가 갑자기 생각난 듯 "이런 노래도 있다."라고 하더니 이 노래를 불러 주었다. 아무 때나 많이 불렀다고 한다.

송상송상 잔솔밭에 무수하신[415] 꽃을심어

---

412) 도랑 건너.

413) 남도령아.

414) 낚싯대를.

415) 무성한.

씨누올케 꽃따다가 숙어졌네 숙어졌네

낙동강에가 숙어졌네

고기잡던 우리나오빠 젙에동숭을416) 밀쳐놓고

먼데처운을417) 건져가네

오빠오빠 울오빠야

첩은얻으몬 첩이로다 동숭은버리몬 넘이로다418)

요내머리 좋던머리 낙동강을 덮어주고

요내얼굴 좋던얼굴 고기밥에 도였고나

딱따구리 노래

자료코드 : 04_04_FOS_20110122_PKS_LSR_0007
조사장소 : 경상남도 남해군 창선면 진동리 장포마을 장포마을회관
조사일시 : 2011.1.22
조 사 자 : 박경수, 류경자, 정혜란, 강아영
제 보 자 : 이순례, 여, 83세
구연상황 : 조사자가 재미있고 웃기는 노래는 없냐고 물었다. 제보자가 잠깐 생각하더
니 이 노래를 불렀다. 마지막 부분은 웃음으로 끝을 흐렸다. 청중들도 따라
웃었다. 둘게방에서 간혹 불렀던 노래인데, 대놓고 부르기는 민망한 노래라
고 했다.

뒷동산 딱따구리는 참나무구녕도 뚫더마는419)

우럿집에 우럿님은 뚫어진구녕도 못뚫는다

---

416) 곁에 있는 동생을.
417) 먼 곳에 있는 아내를. '처운'은 아내의 남해지역말이다. '처군'이라고도 한다.
418) 남이로다.
419) 뚫더니만.

나락 베는 처녀 노래

자료코드 : 04_04_FOS_20110122_PKS_LSR_0008
조사장소 : 경상남도 남해군 창선면 진동리 장포마을 장포마을회관
조사일시 : 2011.1.22
조 사 자 : 박경수, 류경자, 정혜란, 강아영
제 보 자 : 이순례, 여, 83세
구연상황 : '딱다구리 노래'에 대한 설명이 끝난 후, 조사자가 모심을 때 부르던 노래를
            하나 더 불러 달라고 요청했다. 그러자 제보자가 이 노래를 불러 주었다.

　　　　야아밑에 구렁논에 나락비는420) 이처자야

　　　　내가야보라꼬421) 더진돌로422) 맞이라고423) 더짔느냐

　　　　훌쩍훌쩍 우는소리 대장부내간장 다녹는다

모심기 노래 / 농부가

자료코드 : 04_04_FOS_20110122_PKS_LCY_0001
조사장소 : 경상남도 남해군 창선면 진동리 장포마을 장포마을회관
조사일시 : 2011.1.22
조 사 자 : 박경수, 류경자, 정혜란, 강아영
제 보 자 : 이차연, 여, 87세
구연상황 : 제보자는 연세가 많은 편이다. 민요 채록이 막바지에 이를 즈음에 제보자가
            조사자에게 자신은 나이 많다고 안 시켜주느냐고 하면서 서운해 했다. 그래서
            조사자가 그런 게 아니라고 하면서 즉각 마이크를 옮겼다. 그랬더니 웃으면서
            이 노래를 불러 주었다.

　　　　어허농사 일꾼들아 어허농사가 장하도다

---

420) 벼 베는.
421) 나를 보라고.
422) 던진 돌을.
423) 맞으라고.

갖인곡슥424) 다지어서 천하만민 기리는거425)

우리로의 일이로세

어허농사 일꾼들아 어허농사가 장하도다

달타령

자료코드 : 04_04_FOS_20110122_PKS_LCY_0002
조사장소 : 경상남도 남해군 창선면 진동리 장포마을 장포마을회관
조사일시 : 2011.1.22
조 사 자 : 박경수, 류경자, 정혜란, 강아영
제 보 자 : 이차연, 여, 87세
구연상황 : 제보자의 노래가 끝나자, 조사자와 청중들이 노래를 잘 부른다고 하면서 하나
　　　　　만 더 불러 보라고 요청을 했다. 그러자 웃으면서 흔쾌히 이 노래를 불렀다.

　　　달아달아 밝은달아 이태백이 노던달아

　　　저기저기 저달속에 계수나무 백혔으니

　　　옥도끼로 찍어내고 금도끼로 따듬어서

　　　초가삼간 집을지어 양친부모 모시놓고

　　　천년만년 살구지야

아리랑

자료코드 : 04_04_FOS_20110123_PKS_JBY_0001
조사장소 : 경상남도 남해군 창선면 오용리 오용마을 오용마을회관
조사일시 : 2011.1.23
조 사 자 : 박경수, 류경자, 정혜란, 강아영

---

424) 갖은 곡식.
425) 기르는 것.

제 보 자 : 정보연, 여, 89세

구연상황 : 조사자들이 마을회관에 들러 조사의 취지를 밝힌 후 먼저 설화 채록에 들어
갔다. 제보자는 조사의 유도 하에 짤막하기는 하지만 설화를 여러 편 구연
했다. 설화 구연을 잠시 접고 민요 판을 벌이자 모두들 노래를 잘 모른다고
하면서 물러났다. 그래서 조사자가 '아리랑이라도 좋으니 옛날 노래를 불러
달라'고 요청을 했다. 그러자 제보자가 '그러면 한 곡 불러 보겠다'고 나서면
서 아리랑 곡에 사설을 얹어 내리 불러 주었다. 노래 중간에 '그게 다 예전
노래'라는 말을 덧붙였다. 조사자가 계속 불러 달라고 요청하자, "또 할까?",
"또 하라고?" 하고 물어 가면서 계속 연결해서 노래를 불러 주었다.

우리야 동무는 주녁이좋아[426]
모춤을 들고서 반춤을춘다
아리랑 아리랑 아라리요
아리랑 고개로 넘어간다

아리랑 고개로 넘는임은
석삼년이 되여도 소식이없네
아리랑 아리랑 아라리요
아리랑 고개로 넘어간다

남산 봉학이 죽신을물고[427]
오동 숲속을 곰돌아온다

그기 다 전에 노래거덩.

아리랑 아리랑 아라리요
아리랑 고개로 넘어간다

또 허까?

---

426) 주눅이 좋아.
427) 죽순을 물고.

총각낭군 떠다주던 전세로치마[428]
전세론줄 알았더니 반세로로구나

숨이 가빠 그런다.

아리랑. 아리랑 아라리요
아리랑 고개로 넘어간다

또 허라고?

총각낭군 떠다주던 홍갑사댕기
곱운때도 안묻어서 날받이[429]가온다
아리랑 아리랑 아라리요
아리랑 고개로 넘어간다

질가집 담장은 높아야좋고
우럿집의 마누라는 곱아야좋네

[웃으며] 노래도 부릴 줄도 모리는 쟁이가(사람이) [웃음] 아이고, 우습아 죽겄네. (청중 : 장 그리 부리몬 되제 뭐.)

나를 버리고 가시는님은
십리도 못가서 발병나네
아리랑 아리랑 아라리요
아리랑 고개로 넘어가네

---

428) '세로'는 천의 이름이라고 한다. '전세로'는 온전한 세로 천이고, '반세로'는 나일론 같은 다른 섬유가 섞인 것이라고 한다.
429) '날받이'는 이사나 혼사(婚事) 따위를 치르기 위해 길일(吉日)을 가려서 정하는 일을 말한다.

시집살이 노래 (1) / 중 노래

자료코드 : 04_04_FOS_20110123_PKS_JBY_0002
조사장소 : 경상남도 남해군 창선면 오용리 오용마을 오용마을회관
조사일시 : 2011.1.23
조 사 자 : 박경수, 류경자, 정혜란, 강아영
제 보 자 : 정보연, 여, 89세
구연상황 : 제보자가 앞서 중 노래를 이야기로 구연했다. 조사자가 노래로 부를 수 있으
면 불러 달라고 요청을 했다. 그랬더니 제보자가 기억이 잘 나지 않을 것 같
다고 하면서 부르지 않으려고 했다. 조사자가 천천히 해 보자고 강권하자 제
보자가 노래로도 불러 주었다. 열심히 불러 주었지만 끝으로 갈수록 기억이
잘 나지 않는지 마무리를 짓지는 못했다.

<blockquote>

뭣밭겉이 지신밭을[430] 개뚝겉은[431] 호맹이로[432]

저무나새나 매고오니

밥이라고 주는것은 쉰보리밥을 주는고나

엊저녁묵던 된장툭사리 그대로 주는고나

뒷집에 할머니가 담뱃불댕기로 돌아와서

아강아가 며늘아가 그밥묵고 그일헐래

그말한제[433] 넘기듣고 아랫방을 내리가서

한쪽머리 깎고난게 눈물강이 되었고나

두쪽머리 깎고난게 대동강이 되었고나

오리한쌍 게오한쌍[434] 쌍쌍이 떠들오네

오리야 게오야 니뜰데가 그리없어

눈물강에 니가떴나 야달폭[435] 큰치매로

</blockquote>

---

430) 짙은 밭을.
431) '개뚝겉다'는 말은 닳아서 못 쓰게 된 모양을 일컫는데, '개톡겉다'고도 한다.
432) 호미로.
433) 그 말 한 마디.
434) 거위 한 쌍.
435) 여덟 폭.

한폭뜯어 고깔짓고 두폭뜯어 바랑짓고
아홉상좌 거느리고 임의오는 전송갔네
아홉상좌 절허는데 아!
임이오네 임이오네 서울갔던 임이오네
아홉상좌 절허는데 중하나는 절안허네
중의절이 흔치만은 임을보고 절헐쏘냐

아이고, 아이고 죽겄다. 사람……. 내로 뭐이라고. [웃으며] 참. 오늘 많
이 했다. 잊어삐졌소 그 제이다(모두) 다. (조사자 : 중을 보고 절할쏘냐.)
중을보고 절할쏘냐 그말한제 넘기들고. 말깨에라 앉은님이. (청중 : 노래로
빼 허라 쿠거마는.)

임을보고 절헐쏘냐 말깨에라436) 앉은임이
보선발로 뛰어내리 요내홀목437) 턱잡음서
가세가세 돌아가세 오던질로438) 돌아가세
이왕지라 깎은머리 십년공부 허고가세
집이라고 들어온께 어머니가 썩나섬성
어지그지439) 있던년이 야밤도지440) 나갔단네
동승이441) 썩나섬성
어지그지 있던년이 야밤도지 나갔다요
어머이말도 내들었소 동승말도 내들었네
아랫방을 들어서니

---

436) 말 등 위에.
437) 나의 팔목.
438) 오던 길로.
439) 어제 그제.
440) 야반도주.
441) 동생이.

둘이덮을라 이불자리는 손질발질 더져놓고

새별겉은442) 요강대도 손질발질 더지놓고

아이고, 죽겄다. [웃으며] 인자 안 헐끼다. (조사자 : 끝까지 해주시다.)
또 뭐라 쿨것고야? [웃음] 아이고, 죽겄다. 내가. 그래가 그만 서당이 병이
나서 [웃음] 아이갸 뭐라 쿠낀고 모리겄다 인자.

여자 몸 되어

자료코드 : 04_04_FOS_20110123_PKS_JBY_0003
조사장소 : 경상남도 남해군 창선면 오용리 오용마을 오용마을회관
조사일시 : 2011.1.23
조 사 자 : 박경수, 류경자, 정혜란, 강아영
제 보 자 : 정보연, 여, 89세
구연상황 : 조사자가 제보자에게 노래를 잘 하면서 왜 못 한다고 하냐면서 한 곡 더 불
러 달라고 요청을 했다. 그러자 제보자가 짧은 노래도 괜찮겠느냐고 물어봤
다. 괜찮다고 했더니 이 노래를 불러 주었다. 모심기 할 때 부르던 노래라고
하는데, 끝부분을 잊어버린 듯했다.

논드럼에443) 깨고리는444) 뱀이간장을 녹히는데

하물면 남자라꼬 여자몸을 못고

그러나? 뭐라 쿠네?

---

442) 샛별 같은.
443) 논두렁에.
444) 개구리는.

시집살이 노래 (2) / 양동가마 노래

자료코드 : 04_04_FOS_20110123_PKS_JBY_0004
조사장소 : 경상남도 남해군 창선면 오용리 오용마을 오용마을회관
조사일시 : 2011.1.23
조 사 자 : 박경수, 류경자, 정혜란, 강아영
제 보 자 : 정보연, 여, 89세
구연상황 : 조사자가 '양가매 노래'를 아느냐고 물어보자, 제보자가 알지만 기억이 날지
　　　　　모르겠다고 했다. 조사자가 한번 불러 보자고 요청을 했다. 제보자가 고개를
　　　　　끄덕이더니 불러 주었다.

시집가던 그러까?

　　　시집가던 삼일만에 참깨닷말 들깨닷말

볶으라꼬 내 줬거덩. 잊아뺐다 또 (청중 : 두닷 말로 볶고 난께.)

　　　두닷말로 볶고난께 양가매도 벌어지고
　　　양주개도 벌어지네 시어마니 썩나섬성
　　　너거살림 다폴아도 내양가매 물러내라
　　　씨누애기 썩나섬성 너거살림 다팔아도
　　　내양주개 물어내라

또 뭐라 쿠꼬? 잊아뺐다. (청중 : 깻단 겉이 뭉킨 몸을.)

　　　깻단겉이 뭉킨몸을 짚단같이 헐었이니
　　　사람하나 천냥인데 천냥하나 물어주몬
　　　양주개도 물어주고 양가매도 물어주마
　　　아가아가 며늘아가 이후에랑 좋기사자

시어머니 송사(訟事) 노래

자료코드 : 04_04_FOS_20110123_PKS_JBY_0005
조사장소 : 경상남도 남해군 창선면 오용리 오용마을 오용마을회관
조사일시 : 2011.1.23
조 사 자 : 박경수, 류경자, 정혜란, 강아영
제 보 자 : 정보연, 여, 89세

구연상황 : 앞의 '양가매 노래'를 부르던 중 갑자기 생각이 났는지 '양가매 노래'를 끝낸
뒤 바로 이 노래의 첫머리를 꺼내 부르기 시작했다. 노래를 다 부른 후 조사자
가 무슨 노래냐고 물었다. 그러자 제보자가 상세하게 설명을 해 주었다. 며느
리가 시집을 와서 늘 졸았다고 한다. 그래서 그 일로 시어머니가 관청에 송사
(訟事)를 했다. 그랬더니 며느리의 친정 배경이 얼마나 든든했던지 '앉아서 졸
지 말고, 누워서 편히 자'고 편지가 왔더라는 것이다. 그래서 시어머니가 할
수 없이 물러서는 노래라고 했다. 앞부분의 녹음을 놓친 조사자가 다시 불러
달라고 요청을 했더니, 다시 불러 주었다. 둘게방에서 부르던 노래라고 한다.

　며늘애기 자분다고445) 불돌이고446) 송사가네

　송사사 가소마는

　관청관청 울오랍시447) 지영토영448) 울아부지

　남이로다 남이로다 서울양반 남이로다

　앉아서 자는잠을 누워자라고 편지왔네

　그러더란다. (조사자 : 며늘아기 아까 그거, 뭐 뒤에 어쩌고) 아강아가
며늘아가. (조사자 : 그거 노래로.)

　　아강아가 며늘아가 너거뒷도449) 무섭더라

---

445) 존다고
446) 불돌 이고, 옛날에는 돌 위에다 기름 종지를 올려놓고 불을 켰다고 한다. 즉 며느리
　　가 불을 켜 놓고 늘 졸아서 따지러 간 것이라고 한다.
447) 우리 오빠.
448) '지영토영'은 지역 이름이라고 한다.
449) 너희의 배경(背景)도.

이후엘랑 좋기사자[450]

구십 된 할매로 (노래를 시켜서) 이렇기 사람을 헌다. 세상에…….

남편 죽은 노래

자료코드 : 04_04_FOS_20110123_PKS_JBY_0006
조사장소 : 경상남도 남해군 창선면 오용리 오용마을 오용마을회관
조사일시 : 2011.1.23
조 사 자 : 박경수, 류경자, 정혜란, 강아영
제 보 자 : 정보연, 여, 89세
구연상황 : 제보자가 노래를 부르기에 앞서 '마지막으로 하나만 더 불러 줄 테니까 이제
는 더 이상 불러 달라는 요청은 하지 말아 달라'고 했다. 조사자가 그러겠노
라고 했더니, "이런 노래도 있다."라고 하면서 이 노래를 불러 주었다. 둘게방
에서 부르던 노래라고 한다.

시집가던 삼일만에 서방님이 병이나서
앉아종신 두종신을 하시다가
비네폴고[451] 달비폴아 약한첩을 지어다가
앉아종신 누워종신 두종신을 하시다가
원수녀러 잠이들어 숨가는줄 내몰랐네

진도아리랑

자료코드 : 04_04_FOS_20110123_PKS_CKY_0001
조사장소 : 경상남도 남해군 창선면 오용리 오용마을 오용마을회관

---

450) 좋게 살자.
451) 비녀 팔고.

조사일시 : 2011.1.23
조 사 자 : 박경수, 류경자, 정혜란, 강아영
제 보 자 : 최경연, 여, 82세
구연상황 : 정보연 제보자의 노래가 끝난 뒤, 조사자가 제보자 앞에 녹음기를 가져가자
　　　　　 노래를 못한다고 했다. 조사자가 웃으며 남해 금산 노래는 알지 않느냐고 했
　　　　　 더니 이 노래를 불렀다.

　　　요놈우세상 요리될줄 알아나~ 다면
　　　건삼가래452) 밀치놓고 글 배왔제
　　　아리아리랑 스리스리랑 아라리가 났네
　　　아리랑 응응응 아라리가 났네

　　　인조갑사 접저구리453) 불나사454) 치마
　　　십원짜리 뽈치양산455) 구색이맞아 좋네

　아이고 숨가파라.

모시 삼을 삼아도

자료코드 : 04_04_FOS_20110123_PKS_CKY_0002
조사장소 : 경상남도 남해군 창선면 오용리 오용마을 오용마을회관
조사일시 : 2011.1.23
조 사 자 : 박경수, 류경자, 정혜란, 강아영
제 보 자 : 최경연, 여, 82세
구연상황 : 앞의 노래가 끝난 뒤, 조사자가 한 번도 못 들어본 노래라고 하면서 한 곡 더
　　　　　 불러 달라고 요청을 했다. 뭘 부를지 골똘히 생각하더니 산아지타령 가락에
　　　　　 맞추어 이 노래를 불렀다.

---

452) 걸어놓은 삼가래.
453) 겹저고리.
454) '불나사'는 천의 이름이라고 한다.
455) '뽈치양산'은 조그마한 양산(陽傘)이라고 한다.

전짓다리로456) 놓고야 모시삼을 삼아도

절대로 촌년이 아니로~ 고나

물레 노래

자료코드 : 04_04_FOS_20110123_PKS_CKY_0003

조사장소 : 경상남도 남해군 창선면 오용리 오용마을 오용마을회관

조사일시 : 2011.1.23

조 사 자 : 박경수, 류경자, 정혜란, 강아영

제 보 자 : 최경연, 여, 82세

구연상황 : 조사자가 노래를 잘 부른다고 하자 제보자가 민망한 듯 소리 내어 한 번 더 웃더니, 산아지타령 가락에 얹어 다시 한 곡 더 불러 주었다. 정보연 제보자도 함께 박수를 쳐 가면서 불렀다.

물레야~ 빙빙빙 니잘 돌아라~

이웃집~ 귀동자 밤이실~457) 맞는다

에야~ 디야~ 에헤~~~ 헤야

헤야 디여라 산아지로~ 고나~

시어머니 죽고

자료코드 : 04_04_FOS_20110123_PKS_CKY_0004

조사장소 : 경상남도 남해군 창선면 오용리 오용마을 오용마을회관

조사일시 : 2011.1.23

조 사 자 : 박경수, 류경자, 정혜란, 강아영

제 보 자 : 최경연, 여, 82세

---

456) '전짓다리'는 모시나 삼을 삼을 때 쓰는 제구이다.

457) 밤이슬.

구연상황 : 정보연 제보자가 박수를 치며 같이 노래를 불러주자, 신이 난 듯 제보자가 이
어서 노래를 불러 주었다. 역시 산아지타령 가락에 얹어 불렀는데, 이 노래를
꺼내자 청중들 모두가 제창을 했다. 둘게방에서 장난삼아 부르기도 하고 춤추
고 놀면서도 부르기도 했던 노래라고 했다.

씨어마니 죽고서 방널러 좋네

야달도458) 잡놈아 다 오니라

오라 쿤다고459) 다오지 말고

경찰서 경보야460) 니만살짝 오너라

동서(同壻) 노래 (1)

자료코드 : 04_04_FOS_20110123_PKS_CKY_0005
조사장소 : 경상남도 남해군 창선면 오용리 오용마을 오용마을회관
조사일시 : 2011.1.23
조 사 자 : 박경수, 류경자, 정혜란, 강아영
제 보 자 : 최경연, 여, 82세
구연상황 : '시어머니 죽고' 노래가 끝난 뒤, 노래의 사설에 대해 물었더니 상세하게 설
명을 해 주었다. 조사자가 처음 듣는 노래도 부르고, 노래를 잘 부르면서 왜
못 부른다고 하냐고 했더니 웃었다. 또 생각나는 노래가 있으면 천천히 다 불
러 달라고 했더니 잠시 후 이 노래를 불러보겠다고 했다.

동세[同壻]동세 몬동세야461)

껌은창은462) 다우쩌고463)

---

458) 여덟 도, 즉 팔도(八道)를 이른다.
459) 한다고.
460) '경보'는 예전의 경찰서 '순사 부장'이라고 하면서, 요즘으로 치면 경찰서장이라고
했다.
461) 맏동서야.
462) 검은자위는. '검은 창'은 눈동자를 말한다.
463) 다 어쩌고, '다 어디에다 두고'라는 뜻이다.

흰창갖고 날차라보네[464]

동서(同壻) 노래 (2)

자료코드 : 04_04_FOS_20110123_PKS_CKY_0006
조사장소 : 경상남도 남해군 창선면 오용리 오용마을 오용마을회관
조사일시 : 2011.1.23
조 사 자 : 박경수, 류경자, 정혜란, 강아영
제 보 자 : 최경연, 여, 82세
구연상황 : 노래를 잠시 쉬는 동안에 다른 제보자가 이야기가 하나 생각났다고 했다. 그
래서 제보자에게 노래를 좀 생각해 놓으라고 하고는 민요판을 잠시 접고 다
시 설화구연에 들어갔다. 다른 제보자가 설화를 구연하고 난 후, 조사자가 제
보자에게 노래 한 곡을 더 부탁했다. 그러자 제보자가 이 노래를 불렀다.

갈바람 샛바람 시나때나 있거냥
원수녀러 동세[同壻]바람 시도때도 없네

큰애기 노래

자료코드 : 04_04_FOS_20110123_PKS_CKY_0007
조사장소 : 경상남도 남해군 창선면 오용리 오용마을 오용마을회관
조사일시 : 2011.1.23
조 사 자 : 박경수, 류경자, 정혜란, 강아영
제 보 자 : 최경연, 여, 82세
구연상황 : 동서 노래를 부른 후, 바로 이어서 이 노래도 불러 주었다. 여자들이 모이거
나 놀 때면 장난삼아 부르고 웃던 노래라고 한다.

저건네 저놈의가수나 탁 엎어져라

---

464) 흰자위로 나를 쳐다보느냐, '흰창으로 쳐다본다'는 말은 사람을 바로 쳐다보지 않고,
못마땅하게 여겨 '흘겨본다'는 말이다.

일어바시465) 주는듯이 꽉보듬아 보자

구혼 노래

자료코드 : 04_04_FOS_20110123_PKS_CKY_0008
조사장소 : 경상남도 남해군 창선면 오용리 오용마을 오용마을회관
조사일시 : 2011.1.23
조 사 자 : 박경수, 류경자, 정혜란, 강아영
제 보 자 : 최경연, 여, 82세
구연상황 : 다른 제보자가 가창하는 동안 골똘히 생각하고 있는 듯하더니, 노래가 끝나자
마자 자신도 한 곡 해 보겠노라고 했다. 그리고 이 노래를 불렀다. 모시 삼고
삼 삼을 때 더러 불렀노라고 했다.

쪽을숭거466) 쪽저구리467)

잇틀갈아468) 당오치매469)

꽃놓래라470) 신을신고

나부나한쌍471) 책을들고

영애씨방으로 놀로가니

영애는472) 간곳이없고

강남땅 강도령이

요내홀목을473) 검치잡네474)

---

465) 일으켜.
466) 쪽을 심어. '쪽'은 한해살이풀인데, 쪽의 잎은 남빛 염료로 쓰인다.
467) 쪽저고리.
468) 잇꽃을 갈아. '잇꽃'은 국화과에 속하는 두해살이풀로 꽃물을 짜서 붉은빛 염료로 쓴다. 제보자와 청중들은 '잇꽃'으로 아편을 만든다고 말하는 것으로 보아 '양귀비'를 말하는 것 같다.
469) 다홍치마.
470) 꽃을 수놓은.
471) 나비 한 쌍. '나'는 허사이다.
472) '영애'는 친구 이름이라고 한다.

홀목이 마를쏘냥

주먹이 마를쏘냐

하늘같은 너거부모

구름같은 우리부모

마주나앉아 언약하지

남도령 노래

자료코드 : 04_04_FOS_20110123_PKS_CKY_0009
조사장소 : 경상남도 남해군 창선면 오용리 오용마을 오용마을회관
조사일시 : 2011.1.23
조 사 자 : 박경수, 류경자, 정혜란, 강아영
제 보 자 : 최경연, 여, 82세
구연상황 : 앞의 '구혼 노래'에 대한 설명을 다 듣고 난 후, 조사자가 혹시 '남산 밑에 남
　　　　　도령'으로 시작하는 노래는 불러본 적이 없느냐고 물었다. 그랬더니 제보자가
　　　　　바로 이 노래를 불렀다.

남산밑에 남도롱아[475]

오만낭기[476] 다비어도 오죽댈랑 비지마라

방천밑에[477] 물이들면 잉어붕어로 낚을란다

낚으면 연분이고 못낚으면 상사로다

상사능사 고를맺아 그고가풀리도록 살아볼까

---

473) 나의 손목을.
474) 거머잡네.
475) 남도령아.
476) 온갖 나무.
477) '방천'은 도랑 같은 곳에 쌓은 비교적 낮고 작은 둑을 말한다.

노처녀 노래

자료코드 : 04_04_FOS_20110123_PKS_CKY_0010
조사장소 : 경상남도 남해군 창선면 오용리 오용마을 오용마을회관
조사일시 : 2011.1.23
조 사 자 : 박경수, 류경자, 정혜란, 강아영
제 보 자 : 최경연, 여, 82세
구연상황 : 조사자가 한 번도 못 들어본 노래들을 참 많이 알고 있다고 하면서 감탄을
했다. 그러자 제보자가 이제는 거의 다 불렀다고 했다. 조사자가 고맙다고 하
면서 마지막으로 딱 한 곡만 더 불러 달라고 요청을 하자 바로 이 노래를 불
렀다.

논두럼아 말되거라 칼자리야478) 임되거라
나물강저리479) 가매가되어480) 가매타고 시집간다

배 노래

자료코드 : 04_04_FOS_20110123_PKS_TCN_0001
조사장소 : 경상남도 남해군 창선면 동대리 동대마을 동대리마을회관
조사일시 : 2011.1.23
조 사 자 : 박경수, 류경자, 정혜란, 강아영
제 보 자 : 탁처녀, 여, 84세
구연상황 : 혼자 노래를 내리 부르던 박경선 제보자가 혼자 부르니까 힘들다고 하면서
제보자에게 좀 불러 보라고 권유를 했다. 제보자가 무얼 부르면 좋을지 모르
겠다고 하자, 박경선 제보자가 '디미욕지'도 있지 않느냐고 했다. 그러자 제
보자가 그러면 불러 보자고 하면서 노래를 시작했다. 바닷가에서 굴을 까거나
해물을 채취하면서 부르던 노래라고 한다.

디미욕지481) 반바닥에 허리잘쑥 가는윤선482)

---

478) 칼자루야.
479) 나물광주리.
480) 가마가 되어.

우렁님을 실었거든 연기소리나[483] 내고가소
넘의님을 실었거든 연기나풍풍 내고가소

남해 금산 뜬 구름아

자료코드 : 04_04_FOS_20110123_PKS_TCN_0002
조사장소 : 경상남도 남해군 창선면 동대리 동대마을 동대리마을회관
조사일시 : 2011.1.23
조 사 자 : 박경수, 류경자, 정혜란, 강아영
제 보 자 : 탁처녀, 여, 84세
구연상황 : 제보자가 노래를 시작하자 청중들이 계속해서 부르라고 했다. 그러자 제보자
가 흔쾌히 이어서 불러 주었다. 이 노래는 아무 때나 많이 부르는 노래로 모
심을 때도 불렀다고 한다.

남해금산 뜬구름아 비실었나 눈실었나
비도눈도 아니신고 노래명창 내실었네
노래명창 니불러라 장단의명창은 내쳐주마

이별 노래

자료코드 : 04_04_FOS_20110123_PKS_TCN_0003
조사장소 : 경상남도 남해군 창선면 동대리 동대마을 동대리마을회관
조사일시 : 2011.1.23
조 사 자 : 박경수, 류경자, 정혜란, 강아영
제 보 자 : 탁처녀, 여, 84세
구연상황 : 모심을 때 부르던 노래를 생각나는 대로 불러 달라고 하자, 제보자가 이어서

---

481) 두미도 욕지도. '두미도'와 '욕지도'는 남해의 인근에 있는 섬이다.
482) '윤선'은 화륜선의 준말이다.
483) '연기소리'는 '고동소리'를 잘못 부른 것이다.

이 노래를 불러 주었다.

바람은 손없어도 남걸잡아[484] 흔드는데
이내손은 둘이라도 가는님을 못잡았네
잡기사 잡지만은 니잡는다고 안갈쏜가

영감아 탱감아 (1)

자료코드 : 04_04_FOS_20110123_PKS_TCN_0004
조사장소 : 경상남도 남해군 창선면 동대리 동대마을 동대리마을회관
조사일시 : 2011.1.23
조 사 자 : 박경수, 류경자, 정혜란, 강아영
제 보 자 : 탁처녀, 여, 84세
구연상황 : 제보자가 무얼 부를까 하면서 잠시 생각하더니 이어서 이 노래를 불러 주었
다. 아무 때나 많이 불렀던 노래라고 했다.

영감아 탱감아 니오래 살아라
봄보리 개떡에 코볼라 줄게
에헤야 디야 에헤헤헤 좋네
이렇기 좋다가 딸 놓는다

영감아 탱감아 (2)

자료코드 : 04_04_FOS_20110123_PKS_TCN_0005
조사장소 : 경상남도 남해군 창선면 동대리 동대마을 동대리마을회관
조사일시 : 2011.1.23
조 사 자 : 박경수, 류경자, 정혜란, 강아영

---

484) 나무를 잡아.

제 보 자 : 탁처녀, 여, 84세

구연상황 : 제보자가 앞에 부른 '영감아 탱감아'에 이어서 이 노래를 불렀는데, 앞의 노래와는 가사가 조금 달랐다. 노래가 끝난 뒤, 조사자가 개떡 먹고 목 막힌 데는 풋감을 주면 좋냐고 물었다. 그랬더니 청중들이 한꺼번에 웃음보를 터뜨렸다. 그러더니 개떡을 먹다가 목이 막혔을 때 풋감을 안겨 주면 죽는다고 했다. 말인즉 개떡을 먹고 목이 막혔을 때 덜 익은 풋감을 먹이면 죽는다는 말이다. 그 이야기를 하고는 또 한바탕 웃었다. 그러더니 장난삼아 부르는 것이지 누가 목 막힌 데 풋감을 주겠냐고 했다.

영감아 탱감아 니오래 살아라
봄보리 개떡에 코볼라 줄게
봄보리개떡 먹다가 목— 몰히거덩485)
풋감을 따다가 목풀어 준다

물레 노래

자료코드 : 04_04_FOS_20110123_PKS_TCN_0006

조사장소 : 경상남도 남해군 창선면 동대리 동대마을 동대리마을회관

조사일시 : 2011.1.23

조 사 자 : 박경수, 류경자, 정혜란, 강아영

제 보 자 : 탁처녀, 여, 84세

구연상황 : '영감아 탱감아' 노래로 한바탕 웃고 난 후, 조사자가 또 다른 노래는 없냐고 했더니 제보자가 바로 이 노래를 불러 주었다. 그런데 제보자가 얹어 부른 산아지타령 곡의 후렴 뒷부분인 '에야 디여라 산아니로~ 고나' 하는 부분이 녹음에서 잘려 버렸다.

물레야 빙빙빙 니잘 돌아라
뒷집에 귀동자 밤이실486) 맞는다

---

485) 목메거든.

486) 밤이슬.

에헤야 디야 에헤헤헤 좋네

산아지타령 (1) / 임 노래

자료코드 : 04_04_FOS_20110123_PKS_TCN_0007
조사장소 : 경상남도 남해군 창선면 동대리 동대마을 동대리마을회관
조사일시 : 2011.1.23
조 사 자 : 박경수, 류경자, 정혜란, 강아영
제 보 자 : 탁처녀, 여, 84세
구연상황 : 제보자가 산아지타령 곡에 얹어 이 노래도 이어서 불러 주었다.

　　　사쿠라 꽃밑에 임세와 놓고
　　　임인가 꽃인가 참 모리겄네
　　　에야 디야 에헤헤헤 헤야
　　　에헤야 디여라 산아니로~ 고나

시집보내 달라는 노래

자료코드 : 04_04_FOS_20110123_PKS_TCN_0008
조사장소 : 경상남도 남해군 창선면 동대리 동대마을 동대리마을회관
조사일시 : 2011.1.23
조 사 자 : 박경수, 류경자, 정혜란, 강아영
제 보 자 : 탁처녀, 여, 84세
구연상황 : 조사자와 청중들이 생각나는 대로 계속 부르라고 하자, 제보자가 알았다고 하
　　　　　더니 이 노래를 불러 주었다.

　　　오랍시 장개는487) 내년에 가도
　　　혼싯베로 폴아도 날치와 주소488)

---

487) 오빠 장가는.

여자인 까닭에

자료코드 : 04_04_FOS_20110123_PKS_TCN_0009
조사장소 : 경상남도 남해군 창선면 동대리 동대마을 동대리마을회관
조사일시 : 2011.1.23
조 사 자 : 박경수, 류경자, 정혜란, 강아영
제 보 자 : 탁처녀, 여, 84세
구연상황 : 산아지타령 곡에 얹어 여러 곡을 내리 부르고 난 제보자가 "인자 또 뭘 불러
보꼬?" 하면서 청중들을 둘러보았다. 그러자 청중에서 첫머리를 꺼내 주었다.
제보자가 "음—" 하면서 고개를 끄덕이더니 이 노래를 불렀다. 노래가 끝나자
청중들이 입을 모아 노래는 모두 참말이라고 했다. 둘게방에서 부르던 노래라
고 했다.

오빠는 남잔골로[489]

논도차지 밭도차지 하늘겉은 부모차지

이내내는 여잔골로

정기구석에 부리묵다 넘의집을 돌립니까[490]

엄마친정 노래

자료코드 : 04_04_FOS_20110123_PKS_TCN_0010
조사장소 : 경상남도 남해군 창선면 동대리 동대마을 동대리마을회관
조사일시 : 2011.1.23
조 사 자 : 박경수, 류경자, 정혜란, 강아영
제 보 자 : 탁처녀, 여, 84세
구연상황 : 청중들이 '엄마친정'도 불러 보라고 하자 제보자가 바로 이어서 이 노래를 불
렀다.

---

488) 혼수(婚需) 베를 팔아도 나를 시집보내 주소
489) 남자인 까닭에.
490) 부엌 구석에서 부려먹다가 남의 집으로 보냅니까?

엄마친정 갈땍에는

오동나무 껑거들고 오동통통 갔거마는

씨가집에 올땍에는

타래나무 껑거들고 타래타래 못오겄네

제격이요 노래

자료코드 : 04_04_FOS_20110123_PKS_TCN_0011
조사장소 : 경상남도 남해군 창선면 동대리 동대마을 동대리마을회관
조사일시 : 2011.1.23
조 사 자 : 박경수, 류경자, 정혜란, 강아영
제 보 자 : 탁처녀, 여, 84세
구연상황 : 청중들이 계속해서 노래의 첫머리를 꺼내 주었다. 그러자 제보자는 말없이 그
노래들을 이어서 불러 주었다. 노래가 끝난 뒤 '제적'이 무슨 뜻이냐고 물었
더니, 물레가 빡빡해서 안 돌아갈 때는 참기름이 딱 제적이고, 올케가 병이
났을 때는 오빠만 있으면 다 해결된다고 했다.

물레씨가 병나는데 참지름이491) 제적이요492)

우리올케 병난데는 우리오빠가 제적이요

부모 노래

자료코드 : 04_04_FOS_20110123_PKS_TCN_0012
조사장소 : 경상남도 남해군 창선면 동대리 동대마을 동대리마을회관
조사일시 : 2011.1.23
조 사 자 : 박경수, 류경자, 정혜란, 강아영

---

491) 참기름이.
492) 제격이요.

제 보 자 : 탁처녀, 여, 84세

구연상황 : 조사자가 청중들을 둘러보면서 또 다른 노래도 좀 알려 주라고 하자, '울아부지 제비닭아'를 불러 보라고 했다. 그러자 제보자가 고개를 끄덕이고는 바로 이 노래를 불러 주었다.

울아부지 제비닭아 집만짓고 간곳없네
울어마니 거미로닭아 알만슳고 간곳없소

산아지타령 (2) / 임 노래

자료코드 : 04_04_FOS_20110123_PKS_TCN_0013

조사장소 : 경상남도 남해군 창선면 동대리 동대마을 동대리마을회관

조사일시 : 2011.1.23

조 사 자 : 박경수, 류경자, 정혜란, 강아영

제 보 자 : 탁처녀, 여, 84세

구연상황 : 제보자가 이제 아는 노래는 거의 다 부른 것 같다고 하자 청중들도 호응을 했다. 조사자가 그러면 마지막으로 딱 한 곡만 더 불러 달라고 했더니, 산아지타령 곡에 얹어 이 노래를 불러 주었다.

놀기야 좋기는 사장구493) 복판
잠자리 좋기는 씨아배494) 아들
에이야 디야 에헤헤헤 좋네
헤야 디여라 산아니로~ 고나

멸치잡이 소리

자료코드 : 04_04_FOS_20110122_PKS_HCS_0001

---

493) '사장구'는 사기로 만든 장고(杖鼓)라고 한다.
494) 시아버지.

조사장소 : 경상남도 남해군 창선면 진동리 장포마을 장포마을회관

조사일시 : 2011.1.22

조 사 자 : 박경수, 류경자, 정혜란, 강아영

제 보 자 : 하찬실, 남, 88세

구연상황 : 조사자가 며칠 전에 마을 이장에게 연락을 취해 멸치잡이 소리를 녹음하기로
약속을 잡았다. 마을회관에 도착하니 멸치잡이 소리를 하기 위해 마을 할아버
지들이 모여 있었다. 그래서 바로 멸치잡이 소리 채록에 들어갔다. 제보자가
앞소리를 주고, 마을 사람들이 뒷소리를 받았다. 제보자는 고기잡이의 과정에
대해서도 일일이 설명해 가면서 노래를 이어 갔다.

우리 장포마을에는 창선면 치고도 그 중 끝에 있습니다. 있는데 그때에
는 고기가 여게(여기) 산란지고, 또 고기가 많이 번식을 해갖고 노는 장소
가 됐기 때문에, 뭐 멸치나 기타 모든 고기가 많이 풍성하고, 가에서도 많
이 잽히고, 혹은 또고 산란기가 되면은 주민들이 나와서 그 고기를 소쿠리
고 바지게고 가 가서 주워다 묵기도 하고 그런 시절입니다.

그런 시절인데, 제가 그 땍에 며르치 사시아미 그물이라 그러는 거를 했
십니다. 그리고 큰 배를 타고 허기도 허고, 작은 배로 타고 허기도 했는데,
그 고기를 그 그물로 선원들을 데리고 가서 그 바다에 빠주면서(빠뜨리면
서), "영차! 영차!" 허면서 그물로 빠졌습니다. 그렇기 빠졌는데, 고기가 어
떻게 많이 걸렸던지, 마 땅으로 가라앉아 가지고 그만, 흙이 묻듯기 많이
걸렸어요. 그리 갖고서 그 고기를 따라 올릴 땍에는 무겁아서, "어라 세노
야!" 허면서 끄어올렸십니다.

그리 한 배 끄어올리 가지고 와서 보도시(겨우) 가로 와 가지고, 선창에
나 좋은 장소에 배를 대 놓고서 며르치로 터는데, "영차! 영차!" 허면서 선
원들이 마 힘을 내 갖고, 그래도 고기를 많이 잡아 놓은께 재미가 있어서
활기롭게 소리도 와랑차게 허면서 이리 고기를 많이 털었십니다.

<멸치 터는 소리>

영차   영차

영차	영차
영차	영차
많이 걸었다	영차
영차	영차
재미있다	영차
영차	영차
어허러 세노야	영차

인자 그래 가지고 털었이면은 그걸 인자 퍼서 배에다가 막 싣습니다. 인자 그물에 거는 다 털었이니께너. 배에다 실을 땍에는 또고 그 많은 고기로 소리로 안 허몬 끄어올릴 수가 없어요. 큰 쪽지로495) 가지고, "어허랑상 가래야~" 하면서 배에다가 퍼 실었십니다. 하모(그럼).

<멸치 퍼 담는 소리>

어허랑상 가래야	어허랑상 가래야
어허랑상 가래야	어허랑상 가래야
멸치도많이 걸렸다	어허랑상 가래야
많이도들었다 많이도들어	어허랑상 가래야
어허랑상 가래야	어허랑상 가래야
이만하면 한배는다찼다	어허랑상 가래야
어허랑상 가래야	어허랑상 가래야

그리 가래 소리로 맞으면서 한 배 채우고, 또 한 배 더 대요. 더 대가 또 푼단 말이요. 두 배썩 세 배썩 잡았거덩요.

어허랑상 가래야	어허랑상 가래야

---

495) '쪽지'는 고기를 퍼 담는 도구이다.

또고큰배를 대라	어허랑상 가래야
어허랑상 가래야	어허랑상 가래야
그래도고기는 만수로있다	어허랑상 가래야
어허랑상 가래야	어허랑상 가래야
이배도벌써 만선이되었다	어허랑상 가래야

그렇기 허고 많이 잡았어요. 많이 잡고 사리에는 또 그때요 소대망이 있었는데, 사리에는 우쩌는 기 아이라 살배 선원들이 듣고 이 그물로 이리, 소대망, 그 사리에서 고기를 잡는데, 선원들이 한 여나뭇썩대(열 명 정도) 들어가는데 이리, 방으로 조올 채어 놓고, 가에 장금을 해 놓으몬 가로 가던 고기들이 홉빡(모두), 그 소대망 살 어구로 들어와 가지고 꽉 찼어요. 그리 갖고 선원들이 그 그물로 인자 들어갑니다. 들어가몬 꽉 차가지고 들도 못 허기 이리 되는 기라. 그만 어찌 멸치가 많은지. 그런께나 그 소대망 그 배는 우쩌는 기 아니라, 인자 가에 인자 어장막이 있으니까너,

"우리가 싣지 못 하겠다. 배 타고 오이라(오너라). 배 타고 오이라."

그리 했어요. 그래해 가지고 그 또고 뭐시기 배를 타고 오면은, 그 배 타고 온 것다가 그물 싣는, 원 잡아딜이는 그 배에서 서서 고기를 퍼 넘깄십니다. 퍼 넘기. 그것도 첨문제는(처음에는) "으샤 으샤" 허다가,

으샤	으샤
으샤	으샤
되기 잡아딜이라	으샤
으샤	으샤
으샤	으샤
이제는 마무리됐다	으샤
배타고 오이라[496] 배타고 오이라	

우리는 못다싣겄다 배타고 오이라

"어이! 배타고 오이소!" 이리 인자 불러 놓고 나서 배로 갖다 댔단 말이
제이. 그러몬,

어기 영차	어기 영차
어기 영차	어기 영차
어허랑상 가래야	어허랑상 가래야
어허랑상 가래야	어허랑상 가래야
고기도 많이걸렸다	어허랑상 가래야
많이도들었다 많이도들어	어허랑상 가래야
어허랑상 가래야	어허랑상 가래야
이배도 만선이되었다	어허랑상 가래야
또고배한척[497] 더타고오니라 더타고와	
	어허랑상 가래야
어허랑상 가래야	어허랑상 가래야
어허랑상 가래야	어허랑상 가래야
어허랑상 가래야	어허랑상 가래야
이배도한배가 만선이되었다	어허랑상 가래야
기쁘고도 즐겁다	어허랑상 가래야
어허랑상 가래야	어허랑상 가래야
이가래가 누가래고	어허랑상 가래야
박영주 가래로고나	어허랑상 가래야
어허랑상 가래야	어허랑상 가래야
박영주지는 연에부자된다[498]	어허랑상 가래야

---

496) 오너라.
497) 또 배 한 척.

어허랑상 가래야   어허랑상 가래야

만선 뱃노래

자료코드 : 04_04_FOS_20110122_PKS_HCS_0002
조사장소 : 경상남도 남해군 창선면 진동리 장포마을 장포마을회관
조사일시 : 2011.1.22
조 사 자 : 박경수, 류경자, 정혜란, 강아영
제 보 자 : 하찬실, 남, 88세
구연상황 : 멸치잡이소리에 이어 고기잡이를 나갔다가 만선을 해서 들어올 때 부르는 소
리라고 하면서 함께 불러 주었다. 도다리잡이 상황을 노랫말에 담았는데, 멸
치잡이 만선에도 같은 노래를 부른다고 한다. 이 노래 역시 제보자가 앞소리
를 주고, 마을 사람들이 뒷소리를 받았다.

그 땍에 우리 마을에서 도다리 잡는 배가 많이 있었습니다. 섣덜대(섣달
쯤) 되면은 도다리로 저 섬에 가서 잡는데, 그 도다리들이 뭐 바다에 흩어
져 있던 도다리들이 추위가 되면은 섬 잣밭으로(가까이로) 싹 모여들어요
그래 갖고 두 배고 세 배고 다섯 배고 이런 배가 나갑니다. 한 배만 만선
이 아니라, 온 배가 다 만선을 허는 기라. 그 간 배들은. 그리 가지고 어부
들이 만선을 해 가 들어오면서, 자기가 장구도 없고 소구도(소고도) 없고
그런데, 양철동우로(양철동이를) 뚜들면서(두드리면서),

    <만선배 들어오는 소리>
    치나 친친나네   치나 친친나네
    치나 친친나네   치나 친친나네
    도다리도 많이잡았다   치나 친친나네
    치나 친친나네   치나 친친나네

---

498) 박영주 자기는 곧 부자 된다. '박영주'는 선장 이름이라고 한다.

치나 친친나네	치나 친친나네
이가래가 누가래고	치나 친친나네
박재옥이 가래로구나	치나 친친나네
치나 친친나네	치나 친친나네
이가래가 누가래고	치나 친친나네
박보경이 가래로구나	치나 친친나에
매뚜디리라[499] 매뚜디리라	치나 친친나네
많이도걸어서 많이도잡았다	치나 친친나네
금년설은 잘지키겄다	치나 친친나네
치나 친친나네	치나 친친나네
우리만잘먹을 것이아니라 우리동네는 잘살겄다	
	치나 친친나네
치나 친친나네	치나 친친나네
이보다기쁜일 어데있나	치나 친친나네
치나 친친나네	치나 친친나네

아리랑 (1)

자료코드 : 04_04_FOS_20110122_PKS_HCS_0003
조사장소 : 경상남도 남해군 창선면 진동리 장포마을 장포마을회관
조사일시 : 2011.1.22
조 사 자 : 박경수, 류경자, 정혜란, 강아영
제 보 자 : 하찬실, 남, 88세
구연상황 : 마을 사람들과 선후창으로 '멸치잡이 소리'와 '만선배 돌아오는 소리'를 녹음
하고 난 뒤, 조사자가 혹시 다른 노래는 불러본 적은 없느냐고 물었다. 그러
자 약간 난감한 듯 "허허" 하고 웃더니, 산에 나무하러 다니면서 부르던 아리

---

499) 힘껏 두드려라.

랑 타령을 한번 불러 보겠노라고 하면서 이 노래를 불러 주었다.

아리랑 아리랑 아라리요
아리랑 고개로 넘어간다
청천 하늘에 잔별도많고
요내나 가슴에는 수심도많다

아리랑 아리랑 아라리요
아리랑 고개로 넘어간다
날보기 싫거든 날민적(民籍)파주소[500]
살자살자 하는남자가 열둘도넘네

아리랑 아리랑 아라리요
아리랑 고개로 넘어간다
우리야 고향은 저산또너먼데
보고도 못가는 수천리로고나
아리랑 아리랑 아라리요
아리랑 고개로 넘어간다

아리랑 (2)

자료코드 : 04_04_FOS_20110122_PKS_HCS_0004
조사장소 : 경상남도 남해군 창선면 진동리 장포마을 장포마을회관
조사일시 : 2011.1.22
조 사 자 : 박경수, 류경자, 정혜란, 강아영
제 보 자 : 하찬실, 남, 88세
구연상황 : 앞의 노래가 끝난 뒤, 노래의 사설에 대해 물으면서 참 재미있는 노래라고 했

---

500) 내 민적(民籍)을 파주소

더니, 또 "허허" 하고 웃었다. 또 그런 노래가 없냐고 했더니, 그러면 딱 하나만 더 불러 보겠노라고 하면서 이 노래를 불렀다. 노래가 끝난 뒤 노랫말이 무슨 뜻이냐고 물었다. 그랬더니 일제강점기 때는 여자들이 일본에 돈벌이 가는 남자들을 무척이나 좋아해서 그것을 빗대어 부른 노래라고 했다.

요사이 가시나들은[501] 시고건방져서[502]

일본만 갈라쿠면은[503] 어깨춤을친다

아리랑 아리랑 아라리요

아리랑 고개로 넘어간다

---

501) 계집아이들은.
502) 시건방져서.
503) 가려고하면.

▌엮은이 소개

박경수 부산대 대학원 문학박사. 현 부산외대 한국어문화학부 교수. 주요 저서로『한국
　　　근대 민요시 연구』,『한국 민요의 유형과 성격』,『현대시의 정체성 탐구』,『아
　　　동문학의 도전과 지역 맥락』,『현대시의 고전텍스트 수용과 변용』등이 있다.

정규식 동아대 대학원 문학박사. 현 동아대 융합교양대학 조교수. 주요 저서로『즐거운
　　　고전 삶으로서의 고전』,『한국 고전문학 연구의 지평과 과제』,『고소설의 주인
　　　공론』등이 있다.

류경자 부산대 대학원 문학박사. 현 부산대 강사. 주요 저서로『남해군 전승민요의 현
　　　장론적 연구』,『현장에서 조사한 구비전승 민요-남해군편』,『한국구전설화집-
　　　남해군 전설편』,『한국구전설화집-남해군 민담1~2』등이 있다.

서정매 부산대 대학원 한국음악학박사. 현 동국대, 부산대 강사. 주요 논저로『한국 농
　　　악의 지역성과 세계성』,「밀양아리랑의 전승과 변용에 관한 연구」,「범패 짓소
　　　리에 관한 연구」등이 있다.

정혜란 부산외대 대학원 외국어로서의 한국어교육학과 박사과정 수료. 현 울산대, 부산
　　　외대 강사. 논저로「전래동요를 활용한 한국 언어·문화 교육 방안 연구」,『외
　　　국인을 위한 한국문학의 이해』(공저)가 있다.

증편 한국구비문학대계 8-25
경상남도 남해군 ③

초판 인쇄 2016년 12월 21일
초판 발행 2016년 12월 28일

엮 은 이 박경수 정규식 류경자 서정매 정혜란
엮 은 곳 한국학중앙연구원 어문생활사연구소
출판기획 유진아

펴 낸 이 이대현
펴 낸 곳 도서출판 역락
편　　집 권분옥
디 자 인 이홍주

주　　소 서울시 서초구 동광로46길 6-6(반포4동 577-25) 문창빌딩 2층
등　　록 1999년 4월 19일 제303-2002-000014호
전　　화 02-3409-2058, 2060
팩　　스 02-3409-2059
이 메 일 youkrack@hanmail.net

값 42,000원

ISBN 979-11-5686-712-8 94810
　　　978-89-5556-084-8(세트)